KB267688

은파에서 째보선창까지

제 2권

은파에서 째보선창까지

제 2권

미래 수필 18

은파에서 째보선창까지

제 2권

최 영

미래문화사

책머리에

제1집을 낸 지 6년 만에 제2집을 묶습니다. 1집이 나가고 여러 사정으로 하여 연재를 중단하려 했습니다. 그러나 갈증처럼 나의 2집을 기다리는 많은 군산 사람들을 만남으로 해서 다시 책을 내게 됩니다. 그들은 나의 책을 통하여 스스로의 애환을 추억으로 되새김하였습니다. 젊은 독자들은 지나간 군산 이야기들을 간접 체험하면서 즐거워한다는 것을 알게 되었습니다.

연재를 처음 시작할 때 중·고생이었던 아이들이 군대를 다녀와서 직장에 있고 하나는 제대를 얼마 안 남겨 놓고 있습니다. 참 세월이 빠르기도 합니다. 늘 글쓰는 보고라고 생각했던 그 시청을 다니는 일도 얼마 남지 않았나 봅니다. 가는 세월 앞에 내가 해야 할 일은 흘러간 군산의 이야기들을 진솔하게 쓰고 알차게 보관하는 일이라 생각합니다. 버리고 숨겨진 일들을 그렇지 않게 하고 싶었습니다.

글을 쓰면서 기록의 궁핍이 얼마나 사람을 괴롭게 하는가를 알았습니다. 많은 사람들의 사소한 기록이 과거를 살찌게 하는 밑거름이 된다는 것을 알았습니다. 혹시 이 책 속에 자기의 이름이 들어 있음으로 하여 마음 상한 분이 있다면 사죄 드립니다. 흘러간 시절의 군산 이야기에 크고 소중한 증빙이라 생각하고 용서하여 주시기 바랍니다.

草羅에 대하여 허구인지에 대한 논란도 이제 접으려 합니다. 그대의 이름이 흘러간 시절의 아름다움으로 내게서 소멸되길 바랍니다. 그대와 소원했던 사이 내 마음의 상처를 어루만질 수 있는 한 사람의 태생을 고백합니다.

오늘 은파 2집을 끝내는 날, 2001년이 마지막 가고 있습니다. 새해에 나는 다시 제3집을 착실히 집필해 나갈 것입니다. 먼 뒷날 많은 사람들이 나의 〈은파 이야기〉 찾기를 소망하는 마음으로 작업을 계속하려 합니다. 허탈함을 달래기 위해 은파 밤나무 숲에 나가고 싶습니다. 술 생각이 납니다.

차례

우리 역사에 지자제 시작을 선언하는 순간

88

草羅! 군산은 깊은 가을에 빠져들고 있습니다. 아파트 돌계단 나무 이파리들이 노랗게 물들어가고 있습니다. 콘크리트 옹벽에 생성하여 왕성하게 줄기를 뻗어가던 담쟁이가 붉음을 토합니다. 큰 화폭에 그려진 그림처럼 아름다운 담쟁이는 계절을 타고 생의 전환기를 아름답게 넘고 있습니다.

5개월 만에 다시 이 글을 씁니다. 필요에 의해 나갔던 원고가 이유는 설명되어지지 않고 거절되었습니다. 현충일 행사를 준비했던 지난 5월 월명산은 꽃이 지천으로 피어나고 있었습니다. 깊어 가는 봄밤의 향기 속에 수시탑에 기대어 그대의 발자국 소리를 기다리던 때가 계절의 저편으로 흘러갔습니다. 꽃이 진 산의 나무는 수액으로 가득 찼습니다. 산은 푸르름으로 돌아왔습니다. 넘치는 힘은 생성으로 칙칙했습니다. 설림과 점방산은 그대의 냄새로 넘쳤습니다. 녹음과 무더위 그리고 태풍이 비벼져간 계절

속에 군산은 어느덧 지자제 시대에 접어들었습니다.

지난여름은 위대하였습니다. 위대함 뒤에는 어려움이 있습니다. 우리들은 제40회 현충일 행사를 치렀습니다. 나운동 군경묘지 잔디밭에는 654기 선열이 잠들어 있습니다. 이 영혼들 앞에 러브호텔군#이 설립되어 어려움을 극대화하였습니다. 비정상적인 애욕의 탈출구로 해석되는 건물들이 솟아오르고 시민적 비난은 비례되어 커지고 있었습니다. 군경묘지 돌비석 아래 꽃병에 장미를 꽂았습니다. 6월의 햇빛은 돌비석에 반사되었고 장미는 더욱 붉었습니다. 태극기는 한들거렸고 장미 향기는 월명산 숲 속으로 스며들었습니다.

여든 노파는 아들의 돌비석에 볼을 문질렀습니다. 떨어지는 눈물방울은 뜨거운 것이었습니다. 106연대 병사들 행렬의 발자국 소리는 저승으로 가는 소리처럼 정적 속에 질퍽거렸습니다. 조총, 총소리는 하늘로 날아갔습니다. 소리들은 하늘에 다시 돌아간 영혼들에게 안식을 줄 것입니다. 군여고 합창단 단복은 아름다웠습니다. 풋풋한 소녀들의 〈현충의 날〉 노랫소리는 여름 숲 속으로 울려 퍼지고, 홍순호 선생의 콘탁 지휘봉은 빛났습니다. 10시 정각 사이렌 소리는 한국 전역에 퍼지고 우리들은 정숙히 고개를 숙였습니다. 자치시대를 앞둔 현충일 행사는 그렇게 끝이 났습니다. 관선 시장이 가고 민선 시장이 오는 사잇길에 군산은 있었습니다.

한 시대를 마감하려는 불안한 조직 속에서 우리는 중심 잡기에 열중하였고, 네 가지를 동시에 투표하는 95년 6월 29일은 어김없이 다가왔습니다. 시민들은 새 시장과 2/3을 물갈이하는 36명의 군산시의회 의원들을 뽑았습니다. 관선 시장을 보내는 일과 민선 김길준 시장을 맞이하는 일로 긴장된 일상들이었습니다. 새로운 체계의 행정에 어떤 형태로 적응할까에 대하여 불안해했습니다.

우리는 연민의 정으로 이 시대 마지막 관선 시장 하광선 씨를 보냈습니다. 늘 헤어짐은 서글픔을 동반합니다. 가는 사람의 등 뒤는 고독이 서립니다. 사라져 가는 한 역사는 회한이 있습니다.

1995년 7월 1일 나는 새 김길준 시장 앞에 신고를 하였고, 민선 시장 취임식장 대열의 한 분자가 되었습니다. 대통령 축전 낭독 후에 민선 시장은 선서를 하였습니다. 우리 역사에 지자제 시작을 선언하는 순간이라고 생각을 하였습니다. 선서하는 손가락 사이에 민주주의란 꽃이 피어나고 있었습니다. 시민들은 이 꽃을 아끼고 가꾸어야 할 의무가 있다고 생각을 하였습니다.

그대! 草羅. 지난여름 새 시장 취임 후에 제2대 군산시의회 의원이 구성되고 개원이 됨으로써 실로 32년 만에 집행부와 의회를 축으로 하는 지자제 시대 시정이 발진을 하였습니다. 새로운 항진의 뱃고동은 울렸고 민주시대 오색 깃발은 대학로와 해망로에 나부끼었습니다. 오색 깃발의 나부낌은 저 멀리 산업기지까지 펄럭였습니다. 이렇게 시작된 시정의 많은 일들이 얽히고 설키며 흘러갔고 계절은 가을 코트를 걸치고 이성당 앞을 걸어오고 있군요. 다음 회에는 다시 1979년 이야기로 돌아가겠습니다.

(95. 11. 5)

89
시무식과 시정보고

草羅! 79년 새해가 밝아 왔습니다. 3·1독립운동을 편 지 60년이 되는 기미己未년 새해라 하여 민족자존과 유신정신으로 뭉쳐 통일로 나가야 한다는 대통령의 신년사가 발표되었습니다. '總和前進'이라는 대통령의 신년 휘호가 신문마다 1면을 장식하였습니다. 미국이 중국과 수교를 하면서 대만과는 국교가 단절이 되었습니다. 전화가 들어온 지 100년 만에 서울과 도청 소재지까지 교환을 통하지 않고 앉아서 다이얼만 누르면 통화가 되는 DDD방식 전화 시대가 열렸습니다. 그리고 공무원과 국공립학교 교사의 의료보험이 처음 시작되어 서민들이 부러워하던 시절이었습니다.

3일간의 연휴 동안을 고향에 다녀오기 위해 순창에 내려갔습니다. 월명동 집을 살 때 50가마짜리 쌀계를 들어 미리 탔던 곗돈을 아버님께 드렸습니다. 순창서 돌아오는 길에 전주 공영터미널에서 군대 친구 유충희를 월남에서 헤어진 후 8년여 만에 처음 만났습니다. 강원도 인제군 원통면 천도리 93포대에서 함께 근무하다가 맹호부대로 파월되어 내가 큐논 63포병대대, 그리고 충희는 철조망 사이 106연대에 근무하면서 우정을 나누었던 옛 전우였습니다. 우리는 오랜만에 악수를 했습니다. 서로 자기의 처와 아이를 소개하며 우리는 웃었습니다. 그가 이리에 있는 남양자재에 근무한다는 것과 내가 군산시청에 있다는 것을 확인하고 후일을 기약하며 우리는 헤어졌습니다. 충희를 생각하며 가는 차창에는 눈발이 내리고 있었습니다. 뒷날 충희 이야기를 쓰고 싶군요.

시무식이 끝난 사무실 분위기는 긴장되고 부산하였습니다. 신임 김학중 지사의 연초 순시 준비를 위해 조직은 몰입되어 있었습니다. 시장은 새한여관에서 보고서를 직접 만들었습니다. 1979년 1월 9일 지사 연초 순시에서 이길연 시장의 시정보고는 소회의실 분위기를 압도하였습니다. 시장은 임해공단, 외항, 남북관통로 확장공사, 서흥남동 재개발 추진 사항 등을 소상히 보고하였습니다. 이시장의 보고에 흡족한 김학중 지사는 도시행정은 상하수도, 변소와 쓰레기 관리를 잘해야 한다고 전제하였습니다. 그리고 시장을 정점으로 하여 임해공단 조성의 알찬 마무리와 80년도 3시에서 개최될 전국체전 준비에 만전을 기하여 달라고 당부를 하였습니다. 이길연 시장의 브리핑을 지켜본 도청 출입기자들은 며칠 후 단행될 인사에서 크게 중용되리라고 예견하기도 하였습니다.

미국 언론은 한국이 90년대까지 핵무기를 자체 개발하려 한다는 우려와 박동선 사건으로 들끓었습니다. 군산 지방에는 노풍피해 보상이 비현실적이고 조사가 엉망이라는 여론이 팽배하였습니다. 군산 출신의 고건 전라남도 도지사가 41세의 나이로 청와대 제2정무수석으로 영전이 되어갔습니다. 그리고 우리 아버님 초등학교 동창인 정규남 부지사가 내무부로 전출되고, 후임인 제13대 전북 부지사에 강우혁 씨가 취임을 하였습니다. 새 조직 짜기의 일환으로 신임 지사는 시장과 군수 인사를 단행하였고, 우리의 예견대로 이길연 시장은 전주 시장으로 영전을 하였습니다. 1976년 12월 27일부터 1979년 1월 14일까지 2년 1개월 동안 비교적 장수를 누리며 많은 업적을 남겼습니다. 떠나가는 이길연 시장은 임해공단 조성사업, 종합운동장 건설, 서홍남동 고지대 재개발 사업 등을 마무리짓지 못하고 떠나가서 못내 아쉽다는 이임사를 하였습니다.

이길연 시장은 군산시와 시 공무원에게 많은 족적을 남기고 떠나갔습니다. 취임한 날 바로 공무원 집무 검열을 실시하여 우리를 당황하게 했던 시장은 얼마 후 전격적으로 고참 계장급 7, 8명을 타 시·군으로 전보 배치하여 공직사회 깊숙이 상처를 주었습니다. 그는 시 발전에 충격적인 계기를 몰고 왔습니다. 이 시장의 업적을 다음 회에 이야기하기로 하지요. 제2청사 창밖 하늘을 가린 엽록소들이 노랗게 조락을 합니다. 영광여고 언덕 그 기상 넘치던 칡 이파리들이 전직 대통령 얼굴처럼 절망에 넘치고 있습니다. 사법기관 출두를 기다리는 전직 대통령의 모습처럼 처연한 가을 앞에서 나는 왠지 그대의 상념에서 헤어나지를 못합니다.

(1995. 11. 12)

이길연 시장의 이임

草羅! 비교적 장수인 2년 1개월 동안을 재임했던 이길연 시장은 군산시 발전에 많은 업적을 남기었습니다. 물오른 유신시대를 가장 적절하고 과단성 있게 넘겼던 시장이었습니다. 그때는 행정풍토의 쇄신, 범시민교육 확대, 총화사업의 구현 등 3가지의 방향으로 행정을 폈습니다. 이를 잘 뜯어보면은 유신의 정신적 바탕 위에서만 시정 발전을 꾀할 수 있다는 저류가 흐르고 있습니다.

이시장은 재임 기간에 161만 평의 임해공단과 외항 건설, 5.4km 외항 진입로 확장, 1일 6천 톤을 공급하는 외항 급수시설, 3만 kw의 외항 동력선 가설, 25만 평의 공유수면 매립, 14,000여 평의 흥남동 고지대 개발, 6만 평의 종합운동장 건설, 째보선창 매립공사, 시내에 산재해 있던 연탄공장을 대야 쪽으로 이전하는 공사, 남북 관통도로 확장 등을 추진했습니다.

그리고 금강하구언 축조, 4·5지구 구획정리사업, 교도소 이전 등 군산시 발전을 위해 원대한 사업들을 구상했습니다. 그는 뛰어난 기획력과 계획된 사업에 상응하는 예산을 중앙에서 끌어올 수 있는 능력을 보유하고 있었습니다. 그 동생이 청와대에 근무하면서 이시장이 일을 할 수 있도록 직·간접적으로 도왔던 것도 그가 많은 일을 할 수 있는 한 요인이 되었습니다.

그는 전주 시장으로 영전한 뒤 전북 부지사로 다시 대영전하는 기록을 남겼습니다. 그리고 공무원을 떠난 뒤에는 중앙의 무슨 공제회에선가 근무를 한 적도 있었습니다. 라이터와 파이프 수집광이기도 한 그는 줄담배를 즐기었습니다.

바쁠 때 골마리를 한 손으로 추스리다 급할 때는 양손으로 추스리는 습성을 가지고 있었습니다. 비서였던 김선섭 씨 수행으로 설악산에서 케이블카를 탔는데 눈을 감고 땀을 흘렸다는 일화가 있습니다. 이시장은 공무원으로서는 행복했습니다.

그러나 가정적으로는 행복했었다고 말할 수는 없습니다. 그가 김제 군수 시절 교통사고 당했던 부인을 오랜 세월 동안 간호하면서 어려움도 많았을 것입니다. 그의 뛰어난 능력과 원대한 시정 추진에 따라와 주지 못했던 부하들과의 괴리감은 컸습니다. 이길연 씨가 군산 시장에 취임한 얼마 후 몇 사람의 계장들이 군부로 진출되어 가면서 군산시청은 얼어붙었습니다. 그들의 가슴에 맺힌 한들은 한생이 다하도록 영원히 지워지지 않을 것입니다.

이성당과 시청 사이에 눈발이 날리고 있었습니다. 현관에서 기념촬영을 마친 이시장은 도열해 있는 유지들과 시청 직원 등의 환송을 받으며 차에 올랐습니다. 그를 차에 안내한 전주 시장 비서는 어릴 적 나의 고향 친구 양기섭이었습니다. 전주 시장을 태운 차가 떠난 뒤에도 얼마 전 설치한 시청 사거리 신호등이 붉고 푸른 눈을 깜빡거렸고 흰 눈발은 휘날리고 있었습니다.

정말 오랜만에 불러본 草羅! 어제는 첫눈이 내렸습니다. 아파트 사이 노란 단풍가지를 내려뜨린 숨죽인 정원수 사이에 눈발이 내렸습니다. 모처럼 코트를 걸치고 초겨울 정원수 사이를 걸어가며 그대 생각이 났습니다. 차를 몰고 전신전화국 사거리를 돌아가며 그대에게 '첫눈이 내리네요' 라는 전보를 치고 싶었습니다.

눈발이 가신 제2청사 뒤 영광여고 언덕은 황량했습니다. 시청 담벼락 흉가 녹슨 철창이 형무소 같다고 생각을 했습니다. 전직 대통령 생각이 났습니다. 노 전 대통령의 구속은 인생을 어떻게 살아야 하는가를 생각케 했습니다. 오순도순 다정한 이웃으로 행복해 하는 삶에 가치를 부여하고 싶었습니다.

눈발이 그친 어두운 거리로 퇴근을 합니다. 언젠가 그대가 반짝 시장에서 채소를 사는 모습을 홀로 훔쳐보았던 역전 광장을 거쳐 퇴근을 하고 싶었습니다. 텅 빈 콘크리트 광장에 서 있는 나의 차는 어둠에 묶인 채 움직일 줄을 모르는군요.

(95. 11. 19)

91

아버님과 건이 짐을 싸들고

草羅! 떠나간 이시장을 뒤로하고 1979년 1월 15일 제25대 군산 시장에 황윤기 씨가 취임을 했습니다. 산림청 임정국장으로 근무하다가 군산 시장으로 발령을 받은 황시장은 경북 경주 출신으로 경북고와 고대 법과를 나온 전통 내무 관료였습니다. 지역감정이 첨예했던 시절 경상도 출신 44세의 젊은 시장이 전라도에서 살아 돌아갈 수 있을 것인가가 관심의 대상이었습니다. 군산 다방가에서는 전라도 사람이 경상도에 가면 살아남지 못하지만, 전라도에 온 경상도 사람은 죽여 보내지 않는 것이 우리의 인심이라고 말들이 많았습니다.

시장·군수 인사 단행 후 신임 김학중 체제를 중심으로 도정은 유신의 확산 의지를 다시 다짐한 듯하였습니다. 객지 사람 시장을 맞는 시정은 오래 있었던 원형연 부시장에게 상당한 비중이 있는 듯하였습니다.

박대통령은 연두 기자회견을 하였습니다. 박대통령은 상반기 중 한·미 정상회담을 천명하였고, 민족통일에 도움이 된다면 언제 어디서나 남·북이 마주 앉아 대화를 하자고 북에 제의했고 통일의 이니셔티브를 쥐기 위해서는 유신체제를 더욱 강화해야 한다는 논리를 폈습니다.

시정계에서는 대통령 연두회견이 끝나면 관제된 여론 수집을 하였습니다. 지당하고 타당하다는 동향을 도청 여론계에 보고하면서 육하 원칙에 의한 실례까지 첨부하기에 바빴습니다.

나는 그해 봄이 퍽 심난했습니다. 하숙을 나가려는 동생 건이의 결심은 확실해졌고 나와 아내 사이는 냉랭하였습니다. 순창에서 올라오신 아버님은 내 감정이 상하지 않게 건이를 하숙 내보내려고 나를 달래고 설득해 주었습니다. 긴 나가야집 어두운 골목 속으로 아버님과 건이가 짐을 싸들고 나가는 것을 인정할 수밖에 없었습니다. 어쩌면 잘된 일인데 자신을 속이고 괴로운 것인 양 행동한 것인지 모른다는 생각을 하였습니다.

밤 월명산에 오른 나는 금강에 반사된 불빛을 내려다보며 눈물을 흘렸습니다. 동생 하나 데리고 있기가 이렇게 어려운가를 생각했습니다. 다음 해인가 경장동 단독주택에서 살았을 때 우리 셋방에 신혼부부가 살고 있었습니다. 장성에서 고등학교 시험에 합격하여 올라온 그의 동생을 한 달도 못 되어 내보내는 것을 나는 보았습니다.

81년 건이가 대학에 떨어진 충격으로 어머님은 저 세상 분이 되었습니다. 어머님이 안 계신 건이는 형들에게 부담을 느끼며 생활을 하였습니다. 83년 아버님이 돌아가셨습니다. 부모님을 잃은 22살의 건이는 형들 집을 전전해 다니며 마음의 갈등을 달래기가 얼마나 힘들었겠어요. 자식에게 100만 원을 주어 아깝지 않은 사람이 제 동생에게 10만 원 빼어주기가 얼마나 어려운가를 뒷날 알게 되었습니다.

두 번의 대학 실패 후 냉랭한 형들 집 사이를 전전하던 건이가 마음의 상처를 달래고 허무를 이기는 일은 입산이었을 것입니다. 어두운 밤 나의 집에서 건이를 데리고 짐보따리를 들고 월명동을 빠져나가는 아버님의 심정은 어떠했겠어요.

입산하여 선禪에 몰입했던 건이는 정규 불교대학을 졸업하였습니다. 제1회 졸업생인 법수法秀가 한국 불교 개혁에 앞장선 사진들을 텔레비전과 신문을 통하여 보면서 슬픔과 기쁨을 혼자 하였습니다. 돌아가시기 직전까지 자식들을 믿었던 부모님에 대해 죄스러운 마음으로 살고 있습니다.

어제 아침, 서울 강남 봉은사 법수法秀 스님에게 전화가 왔습니다. 제자들을 데리고 대만에 갔다왔는데 그곳에서 대우 스님을 만났다는 이야기를 해 주었습니다. 그의 부재중 우편물 속에 나의 수상록 1집 《은파에서 재보선창까지》의 출판 기념회 초청장을 잘 받았다며, 축하한다는 내용이었습니다. 그리고 특별한 일이 없는 한 참석하겠다고 하였습니다. 창밖엔 아침 어둠과 안개가 함께 얽혔습니다. 내 가슴속에 안개가 내리었습니다. 이슬이 내린 듯했습니다. 안녕. 그리운 그대!

(95. 11. 26)

92
오영수의 특질고

草羅! 건이가 하숙을 나간 1979년 봄 나는 또 다른 한 가지 일에 매우 심난해 있었습니다. '전라도 사람은 신의가 없고 입 속에 것을 옮겨줄 듯 사귀다가도 헤어질 때는 배신을 한다. 간사하고 자기위주요 아리我利이다' 등등 전라도 사람을 묘사한 吳永壽의 소설 《특질고特質考》가 《문학사상》 1월호에 발표되어 호남인들의 정서를 발칵 뒤집어 놓았습니다.

이어령 씨가 발간하는 전라도 사람을 매도한 소설을 게재했던 《문학사상》 1월호는 우리들 열등의식의 열화에 기름을 끼얹는 듯하였습니다. 전주에서는 도애향운동본부가 주간하여 대책을 숙의하였고 전라북도 JC회원들이 군산에 모여 성토대회를 열었습니다. 재경호남인들과 연계하여 《문학사상》과 오영수 소설 불매운동을 전개하였고 분노의 함성이 빗발쳤지만, 이러한 상황을 누가 즐겼겠어요.

농경시절 해마다 봄이면 많은 경상도 사람들이 넓은 호남평야로 들어와 농사를 지어 주고 추수가 끝나면 고향으로 돌아갔습니다. 다시 새해가 오면 그들은 다시 넓은 들녘으로 돌아오곤 했었습니다. 박대통령이 경상도 쪽에 많은 공장을 짓자 우리 이웃들이 울산이나 포항으로 흘러가서 벌어먹고 살면서도 크게 지역감정을 느끼지 아니했다고 합니다.

《안경》이라는 시집을 낸 이효상 씨가 선거에 이기기 위하여 지역감정을 부추기는 발언을 시발로 우리 국토는 동서로 철저히 갈라졌습니다. 지역감정의 본류는 군과 공무원 사회였습니다. 장성은 모두 경상도에서였습니다. 중앙정부 요직은 거의 경상도에서 석권하는 세월을 살아야 했습니다. 밀리는 사람들의 한은 원성과 적대감정으로 들끓을 뿐이었습니다.

경상도에서 공직 생활을 한 전라도 사람은 거의 살아남지 못했습니다. 어려운 감사는 전라도로부터 시작하고 수감하는 동안 지지고 볶아 대접하며 갖은 아양을 다 떨어야 하는 우리들의 초상을 상상해 보셔요. 모든 시범사업이나 시책사업을 전라도에서부터 시작을 했습니다. 성공하면 좋고 안 되면 이쪽에서 손해를 보기 때문입니다.

부산시청 공채에 합격한 호남 사람들은 모두 면접에서 잘려 버렸단 이야기가 우리들 사이에 돌고 돌았습니다. 세가 강한 경상도 쪽으로 감사를 가면 큰 대접을 받지 못하지만, 전라도 쪽에 오면 으스대고 흡족한 대접을 받을 수밖에 없습니다.

권익현 씨가 여당 대표로 있을 때 그의 고향면사무소가 완전히 타버렸습니다. 이쪽이었다면 줄줄이 엮어 갔겠지만 단 한 사람의 공무원도 희생되지 아니한 것을 보면서 우리들 공직사회의 힘없음을 한탄하였습니다.

중앙에서 암행감사를 왔습니다. 시청을 감사했던 강한 억양의 감사관에게 회계과 강○○가 일과시간에 신생다방에서 손님과 차 한 잔 했다 하여 시인서를 쓰고 괴롭힘을 당하였습니다.

정 모 과장이 숙직을 하였습니다. 새벽잠이 없는 정과장이 아침 일찍 일어나 조간을 본 후 항도목욕탕을 간 사이 감사관에게 적발이 되었습니다. 뒤늦게 걸린 사실을 알게 된 정과장은 동료 과장의 권유로 여관에 있는 감사관을 찾아가 무릎을 꿇고 절을 한 후 처자식을 위해 좀 봐달라고 정중히 사죄하였으나 거절당하였습니다. 우연인지는 모르지만 정과장을 문책한 이도 역시 강한 경상도 억양의 사나이였습니다. 그 후 처벌 지시를 받은 정과장은 여관에 찾아가 큰절을 하면 된다고 권했던 동료 과장에게 쓸데없는 충고로 자존심 상하게 했다고 투덜거리며 한동안 울화를 삭히기에 애를 먹었습니다.

오래가야 별 이익도 없는 오영수의 '특질고' 사건은 유야무야 묻혀갔습니다. 그리고 중앙에 큰 사람이 있으면 조장 행정이 편하다는 것을 알게 되었습니다. 80년대 어느 토요일 오후, 시장실로 들어온 고건 씨에게 안내실 이윤익 씨가 당신 누군데 허락도 없이 들어 오냐고 쏘아붙였습니다.

"나 농림수산부 장관인데 시장님께 연락 좀 해 주세요." 하고 부탁하자 이윤익 씨는 물론 당직원들 모두 당황하였고 뒤늦게 도착한 시장은 미안해했지만 분위기는 부드러웠습니다. 고건 장관과 시장은 친구처럼 압강옥으로 가 식사를 하면서 업무 협의를 하고 군산을 떠나갔습니다. 까다로운 절차 없이 싱겁게 의전을 끝낸 우리들은 만족해했습니다. 밥값을 내고 떠나가는 고장관의 뒷모습을 보면서 이런 것들이 지역정서인가 했습니다.

내가 소년기에 이어령의 《흙 속에 저 바람 속에》라는 책을 읽은 기억이 있습니다. 발달된 음식문화는 약소국의 상징이라고 쓰여 있었습니다. 즉 강한 자의 후각과 미각의 비위를 맞추기 위해 약한 자의 음식문화는 찬란히 꽃피워진다고 써 있었습니다. 우리가 경상도 선진지 시찰을 가면서 고추장이나 김치단지를 들고 갑니다. 서울이나 경상도 사람이 전라도 출장을 오면 음식 걱정을 안 한다는 이야기를 들으면서 기쁘지만은 않은 것이 우리들의 감정입니다.

고향에서는 별 대우를 받지 못한 관료들이 전라도 출장에서 대접을 받고 흡족히 떠나들 간 겁니다. 설날이나 추석이면 몇 사람의 중앙관서 관료들이 시청을 들려 고향으로 갑니다. 반갑지도 아니한 불청객은 시청 비상연락망을 확인하고 당직 상황을 점검하는 등 몇 가지 지시를 하고 떠나갑니다. 떠나가는 그들의 주머니에는 '전라도 인정' 이라는 '작은 봉투' 가 꽂혀서 갑니다. 문민시대에 반추하는 지난날의 추악한 상념들입니다.
눈에 박힌 전라도 공무원을 경상도에 발령하면 자연히 소멸된다는 속설이 있었습니다. 황윤기 시장이 군산에 왔을 때 많은 사람이 걱정을 했습니다. 군산 시민과 시청 직원들은 경상도 사람이기 때문에 더 잘해야 한다고 했습니다. 황시장은 군산과 전라도 인심을 못 잊어 했습니다. 공직인으로서 그가 군산에서 실패하였다면 오늘날 재선 국회의원이 될 수 있었을지 모르겠군요.

草羅! 작은 국토에서 지역감정이 무슨 필요가 있겠습니까?

12·12 및 5·18 특별법을 제정한다고 들끓고 있습니다. 언론에서 예상하는 사법처리 대상자 거의 모두가 전라도 사람이 없음을 봅니다. 이 민족이 한없이 갈라져야 하는 데 대하여 절망합니다. 쌀쌀한 겨울이 열립니다. 노 전 대통령이 갇혀 있는 차가운 철창이 상기됩니다. 사법처리를 기다리며 불안해하는 광주학살의 범법자들의 가슴에 한파가 몰아치고 있을 것입니다. 우리 국토의 동서화처럼 성과 환경의 다른 영역에서 나는 왜 그대만을 그리워해야 됩니까?

(95. 12. 3)

93

강정준 씨가 그와 담소를 하며

草羅! 1979년 봄, 전주고등학교에서 160여 명이 서울대에 합격을 하였습니다. 수출 제일주의 시절 공휴일을 줄인다는 목적으로 구정도 평일처럼 근무를 하였습니다. 우리 고유의 것을 무시하거나 제약하는 것이 가장 고상하게 비추어지던 시절이었습니다.

시청이라는 곳은 군대로 말하면 보병 소총소대 같은 곳입니다. 보병은 많은 소모를 당합니다. 그러나 적진을 탈환하여 마지막 태극기를 보병이 꽂는다 합니다. 분자 개개는 힘이 없지만 집합의 힘은 매우 강합니다. 큰 조직은 바람잘 날이 없습니다.

권력과 언론에 가장 약한 것이 시청 직원들입니다. 설날이 오면 계와 과 단위의 외상값을 어떻게 갚아야 하느냐가 문제였습니다. 관계가 있는 상급 기관이나 상대성 있는 처에 인사를 하는 오랜 관행에 고민을 해야 했습니다.

이러한 것들을 봉급으로 해결치 않는 공개념에 문제가 있지요.

정직과 능력이 상통하지 않는 괴리에서 고민해야 했습니다. 우스운 것은 이러한 모순을 더 잘 알고 심화되어 있는 상급 기관의 단속이 우리들을 더욱 피곤하게 한다는 것입니다. 양 명절이면 으레히 암행 감사반이 우리의 주위를 돌면서 신경 쓰이게 했고 이를 재치 있게(?) 넘기면서 관행은 말 그대로 '관행'으로 정착되고 있었던 것이었습니다.

1980년대 초 내가 서무계에 근무하면서 판공비를 보았던 때였습니다. 구정을 며칠 앞두고 우리들은 시장 선물과 촌지를 돌리는 일로 어려움이 많았습니다. 상급 기관의 감사를 피하며 금품을 돌리는 데도 많은 어려움을 겪었습니다. 아침 출근 후 촌지 봉투를 챙기는 나에게 낯선 사람이 찾아서 내무부 ○○과에서 왔는데 시장실이 어디냐고 묻더군요. 나는 내 손에 쥐어져 있는 수십 장의 촌지 봉투를 일반 서류처럼 자연스럽게 추스르면서 그를 시장실로 안내를 하였습니다. 아무 일도 없었던 것처럼 시장실에 내무부 감사관을 안내하고 돌아오면서 한심한 자신을 생각하였습니다. 내가 살고 상대를 쳐야 사는 바둑의 원리처럼 이렇게 살고 있는 나 자신이 한심했습니다.

도세 징수실적이 우수하다 하여 시상금을 받았습니다. 이에 대한 고마움의 표시로 봉투를 전하는 광경이 도청 앞 다방에서 감사원에게 적발되었습니다. 이 일로 가혹한 중징계를 받고 억울해하는 이웃들을 많이 보았습니다. 순진한 공무원은 걸리고, 도리어 다른 방향으로 발달한 사람들은 약삭빠르게 잘도 해내고 있었습니다.

외국 가기가 하늘에 별 따기처럼 어려웠던 시절, 군산시 고위 공무원들 몇을 미국 타코마시에 보내는 일로 하여 내무부를 오르내리며 나 또한 봉투 전하는 일에 이골이 났던 부끄러운 과거가 가슴속에 남아 있습니다.

평소 신세를 졌던 몇 군데에 선물을 돌리고 정이라는 이름의 선물을 받으며 1979년 음력설을 맞이하였습니다. 출근한 공무원들은 계나 과 단위로 줄줄이 시장을 비롯한 간부들 방으로 인사를 다녔습니다. 비위 없는 사람들은 그 줄에도 못 끼지만 박모 계장은 한복에 빨간 조끼까지 입고 높은 사람 방을 들락거리며 요란한 세배를 하였던 생각이 납니다.

1979년 설날 정상 근무를 하였습니다. 말이 정상 근무지 하는 둥 마는 둥 오전 근무를 마치고 집으로 돌아오는 길이었습니다. 슈퍼가 문을 닫아 맥주 한 잔도 못 나누고 집으로 돌아오는 설날 오후는 쓸쓸하고 시골 부모님 생각은 더욱 간절했습니다.

설날 저녁의 석양은 백화양조 공장 앞 월명산에 걸려 있었고 해거름은 구 중앙상고 자리에서 송죽까지의 긴 골목을 텅 비어 가게 했습니다. 그 긴 골목 위 그림자 둘이 내 앞에 걸어가고 있었습니다. 다정한 이야기에 취한 두 사람은 백화양조 쪽으로 앞서 갔습니다. 가까이서 그들의 뒷모습이 누구인지 알 수 있었습니다. 한복을 입은 점잖은 사람은 강정준 사장이었고, 소크라테스처럼 남루한 옷차림에 넥타이를 맨 사람은 군산의 신사 거지 김진강 씨였습니다. 나는 깜짝 놀랐습니다. 한국의 대재벌 총수 강정준 씨가 군산의 큰 거지와 담소를 하며 다정히 걸어가는 모습을 지켜보았습니다. 그들의 그림자가 군여고 쪽으로 사라질 때까지 나는 송죽 앞에서 지켜보았습니다. 나는 그때처럼 강정준 사장을 경외해 본 적이 없습니다.

군산의 큰 거지 김진강. 그는 1970~80년대 군산 사람 중에 내 가슴속에 뚜렷이 흔적을 남겨 준 몇 사람 중의 하나입니다. 늘 개운치 않은 중절모에 낡고 구겨진 넥타이를 정중히 매고 시의 큰 행사에 초청장도 없이 어김없이 나타나 그는 희죽희죽 웃기 일쑤였습니다. 그는 월 1회씩 시청에 들려 문영곤, 남궁평, 임갑수, 오부길 등에게 봉급성 부조를 받아갑니다. 어쩌다 한 달이 빠지면 다음엔 두 달 분의 구걸을 함께 받습니다. 그리고 급할 때는 다음달 치를 가불하기도 했습니다. 그와 그렇게 거래하는 사람들이 시내에 100명은 넘었을 것입니다.

그는 손을 벌릴 시청 직원이나 각 관공서 직원 그리고 시내 회사 간부들을 나름대로 자기 기준과 판단에 준거하여 선택을 합니다. 그리고 선택받지 못한 사람에게는 단 한 번도 손을 내밀어 본 적이 없습니다. 자신의 기준에 사람다운 사람이어야 상대하지 그렇지 아니하면 거의 쳐다보지를 아니했습니다. 그가 생전에 나에게 단 한 번도 손을 내밀지 아니했으므로 그의 판단 속의 나는 사람이 아니었을 것입니다.

군산이 고향인 여류 시인 이향아 씨가 있습니다. 그의 소녀 시절 추억 속에는 월명산과 수박 속처럼 익어 가는 일몰日沒, 그리고 데스까부도가 있습니다. 그의 시와 산문 속에는 데스까부도가 자주 등장합니다. 군산에 살았던 우리보다 10여 년 선배임에도 데스까부도를 잘도 알고 있었습니다. 40년대 군산 사람들이 데스까부도를 잘 알고 있었듯이 1970~80년대를 산 군산의 우리들은 김진강 씨를 잘 알고 있습니다.

1980년대 초의 어느 날, 그가 총무과 사무실에 왔습니다. 군산 안내책자에 외항外港의 영어 표기가 잘못된 것을 발견하고 스스로 만족하고 감격해 하는 것을 보았습니다. 그리고 어학 실력이 부족한 시청 직원들의 무식을 질타하였습니다. 그는 젊은 시절 학교 선생이었다고 합니다. 풍문에 의하면 명산시장 산자락에 상당한 땅을 소유한 알부자 거지란 말을 듣기도 하였습니다.

젊은 시절 그의 삶이 어떠했는지 그가 어떤 까닭으로 직장을 그만두었는지 어떤 충격으로 정신적 결함을 가졌는지 잘 모릅니다. 다만 내 가슴속에 중절모를 쓰고 남루한 양복에 빨간 넥타이를 매고 건들거리며 희죽희죽 군산 거리를 걷는 그의 모습이 살아 있었습니다. 사무장이 되어 동에 나갔다가 시청으로 다시 돌아오는 세월 속에 언뜻언뜻 그가 이 거리에 없다는 것을 알게 되었습니다. 요사이 임갑수 씨나 남궁평 씨에게 그 안부를 물으면 월급을 타간 지가 5, 6년은 훨씬 지났다고 하더군요.

어제와 오늘 군산에는 15Cm의 눈이 내렸습니다. TV 기상 케스터는 군산이 전국 최고의 적설량이라고 소개를 합니다. 제11회 군산시의회 정기회의가 개회 중입니다. 행정감사를 받으며 예산안을 설명하며 바쁜 일상을 살고 있습니다. 고향에서 연행되 가는 전직 대통령의 모습을 봅니다. 일과 사건 사이사이 그대 모습이 있습니다. 창밖 언뜻 쏟아지는 함박눈발 사이 그대는 있었습니다. 뒷날 추억의 글 속에 그대의 이야기가 내 가슴 큰 강으로 흐를 것입니다. 이향아의 데스까부도처럼 김진강 씨도 내 글의 추억 사이사이 작은 강으로 흐를 것입니다. (1995. 12. 10)

94
소룡동 산을 파 가는 계획

草羅! 1979년 2월이 왔습니다. 박대통령은 군 정기 인사에서 육군참모총장에 정승화 1군사령관을 승진 발령하였습니다. 이세호 총장 후임인 새 육군 참모총장 정승화 대장은 육사 5기생으로 경북 금릉 태생이었습니다. 이미 누를래야 누를 수 없는 민주화의 열기를 박대통령 혼자 감당하기 어려운 지경에서 유신의 생활화와 자주국방을 외치며 재야와 카터 정권을 견제했던 시절이었습니다.

취임 한 달을 넘긴 감학중 지사는 시장·군수 인사와 신년 초도 순시를 마무리지으면서 내무부 출신 관료답게 도정을 착실히 챙기고 있었습니다. 그는 '밝고 풍요로운 전북 건설'을 구호로 내걸고 이를 실현키 위해 봉사하는 행정, 내실 있는 소득, 균형 있는 개발 등의 방침을 펴며 도정을 밀고 나갔습니다. 황인성 지사가 벌여 놓은 사업들을 마무리하면서 다음 해에 있을 제61회 전국체전 준비에 만전을 기하고 있었습니다.

돌출 인사로 경상도 쪽에서 군산 시장으로 오게 되어 취임 2주일을 넘기고 있는 황윤기 시장은 업무 파악과 동 순시를 함께 하면서 새로운 시정을 구상하고 있었습니다. 그는 취임 초 1910년대부터 금강동 고개에 자리한 군산교도소 이전 문제와 홍약국에서 신풍동사무소까지 남북 관통도로 확충 문제 해결에 매달려야 했습니다.

그해 2월 송준길 계장은 소룡동사무소에서 제1수원지 들어가는 입구에서부터 청구목재 하치장 앞까지 서해 바다를 내다보고 자리한 산줄기 1km 정도를 사진 찍고 다녔습니다. 수도과 부동산 등기를 정리하다가 소룡동사무소 옆에 몇 천 평의 시유지 임야가 있다는 것을 알게 된 송계장은 경영 사업을 착안하였습니다. 소룡동 입구에서부터 청구목재 하치장까지의 수만 평 산을 파다가 임해공단 매립용 토석으로 팔고, 바닥은 아파트 부지로 팔면 수억의 이윤을 남길 수 있다는 판단을 하고 있었습니다. 송계장은 카메라를 둘러멘 나와 함께 임기사가 모는 차로 소룡동에 자주 나가 정밀하게 사진을 찍어 왔습니다. 그리고 산 전체를 하나의 칼라 사진으로 만들었습니다. 산에서 나오는 토석의 양과 가격을 계산하고 아파트 단지화된 토지 분양가격을 계산하였습니다. 이의 실현을 위한 계획과 행정 절차를 표로 만들었습니다. 선전포고를 위한 전쟁을 준비하듯 비밀리 이 작업을 하는 송계장이 마치 위대한 전사자나 된 것처럼 보였습니다. 나와 단둘이만 알자는 그의 제의에 나 스스로 혁명가나 되는 것처럼 생각했을 정도였습니다.

　보고를 받은 원형연 부시장은 무척 흡족해 했다고 하였습니다. 시장의 반응은 알 수 없었습니다. 이 일이 몇 달 후 송계장이 도시계장으로 발령된 하나의 원인이 되지 않았을까 생각합니다. 지금 생각하면 참 어처구니없는 일이기도 합니다. 토목직도 아닌 행정직들이 단 일주일도 못 되어 그 거창한 사업의 마스터플랜을 만들었다는 것에 고소를 금치 못하였습니다. 기술자들이 보면 얼마나 우스웠겠어요. 그러나 발상만은 대단했다는 생각이 듭니다. 산을 하나 파 없애는 것이 환경하고는 무관한 것으로 생각했던 시절이라 그런 발상이 가능했을 거예요. 요사이 월명산을 지키려는 시민적 열기를 보면 더욱 그런 생각이 들어요.

　소룡동 옆 산을 파 가는 계획을 마무리하고 있던 어느 날 아침 병원에 갔던 아내에게서 전화가 왔습니다. 급히 달려간 내 앞에 1년 1개월 전 큰놈을 받았던 정신호 산부인과 원장은 아내가 수술을 받아야 될 것이라고 말을 하더군요. 보호자의 동의가 필요하다는 그는 자궁 외 임신은 간단해서 큰 걱정 안 해도 된다고 우리를 위로하여 주었습니다.

　면이와 함께 수술을 기다리는 나를 부른 정신호 원장은 자기의 진단이 정확했다고 말했습니다. 수술하기 전 오진이 아니라는 가정 아래 도장을 찍어 주고 밖에서 가슴 조이던 나를 불러 안심시켰습니다. 배를 가르도록 목숨을 맡기는 의사는 신이라고 생각을 하였습니다. 수술복을 입고 집도를 하는 하얀 머리카락의 정 원장이 신과 같다는 생각을 하였습니다. 생명은 참 고귀한 것이라고 생각을 하였습니다.

밖에 나오자 전보를 받고 달려 올라오신 어머님이 계셨습니다. 가족 한 사람이 병을 얻었을 때 집안의 결집력이 강화된다는 것을 알았습니다. 면이를 데리고 평화동시장 골목 술집에서 막걸리를 마시며 초조한 마음을 달래던 때가 엊그제 같습니다.

아! 1995년 이 한 해가 저물려 하는군요.

(95. 12. 16)

95
타코마시와 자매결연

草羅! 황윤기 시장이 취임한 지 한 달여 지나고 있었습니다. 전 이길연 시장이 원대한 구상을 가지고 추진했던 공단관리사업소가 승인되어 첫 소장에 강중권 시정 계장이 발령되었습니다. 황시장은 도 인사부서 절충이 여의치 않자 지사와 협의하여 직대 발령을 하였습니다. 뒤에 여러 가지 어려움도 있었지만 아마 시사市史이래 사무관 승진을 위한 자체 발령은 처음 있었던 일이었을 것입니다. 또한 전임 시장이 추진했던 국제 자매시 결연이 성사되었습니다. 1979년 2월 18일 군산시와 워싱턴주 타코마시 간의 국제 자매시 결연을 위해 마이크 파카 시장이 미국에서 직접 군산에 왔습니다.

미 공군 군산비행장을 통하여 타코마 시장 일행이 군산시에 들어오는 날은 영화동 하늘에 때아닌 눈발이 날리고 있었습니다. 비행장에서 해망동을 들어오는 길에 태극기와 성조기를 든 환영

인파를 세웠습니다. 서초등학교에서 시청 사거리까지는 교통이
통제되었습니다. 통제된 도로변 인도에는 수많은 초중고 학생들
이 흔드는 양국 국기들의 물결이 무지개로 나풀거렸습니다. 경찰
싸이카의 호위 속에 동고와 여고 밴드부를 앞세운 마이크 파카
시장 일행을 태운 세단이 천천히 시민슈퍼 사거리 쪽으로 미끄
러져 왔습니다. 환영 인파에 감격한 젊은 마이크 파카 시장은 차
에서 내려 군중과 함성 그리고 꽃가루 세례와 태극 물결을 갈랐
습니다. 이성당 앞에서는 초등학교 고적대 반주에 맞춰 어린이들
이 부른 미국국가가 울려 퍼지고, 그들의 음률에 따라 육정림 무
용단이 남실거리듯 춤을 추고 마이크 파카 시장이 시청 정문에
들어섰을 때 색동옷 곱게 차려입은 화동은 장미 한 다발을 바쳤
습니다.

 황윤기 시장의 영접으로 회의실에 서면서 자매결연식이 거행
되었습니다. 황시장이 군산의 각급 기관장과 유지들을 소개하였
습니다. 마이크 파카 시장은 알렌비취 시장 특별고문 레리 팀슨
주택도시개발담당관과 한트리골든 무역담당관 등을 소개하였습니
다. 군산시 측 통역은 권영철 씨가 맡았으며 미국 측 통역은 미
국에서부터 시장을 수행하고 온 교민회 간부인 군산 출신 정회
상 씨가 맡았습니다. 군산시와 타코마시 교류의 실질적인 메신저
역할을 한 정회상 씨는 그때 나이 28세였습니다.
 이날 군산시와 타코마시는 문화·예술·과학·기술 및 상업과 산
업면에서 호혜적 협력을 다한다는 공동선언문을 채택하였습니다.
황시장이 행운의 열쇠를 증정한 후 환영사를 하였습니다. 마이크
파카 시장의 답사를 끝으로 공식 행사를 마친 단하에서는 두 시

장의 건배 제의와 함께 칵테일 파티가 시작되었으며 단상에서는
육정림 무용단의 춤이 시작되었습니다.

 1979년 2월 19일 오후 2시, 나는 시청회의실에 마련된 군산시
와 타코마시 간의 우호증진을 위한 파티를 구경하는 한 사람으
로 서 있었습니다. 그때 나의 나이 34살이었습니다. 그리고 마이
크 파카 시장의 나이는 31세였습니다. 많은 사람들이 마이크 파
카의 수려한 용모와 매너에 찬사를 보내고 있었습니다. 짧은 외
국 생활 경험이 있었던 나의 눈에도 정말로 그는 멋있었습니다.
그렇게 해서 군산시 생긴 이래 최초의 자매결연이 설립된 지 20
여 년의 세월이 지나갔습니다.

 그해 11월 8일 마이크 파카 시장이 그의 아름다운 처와 함께
군산시를 다시 찾았을 때 나는 총무과 직원이었습니다. 그리고
의전을 담당했던 실무자였습니다. 그 뒤 7, 8년 동안 자매결연
사업 업무를 보면서 나는 너무 많은 것을 보고 듣고 느꼈습니다.
회한과 자탄과 절망의 이야기들이 내 가슴속에 살아나고 있어요.
강물 같은 세월의 이야기들을 다음 회에 하고 싶어요.

 보고 싶은 草羅! 1995년 정기의회가 연말을 향하고 있군요. 행
정감사와 신년도 예산안 심의 그리고 업무계획 보고를 위해 정
신없이 뛰고 있습니다. 수능시험을 끝낸 큰놈의 성적발표를 기다
리며 군고에 응시한 막내의 결과를 기다리며 뜁니다. 법정에 나
오는 전직 대통령과 단식 중인 전직 대통령을 생각하면서 연말
을 향해 뛰고 있습니다. 일들과 일들 사이 생각들과 생각들 사이
에 그대가 있습니다.   (95. 12. 24)

96
시인 이동주

草羅! 1979년 설을 지내고 어머님이 순창에서 올라오셨습니다. 동생 건이의 하숙집을 먼저 다녀오신 어머님은 밝지 아니한 심기를 표 내지 않으려 하셨습니다. 어머님을 대하는 나의 마음 또한 편하지를 아니하였습니다. 내 집에 함께 있어 주지 아니한 건이에 대해 야속한 마음도 감출 수 없었습니다. 군산의 하늘 아래 세 형제가 따로 살고 있는 현실이 안타까웠습니다.

어머님은 수도사업소에 근무하는 면이의 혼사 문제로 집에 오셨습니다. 비록 임시직원이지만 시청에 다니기 때문에 장가를 보낼 수 있다고 흐뭇해하셨고, 다음날 면이와 함께 전주 금암동 이모집으로 선을 보러 가셨습니다.

어머님이 전주로 가시는 날, 하루 내내 일손이 잡히지 않았습니다. 그날 지방지 석간에 시인 이동주李東柱 씨가 서울에서 별세했다는 기사를 보았습니다. 내가 이동주 씨를 처음 만난 것은

5·16 다음 해인 고교 2년생이었을 때였습니다. '혁명정부 지지 순회 연설'을 위해 김동리 씨를 수행하고 순창에 온 그를 극장에서 처음 보았습니다.

고교 1년 봄, 남원 춘향제에서 신석정을 만난 이후 내 생애에 두 번째 본 한국의 문인이 김동리와 이동주였습니다. 문협 이사장이었고 전년도 학원문학상 심사위원장이었던 김동리의 연설은 답답하였고, 문인이 군사정부 지지연설이나 하고 다니는 것이 어린 내 마음에 꺼림칙하게 와 닿았습니다.

자신과 자신의 처가 스승인 김동리 품에서 자랐다고 말문을 연 이동주는 가냘프면서도 귀를 겸한 선비로 보였습니다. 알맞게 익은 복숭아 같다는 생각을 하였습니다. 양복 윗주머니에 하얀 손수건을 꽂은 그에게선 과일 향내가 날 것이라는 생각도 하였습니다.

나는 월남에 있을 때 이동주의 시를 처음 읽었습니다. 미진이가 보내 준 이동주의 '강강술래'를 읽으며 달빛 어린 고국 내 고향 전라도의 정취가 눈에 선하였습니다. 그의 시는 내 영혼을 푸른 달빛 리듬에 함께 춤추게 하였습니다. 강강술래에 빠져들었다는 나의 답장을 받은 미진이는 그 후 나에게 〈혼야 새댁〉이라는 이동주의 서정시들을 적어 보내 주었습니다.

1970년대 군산에 오면서 나는 이동주가 이리에서 살았다는 것을 처음 알았습니다. 1980년대 중반 내가 시문학에 등단한 이후 이동주의 처가 최미라였다는 것도 처음 알았습니다. 그리고 최미라에 대한 많은 이야기도 알게 되었습니다.

대한민국 시인이 대접을 받았던 시절, 직업이 없던 이동주가 이리에 나타났다 합니다. 그가 내민 시인이라는 명함 한 장으로 이리 모 여고에 취직을 한 그는 직장과 가정 생활에 제대로 적응을 못했다 합니다. 달빛처럼 깨끗한 서정에 생활이라는 탁한 현실은 그를 방황하게 했는지도 모릅니다. 그는 목천포 물보라보다 많은 이야기를 흘려 놓고 이곳을 떠났습니다.

한 아주머니가 식육점에서 돼지고기 한 근을 사왔습니다. 그 고기를 싼 8절 갱지가 자신의 딸 시험지라는 것을 알게 되었습니다. 채점도 되지 않은 딸의 시험지를 본 엄마는 성적표에 기재된 딸의 점수가 엉터리라는 것을 알게 되었습니다. 많은 엄마들의 항의에 접한 학교 당국은 이동주를 조사하면서 그가 한 학년 전부를 채점도 하지 않고 생각나는 대로 점수를 썼다는 것을 알게 되었습니다.

무절제한 생활과 조직에 동화하지 못하여 직장을 그만두고 이리를 떠난 그는 서울에서 한때 월간문학 상임 편집위원을 역임하였습니다. 그리고 직장을 몇 군데 전전하다가 59세를 일기로 저 세상으로 갔습니다. 잘 익은 복숭아 냄새로 내 가슴에 남아 있는 한 시인이 떠나감을 보면서 인생은 참 덧없는 것이라고 생각을 하였습니다. 늘 생사의 높이에서 인생을 관조했던 그의 눈에 시험 점수가 얼마나 무의미했겠어요. 숫자로 사람을 평가하는 것이 얼마나 우스웠겠어요.

이 겨울 대학수능시험과 고입연합고사에서 수험 점수에 많은 아이들과 부모들이 애타함을 봅니다. 군고 졸업을 앞둔 큰놈 형진이가 대학수능시험에서 147점을 맞았습니다. 10점만 더 맞았으면 연세대학교는 충분했을 텐데 하는 아쉬움이 있습니다.

149점을 맞아 270등으로 군고 합격증을 들고 들어온 막내는 기대했던 장학생이 못 되어서 나에게 미안해하는 표시를 하는군요. 경쟁의 척도를 숫자로 표시하는 세계에서 우리는 살고 있습니다. 근평이라는 보이지 아니한 숫자의 제약에 얽매이면서도 나 또한 살고 있는 것입니다. 안녕, 그리운 그대.

(95. 12. 27)

97
그의 미모에 혀를 찼습니다

草羅! 자매결연을 마친 마이크 파카 시장 일행은 1박 2일간을 군산에 체류하고 떠나갔습니다. 체류 기간 동안 백화양조와 한국합판을 둘러보았습니다. 월명산도 둘러보았습니다. 그는 군산과 타코마시 중고생들 간의 펜팔과 민간 교류를 약속하였습니다. 군여상 배구팀 초청도 약속을 하였습니다. 지금 생각하면 아무것도 아니지만 당시 미국에 가는 것이야말로 많은 사람들을 들뜨게 했습니다.

1979년 11월 8일, 결연 이후 두 번째 방문 때 나는 서무계 의전 담당 직원으로서 직접 영접 계획을 짜고 이리 뛰고 저리 뛰었습니다. 부인과 함께 온 파카 시장을 김포공항에서부터 군산시까지 수행하는 것에서 3박 4일간의 군산 체류 일정과 금산사에서 상경하는 모든 계획을 도면화하고 칼라 그림으로 체계화하였습니다. 미국에서부터 파카 시장을 수행해 온 정회상 씨가 계획서를 보고 놀라더군요.

시장 관사 초청 만찬장에 나올 음식과 술을 고르는 일의 어려움을 알게 되었습니다. 파카 부인의 몸 치수를 미리 알아서 한복을 만들 비단의 질과 색상을 고르고 한복 집을 쫓아다니는 고통이 어떤 것인가를 알게 되었습니다. 공식 행사와 만찬장에 초청해야 할 인사들 고르기가 어려웠고, 기생파티에 들어가야 할 사람과 그들 사이사이 여자 끼어 넣기에 적정을 기하기가 얼마나 어려운가를 알게 되었습니다.

집무실에 '나의 꿈은 백악관 가는 것이다' 라는 표어를 달아 놓고 근무했을 정도로 정치적 야망이 대단했던 민주당 출신의 마이크 파카 시장 부부가 시청 정문 앞에 내렸습니다. 기다리던 황윤기 시장과 인파에 쌓여서 화동들에게 꽃다발을 받았던 그들 젊은 부부는 용모가 수려했습니다.

파카 시장 부인은 아름다웠습니다. 공식 행사장에서 양장을 입은 그의 날렵한 몸매와 매너는 정말 아름다웠습니다. 시장 관사 초청 만찬에서 선물로 받은 한복을 차려입고 다음날 송죽 만찬에 나타난 그녀는 선녀처럼 아름다웠습니다. 송죽 만찬장에 참여한 모두는 그의 미모에 혀를 찼습니다. 한국식 주법에 의하여 건네는 베리나인 골드 잔에 그녀는 취하여 비록 일찍 자리를 떠났지만 끝까지 몸을 가누며 품위를 잃지 않으려는 자세가 처연하고 아름답게 보였습니다.

내가 중학교 3학년 때 케네디 대통령이 죽었습니다. 사춘기 때 우리들은 그의 미망인 재클린이 세계적 미인이라고 생각을 하였습니다. 내 나이 35세 때 마이크 파카 부인을 보았습니다. 재클린보다 더욱 미인인 것처럼 생각을 했습니다. 그것은 내 생각뿐이 아닙니다. 내 나이 50이 넘었지만 그녀를 보았던 군산의 많은 사람들이 그녀가 미인이었다는 데는 모두 생각을 같이 하고 있음을 알고 있습니다.

가난했던 시절의 의전은 너무 호화롭고 낭비적이었습니다. 고려 시대와 조선 시대를 거치는 천 년 동안 대국의 사신들 입맛을 맞추다 보니 모르는 사이 우리의 음식이 발전한 하나의 원인이었다는 글을 어렸을 때 읽었습니다. 총무과를 떠나기까지 8년여 동안 마이크 파카 시장이 두 번, 더그슈서랜드 시장 일행이 두 번, 네 번 이상 자매시 시장 영접을 하였습니다. 그리고 군산의 많은 사람들이 자매시 교류란 명목으로 애걸 방미하는 모습을 지켜보면서 지나치다는 생각을 갖게 되었습니다.

자매결연식 때 우리 시에서는 열 돈짜리 행운의 열쇠를 증정하였습니다. 미국식 스케줄에는 그 부분은 생략되어 있었습니다. 타코마 시장이 올 때마다 행운의 열쇠와 많은 선물이 증정되었고, 이를 받은 타코마 시장은 16절 크기의 액자에 들어 있는 타코마시 사진 한 장을 달랑 주거나 그들의 시 마크가 들어 있는 배지 하나 달랑 주는 것으로 이상 끝이었습니다.

군산 사람들이 미국에 갈 때는 시청 직원들이 별도 차를 내어 짐을 싣고 김포로 가기도 했습니다. 모 시장은 타코마 시장에게 줄 금반지는 준비되어 있었는데 집무실에 걸 남농의 산수화가 필요하다며 군산화랑 김용갑 씨와 목포까지 가서 그림을 받아온 착잡한 기억이 새롭습니다. 그리고 또 다른 기억들도 다음 회에 더듬어 보기로 해요.

　보고 싶은 草羅! 1995년 한 해가 저물어 갑니다. 지자제를 시작하였던 역사적인 한 해였다고 합니다. 옛 옥구청사에서 근무하면서 이 해를 보냅니다. 큰놈은 수능시험 이후에 본고사를 준비하고 있습니다. 대학 진학을 위한 고뇌가 어떠한 것인가를 알게 합니다. 군고를 합격한 막내의 지난 3년간 고통을 우리는 알고 있습니다. 지난해 연말 오랫동안 그대에게 보냈던 이야기들을 묶어 세상에 내보내 놓고 다시 한 해를 보냅니다. 우리의 이야기는 새해로 이어지게 되겠군요.

(95. 12. 30)

시장, 미국 가지 않겠다고 선언했습니다

草羅! 외국 가기가 어려웠던 시절, 군산시와 국제 자매결연을 맺은 타코마 시장의 초청장을 근거로 하여 많은 사람이 미국에 가기를 원하였습니다. 군산시에 전입한 시장이나 국장급들은 재임기간 동안 미국에 가는 기대를 안고 취임을 하였을 것입니다. 한 사람의 공무원이 미국에 가기까지 얼마나 많은 어려움을 겪는지는 해보지 아니한 사람은 모릅니다.

공무원이 외국에 가려면 도의 승인을 거칩니다. 그리고 다시 내무부의 승인과 외무부, 안기부 등 몇 개 부처의 합동공심회를 거쳐 확정이 되어집니다. 그 이후 외무부에서 여권을 내고, 다시 미 대사관 비자를 발급받은 이후에 출국을 할 수 있는 것입니다. 접수에서 결재까지 부처에서 부처로 어디쯤 서류가 어떻게 돌아가는가에 대하여 맥을 짚어 내는 데도 큰 어려움을 겪습니다. 이때의 시간적 금전적 낭비는 대단한 것입니다. 정신적 고통은 말로는 다할 수 없는 것입니다.

'8·15'는 타코마시 독립기념일입니다. 1981년 8월 15일 타코마시 독립기념일을 '한국인의 날'로 선포하여 10일 전에 김영배 시장을 초청하였습니다. 당일 행사에 군산 시장 축사가 있는 스케줄도 동봉되어 있었습니다. 초청장을 접수했던 날, 밤을 세워 서류를 만들었습니다. 문서계 직원들이 밤늦게까지 대기하였다가 시장 관사에서 결재되어 나오는 서류에 직인을 받았습니다.

다음날 아침 도 문서계 직원이 출근하기 이전부터 기다리고 있다가 접수를 해 놓고 담당 직원을 만납니다. 도 실무자가 서류 검토 후 층층의 결재를 하루 만에 돌아가게 하기까지는 전날 밤 시장의 적절한 전화 조치의 결과였을 것입니다.

지금도 생각납니다. 1981년 뜨거운 여름 어렵게 도에서 서류를 가지고 내무부에 가기 위해 고속버스로 상경을 하는데 죽암휴게소에서 점심을 들었습니다. 점심을 마치고 나왔더니 차는 이미 떠나버렸습니다. 다행히 차 안에 부속실 직원 곽금희 양이 타고 있어서 다음날 아침 서류가 내 손에 들어왔습니다.

국가 공문서를 개인이 소지할 수 없는 위규는 본인은 물론 실무자, 지사, 그리고 시장 모두가 연대 책임을 져야 할 것입니다. 이의 원인 행위자가 나라는 자책감과 작은 일에 소홀했던 스스로를 책하며 뜬눈으로 밤을 새웠던 때가 엊그제 같습니다. 결혼하여 전주에 살고 있는 곽금희 씨에게 지금도 고맙게 생각을 합니다.

1984년 여름 군산시 방문단을 이끌고 김병량 시장 내외가 타코마시에 가야 할 서류가 내무부를 거쳐 공심회를 통과하였습니다. 외무부에서 여권을 내어 미 대사관에 비자 신청을 해 놓았습니다. 인터뷰를 생략한 공무 여권이라 4일 이내에 비자가 떨어질 것으로 생각을 하고, 방문단은 김포로 나갔고 김시장은 송파구 한양아파트 자택에서 기다리고 있었으나 비자가 나오지 않았습니다. 민간인들은 김포에서 돌아왔고 아파트에서 군산에 돌아온 시장은 미국에 가지 않겠다고 선언해 버렸습니다.

나는 미 대사관에서 5분 거리인 미도장여관에서 망신당한 시장의 권위를 생각하며 힘 약한 우리의 처지를 한탄하였습니다. 놀란 황금택 계장도 상경하여 함께 여관방에서 뒹굴었고, 참모들은 시장의 마음을 돌리려는 노력에 애를 먹었습니다. 공식 일정보다 3일 후인 1984년 7월 3일 오후 4시 비행기로 시장 부부와 일행 7명이 김포공항 3층 출구를 빠져나갔습니다.

임석열 씨가 몰고 내려오는 차 속에서 계장과 나는 몹시 지쳐 있었습니다. 우리들은 유성에 내려 뜨거운 온천장에서 피로를 풀었습니다. 김포를 빠져나가던 시장 부부가 우리에게 준 위로금으로 술을 마셨습니다. 여관으로 돌아온 우리들은 장님 안마사를 불렀습니다. 사람이 사람을 주무르는 데 몸을 맡겨 놓고 있는 자신이 너무 허퉁하여 잠 못 이루었던 밤이었습니다. 어느덧 10년 이상의 세월이 훌쩍 흘렀습니다.

세월은 많은 것을 망각하게 합니다. 그래도 잊혀지지 않은 일들이 남아 있어요. 많은 군산 사람들이 미국 가기를 원했습니다. 미리 타코마 쪽에 로비를 하여 초청장에 자기의 이름이 들어 있도록 하였습니다. 많은 초청 인사들을 적정히 조절키가 어려워지자 김영배 시장은 자매시 교류추진위원회를 만들도록 하였습니다. 그 위원회를 통하여 미국 갈 사람들을 조정하려 하였으나 큰 효과를 보지 못하였습니다.

타코마시와의 결연이 양시 우호증진에 상당한 기여를 했다는 것은 인정하고도 남습니다. 그러나 실질적인 효과를 거두었는지에 대하여는 많은 검토가 필요하겠지요. 외국 가기가 어려웠던 시절 군산 사람들은 미국 가서 많은 돈들을 썼습니다. 청바지를 입고 온 미국 사람들은 돈 안 들고 과분하고 호화로운 대우만 받다가 떠나갔습니다.

1979년 마이크 파카 시장이 군산에 왔을 때 권갑석 씨가 시 교육장이었습니다. 군산에서 정성을 다한 생각만 가지고 다음 해 일행 3명과 함께 파카 시장 초청으로 타코마에 도착하였습니다. 일과시간이 막 끝나 부속실에 여직원도 없이 혼자 집무실에 있는 시장 앞에 그의 글씨를 비롯해 몇 가지 선물을 내놓았습니다. 그러나 그는 타코마 시장이 끓여 준 커피 한 잔의 접대에 만족하고 돌아와야 했습니다. 점잖은 권갑석 씨의 마음이 얼마나 편치 않았겠어요.

군산시는 작년 중국 연대시와 자매결연을 하였습니다. 간소한 결연식을 보면서 국력을 확인한 것 같아 마음이 편했습니다. 요사이 타코마시 관계자가 군산에 와도 실질적인 업무 협의와 간단한 식사 대접만을 합니다.

가난했고 미국 가기가 어려웠던 시절 우리 실무진들은 많은 일을 했습니다. 육체적 고통보다 정신적 괴로움이 더 심했던 것을 말로는 다할 수 없었습니다. 외국 갈 시장의 서류를 내무부에 가지고 올라갔을 때 실무자가 중·고교 나의 동창이었습니다. 서류를 넘겨 놓고 10시간이 넘어도 연락이 오지 않아 그의 소식을 기다리며 다방에 죽치던 생각이 납니다. 저녁식사 때 나타난 그가 첫 마디에 "가기 어렵겠드라" 하였을 때의 절망감은 잊을 수 없어요. 친구란 사람에게 많은 모멸감을 느꼈습니다.

1985년 가을, 만 7일을 남겨 놓고 전종한 시장이 미국행을 서둘렀습니다. 내무부에 서류를 접수해 놓은 다음날 아침은 일요일이었습니다. 연희동 산비탈 새벽 찬비를 맞으며 황선길 씨 집을 찾아갔습니다. 초인종을 눌렀지만 신호만 갈 뿐 무반응이었습니다. 연탄가스 사고가 아닌가 하여 공중전화 박스에서 전화를 걸었더니 초인종 고장이었습니다. 비를 맞고 오랫동안 대문 앞에서 기다렸을 나를 위해 양주 한 병을 내놓았습니다. 둘이 해장으로 죠니워커 한 병을 다 마시고 친구가 되었습니다. 우리는 해방등이였습니다. 지금도 소식을 주고받는 답니다.

국비 서기관이 되어 대구에 내려간 황선길 씨는 10년이 지났어도 소식이 오고 있습니다. 10년 세월 동안 많은 변화가 우리에게 왔습니다. 여행의 자유화는 많은 괴로움을 해소해 주는 반면 역작용이 있다 합니다. 괴로웠던 세월이 추억으로 환원됩니다. 많은 군산 사람들이 미국 가기 위해 뿌리는 추태는 세월이 흐르면서 흘러갔습니다.

1979년 타코마 시장을 처음 맞이하면서 우리들은 기쁨조 여인들을 구하였습니다. 그녀들의 건강진단을 받게 하면서 감내해야 할 해당직원들의 모욕감은 어떤 것이겠어요. 지금은 상상할 수 없는 일이지만 한때 우리들은 자괴감 속에서 허탈한 가슴을 달랬습니다.

우리 시가 타코마시와 자매결연을 맺은 지도 16년이 지났습니다. 젊고 야망에 넘쳤던 파카 시장은 상원 진출과 사업에 실패했다 합니다. 아름다운 그의 처에게 이혼을 당한 그는 낭인 생활을 하고 있답니다. 외로운 그의 가슴에 젊은 시절 군산의 추억은 아름답게 피어날 것입니다.

(96. 1. 7)

99
동생 면의 결혼

    草羅! 순창이 읍으로 승격되고 개벽 이래 고향 마을에 수동식 전화기가 처음 놓여지며 1979년 2월이 가고 있었습니다. 아버님이 적성우체국에 신청하여 군산으로 걸려온 전화는 동생 면이의 혼사를 결정했다는 내용이었습니다.

    7남매의 넷째인 면이는 6·25 전쟁의 와중에서 태어났습니다. 최부잣집 손자들이었던 우리들은 남들이 생각하는 것만큼 풍족하지는 아니하였습니다. 해방 후 토지개혁으로 우리는 많은 땅을 잃었습니다. 그것들은 세상살이가 얼마나 어려운 것인가를 알게 하였습니다.

    아버님은 도시 진출이 잘못되어 조상 대대로 내려오는 가문의 명예가 파괴될까 두려워 시골 농사 속으로 움츠러들었습니다. 면 단위에서 시대의 굽이굽이를 돌며 시골 사람들의 정신적 지주로서 자족하였습니다. 일이 뼈에 박히지 아니하여 적지 아니한 농사를 남의 손에 의지하였습니다. 그리고 이웃 사람들을 위해 많은 시간을 빼앗겼고, 체면을 위한 경제적 지출이 필요하였습니다.

외적인 수입이 없이 논밭농사와 밤·감 등의 유실수 재배로 칠남매를 가르치기에는 늘 벅찼습니다. 우리보다 가난해도 단출한 집 친구들이 수학여행을 갈 때 내 스스로 그것을 포기했던 경험이 이를 잘 말하여 줍니다. 큰아들이기 때문에 머리가 좋기 때문에 외동딸이기 때문에 막내이기 때문에 가르쳐야 되고 그래서 밀려나고 제외된 사람이 넷째 면이었습니다.

그가 고등학교 입학시험에 응시하여 필기시험을 본 다음날 면접시험을 보러 가야 하는데 집안 사람 모두의 호응이 없자 대성통곡한 것을 우리 형제들은 보았습니다. 면이가 고등학교 못 간 것에 나는 목이 메었습니다. 면접시험을 치르러 가야 하는 날 차비를 주지 아니한 아버님에게 항의한 그의 행위를 못 본 체 사랑방에 숨어 있던 스스로가 원망스러웠습니다. 집안 형편 잘 알지만 내가 먼저 나서서 면접이라도 보이자고 권해 보지도 아니한 것이 후회스러웠고, 그를 배신한 것 같아 늘 가슴이 아팠습니다.

그해 봄 대학 진학을 포기하고 입대를 하였습니다. 얼마 후 내가 파월되었을 때 그는 서울 마포 고모집 단칸방에서 고모네 식구들과 함께 기식하면서 공장을 다녔습니다. 큐논 빈케에 있는 63포병대대 군수과에 배속을 받은 다음날 나는 아버님에게 간곡한 부탁의 첫 편지를 보냈습니다. 앞으로 내가 보낼 모든 수당을 면이의 고등학교 편입과 학비로 써달라는 내용이었습니다.

그러나 나의 진실한 소망도 성사되지는 아니했습니다. 아버님은 나의 답신에 서울대에 다니는 셋째의 학비와 다섯째부터 셋이나 줄줄이 진학을 시켜야 되는데 누군가는 부모를 위해서 양 보해 주어야지 어떻게 하겠느냐는 내용이었습니다. 열 손가락을 깨물어서 안 아픈 손가락이 어디 있겠냐고 공장일 잘 견디고 있 는 면이의 마음을 혼란스럽게 하지 말라는 충고였습니다.

공장에 다니는 면이에게도 편지가 왔습니다. 아버님의 무반응 에 큰형께 응원을 청하였더니, 졸업장을 위한 편입의 무미함을 역설하여 무안하고 섭섭했다는 내용의 편지를 보초를 서면서 읽 었습니다. 큰 나무 밑 잔솔들은 생존하기 어렵다는 내용의 답신 을 그에게 보낸 기억이 지금도 생생합니다.

1979년 3월 초, 면이 결혼식은 전주 한진고속 옆 목화예식장에 서 거행되었습니다. 시골에서 올라온 사람들과 연락된 친척들을 모시고 치른 조촐한 잔치였습니다. 나는 그날 밀려 있는 특별회계 결산을 위하여 순창 가는 것을 생략하고 군산으로 돌아왔습니다.

면이의 결혼식 때 집안 어른들은 농촌 총각인 그가 군산시청에 다니기 때문에 큰 부담 없이 장가보낼 수 있었다는 이야기로 나 를 칭찬했던 생각이 납니다. 면이의 취직을 살아 생전 부모님도 늘 내게 고맙게 생각했었습니다. 칠남매 중에서 처져서 못 배우 고 지게를 가장 많이 졌던 그가 임시직에서 정규직이 되고 아이 들 가르치며 성실히 살아가고 있습니다.

부모님이 돌아가신 지 10여 년이 되었습니다. 교회에 다닌다 하여 형님은 조상의 제사를 모시지 아니합니다. 장남이 제사를 모시지 아니하여 가장 가슴아파하는 그를 봅니다. 차남인 나를 위주로 하여 조상들을 모시고 있지만 그의 효를 따르지 못하고

있습니다. '못 가르치고 괄시받은 자식이 효자 노릇 한다'는 옛
말이 하나도 틀리지 아니함을 그를 통하여 보고 있습니다.

　草羅! 새해를 다시 맞이하며 멀어져 가는 그대에게 익숙해지려
는 노력을 다하고 있습니다. 안녕, 그리운 그대.

(96. 1. 14)

100
족보 때문에 민족의 맥이 이어진다합니다

草羅! 1996년 설날이 오고 있습니다. 싸늘한 기온 속으로 밤과 낮이 넘나들고 있어요. 회색 하늘을 향한 나무들이 얼어 있습니다. 벗어버리고 맡겨 버리고 기다리는 나목들의 정숙함에 목이 메입니다. 제2청사 후정 언덕은 꾀벗은 나무들이 정연하군요. 까르르 지르는 영광여고생들의 티없는 웃음소리가 가지들을 흔들고 있어요.

이 거리에서 그대를 본 지도 오랜 세월이 흘러갔습니다. 그대가 없는 이 거리에서 띄우는 나의 글들이 얼마나 공허한지 모르겠어요. 이렇게 우리의 생이 종착역에 가는 것인가를 생각하면 허탈할 뿐입니다. 그대와 나 사이 동면이란 장막이 가로놓여 있다면 좋겠다고 생각을 하였습니다. 봄을 기다리는 긴 인내는 아름답습니다. 확신 없는 그대의 기다림은 나를 방황하게 합니다.
차가운 겨울에 자신을 맡긴 벗은 나무들은 아름답습니다. 다시 이파리로 치장할 봄을 기다리기 때문이어요. 나포에서 서수로 이어지는 축동산 긴 임도로 차를 몰았습니다. 비포장 산길에 차는 흔들리고 내 가슴은 한없이 흔들렸습니다. 찬바람 속에 생명의 의지를 불태우는 겨울 나무들을 보며 울고 싶었습니다. 축동산 삼림 그 겨울 가지처럼 많은 그대의 잔영에 목이 메인 세월을 보내고 있습니다.

1996년 첫 의회가 열렸습니다. 2월 7일부터 제12회 군산시의회 임시회의가 열렸습니다. 시장은 본회의에서 금년도 시정보고를 하였습니다. 상위에서는 국별 업무보고와 각종 조례안을 상정하였습니다. 시의원들은 시정 질문을 하고 시장은 이의 답변을 하였습니다. 9일 동안의 바쁜 회기를 마치면서 설을 맞이하였습니다.

앞으로 있을 4·11 선거에 위반되지 아니한 범위 내에서 각 시설에 위문품을 보냈습니다. 돈에 맞춰 물건을 사고 적정시간에 모두 보내지도록 하는 어려움을 겪었습니다. 이제 외상값에 크게 시달리지 아니하고 설날을 맞는 공직사회가 상큼하게 보였습니다. 한때 수출 제일주의란 명목으로 유독 설날을 공휴일에서 제외시켰습니다. 50% 설 보너스를 받고 3일간의 공휴일을 맞으며 많이 달라진 현실을 감지했습니다.

이번 설에 2,800여만 명의 민족이 고향으로 대이동을 하였다 합니다. 행렬의 목적은 고향집 안방에서 차례를 모시려는 것입니다. 나는 차례가 없는 고향집 가기가 어려웠습니다. 조상에 절 안 올린 아들놈들 세배를 어떻게 받겠어요. 많은 사람들이 시골로 떠나버린 주위는 텅 비어 있었습니다. 설날 아침 아파트 5층에 차례상을 차렸습니다.

삼국유사, 고려사, 조선실록이 있기 때문에 우리의 역사가 있다 합니다. 조상을 모시려는 기록인 족보가 있었기에 우리 민족의 맥이 이어져 올 수 있었다 합니다. 조상을 모시고 절하는 것을 타부시하는 종교는 무엇인지 알 수가 없어요.

차례를 군산에서 모신 설날 아침, 성묘를 위해 순창에 내려갔습니다. 신생화원에서 사간 꽃다발을 부모님 묘소에 바쳤습니다. 두 아들놈의 상급학교 진학 합격증과 지난 연말 내가 받았던 정부포장을 상석 위에 올려놓았습니다. 술을 따르고 우리 가족은 절을 하였습니다. 퇴주잔을 거두어 대학 입학을 앞둔 큰놈에게 술잔을 건네주었습니다. 난생 처음 나의 잔을 받고 당황한 아들놈과 건배를 하였습니다. 조상 앞에서 아들놈을 성인으로 인정할 것을 스스로 다짐하였습니다.

성묘를 마친 우리들은 햇볕 다냥한 조상의 무덤에 기대어 앉았습니다. 내 꿈이 비벼진 책의 산이 나를 응시하였습니다. 어린 날 청운의 웅도를 꿈꾸며 떠나갔던 고향, 고향을 떠난 지 30년이 지난 지금의 나는 무엇인가를 생각하였습니다. 50이란 나이에 시청 계장에 지나지 않고 있음을 알았습니다.

일생 동안 꿈꾸고 있는 나의 詩는 어디로 가는가에 대하여 생각하였습니다. 능력은 없지만 진솔하게 임하고 최선을 다하는 길뿐이라는 생각을 가지고 산소를 뒤로하였습니다. 고향과 사람들을 뒤로하고 군산으로 돌아오는 차 속에서 언뜻 그대의 모습이 차창에 떠올랐습니다. 안녕! 草羅.　　　　(96. 2. 19)

101
송준길 씨와의 인연

草羅! 1979년 3월부터 이야기를 시작해야 되겠군요. 유신 시대의 절정을 향해 불안한 정국은 치닫고 있었습니다. 1978년 겨울 총선에서 신민당에 비해 1.1%의 지지를 덜 얻고도 유신정권은 거대한 여당이 되었습니다. 연초 대통령은 유정희 소속 백두진 의원을 국회의장 예정자로 지명을 하였고, 이의 저지를 위한 야당의 저항은 대단하였습니다.

박정희는 한국정부에 비판적인 카터를 한국에 데려오도록 하는 외교를 펴면서 5월에 있을 신민당 전당대회에서 강경파 당수가 탄생되지 못하도록 하는 쪽으로 가닥을 잡아갔습니다. 긴급조치로 많은 재야 인사들이 구속된 경색 정국에서 우리 행정은 유신만이 최고의 가치라는 획일적 사고 속으로 스스로를 몰고 가기에 익숙해져 있었습니다.

그해 3월 완주 밤티재에서 교통사고가 발생하여 7명이 사망을 하고 45명이 부상을 당한 사고가 우리들을 울적하게 하였습니다. 군산대교가 폐지된 이후 새로 탄생하는 초대 군산대학장에 최규련 박사가 임명을 받았습니다. 박만기 씨가 《월간문학》에, 나의 고교 은사 권진희 씨가 《시조문학》에 각각 등단했다는 소식을 접하고 월명공원에 올랐던 날 해망동 앞 바다는 봄 햇볕에 반짝거렸습니다. 제련소 굴뚝 멀리 내 꿈들이 파랗게 사라져 간다고 생각을 하였습니다.

황윤기 시장은 취임 후 첫 인사를 단행하였습니다. 1979년 3월 6일자로 과장을 포함하여 50명의 인사를 하였습니다. 도에서 전입한 박종환 민방위과장, 이보석 공단사업소장, 성문용 시정계장, 남궁평 기획계장, 황명규 회계계장, 송준길 도시계장, 허인봉 수도계장, 박영 초임 공보계장 등이 주요 내용이었습니다.

황명규 씨의 회계계장 발탁은 획기적인 것이었습니다. 많은 사람들은 객지 시장이 종친을 배려한 뜻으로 받아들였습니다. 이보석 씨의 공단사업소장 발령과 맞물려 다음달 강중권 씨가 도로 전출이 됩니다. 내가 모시고 있던 송계장이 떠나면서 우리는 허인봉 씨를 새 계장으로 맞아들였습니다.

떠나가는 송준길 계장과 많은 술을 마셨습니다. 전에 상공과에 있었을 때도 그랬듯이 수도과에 내가 자리를 잡은 후에 와서 먼저 떠나서 미안하다고 했습니다. 믿고 떠날 수 있어 고맙다고도 하였습니다. 그리고 이런 것들이 공직사회의 인연이라는 것을 강조하였습니다. 송계장을 보내면서 내가 수도계에 온 지 어언 3년이 다 되고 있음을 생각하였습니다. 나도 자리를 옮길 때가 되었다고 생각을 하였습니다.

나는 송계장이 떠난 몇 개월 후에 서무계로 발령이 되었습니다. 그리고 서무계에서 근무한 지 몇 개월 후 송계장이 서무계장으로 왔습니다. 그가 서무계장으로 온 환영파티를 하면서 우리는 공직사회의 인연을 상기하며 많은 이야기를 했던 때가 엊그제 같아요.

그대와 내가 만날 수 있는 인연은 멀어져 가고 이 봄은 가까이 오고 있습니다. 제77회 3·1절을 맞이한 군산의 하늘은 우중충하였습니다. 우리들은 월명공원 기슭 3·1운동 기념탑 참배 준비를 하였습니다. 분향할 화로와 향을 준비하고 조화를 사고 주변 청소를 하였습니다. 참배자들을 초청하여 정시에 시청에서 탑까지 올 수 있는 차량과 시간을 조절하고 점검을 하였습니다.

민간단체에서는 전라북도 최초의 3·1 만세 운동 발상지인 구암동산에서 시청까지 시민 걷기 운동을 준비하였습니다. 민족독립을 위한 군산의 뿌리는 깊고 넓습니다. 항구는 개화의 창과 같습니다. 일제시대 항구를 통해 민족독립의 서구 이념이 상륙을 하였습니다. 외국 선교사들이 설립한 구암동 영명학교가 전북지방 최초의 독립운동의 발상지가 될 수 있었던 것은 우연이 아니었습니다.

군산의 하늘과 땅은 독립과 자존의 영혼이 윤회되어지는 성지처럼 생각됩니다. 1996년 3·1절 아침 매운 바람이 불었습니다. 조화를 바람에 날아가지 못하도록 돌로 묶어 놓고 간소한 행사를 하였습니다. 기념탑 앞 모두는 분향을 하고 묵념을 올렸습니다. 행사가 끝나고 시내로 내려오는 비탈길에서 그대 사념에 사무쳤습니다.

(96. 3. 1)

대학 안 간 '용무'

草羅! 국회는 우여곡절 끝에 선거 후 몇 개월을 허비하고, 1979년 3월 17일 원 구성을 완료하였습니다. 국회의장에 유정희 소속 백두진 씨, 부의장에 여야에서 각각 민관식, 고흥문 씨를 선출하였습니다. 지역 주민이 직접 뽑은 의원이 아닌 사람을 입법부 수장으로 선출한 국민들의 자존심은 말이 아니었습니다. 대통령 의지에 순응할 수밖에 없는 공화당 의원들이나 이를 저지하지 못한 야당 의원들이나 마찬가지로 허탈했던 시절이었습니다.

송계장이 떠나고 신임 허인봉 계장이 수도계 당면 업무를 파악할 수 있도록 도우며 일했던 그해 3월 어느 날이었습니다. 퇴근을 하였더니 전주 풍남동 고종 누나가 집에 와 있었습니다. 누나는 그의 친구와 친구의 아들도 함께 데리고 와 있었습니다. 누나 친구는 순창 모 초등학교 교장선생님의 처이며 데리고 온 그의 아들 용무는 고등학교를 갓 졸업한 앳된 총각이었습니다.

용무는 부모의 대학 권유를 뿌리치고 3개월짜리 기술 교육을 받았습니다. 그는 기술학원에서 각종 패牌 만드는 교육을 받았습니다. 군산에 패 만드는 점포가 몇 안 된다는 사실만 가지고 연고도 없는 군산에 올 작정을 하였습니다. 아들의 고민에 접한 그의 어머니는 친구인 고종 누나와 상의하다가 우연히 나를 생각하게 되어 그들이 군산에 왔다는 것입니다.

용무가 영화동 별다방 앞에다 군산상패사를 차린 얼마 후 나는 서무계로 발령이 났습니다. 시청 서무계는 군산시 모든 행사의 센터입니다. 시장이나 과장들의 명패, 자매시 시장에게 줄 기념패, 군산상고 야구가 우승했을 때 공로패, 그리고 각종 행사 때 주는 감사패 등을 서무계에서 만들었습니다. 이의 실무자가 나였고 나는 이런 것들을 용무 집에서 만들어다 썼습니다.

시청을 출입했던 각 기관과 기업체 총무과장들은 시에서 만든 각종 패牌 문안을 기준으로 우리가 맡긴 군산상패사에다 패를 맡겼습니다. 그리고 생소했던 각종 패들이 기관, 기업체들뿐 아니라 각 단체, 동창회 심지어 계방에서까지 소요되는 시대로 진입하였습니다. 점포를 낸 얼마 후 용무는 결혼을 하였습니다. 그리고 점포를 빈해원 앞으로 옮겼다가 구 경찰서 앞으로 옮긴 후 다시 빈해원 앞으로 옮겼습니다.

용무가 군산에 온 지 20여 년이 다 되면서 군산 사람이 다 되었습니다. 그는 학부모가 되었습니다. 작년 봄 나는 어은리 우리 밭두렁 옆 소녀 가장의 어려운 사정을 보고 용무에게 상의를 하였습니다. 그가 총무로 있는 로타리에서 분기당 30만 원씩 연

120만 원을 지원토록 해 주었습니다. 흰 머리카락을 날리며 사업과 사회봉사를 열심히 하는 40대 가장이 된 그를 보면 존경스럽습니다. 요사이 대학 진학에 실패한 이웃을 보면서 용무를 생각합니다. 대학 가기를 포기하고 조그마한 기술 하나로 군산에 진출한 그의 용기를 생각합니다. 그가 이룩한 정신적 물질적 성취감은 대학을 졸업한 사람들보다 뒤지지는 아니할 거예요.

4월 11일, 제15대 국회의원 선거일이 한 달 남짓 남았습니다. 모든 정치권은 4월 선거로 향하고 있는 듯합니다. 많은 국민들의 정서가 총선 쪽을 향한 듯 보입니다. 군산을 바탕으로 국회에 진출하려는 사람들이 몰려오면서 이 거리가 약간은 술렁거립니다. 정말 오랜만에 우리 공직사회가 중립적 입장에 있음을 감지합니다. 변화된 공직사회의 선거문화를 접하면서 스스로 놀랍니다. 이러한 분위기가 오기까지 얼마나 많은 세월을 보내야 했는지 우리는 알고 있습니다.

이 3월이 무엇인가 허퉁한 일상입니다. 큰놈이 대학 입학을 하였습니다. 그의 빈방이 나를 허퉁하게 하는 봄입니다. 수학여행을 제외하고 한 번도 떨어져 살아보지 못했던 아들놈 생각이 내 가슴에 늘 있습니다. 아침 식사 때마다 그가 맞은 편에 있는 듯 착각합니다. 3년 동안 새벽 7시 15분에 등교하여 저녁 11시에 지친 몸으로 빠져 나오던 군고 정문을 지날 때마다 아들놈 생각이 납니다. 그가 성실한 대학 생활에 임해 주기를 빌면서 이 봄을 보냅니다. 아! 군산에 또다시 봄이 오고 있군요.

(96. 3. 9)

행정의 전산화 시대

草羅! 1979년 5월 1일은 진안, 무주, 장수, 임실, 순창, 함열이 읍으로 승격되어진 날이었습니다. 이 날짜로 전주시 수도국, 옥구군 산림과 등 도 산하에 1국 37과 57계 1사무소가 신설되었습니다. 신설된 자리에 승진이 되어지고 다시 메워지면서 대폭적인 인사가 단행되었습니다.

황윤기 시장이 단행한 군산시 인사에는 사회경제국장 임명환, 건설국장 김영철, 세무과장 김종철, 회계과장 최근수 등이 보임되고 성문용, 박창순, 이장열 씨 등이 과장직대 발령을 받았습니다. 그리고 신황우, 강택균 씨가 도로 전출되고 영화배우 우연정의 아버지 박기수 씨가 오랜만에 과장 보직을 받고 옥구로 나갔습니다. 또한 내가 모시고 있던 수도과장 최영호 씨가 도로 전출되고 후임에 군산과 연고가 많았던 오태일 씨가 취임을 하였습니다. 그리고 같은 날에 서무계장 김종기, 시정계장 남궁평, 기획예산계장 송준길, 병무계장 박홍배, 도에서 전입된 김재호, 최일탁, 고정영 등과 총무과에 근무했던 황긍택 씨가 계장 보직을 받았습니다. 특히 시사 이래 처음 최준식 씨가 승진을 하여 중동사무장으로 나가면서 본격적인 시와 동간의 교류 시대를 예고하였습니다.

나는 그날 인사를 잊지 못합니다. 그날 시청회의실에서 50여 명이 넘는 승진 및 전보발령 사령장 교부식장에 나도 끼어 발령통지서를 받았습니다. 공무원 시작 6년이 다 되어 당시 5을에서 5갑(서기보에서 서기)으로의 승진이었습니다.

사령장을 받아들고 시장실 계단을 내려오며 많은 것을 생각하였습니다. 가장 낮은 직급에서 한 계단 올라가는 기쁨이 어떤 것인가를 알 것만 같았습니다. 그리고 주어진 일에 충실해야 한다는 다짐을 스스로 하였습니다.

과장을 떠나보내고 새 국장과 과장을 맞이하면서 산적된 일들과 만나게 되었습니다. 새로 생긴 국장제도가 정착되지 아니하여 생소하고 짜증스럽게만 생각되었습니다. 과장에서 부시장을 거쳐 시장에게 가던 결재 과정이 한 계단이 더 생기면서 시간적 정신적 낭비만 배가시키는 듯하였습니다.

당시 우리들은 조직이 과분수가 되어 윗자리만 불어나 졸자들만 괴롭다고 불평들을 하였습니다. 그때 우리들이 별 필요하지 않은 듯한 총무국, 건설국, 사회경제국 등 3개국이 운영되었습니다. 17년이 지난 지금 1,700여 명 시·동 직원에 12명의 국장급 보직이 운영되어지고 있습니다. 민선 시장 아래 의회까지 공유하면서 이제 국장제도가 우리에겐 필요충분조건으로 받아들여지고 있습니다. 만일 지금 국장제도가 폐지된다면 시 행정은 많은 어려움과 혼란이 야기되겠지요.

세월은 행정의 모습을 수없이 바뀌게 합니다. 주판에서 전자계산기로 바뀌어진 지가 오래입니다. 내 졸자 시절 애환이 서린 차트가 이젠 힘 안 들이고 워드로 뽑아 내고 있습니다. 컴퓨터로 행정업무를 처리하는 시대가 완전히 열렸습니다. 하드에 입력된 각종 통계와 자료들을 뽑아서 행정의 효율성을 높이고 있습니다.

유권자의 인적사항, 성별, 연령, 학력 등을 컴퓨터에서 빼서 제15대 국회의원 선거에 임하는 행정을 보면서 변화된 세월을 봅니다. 컴퓨터에서 빠져나온 세대주 주소를 오려 봉투에 붙이는 정도의 수작업만을 하면서 한가로운 선거 사무를 보고 있는 읍·면·동 행정에 놀라울 뿐입니다. 완전한 중립적 위치에서 선거를 치르는 민주화된 현실에 놀라워하고 있습니다. 요사이 토요일 하루 근무라는 제도를 도입하여 시행하고 있습니다. 절반의 인원이 토요일 하루 근무를 하고, 나머지 반은 토요일과 일요일 연속 이틀을 쉬면서 피로를 풀고 자기 개발을 하자는 것입니다. 엉거주춤한 제도가 머지않아 정착이 되겠지요.

토요일 전일 근무제가 실시된 이후 처음으로 이틀 간을 쉬었습니다. 4·11 총선이 다가오고 있습니다. 군산에서는 갑구에 송서재, 채영석, 양재길, 강근호, 김봉욱, 엄대우, 조부광이 출마했습니다. 을구엔 강현욱, 강철선, 고흥길이 출마를 했답니다.

나는 토요일 중앙초등학교에서 실시하는 갑지구 합동연설회장을 다녀왔습니다. 그리고 오늘은 신풍초등학교에서 실시하는 을지구 합동유세장을 다녀왔습니다. 인파와 열변 그리고 함성과 박수 속의 한 분자가 되어 듣고 보았습니다. 후보자들의 외침은 진실이었을 망정 유권자들은 자기 가슴속 감정과 이성의 싸움에 몸서리치는 듯 보였습니다. 유세가 끝난 운동장은 텅 비어 갔습니다. 빈 공간에 그대 모습이 환으로 한없이 사라지고 있었습니다. 봄이 오는 이 거리에 그대 없음에 내가 이토록 몸서리치는지, 그대는 왜 모르고 있는 것입니까.

(96. 4. 7)

104

노풍 피해 보상금 노름으로 날리다

草羅! 처음 생긴 '국' 제도에 맞추어 온 김영철 건설국장과 승진하여 도에서 전입한 오태일 새 수도과장에게 과 업무보고 준비를 하기 위해 분주했던 1979년 5월은 내가 수도과에 근무한 지 만 3년이 가까워 오고 있었습니다.

수도과에 전입한 이래 세 번째의 공기업 결산 작업을 영화여관에서 했던 그해 5월은 대단히 가물었습니다. 박대통령이 유신 제2기 6년제 대통령에 취임한 지 5개월이 지났습니다. 북한에서 김일성을 만나고 한국에 온 발트하임 UN사무총장이 대통령과 한반도의 통일 방향을 논의하였으나 여론의 큰 호응 없이 시국은 가뭄처럼 타들어 갔습니다. 대학과 재야는 숨을 죽이는데 전당대회를 앞두고 당수 이철승 씨와 이에 도전하는 김영삼 씨의 각축전이 열기를 더해 갔습니다.

전년도에는 노풍의 피해로 많은 농민들을 울렸었습니다. 기대와 달리 논농사를 몽땅 망친 농민이 농약을 마시고 옥구 들녘에서 숨져갔습니다. 평년작 이상이라는 정부 발표에 농민들은 실소하였고, 국회에서는 노풍 피해 보상을 둘러싸고 우여곡절을 겪더니 이번에는 또 다른 사건이 우리를 울렸습니다.

노풍 피해 보상 양곡 천 가마 2천여만 원어치를 빼돌려 노름으로 날려보낸 혐의로 부안군 행안면 면직원 6명이 구속되었습니다. 업자와 민간인 6명도 함께 구속이 되었습니다. 내무부는 부안 군수와 행안 면장을 해임하였고, 도에서는 전 시군 노풍 피해 보상에 대한 감사를 착수하여 우리들을 서글프게 하였습니다. '노풍이 무엇이냐고 물으신다면 눈물의 씨앗이라고 말하겠어요'라고 술자리 우리들은 논두렁 행정을 풍자했습니다. 콩 때문에 면장이 모가지가 나가더니 이번에는 노풍 때문에 사람 잡는다고 비아냥거렸고, 왜 하필 부안에서 논두렁 사건이 터져 우리들 잡는다고 투덜댔습니다.

일부 시장·군수가 과다히 쓴 판공비가 문제를 야기했습니다. 어느 시에서는 직원들이 시장 판공비 담당을 기피하여 어려움이 많았다 합니다. 예산은 바닥이 났는데 돈만 가져오라고 하니 담당직원이 사무실을 이탈하는 사례들이 발생했습니다. 상상할 수 없던 일들이 그때는 그렇게 행해지고 이해되어지고 있었습니다.

1979년 5월 16일, 원형연 부시장이 도 양정과장으로 발령이 났습니다. 제2대 신정균 부시장 이래 처음 3년의 장수 기록을 세웠습니다. 재임기간 중 남금윤, 이길연, 황윤기 시장들이 추진했던 일들의 어려움을 뒤에서 풀어나가는 촉매 역할을 해냈습니다. 그가 근무했던 3년 동안 군산에서는 많은 일들이 이루어지고 있었습니다. 객지에서 온 시장들이 추진했던 25만 평의 공유수면 매립, 백만여 평의 임해공단 조성, 대단위 연탄공장의 대야 이전, 개항 이래 가장 골치 아팠던 서흥남동 고지대 재개발 등을 추진하면서 본바닥 사람으로서 이해집단과 시의 중재 역할에 심혈을 기울였습니다. 특히 그가 창안한 째보선창 짜깁기 공사는 오랫동안 그의 공적으로 우리의 기억에 남아 있습니다.

발령이 난 다음날 회의실에서 원부시장의 이임식이 거행되었습니다. 그는 목이 메인 이임사를 읽었고 많은 사람들이 눈물을 뿌렸습니다. 그는 고향 사람이었기에 애환이 많았다고 되뇌었습니다. 정문을 떠나가는 그의 모습을 보며 많은 사람은 처연해 했습니다. 전북일보 김영언 부장이 손수건을 꺼내어 눈물을 닦는 모습을 훔쳐보며 정이란 것을 생각했습니다. 그때 원부시장의 나이 43세였을 겁니다.

4월이 깊숙이 파고 들어온 추위가 도망을 안 갑니다. 떠나가지 아니한 추위 때문에 벚꽃들이 피어나지를 아니합니다. 지난 4월 11일 선거에 군산에서는 채영석, 강현욱 여야 한 사람씩의 국회의원을 선출하였습니다. 선거를 끝낸 우리 모두는 즐겁지가 아니해요. 감성과 이성의 싸움에 모두 지쳐 있는지 모르겠어요. 아니할 수도, 할 수도 없는 지역정서에 살면서 우리 모두는 괴로워하고 있는 듯합니다. 계절은 추위를 떠나보내면서 전군도로 벚꽃들을 피어나게 할 것입니다. 그대! 나는 군산 산천에 꽃이 피어날까 두렵습니다. 그대 없는 산천에 꽃들이 지천으로 피어나면 나의 외로움은 수없이 확장될 것입니다. 그대를 향하는 감성의 나무엔 꽃 한 송이 피어나지 아니할 거예요.　　　　　　(96. 4. 15)

이철승 대표가 떨어지던 날, 고상돈

草羅! 원형연 부시장이 떠난 여백으로 도에서 전입한 김용신 씨가 제13대 군산시 부시장에 취임을 하였습니다. 미남형에 단정한 외모를 지닌 김부시장을 맞이하여 서투른 국 단위 업무보고를 처음 하였습니다. 도에서 요직을 두루 거친 새 부시장은 섬세하게 업무를 챙기면서 성실히 시장을 보필하고 친화력으로 부하들을 통솔하려 하였습니다. 결재란에 한글로 김용신이라고 쓴 그의 사인이 신선해 보여 참 좋다고 생각을 하였습니다.

79년 5월, 월명산 아카시아 꽃은 눈송이처럼 피어났습니다. 꽃향기는 신흥동 비탈길로 내려와 영화동 골목으로 안개처럼 지펴졌습니다. 대통령배에 출전하지도 못한 군산상고 야구가 청룡기배 지역 예선전에서 전주상고에 패하여 별 재미없었습니다. 30억 규모의 전년도 수도특별회계 결산작업을 하였습니다. 영화여관에서 결산작업을 하면서 아카시아 향기의 유혹에 월명산을 자주 올랐습니다. 일요일엔 마음대로 걸어다니는 아들놈의 손을 잡고 공원에 올랐고, 충청도 쪽에서 온 꽃잎처럼 많은 아주머니들이 모여서 춤추고 유행가 부르는 모습들을 구경하였습니다.

　상고 야구가 없어 허퉁했던 그 봄에 이철승 씨가 신민당 당수 경쟁에서 김영삼 씨에게 패하여 우리를 씁쓸하게 하였습니다. 79년 5월 30일 서울 마포 중앙당사에서 개최된 신민당 전당대회 총재선거는 손에 땀을 쥐게 했습니다. 2차 투표에서 378표를 획득한 김영삼 씨가 367표를 얻은 이철승 현 대표를 11표 차로 따돌리고 승리를 하였습니다.

　1차 투표에서 2년 이상을 대표직에 있던 이철승 씨가 292표로 김영삼 씨의 267표보다 25표를 더 얻고도 2차 투표에서 역전패 당하였습니다. 김대중 씨가 아서원에 나타나 김영삼 씨를 지원하여 그가 당선되는 데 크게 기여했다는 신문 기사를 읽었습니다. 주위에서 중도통합론이 실패의 원인이었다고 서운해했습니다. 많은 사람들은 최소한 6표만 더 지켰더라도 전북 사람 총재가 다시 선출될 수 있었는데 하고 아쉬워하는 것을 보며 정치의 무상과 지역정서를 생각하였습니다.

　5·30 전당대회에서 이철승 씨가 총재에 떨어지던 날 한국 최초의 에베레스트인 고상돈 씨가 알래스카 맥킨리봉 등반 도중 추락하여 저 세상 사람이 되었습니다. 1977년 9월 15일 처음으로 지구의 최고봉에 발자국을 남기고 귀국한 그는 국민의 영웅이 되었습니다. 정부는 그가 해발 8,884m 에베레스트 정상에 태극기를 꽂은 사진을 우표로 만들어 국력의 상징으로 세계에 과시하였습니다. 그리고 그는 많은 사람들의 축복 속에 결혼을 하였

고 신혼의 단꿈에서 깨어나기도 전에 저 세상 사람이 되었습니다. 남편을 잃은 한 젊은 미망인을 생각하며 슬퍼했습니다. 나는 그날 이철승 씨의 떨어짐보다 추락하는 고상돈의 영혼에 가슴이 아팠습니다. 자연과 인간사회에서 떨어져 가는 모든 것들은 우리를 슬프게 합니다.

지난 4월 11일 제15대 국회의원 선거에서 여야 많은 중진들이 떨어졌다 합니다. 모 야당은 물망에 올랐던 상당수의 차기 대권 주자들이 탈락하였다고 아쉬워합니다. 예상에 못 미친 의석 수에 아쉬워하고 있습니다. 두 명의 의원이 당선한 우리 군산에서는 8명이 떨어져 나가면서 읍루를 하였습니다. 떨어지는 현상들은 서글픔이 있습니다.

벚꽃이 한없이 떨어지는 계절입니다. 전군도로에서 벚꽃이 지고 있습니다. 종합운동장에서 영광여고 앞 언덕 제2청사 뒷뜰에서 벚꽃들이 눈발처럼 떨어져 내립니다. 월명공원 산보로에 하늘거리며 하얀 세례로 쏟아져 내립니다. 지난해 봄 수시탑 콘크리트 계단에 기대어 그대의 발자국 소리를 밤새워 기다렸던 아쉬운 추억이 어제 같아요. 참 세월이 빠르군요. 지난해에는 피어나는 꽃들로 아쉬워하고 그리워하고 가슴 두근거렸습니다.

이 봄은 긴 추위에 떨었습니다. 그리고 군산의 산하가 떨어지는 꽃잎들로 역류하고 있는 듯합니다. 주검처럼 긴 그대의 침묵은 사무침의 바다에 절망의 뗏목이 되어 내 영혼을 한없는 낭떠러지로 떨어뜨리고 있는 거예요. 꽃들이 떨어집니다. 내 가슴속 감성의 나무에 매달려 있는 그대의 이름이 수없이 떨어져 내리고 있습니다. 떨어져 내림은 정말 쓸쓸하군요.　(1996. 4. 23)

106
사회 보기 힘든 현충일 기념식

草羅! 1979년 6월이 왔습니다. 조국을 지키다 산화한 순국의 넋을 기리는 현충일이 왔습니다. 그때만 해도 먼 시골 산자락이라 생각되었던 나운동 군경묘지에서 제24회 현충일 행사를 치렀습니다.

600여 기의 돌비석에 꽂힌 태극기들과 국화들이 미풍에 휘날렸습니다. 묘역 담장 너머로 붉은 장미가 빛났습니다. 초록빛 잔디밭엔 군여고 합창단들이 도열해 있었습니다. 여학생들의 싱싱함과 깨끗한 교복은 향기로웠고, 동고 밴드부들의 유니폼과 악기들은 번쩍거렸습니다.

사회자는 사이렌이 울려 퍼진 이후에야 순국선열에 대한 묵념을 구령하였습니다. 어수선한 가운데 군인들은 하늘을 향해 조총사격을 하였습니다. 총소리는 가신 넋들을 달래는 듯 정숙하였습니다.

황윤기 시장이 읽어 가는 추념사는 6월의 푸르름에 흡입되었습니다. 단청된 제각에는 참새 떼들이 노래했고, 군여고 합창단의 현충일 노래와 함께 공식 행사는 끝이 났습니다.

행사가 끝난 후에도 오래도록 백발의 어머니는 아들의 돌비석을 어루만지고 있었습니다. 처연한 모습을 가슴에 안고 행사장을 빠져 나왔습니다.

군경묘지에서 은파로 가는 길은 가파른 산길이었습니다. 은파에 도착하자 흑인병사 한 사람이 두 사람의 양색시와 술을 마셨습니다. 나라 전체가 禁酒日인지를 알고 있는 우리들도 술과 닭도리탕을 시켜 놓고 은파의 푸르름을 바라보았습니다. 우리는 오늘 행사에 '순국선열에 대한 묵념'과 사이렌 소리가 맞지 아니한 일을 큰 사건인 양 걱정들을 하였습니다.

나운동 군경묘지는 군산시의 큰 자랑입니다. 월명산 자락 둔덕은 아름다운 명당자리로 알려져 있습니다. 해마다 열리는 현충일 기념식은 빼어난 자연 경관과 어우러져서 더욱 숙연하고 애도의 정감이 넘쳐 났습니다. 이 성스러운 행사가 몇 가지 문제로 불협화음을 야기시키는 것을 수없이 보아왔습니다.

현충일 행사 사회司會 때문에 많은 문제가 생기곤 합니다. 10시 정각에 울려 퍼지는 사이렌 소리와 사회자의 '일동 묵념'이란 명령이 일치하기란 지극히 어려운 것입니다. 행사장 앞 내빈석 자리 배정 문제 또한 말로 다할 수 없는 것입니다. 날씨가 좋아 우비를 준비치 않았는데, 때아니게 비가 와서 실무자를 애를 먹이는 일이 종종 있습니다. 예기치 아니한 돌풍으로 분향대 옆 조화

가 날아가 버린 일도 있었습니다. 잘 나오던 마이크가 시장의 추
념사 시작과 함께 끊기거나 잡음이 나서 모두를 당황시켰던 적
도 있었습니다.

한때 현충일 행사의 사회를 사회계장이 보기가 벅차다 하여 서
무계장이 대신해 본 적이 있었습니다. 사회계장은 자존심이 상했
고 서무계장은 계면쩍어 했습니다. 그러다가 대외적 품격을 높인
다 하여 사회과장이 사회를 보았습니다.

1990년대 초 내가 정신적으로 지극히 불안정한 시절이 있었습
니다. 그때 나는 사회과 의료보장 계장으로 현충일 행사를 도왔
습니다. 현충일 며칠을 남겨 두고는 돌비석 밑 평석 작업이 완공
이 되지 않아 과장과 사회계장이 천막을 쳐놓고 밤을 새우며 공
사를 독려했고, 당연히 나도 천막 잠을 함께 했습니다. 현충일
전날 석양 무렵 모든 준비를 다 해놓고, 과장은 다음날에 있을
행사 시나리오를 반복하여 연습을 하였습니다. 기다리다 지친 나
는 마침 행사장 옆의 우리 집으로 돌아왔습니다. 그날 밤 9시 뉴
스시간까지도 현대아파트까지 쩌렁쩌렁 마이크 소리가 들려왔습
니다. 그분의 꼼꼼함과 소심함 때문에 다음날 행사에서도 약간의
실수가 있었을 뿐입니다.

작년 나는 사회과 실무계장으로서 제40회 현충일 행사를 치렀
습니다. 군옥 통합 이후 처음 실시하는 행사이기 때문에 대야 충
혼탑, 은파 독립유공자탑, 그리고 월명공원 3·1탑 등과 함께 군
경묘지를 정비했고, 과거의 실수들을 거울삼아 행사 준비에 만전
을 기했습니다. 나는 과장의 사회를 돕는 일에 최선을 다하였습

니다. 소형 라디오에 이어폰을 끼고 서울 국립묘지 개회시간과 동시에 개회키로 과장과 수없이 약속을 했습니다.

　정해진 시간을 기다리는 압박감이 얼마나 어려운가를 알게 했습니다. 라디오에서 들려오는 개회선언을 기다리지 못하겠더군요. 자기의 마음 지배할 수 있음이 얼마나 어려운가를 알게 되었습니다. 과장이 '잠시 후 사이렌 소리가 나면 자연스럽게 묵념을 올려 주시기 바랍니다.' 일초 또 일초…… 근 1분을 기다리는 침묵과 긴장은 길고도 길었습니다.

　학도병으로 참전하여 꽃다운 열여덟에 저승의 넋이 된 나의 삼촌이 묻혀 있는 나운동 군경묘지는 참 아름답습니다. 군경묘지를 가꾸는 업무는 나를 즐겁고 아름답게 했었습니다. 그러한 사회계장 자리를 바꾸어 앉았습니다. 지난 4월 20일 예산계장으로 발령을 받았습니다. 숫자에 매달린 하루하루를 보내면서 그대를 그리워합니다.

(96. 5. 20)

107

군산외항 개항

草羅! 1979년 6월 현충일 행사가 끝난 얼마 후에 전북 지방은 폭우로 20억 원에 달하는 피해를 본 것으로 보도되었습니다. 1979년 6월 24일 하루에 도내 평균 146mm가 내렸습니다. 특히 전주, 이리에서는 270mm가 일시에 쏟아져 많은 건물들이 파손되었습니다. 만경강 일대에는 수백 가구가 침수되어 튜브를 타고 이웃마을에 다니기도 하였습니다. 다행히 군산에는 120mm에 그쳐 큰 피해가 없었습니다. 더구나 역사적인 군산외항의 개항을 앞두고 있어서 군산 시민들은 한숨을 놓았습니다.

1979년 6월 27일, 착공 5년 만에 군산외항이 개항되었습니다. 이날 오후 2시 옥구군 미면 산북리 군산외항 신부두 광장에서 열린 개항식에는 강창성 해운항만청장을 비롯한 도내 출신 국회의원, 김학중 지사, 황윤기 군산 시장과 천여 명의 군산 시민들이 참석하여 성대한 개항식을 가졌습니다.

군산지방 해운항만청장의 사회로 진행된 외항 개항식에 강창성 항만청장은 "군산외항 개항은 서해안 시대를 여는 상징이며 장차 대중국 교역의 교두보로서 국가 산업발전에 크게 기여할 것" 이라고 강조를 하였습니다.

총 공사비 2백억 원을 투입한 군산외항은 연간 154만 톤의 하역 능력과 2만 톤급 대형선박이 동시에 접안할 수 있는 규모였습니다. 개항식을 마치면서 여학생들이 띄운 오색 고무풍선이 하늘을 날았습니다. 도시과 직원들이 월명공원 비둘기사에서 가져다 날린 비둘기들이 하늘을 수놓으면서 외항부두에는 2만 톤급 '리베리아' 선적의 '레드 스카이' 호가 부두에 접안하면서 행사는 절정을 이루었습니다.

3십 톤급 다목적 이동식 콘테이너가 네루를 미끄러져 가는 시범을 보면서 모처럼 군산 시민들은 무엇인가 포만감을 느꼈는지 모릅니다. 지방공단 준공 이후 두산유리, 한국유리 등이 들어오고 군산외항이 개항되면서 시민들의 금강하구언뚝이 만들어져야 한다는 열망이 가속화되어 가고 있었습니다. 개항식장을 돌아오는 임해공단 모래밭에는 장마가 끝난 열기가 여름을 흡입하고 있다고 생각을 하였습니다.

草羅! 지난 24일은 부처님 오신 날이었습니다. 나는 근 1년 만에 산행을 처음 하였습니다. 지리산 바래봉 등반은 내 마음을 한없이 슬픈 사념에 취하게 하였습니다. 문학과 미술이 자연의 아름다움을 제대로 묘사하기 힘들다는 것을 알 수 있었습니다. 초원을 지나는 산길엔 철쭉이 어우러져 있었습니다. 하늘 밑

아슴한 산자락으로 휘날리다가 쏟아져 내린 저 꽃무리는 신의 작품일 뿐입니다. 시인의 펜에서 화가의 화필에서 지리산 철쭉꽃 신비한 아름다움을 얼마만치 묘사할 수 있겠어요.

　부처님 오신 날 지리산 산행은 나를 쓸쓸하게 하였습니다. 집을 나서기 전 서울 봉은사에 전화를 하였습니다. 동생 법수 스님은 전화를 받지 아니하였습니다. 수신 녹음기에 부처님 오신 날을 봉축한다는 메모만 남겼습니다. 부처님 오신 날, 지리산 바래봉에서 삶과 죽음 그리고 전생 등 3생을 생각하였습니다. 법수는 그토록 어린 나이에 어떠한 심경으로 입산을 결심했을까를 생각하였습니다. '인생은 참 슬픈 것이구나' 하고 생각하였습니다. 내 슬픔 앞에 신의 작품인 철쭉들은 아름다웠습니다. 철쭉꽃 사이사이 그대 모습이 미소짓고 있습니다.

(96. 5. 26)

108
옥구 읍장 발령

草羅! 정말 오랜만에 이 글을 쓰게 되었습니다. 창밖에 은행잎이 우수수 지고 있는 1997년 11월입니다. 그대에게 마지막 글을 띄운 지가 어언 1년 6개월이 지나갔습니다. 세월은 우리에게 많은 변화를 주며 강물처럼 흘러갔습니다.

나무들은 세월의 흐름을 붉은 색깔로 항변하면서 조락합니다. 읍장실 뒤 토종 밤나무 한 그루와 다섯 그루 은행나무들이 잎사귀를 떨구며 겨울이란 계절 앞에 나신으로 서려 합니다. 완전히 벗음으로써 생성할 것입니다. 겨울은 알몸의 자연을 수용할 것입니다. 자연은 맨몸으로 차가운 계절을 뚫고 봄이란 계절 앞에 소생할 것입니다.

지난 1년 6개월 사이 나는 사회계장에서 1996년 5월 1일 예산계장 보직을 받았습니다. 숫자에 자신이 없는 나는 도통 밤잠을 못 이루었습니다. 내겐 천문학적인 숫자들이 내 능력 밖 저 멀리

서 맴돌았습니다. 능력이 없으면 직원들 통솔이 가장 어렵다는 것을 잘 알기에 걱정은 태산 같았습니다. 원만한 의회관계가 예산통과의 지름길이란 것을 너무 잘 알기 때문에 고통은 배가되었습니다.

취임 한 달 만에 시작된 250억 규모의 '96 제1회 추경'은 능력 있는 과장과 예산에 정통한 차석의 힘으로 탄생되었으며 이는 나의 쓰라림이었습니다.

그러나 더 큰 어려움이 나를 기다리고 있었습니다. '97 본예산 편성'을 얼마 앞두고 과장이 국장으로 승진 전보되었습니다. 승진된 분에 대한 축하와 석별의 아쉬움보다도 거대한 살림살이를 어떻게 꾸릴 것인가의 망망함이란 말로써 다할 수 없는 것입니다. 나의 주관으로 3,024억 규모의 97 당초 예산을 편성하고 의회의 승인을 받으면서 많은 고통과 능력의 한계를 절감하였습니다.

그러나 내 고통의 평원에는 아름다운 그대의 환幻이 있었어요. 그대는 내게 속삭였어요. 정직과 성실 그리고 기다림만이 나를 구할 수 있다고 말입니다. 어려움 속에 미소하는 그대 모습은 내 앞에 있었습니다.

그리고 나는 예산계장에서 옥구 읍장으로 나와 있습니다. 사무실을 통합시統合市 제2청사인 옛 옥구군청에서 중앙로 1가 본청으로 옮겼습니다. 그리고 다시 군산 시민과 2,000여 명의 시청 직원들의 숙원이던 조촌동 신청사로 옮겼습니다. 보직을 받고 옥구 읍사무소로 이렇게 굽이굽이를 돌면서 그대의 상념으로 가득하였습니다.

요구액의 10배 이상을 삭감하는 어려움 속에서 그대를 생각했습니다. 많은 지역사업을 반영하려는 의원과 깎아내려야 하는 나의 줄다리기 속에 그대는 있었습니다. 자기들 세울 것은 다 세워 놓고 정작 내가 절실히 필요한 운영비 등을 깎아 내리는 비정함을 보면서 그대를 생각했습니다.

읍사무소에 온 후 수원에서 6주 동안의 교육을 받았습니다. 수원시 파장동 연수원 교정은 수목으로 가득하였습니다. 법 외우는 어려움과 시험에 시달리면서 그대를 생각하였습니다. 여름 수목들이 가을의 상념에 젖은 계절에 수료를 하고 내려오는 내 일기장에는 수없이 그대 이름이 적혀 있습니다.

보고 싶은 草羅! F1 그랑프리 100만 평을 개발하고 있는 옥구읍은 그 10배인 천백만 평의 면적을 가지고 있습니다. 영병산, 광월산, 우치산 그리고 33개 마을과 시설물들을 빼면 6백만 평의 농지를 가지고 있습니다. 금년도 벼 수확 31만 가마를 생산한 5,500여 명이 살고 있는 유교적인 농촌 지역입니다. 그러나 새만금 군장산업기지 등의 배후 도시로 발전의 잠재력은 상존하고 있습니다. 옥구 발전을 위하여 나의 모든 역량을 다할 각오로 일상에 임하고 있습니다. 다음은 1979년 6월부터의 이야기를 하고 싶군요.

(97. 11. 13)

109
카터 대통령의 방한

草羅! 1979년 6월 29일 밤 9시, 카터 대통령 일행이 김포 공항에 내렸습니다. 박대통령은 그를 기다리고 있었고 여름밤은 무척이나 끈적거렸습니다. 유신 장기 집권과 인권 문제 그리고 한국의 핵 개발 의혹 등으로 카터와 박대통령 관계는 여름밤만큼이나 어둡고 끈적거렸습니다.

혼잡스러운 공항에서 밤에 만난 두 정상은 악수를 하였습니다. 인사를 나눈 카터는 헬리콥터를 이용해 전방으로 날아가 버렸고 냉랭히 돌아오는 대통령의 모습을 보면서 한·미 관계가 어떤 것인지를 국민들은 감지하였을 것입니다. 다음날 카터를 환영하는 시민대회가 여의도 5·16 광장에서 열렸습니다.
　여의도에서 청와대까지 카 퍼레이드에는 수백만의 서울 시민들이 거리를 메웠습니다. 구멍 뚫린 국빈차 천장으로 상반신을 내놓은 양 정상은 환영 나온 서울 시민들에게 손을 흔들었고, 양

대통령 가운데 끼어 있는 카터의 어린 딸 애미 양도 손을 흔들었습니다. 지금은 상상도 못할 어마어마한 인파였습니다.

지금도 기억이 납니다. 초청인사 모두는 유색 양복을 입었고 오직 양국 정상만이 흰 예복을 입고 분위기를 고조시킨 만찬 행사를 말입니다. 박정희의 장기 집권에 미국은 주한 미군의 철수와 원조 단절로 맞섰던 시절이었습니다. 2박 3일간 양국 정상회담과 국회 방문 그리고 재야 인사들을 만나 인권탄압의 실상을 직접 들었고, 많은 사람들은 그를 만나려 하였습니다. 국민들은 서로 다른 생각을 가지고 악수하는 두 정상을 보았습니다. 장기 집권을 좋아할 리 없지만 거만스러운 카터의 행위에 자존심 상해 하였습니다. 인권 운동도 좋지만 카터를 통하여 목적을 달성하려는 사대주의적 근성을 저주하였습니다.

카터가 다녀간 와중 속에서 황윤기 군산 시장은 국제 자매시인 미국 워싱턴주 타코마시를 방문하였습니다. 그해 2월 19일 마이크 파카 타코마 시장이 군산시를 방문하여 자매결연을 체결한 답방 형식의 방문이었습니다.

草羅! 언젠가 군산시와 타코마시의 자매결연과 타코마 시장의 군산 방문 그리고 지나친 환대에 따른 피해에 대해서 말했었지요. 또한 외국 나가기 위해 얼마나 많은 돈과 시간들을 낭비했는지를 말했지요. 카터 대통령이 한국을 방문했을 때 그를 환영했던 수백만의 인파와 지나친 환대를 보면서 국력을 생각하였습니다. 외국인에 대한 지나친 환대는 국력과 반비례합니다. 북한 주민들이 외국 원수를 환영하는 광경을 보면서 절감합니다.

황시장의 미국 체류 동안 시정의 빈 공간을 꼼꼼하고 빈틈이 없는 김용신 부시장이 잘 챙기고 있었습니다. 박·카터 정상회담이 주한 미군의 감축을 유보하였으며, 미사일 한국 이양, 한·미 연합사 조직의 기능 강화 등은 박대통령의 외교적 역량이라는 점을 시민들에게 체계적으로 홍보토록 하였습니다. 특히 유신의 당위성을 부각시키려는 노력을 다하면서 7월로 접어들었습니다.

그러나 유신만이 살길이라는 대 시민 홍보들이 허황하다는 것을 우리 모두는 너무 잘 알고 있었습니다. 그해 여름 산유국들의 담합으로 국내 석유가 59%나 인상되어 민심은 더욱 냉랭했고 시청의 분위기도 지쳐 있었습니다. 과다히 지출한 시장·군수 판공비 문제가 말썽이 되어 해당 공무원들이 고통을 받고 있었습니다. 전임 시장의 과다한 비용을 떠맡은 몇몇 직원들이 직장과 가정에서 고통을 겪었던 여름, 군산에 생각지 않는 사건이 터졌어요.

그것은 1979년 7월 10일 새벽에 송풍동에 있는 군산중학교 본관 18개 교실이 전소된 화재 사건이었습니다. 다행히 인명 피해는 없었고, 학적부 등 서류는 건질 수 있었으나 당시 1억 원 이상의 피해를 준 사건이었습니다. 군산 시민의 정서적 피해는 그보다 훨씬 더 큰 것이었습니다. 처음엔 실화로 알려진 사건이 얼마 후 군산중학에서 퇴학당한 15세 소년의 앙심에 의한 방화로 알려져 시민들을 안타깝게 하였습니다.

草羅! 옥구 영변산 기슭이 안타까움으로 가득 찬 늦가을입니다. 보고 싶은 그대의 사념으로 뼈를 깎는 고독한 세월을 보내고 있습니다. 안녕! 그리운 그대.　　　　　　　　　　　　　　(97. 11. 27)

관권 선거란 말은 이제 사라졌답니다

草羅! 국내 유가가 59%나 치솟았던 그해 여름……, 1979년 7월 15일자로 강우혁 전북지사가 국방대학에 입교하고, 후임 부지사에 임실 갈담 출신 전병우 씨가 취임을 하였습니다.

독일 프로축구에 진출한 차범근 선수가 연봉 25만 마르크 계약으로 분데스리가 5위 팀인 프랑크 프루트 팀에 입단을 하였습니다. 차범근의 축구 소식은 여름 호박잎처럼 기죽은 시민들의 타는 가슴들을 촉촉이 적셔 주었습니다.

전북 예선전에서 전고와 전주상고를 꺾고 부산에서 열리는 제31회 화랑대기에 출전했던 군산상고 야구는 경기고와 광주상고를 누르고 부산고와의 결승전에서 2대 1로 석패하여 준우승을 차지하였습니다. 1년 내내 가슴 설레며 고교야구를 기다리며 세월을 보냈던 우리들은 그런대로 만족하려 하였습니다. 지역감정의 피해의식에서 벗어나지 못했던 군산 시민들은 적지에서 얻은 준우승에 많은 의미를 부여하려 하였습니다. 이 대회에서 군상의 조도현이 감투상을 받은 것으로 기억하고 있습니다.

草羅! 오는 12월 18일은 제15대 대통령 선거일입니다. 선거에 임하는 공무원 사회가 너무 많이 달라져 있음을 알게 합니다. 내 공직 기간에 수많은 선거를 치러 왔지만 관권 선거란 말은 이제 우리 사회에서 사라졌답니다.

선거의 통계는 컴퓨터에서 자동적으로 튀어나옵니다. 전체 유권자와 남녀 숫자, 인구에 대한 선거인수 비율, 연령 분포 등을 컴퓨터가 해결을 해 줍니다. 튀어나온 명단을 철하여 명부를 만듭니다. 우편번호와 주소, 세대주를 출력하여 봉투에 오려 붙여 선거 관련 우편물들을 보내고 있습니다.

10여 년 전 나는 삼학동 사무장이었습니다. 그때 몇 번의 선거를 치르면서 우리는 많은 고통을 겪었습니다. 직원들이 분담하여 주민등록표를 일일이 대조하여 선거인 명부를 밤새워 직접 썼습니다. 그리고 이를 대조하는 데 며칠이 걸리곤 하였습니다.

더욱 괴로운 것은 여당에 유리하도록 여론을 호도하여 예상 득표율을 보고한다거나 주민 숙원사업을 적기에 시공하고, 보조금 등을 공급하였던 일들이었습니다. 약간의 비자금을 받고 우리들은 상한 자존심을 슈퍼에서 사온 맥주 몇 깡통으로 달랬던 시절이 있었습니다. 이러한 것들은 이제 상상할 수 없는 현실에 격세지감을 느끼고 있습니다.

대선을 앞두고 각 정당들은 이합집산을 거듭하다가 후보 등록을 마치고 선거전이 한창입니다. 그러나 선거의 열기보다 불안한 장래에 민심은 얼어붙어 있습니다. 30년 고도 성장을 자랑했던 우리의 국가경제는 부도가 났습니다. IMF에 구제 금융을 교섭하는 과정을 보면서 착잡한 마음은 말로 다할 수 없습니다. 국제사회에서 깨어진 민족의 자존심을 생각케 합니다. 분수를 몰랐던 우리 모두의 책임이지 누구를 탓하겠어요. 만사에 지나침은 어떠한 결과가 온다는 것을 우리는 알아야 하겠지요.

1979년 오일 쇼크와 유신정국의 불안정 속에 사람들은 서독 분데스리가에서 활약했던 차범근의 축구에 위안을 받았습니다. 20년이 지난 이 초겨울에 예측할 수 없는 대통령 선거의 미래와 주가 폭락, 환율인상 그리고 다가올 고실업 앞에 우리는 처연히 떨고 있습니다

草羅! 이 처연함을 차범근 감독이 이끈 국가대표팀이 내년 프랑스 월드컵에 출전한다는 기대를 가지면서 많은 국민들은 스스로를 위안하고 있는지도 모르겠군요. 어젯밤 이란이 상대국의 앞마당에서 호주를 2:2로 비겨 월드컵 마지막 티켓을 움켜쥐는 중계를 보았습니다. 경기가 끝난 후 아파트 베란다에서 어둠 속의 은파를 응시했습니다. 초겨울 밤비 사이에 반사되는 은파의 불빛은 처연하였습니다. 어쩌면 외로운 그대 모습이 밤비를 맞고 있는 지 모른다고 생각을 했습니다.

(97. 11 .4)

111
그때 정년퇴직은 지극히 인간적이었습니다

草羅! 카터 대통령이 다녀갔던 79년 여름 우리들은 착잡했습니다. 그는 밤 12시에 김포공항에 내려 기다리던 박대통령을 보는 듯 마는 듯한 후 전방 미군부대 벙커로 떠나버렸습니다. 유신 정권을 좋아할 리 없는 국민들이었지만 지붕 위 닭 쳐다보듯 하고 돌아오는 대통령의 모습을 보면서 울분을 삼켰습니다. 그가 체류하는 동안 우리 대통령에게 보인 여러 가지 방자한 태도를 보면서 힘없는 나라 백성들의 자존심이 형편없이 망가졌던 시절이었습니다.

그해 여름 국영두, 정면 기술직 계장 둘이 55세 정년퇴직을 하였습니다. 체격이 왜소했던 두 계장 생각이 납니다. 축정직이었던 국계장은 붉은색 피부를 지닌 분이었습니다. 청결이 생활 신조인 듯한 그분은 깨끗함으로 도가 지나쳐 우리의 관심을 끌었습니다. 용변 후 새끼손가락 끝으로 살짝 변소 문을 닫은 후 다시 비누로 손끝을 깨끗이 씻어야 마음을 놓았습니다. 위생적으로 탁월하여 그분을 우리들은 보사부 장관이라 칭했던 생각이 납니다.

토목직이었던 정면 계장은 이리 사람이었습니다. 어떤 연유로 정년 몇 년 전에 군산에 오게 되었는지 알 수 없지만 수도과 급수계장으로 오면서 잠깐 같은 과에서 근무하게 되었습니다. 급수계장을 오래하지 못하고 누수방지팀장으로 있다가 조촌동 정수장으로 나간 후 정년에 이르렀습니다. 지극히 내성적이었던 그분은 객지와 공무원 말년에 당하는 설움을 나에게 하소연하곤 하여 가슴이 아팠습니다.

70년대 말 시청 정년퇴직은 지극히 인간적이었습니다. 회의실 정면 상단에 석별의 플래카드가 걸립니다. 직원들이 모이고 친족과 내빈들이 모였습니다. 꽃을 단 정년퇴직자 내외와 시장의 입장으로 식은 시작됩니다. 서무계장의 사회로 개식선언이 있고 총무과장의 약력 소개가 있습니다. 꽃다발과 기념품 증정이 있습니다. 황윤기 시장은 박영 씨가 쓴 인사말을 구슬프게 읽었습니다. 퇴임자들의 더듬거리는 송별사에 모두는 숙연해 했습니다.

그런데 정면 씨는 송별인사가 모두 끝나갈 무렵 갑자기 만세 3창을 선창하겠다고 선언을 하였습니다. 그는 우렁찬 목소리로 “대한민국 만세!” “전라북도 만세!” “군산시청 만세!”를 외치며 두 손을 번쩍번쩍 치켜올렸습니다. 몇 사람은 손을 올렸고 몇 사람은 박수를 쳤지만 식장 분위기는 어색하게 되어 버렸습니다. 숙연했던 식장이 웃을 수도 안 웃을 수도 없는 묘한 분위기 속에서 여직원 합창단의 송가는 이어졌습니다. 만세 사건으로 오래도록 내 기억에 있는 정면 씨는 퇴임 후 이리에다 수도공사를 차렸단 이야기를 들었습니다. 그리고 교통사고를 당하여 한쪽 다리가 불편하다는 이야기를 들은 지 오래인데 세월이 벌써 20여 년이 흘렀습니다.

근래에는 공무원 정년퇴임이 상·하반기로 이루어집니다. 집단적으로 이루어지는 퇴임식을 보면서 달라진 정년퇴임 문화를 생각합니다. 입체적인 퇴임식에 떠나는 사람들에 대한 연민의 정보다도 많은 수의 석별금 처리에 고심하는 자신이 한심하다는 생각이 듭니다. 이제는 정년을 맞아 공직을 떠나는 것만으로도 행복해야 할 시절이 왔습니다.

한때 6급 이하 55세 정년이었던 시절이 있었습니다. 그때는 비정규직 여직원들은 결혼을 하면 거의 직장을 그만두었던 때였습니다. 14대 대통령 선거시 고령화 사회의 노인복지 등을 이유로 각 후보들은 공무원 정년의 연장을 공약하였습니다. 6공을 맞이하여 6급 이하 공무원 정년이 58세로 연장되었습니다. 그리고 자체 인사위원회 의결에 의하여 3년 이내의 연장을 하도록 제도화해 놓고 있습니다. 민선 시장 후 처음엔 몇 차례 시행되었던 이 제도도 국가 부도로 쏟아지는 실업자 사회에서 유지되기가 어렵게 되었습니다.

草羅! TV에서 동물의 세계를 보시죠. 약한 자는 강한 자에게 한없이 먹혀도 어쩔 수 없는 화면을 보며 국제사회를 생각합니다. 요사이 IMF에 당하는 우리나라의 처지를 봅니다. 우방이라는 강국의 먹이사슬이 된 우리를 생각합니다. 한 치 앞을 내다보지 못한 정부도 싫지만 덫에 걸릴 것을 환히 내다보다가, 순식간에 낚아채는 우방이라는 나라에 대한 모멸감으로 견딜 수가 없군요. 경수로 협상에서 국제구제금융 협상에서 우리는 또 미국에게 얼마나 당하였습니까. 앞으로 남은 4개국 회담이 또 어떻게 될지 걱정이군요. 이제 누구를 원망하겠어요. 정신 똑바로 앞을 내다보고 실력을 쌓는 일이 우리의 살길이겠지요.

(97. 12. 12)

<u>112</u>
한대석 씨의 출판기념회

草羅! 1979년 7월이 다 가는 월요일은 오래도록 내 기억에 있습니다. 그날 오후 3시 시청 회의실에서는 시민과장 한대석 씨의 수필집 《외길 30년》 출판 기념회가 열렸습니다. 시청 여직원 몇몇이 한복을 입고 안내를 했던 출판 기념회의 많은 하객 중에는 전라북도 문인 몇도 끼어 있었습니다. 그들은 나를 몰랐지만 나는 이미 그들을 알고 있었습니다. 그들을 보면서 내 가슴이 두근거렸던 기억이 납니다.

한과장이 가끔 지방 행정지에 발표한 글들을 보아 왔지만 책을 낼 수 있다는 것은 나에게 경이로움이었습니다. 내가 시 공부를 하고 있는 줄을 전혀 몰랐던 그는 민방위과장, 사회과장으로 옮기면서 2년 6개월 정도 군산시청에 있다가 1979년 10월 1일 전주시로 발령이 났습니다. 민방위과장 재임시 그는 이길연 시장에게 상당한 신임을 받았습니다.

국가안보를 지상 목표로 내걸었던 유신시절 군산시가 민방위 분야 전국 최우수 시로 평가를 받았습니다. 시상금으로 주는 내무부 교부세를 근간으로 하여 군산시 지하 대피호 구축을 추진하였습니다. 당초 군여고 운동장 지하나 해망굴을 연결한 월명공원을 파서 벙커를 만들 계획을 세웠습니다.

그러나 훈련의 효율성과 시민 대피의 현실성을 감안하여 시청 사거리와 맞닿는 군산초등학교 울타리 일부와 강당 밑을 헐어 공사를 추진토록 하였습니다.

교육청 땅 사용을 문교부를 통하여 승인을 받고 교부금을 증액토록 한 데는 총리실에 근무했던 시장 동생의 작용이 컸습니다. 한과장은 그가 추진했던 사업을 완전히 마무리를 못한 채 사회과장으로 전보되고 후임 박종환 과장이 이 공사를 추진했습니다. 육사 출신의 박과장은 공병장교 관록에 버금가게 대피호를 잘 만들었습니다. 1979년 10월 8일 착공하여 1980년 7월 11일에 준공된 대피호는 800명을 수용할 수 있는 200평 규모로써 국비 4천만 원과 시비 5천7백만 원 등 당시 예산으로 1억2천만 원을 투입하였습니다. 대피호 공사가 진행되던 당시 나는 총무과 서무계에서 근무를 하였습니다.

2층 사무실 창을 통하여 군산초등학교에서 벌어지는 대피호 공사를 내려다보면서 참 잘하는구나 하고 생각을 하였습니다. 외형도 그랬지만 내부 몇 개의 방과 변소 등은 쓸모 있는 공간들이었습니다. 적정한 지하 홀은 안정감을 주었습니다. 방송실에서 본청과 각 동에 일제 방송이 가능하여 군부대는 물론 타 행정기관의 부러움을 샀습니다. 육군 대위 출신 방영선 씨가 부시장일 때 정면에다 자동 여닫이로 된 4중 상황판을 만들어서 씀씀이와 멋을 더했습니다. 더군다나 채규정 과장의 아이디어로 대피호 외벽에 항구를 상징하는 유화를 그려 넣어서 시멘트의 살벌함을 없애 주고 도회지 보도의 낭만을 배가시켰습니다. 군산시 대피호는 연 1회씩 실시되는 CPX, 땅벌 훈련 등과 매월 실시되는 민방공 훈련시 시민 대피 공간으로 주기능을 다하였습니다. 그리고 각 사회단체 행사장으로 활용을 하면서 시민의 사랑을 받았습니다. 근래에 시청이 조촌동으로 옮겨지면서 녹슨 자물쇠에 묶여 꿈적 않는 대피호를 보면서 한대석 씨의 생각을 가끔 합니다.

草羅! 군산시를 떠난 한대석 씨로부터 처음 편지를 받은 것은 내가 《시문학》 추천을 완료했던 1985년 4월이었습니다. 그가 전주시에서 근무하다가 필화사건으로 정읍으로 좌천되어 있었을 때였습니다. 시의 개안開眼까지 얼마나 많은 고통을 겪었느냐는 위로와 축하의 글을 대하면서 군산시 재임시 선배에 대한 예를 못 다한 점이 부끄러웠습니다. 어렸을 적에 권투선수였다는 그의 꼿꼿한 필체를 대하면서 미안한 마음뿐이었습니다. 전주시에서 정년을 마친 한대석 씨가 동서수필문학회장, 임실문학회장, 원불교 문학회 등에 관여하면서 집필활동을 하고 있음을 그대는 알고 있을 것입니다.

보고 싶은 草羅! 제15대 대통령 선거일이 3일 앞으로 다가왔습니다. 국가 부도위기를 당하여 세 후보와 대통령이 제2차 항복문서에 서명하는 모습을 보면서 삼전도를 생각합니다. 역사의 거울에 비친 우리의 자화상을 보면서 이 겨울이 너무 참혹하군요.

(97. 12. 18)

113
김대중 씨의 당선

草羅! 지난 18일 실시된 제15대 대선에서 김대중 후보가 이회창 후보를 40여만 표 가까이 누르고 새 대통령에 당선되는 영광을 차지하였습니다. 50년 헌정사상 처음으로 여야 정권 교체가 실현된 현실에 모두가 감격해하고 있는 듯합니다. 6년 감옥에 10년 연금 생활을 극복하고 수차례 죽음의 고비를 넘기면서도 자기의 목표에 최선을 다해준 그의 모습에서 많은 사람들은 큰 감명을 받고 있습니다.

내가 김대중 씨를 처음 보았던 것은 월남에서 돌아온 71년 봄이었습니다. 당시 4·27 대선 유세차 전주에 왔었을 때 전주고등학교에서 열린 그의 유세에는 수많은 인파가 모였습니다. 김대중 씨가 도착을 하기 전 연설을 했던 윤제술, 이철승, 이태영 씨 등도 그때 처음 보았습니다.

김대중 씨는 전주에 오기 전 부산 연설에서 예비군 폐지를 주장하여 많은 논란을 일으켰던 때였습니다. 나는 그의 모든 것을 가장 가까이서 보려고 단상 앞에서 기다렸던 생각이 납니다. 그리고 그가 도착하여 연설을 끝낼 때까지 모든 행동을 자세히 관찰했던 생각이 납니다.

나는 그가 신민당 대선 후보 지명 경선에서 김영삼 씨를 누르고 드라마같이 역전승을 했던 기사를 월남에서 월간 《신동아》를 통하여 읽어서 잘 알고 있었습니다. 박정희가 국회의원 선거전에서 김대중을 낙선시키기 위해서 목포에서 임시 국무회의를 개최하였다는 일화는 너무 유명합니다. 김병삼 씨와 치른 많은 이야기들을 목포 출신 전우에게 들어서 알고 있었습니다.

그의 말에 의하면 1967년 제7대 국회의원선거 당시 목포역 광장에서 야간 유세를 할 때 갑자기 정전이 되었다 합니다. 연설 도중 불이 꺼졌는데 김대중 씨는 이에 아랑곳하지 않고 "목포 시민 여러분! 이제 캄캄하여 여러분이 마음대로 박수치고, 마음대로 좋아해도 알지 못하여 잡아가지 못하도록 도와 준 목포 시장에게 뜨거운 박수를 보냅시다"고 제의한 후 명연설을 했다는 이야기는 늘 가슴에 남아 있습니다.

우리 현대사의 중대한 고비마다 김대중 씨의 잔영이 각인되어 있음을 우리는 잘 알고 있습니다. 일본에서 납치되어 오고 군법회의에 회부되어 사형 언도를 받는 등 온갖 탄압에 굴복하지 않았던 의지를 국민들은 존경하고 있습니다. 지역과 정당의 열세 그리고 노령과 건강 문제 등을 극복한 인간승리라고 합니다. 고등학교를 졸업한 김후보가 세계적 석학이 되었다는 것은 놀라운 일입니다. 그는 약한 호남인들의 정신적 상징이었습니다.

그는 호남인들의 끝없는 지지를 받았습니다. 그가 도전했던 역대 네 차례 대선에서 군산 시민들도 그에게 많은 표를 주어왔습니다. 내가 가지고 있는 자료에 의하면 71년 4·27 제7대 대선에서 군산 시민은 52,595명의 유권자 중 79.4%에 달하는 41,761명이 투표에 참가하여 김대중 씨는 박정희의 13,271표보다, 배가 넘는 26,941표를 얻었습니다.

6·29 민주항쟁 이후 1987년 12·16 제13대 대선에서 101,380명의 유권자 중 90%에 달하는 91,651명이 투표에 참여하여 노태우 11,150표, 김영삼 1,683표, 김종필이 1,307표를 얻은 반면 김대중은 유효표의 73%인 67,332표를 얻었습니다. 이는 노태우의 6배 가까이 얻은 숫자입니다.

92년 12·18 제14대 대선에서는 126,261명의 유권자 중 86%에 달하는 108,350명이 투표에 참여하여 김영삼은 7,167표를 얻고, 김대중은 유효표의 87%인 93,677표를 얻었습니다.

그리고 이번 선거에서 192,840명의 유권자 중 85%에 달하는 164,326명이 투표에 참여하여 이회창은 8,966표를 얻고 김대중은 유효표의 91%인 147,126표를 얻었습니다. 정말 놀라운 일입니다.

우리 옥구읍은 군산시 부재자 포함 6,039명이 투표에 참가하여 유효표의 91%인 5,500표를 김대중이 얻고, 이회창이 322표를 얻었습니다.

草羅! 문민정부 이후 선거지원 사무에 따른 고통은 없어졌습니다. 그 원인은 두 가지입니다. 그것은 완전한 정치적 중립과 사무의 컴퓨터화 때문입니다.

1971년 4월 27일 김대중의 전주 유세를 듣던 때는 총각 유권자였던 내가 이번 큰아들놈과 함께 투표를 하며 지긋지긋한 세월을 생각했습니다. 그를 네 차례 지지하면서 어느덧 50대 중반이 넘었습니다. 79년 8월부터의 이야기를 다시 하겠습니다. 안녕히 계셔요.

(97. 12. 25)

114
박대통령의 마지막 전라북도 순시

草羅! 1979년 8월이 왔습니다. 8월 1일자로 예비군 중대장 백중기가 시청을 떠나갔습니다. 서무계 시절부터 마음이 통하여 늘 가깝게 지냈던 친구가 의원 면직되었습니다. 시청을 떠난 얼마 후 그는 전공을 살려 모 전문대학 교수가 되었습니다

시에서는 각 동과 직능별로 풀베기 대회를 개최하였습니다. 국가 당면 시책인 식량 증산과 지력 증진을 위하여 시정의 상당 부분을 할애했던 시절이었습니다. 시장은 농촌의 각 동을 돌면서 마을 앞이나 논두렁에 쌓아놓은 퇴비 더미를 점검하였습니다. 그러나 시국은 8월의 날씨만큼이나 예측하지 못할 상황으로 접어들고 있었습니다.

79년 8월 5일 오후 3시 총력 안보 군산시 협의회에서 주관하는 강연회가 청구여중 강당에서 열렸습니다. 행정 조직을 통하여 동

원된 많은 사람들이 후덥지근한 강당에 모였습니다. 채영철 의원을 비롯하여 이도선, 최영철 의원 등 당시 내로라하는 공화당 명사들의 연설은 한결같았습니다.

조국의 평화통일과 번영을 위해서는 유신 헌법에 도전하는 세력은 용납할 수 없는 것이며, 박정희 대통령을 중심으로 모두 단결하자는 내용이었습니다. 유신 철폐를 주장하고 있는 야당은 국가 안보와 나라 발전을 저해하는 집단이라는 그들의 결론에 크게 공감 받지 못한 채 강연회는 끝이 났습니다.

강연회가 끝나고 청구여중 강당을 나서자 비가 내리고 있었습니다. 시청에 돌아와 퇴근 후에도 비는 계속 내렸습니다. 군산 지역에 276mm를 비롯하여 전북 지역에 집중 폭우가 쏟아졌습니다. 그때 폭우로 전북 지역에서 7명이 사망하고 가옥 274동이 파괴되었으며 만경평야 거의가 물에 잠겼습니다. 그러나 가장 많은 호우가 쏟아졌던 군산은 큰 피해가 없었습니다.

호우가 쏟아졌던 다음날 최규하 국무총리가 수해 상황 시찰차 전라북도를 방문하였습니다. 그는 전북 지역 수해 복구비로 52억 지원을 약속하였습니다. 79년 8년 9일 김학중 지사는 전라북도 산하 모든 공무원에게 여름 휴가 동결과 수해 복구 명령을 내렸습니다.

그날이 바로 서울에서 봉제품 회사인 YH무역주식회사 여종업원 2백여 명이 신민당사에서 기업주의 폐업 철회를 요구하며 철야농성을 벌였던 날이었습니다.

공무원 휴가를 반납했던 8월은 말기 유신정권에 항변했던 민심처럼 후덥지근하였습니다. 엎친 데 덮친 격으로 8월 24일은 태풍

'어빙'으로 인하여 벼에 백수 현상이 나타났습니다.

8월 30일에는 피해 시찰차 박정희 대통령이 도를 방문하였습니다. 살아 생전 그의 마지막 전라북도 방문이었습니다. 김학중 지사를 대동하고 시찰을 마친 대통령은 상습 침수농지 항구 대책과 전주 철도 이설공사의 강력한 추진을 지시하였습니다. 그러나 복 많은 군산시 공무원들은 큰 어려움이 없었습니다.

草羅! 내 그대가 있는 군산에서 살고 있는 지가 어언 30여 년에 가까이 되었습니다. 그러나 바다에서 일어난 조업 중 어선의 피해 외에는 천재지변으로 일어난 큰 재해는 거의 없었습니다. 서해안으로 다가오는 태풍이 군산 앞바다로 몰려오다 소멸되어 온 것을 수없이 보아 왔습니다.

언젠가 개정동에서 일어난 산사태로 가옥 두 채가 무너져 할머니 한 분이 압사한 사고가 발생한 일이 있었습니다. 근래에는 백중사리 때마다 시내에서 연안으로 빠져나간 하수구로 바닷물이 역류해 옵니다만 이는 인재라 하겠습니다. 금년 8월 내가 연수원 교육 중일 때 회현면 신기촌 마을 개인방조제가 유실되어 바닷물이 넘치는 것을 하숙집 TV를 통하여 보았습니다.

草羅! 시·군 통합 이전 1990년 옥구읍 김제촌 앞 방조제 일부가 터져 바닷물이 넘쳤는데 이를 못 막고 김하영 군수와 군청 직원들이 발만 동동 굴렀습니다. 그때 한쪽 팔이 없는 청년 한 사람이 위험한 둑에 불쑥 걸터앉자마자 모래 가마니를 들어 올려

순식간에 물길을 잡아 위난을 모면했다는 이야기를 들었습니다.

 이 전설적인 이야기는 당시 시청 직원들 귀에까지 들어왔습니다. 내가 옥구 읍장으로 와서 그 사람 두준구 씨를 만났습니다. 그는 금년 한 손으로 7만 평의 농사를 지어 모든 경비를 제하고 연간 1억7천만 원의 순수익을 올린 알부자 농부랍니다.

(98. 11. 8)

115
초상집에서의 노름

草羅! 1979년 8월 11일 새벽 2시 기동 경찰대는 신민당사에서 이틀째 철야농성을 벌이고 있던 YH무역회사 여자종업원 2백여 명을 서울 시내 21개 경찰서로 분산하여 연행하였습니다. 이날 경찰의 강제 진압에 여공들이 항거, 깨진 병으로 왼쪽 손목의 동맥을 끊은 뒤 4층 뒷문에서 투신하여 김경숙 양이 죽었습니다. 여공들과 함께 농성 중이던 김영삼 의원도 당사에서 강제로 끌려나와 경찰 백차에 실려 귀가 조치되었습니다.

이 사건은 유신 정권의 종말을 알리는 신호탄이었습니다. YH무역 여공 신민당사 농성사건 이후, 30년 헌정사에 국회의원 제명 제1호로 기록되는 신민당 총재 김영삼 의원 징계 동의안이 의결되었습니다. 그리고 부마사태와 10·26으로 이어지며 역사는 숨가쁘게 흘러갔습니다.

폭우와 태풍으로 전라북도 공무원 하계휴가 금지령이 내려졌던 그해 여름, 유신 정권이 말로로 치닫고 있다는 것을 시청 공무원들도 충분히 감지할 수 있었습니다. 환자같이 창백한 민심을 처방하기 위한 상부의 각종 지시들은 오직 유신 철학만을 강조하였습니다. 매일 듣는 아침과 점심때의 박대통령 어록은 장송곡처럼 들렸습니다. 김용신 부시장이 직원 특별 직무교육을 통해 오원춘 사건의 허구성을 아무리 설명해도 마음에 별로 와 닿지 아니하였습니다. 그가 설명한 유신의 당위성이 왠지 공허하다고 생각을 하였습니다. 경직되고 초조한 일상이 무엇인가 조여지고 있다는 느낌이 가득하였습니다.

삼학동에 떼강도가 들어 상점 등 일곱 집을 연쇄로 털어 더욱 섬뜩했던 그해 여름, 이리 군산 출신의 김현기 의원이 지병으로 별세하였습니다. 신민당 소속이었던 그는 아마 당시 55세였을 것입니다. 우연찮게 그때 우리 허인봉 수도계장도 어머님 상을 당하였습니다.

계원 거의가 부안군 보안면 허계장 상가로 가서 이틀 동안 밤샘을 하며 안내와 심부름을 하였습니다. 시청에서 많은 사람이 부안까지 문상을 왔습니다. 김영철 건설국장이 와서 우리들의 노고를 치하하였습니다. "삶은 돼지고기 맛이 좋다"며 한 접시를 더 시켜 드시는 그의 소탈함을 우리들은 보았습니다.

그러나 상갓집의 심부름이란 화투 치는 것이 주업무였습니다. 몇 사람이 밤을 새워 '섯다'를 하였습니다. 발인 전날 화투 놀이는 어느새 노름이 되어 우리는 밤을 꼬박 새웠습니다. 헌데 정작 문제는 상가에서 돈을 빌려 노름을 했던 직원이 돈을 전부 잃고 발인 전까지 그 돈을 반납할 수가 없었던 데에 있습니다. 이를 보다못한 계 서무가 대신하여 대납해 주고 돌아왔습니다.

상가에서 돌아와 여러 날 동안 노름빚을 받지 못하자 계 서무는 부득이 봉급에서 떼었고, 이에 자존심이 상하고 화가 난 직원은 봉급수령을 거부하여 문제를 일으켰습니다. 이의 해결을 위해 나는 술값을 들여야 했습니다.

상가에서 화투를 치는 것이 마치 전통인 양 우리는 생각합니다. 상갓집 풍속도는 시청도 예외는 아니었습니다. 그러나 한 가지 공통점이 있습니다. 잃은 사람은 많아도 땄다는 사람은 별로 없다는 것입니다. 한때 시청 직원 중에 몇 사람은 문상보다도 '섯다'에 더 관심이 많아 그 방면으로 상당히 유명한 사람이 몇 있었습니다. 초상집 노름 덕에 양복과 구두 걱정은 아니한다는 사람이 있어 화제가 되었습니다. 가리의 대가로 악명 높은 사나이답지 못한 사나이가 있어 여론을 자극하였습니다.

박찬기가 직원 상갓집에 가서 짓고땡이를 했는데 잘 나온 자기 표에 흥분한 모 사무장이 '장땡이야' 하고 소리를 지르며 주먹으로 자기 이마를 매우 힘차게 두들기자 코피가 쏟아졌던 즐거운 사실을 군산시청 OB 팀들은 모두 알고 있습니다.

홍남동 상갓집에서 전셋돈을 모두 잃고 빈털터리로 도에 전출한 모 사무관 이야기는 애처로이 우리의 가슴에 있습니다. 그가 손을 덜덜 떨며 화투짝을 쪼았던 영상이 흘러간 세월 속에 있습니다.

草羅! IMF 한파 속에 한 해를 보내고 새해를 맞고 있습니다.

지금 이 나라는 꽁꽁 얼어 있습니다. 우리는 어쩌다 이 지경이 되어 버렸는지 모르겠어요. 어둡고 두려운 현실에서 새해를 맞고 있습니다. 안녕히 계셔요.

(98. 1. 14)

116

둘째놈 잉태 소식, 내 나이 34세였습니다

草羅! 1979년 9월 한 달 동안은 박대통령과 김영삼 신민당 총재간의 보이지 않는 싸움으로 일관되었습니다. 구체적으로 두 가지 사안이었습니다.

그 하나는 서울 지법에 조일수 등 신민당 원외지구 위원장 3명이 제기한 김영삼 총재 직무정지 가처분 신청을 이유 있다고 받아들임으로써 발단이 되었습니다. 이를 근거로 정운갑 전당대회 의장과 비주류 측은 '당권을 내놓으라' 는 것이었고, 김영삼 총재와 주류 측은 '웃기지 말라' 는 처절한 싸움이었습니다. 누구의 조종인지를 국민들은 훤히 알고 있는 이 사건은 역사의 격랑이었습니다.

다른 하나는 김영삼 씨가 뉴욕타임스와의 회견에서 "미 정부가 공개적이고 직접적인 압력으로 한국 정부를 다스려 민주화로 가야 한다"고 주장하고 이런 나라에 미군 주둔은 큰 의미가 없다는 요지의 발언으로 발단되었습니다. 이 사건을 청와대가 직접 개입함으로써 여당의 김영삼 죽이기 전략은 기름에 불붙이듯이 가열되었습니다.

이러한 혼돈 속에서 우리들은 벼 병충해 예방과 퇴비증산에 행정력을 집중하였습니다. 수도과 근무 3년을 넘긴 나는 공기업 업무에 약간의 자신감을 가질 수 있었으나, 한편으로 국장과 과장이 중요한 업무의 판단을 나에게 자문을 받아 결정하였기에 심적으로 상당히 부담이 되었던 시절이었습니다.

그리고 우리 집에는 또 다른 일이 발생을 하였습니다. 아내는 큰놈 출생 후 2년 만에 다시 임신했다는 사실을 정신호 산부인과 원장으로부터 통보를 받았습니다.

병원에서 걸려온 전화로 소식을 듣고 퇴근했던 날, 나는 월명동 나가야 골목을 걸어가면서 많은 생각을 하였습니다. 이렇게 해서 가계가 형성되고 가장이 되면서 가정과 사회에 책임을 다하려는 노력 속에서 일생을 사는 것인가를 생각하였습니다. 장차 나는 무엇이고 내 인생관은 무엇인가? 내 예술은 무엇이며 나의 詩는 또 무엇인가를 생각하였습니다.

草羅! 가정이라는 것이 보이지 않게 내 정신세계를 옥죄어 오고 있음을 감지했던 시절은 내 나이 34세였습니다. 다시 시를 써야 되지 않나 수없이 자신과의 싸움에 몰두를 했던 한 해였습니다.

79년 9월 27일 삼학동 공설 풀장 옆 어린이회관 기공식이 거행되었습니다. 총 공사비 2천여 만 원을 들여 연건평 58평의 어린

이회관과 955평의 놀이터를 건립하는 것이었습니다. 부지와 공사비는 군산 청년회의소에서 마련하여 군산시에 기부 체납했던 것입니다. 당시 한상철 군산 청년회의소 회장은 상당히 활동적이었던 분으로 기억됩니다. 그는 경상도 출신인 황윤기 시장과 교분을 두터이 했습니다.

내가 서무계에서 직접 시장을 모시며 의전을 보았을 때 한상철 회장은 전라북도 청년회의소 부부간 모임을 군산에 유치하였습니다. 그리고 월명공원 테니스 구장에다 '황윤기 군산시장 초청의 밤' 행사를 개최하였습니다. 규모와 행사 수준이 대단하였습니다. 한복을 입은 회원 부인들의 총천연색 집합은 아름답고 분주했습니다. 봄이 오는 언덕에서 벌이는 벌과 나비 떼들의 향연과 같았습니다. 그들의 합창은 월명공원에 메아리쳤습니다. 자신의 환영에 답하는 황윤기 시장의 목소리 — 감격에 떨었던 그 순간을 나는 지금도 기억하고 있습니다.

동서 갈등이 첨예하게 대립했던 시절, 황시장은 군산시 발령을 받아 많은 부담을 갖고 취임을 했다고 합니다. 전라도 고위 공직자가 경상도로 발령되면 한 사람도 살아서 돌아오지 못했던 시절이었습니다. 그러니 상대적 정서를 갖기는 마찬가지였을 것입니다. 그러나 그는 군산 시장으로 왔고 경상도 사람이기 때문에 군산 시민은 그에게 더 잘하였습니다.

그가 군산 시장의 소임을 훌륭히 마치고 자기 고향인 안동 시장으로 발령을 받았습니다. 그리고 그는 끝내 군산을 잊지 못하고 있답니다. 전통적 유교의 고장인 안동 시장의 어려움이 군산보다 더 커 많은 그의 참모들이 선진지 시찰차 군산을 다녀간

일화를 우리는 알고 있습니다.

　草羅! 김대중 당선자의 선출로 동서화합의 새 시대가 왔다고들 합니다. 피해자였던 쪽이 먼저 화해함으로써 동서 화합의 시발점으로 삼아야 할 것입니다. 그대와의 사이에 화합이 필요한 것인가를 생각합니다.

(98. 1. 22)

117
서무계로 발령을 받다

草羅! 1979년 9월 30일은 그해 추석을 4일 앞둔 일요일이었습니다. 추석을 앞두고 각종 사업비 지출을 위한 서류 정비와 명절 대책을 위하여 사무실에 나와 일을 하였습니다. 그리고 그날 점심을 서무계장 김종기 씨와 차석인 최헌용 씨 등과 함께 성미식당에서 했습니다.

식사를 하면서 서무계장이 "일요일날 쉬지 않고 무슨 일을 했느냐"는 물음에 "추석 대책을 좀 챙기려고 나왔다"고 대답을 하였습니다. 명절을 맞이하여 공적으로 제공되어지는 '촌지나 예물' 등이 '대책'이라 불리어지고 있었던 시절이었습니다.

서무계장은 시장 대책 때문에 죽을 지경이라고 말을 하였습니다. 그때 상당수의 군산시청 직원들은 각종 대책에 쓰여지는 판공비의 어려움을 알고 있었습니다. 판공비의 어려움은 전주나 이리시뿐 아니라 도청도 마찬가지였습니다. 1970년대 판공비의 애환은 말로 다할 수 없었습니다.

한때 박대통령은 지사와 시장·군수의 각종 외상값을 보고 받아 예산에 올리도록 지시하였습니다. 이후 예산의 범위 내에서만 집행하라는 추상같은 단서 조항을 달아서 말입니다. 처음에는 그럴 듯하게 지켜지는 것 같았으나 장기 집권의 그늘 아래서 그 해독이 독버섯처럼 커지고 있었습니다.

예산 외의 지출은 담당직원의 빚으로 대신했던 시절이었습니다. 전임 시장이 몽땅 지워놓은 빚을 갚지도 못한 채, 새 시장을 모시며 없는 예산에서 발생한 쓸 돈 때문에 담당자들은 죽을 지경이었습니다. 계장이 봉투 챙기라면 돈 빌린다고 나간 직원은 돌아오지를 아니하고 슈퍼에서 맥주를 퍼마시며 괴로움을 달랬습니다. 계장의 호통에 찾으러 나간 직원도 동료의 처지가 딱하여 사무실 복귀를 하지 않고 함께 외상 맥주를 실컷 마시고 있는 풍속도를 상상해 보세요. 그러니 기강과 영이 서겠어요?

3시 판공비 담당자는 집 한 채는 팔아야 자기 업무를 수행할 수 있다는 말이 공공연했었습니다. 군산시 서무계의 판공비 담당자가 거듭해서 세 사람이 바뀌고, 직원들이 가장 꺼려했던 자리가 그 자리였습니다.

추석을 4일 앞둔 일요일날, 점심을 먹으며 추석 대책 운운하는 데서 영감을 얻은 김종기 계장은 서무계 판공비 담당자로 나를 천거했고 최창한 과장은 기다렸다는 듯이 김용신 부시장의 내락을 받아서 추석 4일 후에 서무계에 발령이 되었습니다.

79년 10월 8일자 발령 다음날 사령을 받았습니다. 사령을 받고 각 과에 인사를 다녀도 축하한다는 사람이 없었습니다. 3년 4개월을 근무했던 수도과를 떠난다는 아쉬움보다도 어떻게 하면 직무를 제대로 수행할 것인가에 대하여 고민하며 밤잠을 설쳤습니다. 5년여 만에 다시 돌아온 서무계에서 어떻게 뿌리를 내려야 되는가에 대하여 많은 생각을 하였습니다.

草羅! 내가 서무계로 발령을 받았던 날 계장급 몇 사람도 함께 발령을 받았습니다. 예산계장 송준길, 기획계장 최일탁, 용도계장 황명규, 도시계장 김상백, 세외수입계장 강인찬, 개발계장 황긍택, 감사계장 김선섭 등이 발령되었으며, 토목직 마철수, 이완희 등이 새로 보직을 받았던 것으로 기억이 됩니다. 특히 공단관리소장으로 보직을 받았다 취소되어 도로 전출되었던 강중권 씨가 사무관 승진요원으로 시로 다시 전입되어 당분간 문서계장으로 발령되었던 쇼킹한 인사는 지금도 잊지 못하고 있습니다.

보고 싶은 草羅! IMF 한파 속에 한 해가 저물고 다시 한 해가 왔습니다. 1998년 1월 한 달이 갔습니다. 고향 순창이 아닌 군산에서 설을 맞았습니다. 하늘 높이 5층 아파트에 매달려 차례를 모셨습니다. 7남매 중에 한 사람도 참여하지 않은 차례를 모시며 외롭다고 생각하였습니다. 아들놈들 앞에 고개를 못 드는 내 모습을 생각하였습니다. 2월 중 청원 전체 조회에서 '97 하반기 읍·면·동 행정실적 종합평가에 옥구읍이 1위를 하여 표창을 받고 돌아오며 또 외롭다고 생각을 하였습니다. 내 가슴 외로운 평원에는 항상 그대가 있습니다.

(98. 1. 29)

118

옥구 읍장으로 온 지 8개월

草羅! 아직도 옥구 영병산엔 눈의 잔해들이 하얗게 빛나고 있습니다. 2월이 왔어도 옥구 들녘엔 겨울의 냉기가 가시지 않고 있습니다. 내가 옥구 읍장으로 온 지도 벌써 8개월이 지나갔습니다. 우리 민족은 지난 연말 험한 역사의 능선을 넘어왔습니다. 여야의 정권교체라는 준령을 넘고, IMF라는 고봉을 향하여 아슬아슬하게 달려가고 있습니다. 우리는 격랑 속의 한 분자가 되어 흘러가고 있습니다. 그러나 내 곁에 그대가 없음으로 하여 무척이나 위태로울 뿐입니다.

지난해 7월 새로운 시청 청사 4층 상황실에서 시장에게 사령을 받았습니다. 사령장을 받는 나의 손은 떨렸습니다. 시장과 악수를 하는 나의 손에서는 땀이 났습니다. 군산시청에 온 지 25년 만에 사무관이란 작은 소망을 이룬 흥분으로 가슴속은 잔잔히 파문이 일고 있었습니다. 파문 속에 그대의 얼굴이 수없이 겹쳐

오고 있었습니다.

　짐보따리를 트렁크에 싣고 취임을 위해 차를 몰았습니다. 외항 진입로 금강자동차학원을 거쳐 칠다리를 지나며 옥구 들녘을 바라보았습니다. 태양을 향해 푸른 벼들은 솟구치고 있었습니다. 살풋한 바람은 푸른 파도 이랑 위로 달리고 있었습니다. 시큼한 흐래 냄새를 맡으며 그대를 생각하였습니다.

　승진 발령을 위한 6주간의 교육은 스스로를 돌아보게 하였습니다. 수원시 장안구 파장동 내무부 지방연수원의 수목은 너무 아름다웠습니다. 교정의 아름다움도 느끼지 못한 채 교육생들은 낙제의 두려움에 떨고들 있었습니다. 시험의 부담으로 몇 명이 혈압으로 떨어진 전례 때문에 교육원은 절대 낙제는 없을 터이니 안심들 하라고 수없이 당부하였으나, 오히려 학생들은 더 적극적으로 공부하는 기현상 속에서 한 달 반을 보냈습니다.

　공부와 공부 사이 정신적 공허 속에 그대의 환幻으로 가득했는데, 그대의 사념 속에 나의 존재는 무엇인가에 대하여 수없이 생각을 하였습니다.

　옥구읍사무소 뒤 언덕에는 밤나무 한 그루와 다섯 그루의 은행나무가 살고 있습니다. 어른이 다된 이들은 색깔, 그늘, 그림자, 흔들림, 부대낌의 소리 등을 드리우면서 삭막한 사무실 내외에 안정감을 주고 있습니다.

　언덕에 찬이슬이 내리면서 밤나무 이파리는 하나씩 물들어 갔습니다. 싸리비질 한 뒤안에는 밤알이 떨어지기 시작하였습니다. 밤나무 잎이 붉게 타 들어가고 은행잎이 노랗게 따라 올 때 우리들은 밤 축제를 준비하였습니다. 탁자 위에 밤, 떡, 술 등을 쌓아 놓고 사람들이 둘러서서 축배를 제의했습니다. 그때 회의실 창밖 멀리 붉은 해는 피를 토하며 영병산 너머 어은 포구로 지려 하였습니다. 붉은 이파리와 노란 색소들 그리고 사람들이 황혼 속에 빨려들었습니다. 우렁찬 건배의 합창은 황혼을 깨뜨렸습니다.

보고 싶은 草羅! 밤 축제를 끝낸 이후 우리들은 은행잎 축제를 다시 준비하였습니다. 회의실에서 은행나무 울창한 가지 밑 옥상까지 걸어갈 수 있는 오작교를 만들었습니다. 다리와 옥상 가장자리 난간에 위험을 방지하기 위해 울타리를 설치하였습니다. 그리고 야외용 탁자와 콘크리트 앉을깨를 마련했는데 기다렸다는 듯이 은행잎은 쏟아져 내렸습니다.

쏟아지는 은행잎들은 청사 지붕 위로, 書庫 위로, 농촌지도소 사무실 지붕 위로 쏟아져 내렸습니다. 청사 담장 안팎으로 눈발처럼 내렸습니다. 뒷담장 언덕으로 가득히 쌓이고 정문 밖 지방도로에도 내리면서 흩날렸습니다. 은행잎과 함께 은행알들이 뒤뜰 즐비하니 쏟아져 내렸습니다. 벌거벗은 육체들이 상처를 내고 떨어졌습니다. 아침마다 수북히 쌓였습니다. 우리들은 다시 새로 설치한 오작교를 건너 옥상 탁자를 중심으로 모여 질탕한 축제를 벌여야 했습니다.

아! 지난가을 밤과 은행 축제 속에 나는 그대 생각으로 가득하였습니다. 그리고 흰 눈이 쌓이면서 이파리들은 쓰레기로 변하여 깨끗하게 치워졌습니다. 플라스틱통 3개에 모아졌던 은행들은 봄이 오면서 썩어 뭉크러진 가죽을 벗겨서 한 가마 정도의 알을 모았습니다. 액들은 40개의 빈 맥주병 속에 모아져 있습니다. 보고 싶은 草羅! 이파리들이 썩어가며 알맹이를 남기듯 소멸되는 세월 속 내 가슴속에 그대만이 자리하고 있습니다.

(98. 2. 6)

119
군산고 농구, 전국체전 우승

草羅! 다시 1979년 10월로 돌아가겠습니다. 그해 추석 전날 김영삼 신민당 총재에 대한 의원직 제명이 국회에서 전격 처리되었습니다. 이는 한국 의정사의 제명 1호를 기록하였습니다.

야당 일부가 점심식사를 하러 가 산만한 분위기를 틈타 국회경위들 호위를 받으며 백두진 의장이 전격적으로 방망이를 두드렸습니다. 이에 놀란 야당의원들과 범법자인 여당의원들은 뒤범벅이 되어 승강이를 벌였으나 공허하고 허황할 뿐이었습니다.

여·야 의원들이 육탄전을 벌이는 사이 '닭의 모가지를 비틀어도 새벽은 온다' 라는 화두를 되뇌이며 홀로 자리를 지키는 김영삼 씨의 외로운 모습의 사진을 보며 많은 국민들은 눈물을 흘렸습니다. 마음으로 우러난 애정과 성원을 보냈을 것입니다.

정국은 얼어붙었고 민심은 숨을 죽이고 있는 가운데 제60회 전국체전이 그해 10월 12일 대전 종합경기장에서 열렸습니다. 박대통령이 참석한 이 대회에 김학중 전북지사도 참석을 하였습니다. 1,184명의 전북 선수단 속에 군산 선수단은 탁구, 권투, 농구선수 등 200여 명이 참가하였습니다. 군산 선수단을 응원하기 위하여 황윤기 군산 시장과 김용신 부시장이 교대하여 대전으로 올라갔습니다.

수도과에서 서무계로 옮겨 자리를 잡자마자 전국체전에 사용할 선물과 격려금을 챙기며 업무에 적응하려고 노력을 하였습니다. 각종 행사와 시장 수행 계획 등을 짰습니다. 시장의 만찬이 하도 많아 오후 5시만 되면 미리 송죽이나 은마 등에 나가 분위기를 점검하기 일쑤였습니다. 지금은 상상도 할 수 없는 일이지만 요정 아가씨들 사이를 누비면서 창피함을 삭이는 데 많은 노력을 했던 시간들이었습니다.

제60회 전국체전 중인데도 김영삼 의원 제명에 분노한 부산 시민들은 궐기했고, 정부는 부산 지역에 비상계엄령을 선포하였습니다. 그러나 정부의 물리적 힘으로 민심을 제압하기에는 한계에 와 있다는 것을 시청의 졸자들도 충분히 알고 있었습니다.

서울이 1위, 경기 2위, 충남이 3위, 전북이 5위를 차지하면서 제60회 전국체전은 끝나가고 있었습니다. 특히 전주고의 야구와 군산고의 농구가 사상 처음 전국을 제패하여 도민들에게 기쁨을 주었습니다. 선발전에서 군산상고 야구가 전고에 패하여 출전치 못해 속상해 했던 군산시민들도 전고 야구의 승리를 환영하였습니다. 그리고 다음 해 제61회 전국체전을 전주에서 치른다는 자긍심을 전북도민은 가지고 있었습니다.

폐막식에서 박종규 대한체육회장이 대회기를 충남지사에게 받아 전북지사에게 넘겨줬습니다. 그리고 성화가 꺼진 대전공설운동장 밤하늘엔 '내년에 전주에서 만납시다' 란 야광 현수막이 수놓아지고 있는 광경을 TV를 통하여 지켜보고 있을 때였습니다.

시장실에서 군고농구 전국제패 환영대회를 다음날 오후 3시에 하도록 하라는 지시가 내려왔습니다. 우리들은 크게 당황하였습니다. 행사는 장소와 사람과 비용이 필요합니다. 그리고 준비할 시간이 필요합니다. 짧은 준비기간으로 원만하게 행사를 하려면 피나는 노력과 고통이 뒤따릅니다. 시정계에서 사람을 동원하는데 많은 애로를 느껴야 했습니다. 우리들은 도청 앞 전주공사로 사람을 보내서 공로패를 주문했습니다. 박영 씨가 없어 부득이 내가 시장 환영사를 썼던 생각이 납니다. 그것이 공직에서 처음 썼던 연설문이고, 이를 계기로 뒷날 많은 연설문을 썼고 숱한 고통을 겪어야 했습니다.

다음날 오후 3시 대전에서 자동차 편으로 팔마광장에 도착한 군고 농구선수들은 7대의 차에 나눠 타고 중앙고의 밴드와 중앙초등교 고적대를 앞세우고 거리를 돌아 시청 앞 광장에 들어섰습니다. 최창준 감독의 성적 보고에 이어 황윤기 시장의 환영사로 이어지면서 들뜬 환영대회는 성공적으로 끝나가고 있습니다. 성공적인 행사 뒤에는 공무원들의 피땀이 있었습니다. 눈물이 있었습니다.

보고 싶은 草羅! 구조 조정의 한파 속에서 공무원들이 다시 큰 어려움 속에 빠져 있습니다. 세무대학을 졸업하는 큰놈의 졸업식장에도 가보지 못하고 긴장된 날들을 보내고 있습니다. 영병산 너머 옥구 들녘에 봄이 오고 있습니다. (98. 2. 13)

120

계엄군에 싸인 군산시청

草羅! 1979년 대전에서 열린 전국체전이 끝나자마자 도에서는 다음 해 전라북도에서 치러질 제61회 전국체육대회 준비에 들어갔습니다. 전라북도 발전을 10년 앞당길 수 있다는 도민의 기대와 언론의 호응 속에 공무원과 민간단체들은 1년 후의 체전 준비에 불을 지피기 시작하였습니다.

군고농구 전국제패 시민환영대회를 마친 다음날 시에서는 시장 주재하에 제61회 전국체전 대비 도시환경정비계획 보고회를 갖고 차질 없는 추진을 다짐하였습니다. '뜻 모아 체전준비·힘 모아 도시정비' 란 구호를 내걸고 도시기반시설, 환경정비, 거점지역 정비 등 3개 분야를 세분화시켰습니다. 교도소에서 내항 사거리까지 1km 이상 남아 있는 남북관통도로 확장을 마무리짓고 733ha를 포장할 계획을 세웠습니다. 경기장, 역, 부두, 시장주변 등 거점지역을 설정하여 도시정비를 하도록 하였습니다. 접객업소, 골목, 건물정비 등 8,000여 개 사업을 시청의 모든 직원에게 분담 처리토록 하였습니다.

시청의 모든 직원들은 체전 계획표의 한 분자가 되어 자신에게 주어진 책임을 완수하기 위해 뛰었습니다. 2층과 2층 사이 단층을 2층으로 맞춰 올린다든지, 건물 도색을 시에서 지정한 색깔로 맞춘다든지 하는 사업을 추진하는 것들이었습니다. 공무원의 설득으로 이루어진 사업들이 군산시 발전을 15년 앞당길 것이라는 평가 속에 진행되었습니다. 그러나 법적인 검토와 합리성이 결여된 사업들이 뒷날 우리들의 신분을 괴롭힐 것이라는 것을 감지하지 못하면서 일들을 하였습니다.

草羅! 아침 일찍 새벽 청소를 나가서 낮에는 현장에서 일하고 대다수 직원들은 밤에 사무를 처리하는 올빼미 생활을 했던 그 해 가을이었습니다. 총무과 창밖 멀리 월명공원 수시탑께 수목들은 노랗게 물들어 가고 있었습니다. 초가을의 추위가 시내로 쏟아져 오고 있었습니다. 부산 지역 계엄령이 해제된 정국에 한기가 덮쳐오고 있었습니다.

우리들은 밤늦게 사무실을 빠져나갔습니다. 사무실을 나와서 맥주 한 잔씩을 했었고 슈퍼 탁자 위에 있는 흑백TV에서 마지막 뉴스를 보았습니다. 삽교천 준공식장에서 박대통령이 흰 수염을 휘날리는 두루마기 입은 노인과 함께 테이프를 끊는 모습을 본 후 집에 돌아왔습니다. 군여상 앞 골목길을 지나 집에 돌아오며 한기와 취기를 느꼈습니다.

다음날 아침 눈을 뜨자 청소 준비를 하였습니다. 어젯밤 맥주 탓에 약간의 취기와 한기를 느끼며 싸리비를 들고 시청을 향하였습니다. 시민슈퍼 앞 시청 사거리는 어둠과 안개에 쌓여 있었습니다. 어둠 속의 시청은 군인들로 둘러 쌓여 있었습니다.

 정신이 퍼뜩 들어 자세히 보니 정문 앞에는 시청 직원들이 둘러서 있었고 군인들은 출입을 통제하고 있었습니다. 아! 계엄령이구나. 번개처럼 뇌리를 스치는 불길한 예감을 감지하며 가까이 가보니 통제 군인들 곁에 최창한 총무과장이 서 있었습니다.

 신분증을 제시하라는 계엄군에게, 최과장은 "간소복 차림으로 아침 청소 나온 직원들이 무슨 신분증이 있겠느냐"고 설득하고 자신이 확인하여 들여보내도록 협의가 되었습니다. 시청 후정에 모여 선 직원들 앞에 선 김용신 부시장은 언행 조심하고 조용히 집에 돌아가도록 당부하였습니다. 시청 후정은 무거운 침묵이 가득하였습니다. 그때가 1979년 10월 27일 토요일 아침 7시였습니다.

 보고 싶은 草羅! 이틀 후면 김대중 씨가 제15대 대통령으로 취임하는 날입니다. 그를 핍박했던 박정희 씨가 죽어 계엄군이 시청을 접수하고 우리들을 통제했던 때가 어언 20년이 흘러갔습니다. 박정희가 죽자 신군부는 그를 국가전복을 기도했다는 누명을 씌워 형무소에 가두고 사형을 언도하였습니다. 미국으로 망명시켰습니다. 역대 정권은 끝없이 민중과 정치에서 그를 배제시키려는 노력을 다했습니다. 그는 늘 엄동설한의 한파 속에 있어야 했고, 인동초처럼 봄을 기다려야 했습니다. 그의 인고의 의지는 이틀 후 1998년 2월 25일로 결실의 꽃을 피울 것입니다.

 草羅! 그대를 기다리는 나의 겨울은 무엇입니까? 영병산 솔잎 사이로 그대의 자태는 환幻으로만 어른거려요. 옥구 들녘에 봄이 걸어오는데 나는 다시 기다림에 지쳐야 합니까? (98. 2. 26)

121
박정희 대통령의 주검

草羅! 조용히 집으로 돌아가라는 부시장의 지시를 받은 후 군인들이 보초를 선 시청 후문을 빠져 집으로 향하였습니다. 안개 덮인 월명산에서 달려온 새벽바람이 현기증을 느끼도록 하였습니다. 착 가라앉은 신흥동 골목길에서 리어카에 쓰레기를 싣는 미화원의 모습을 보면서 가슴속에 절망감만 가득하다고 생각을 하였습니다.

집에 돌아오자마자 라디오를 켜놓고 8시 뉴스를 기다렸습니다. 음악과 국가 유고 사태라고만 내보내던 라디오에서 8시 시보와 함께 아나운서의 떨리는 음성이 터져 나왔습니다. "여러분 안녕하십니까? 어젯밤 박대통령이 서거하였습니다. 만찬장에서 차지철 경호실장과 시비 끝에 김재규 정보부장이 쏜 총에 맞아 대통령이 서거하였습니다. 정부는 전국에 비상계엄령을 선포하였습니다."

가슴이 철렁하였습니다. 두 살짜리 첫아이를 안고 있던 아내의 얼굴이 질려 있었습니다. 가게에서 일하던 최 양이 뛰어와 "아저씨! 아저씨! 박대통령이 죽었대요" 하고 소리쳤습니다. 나는 그 시간에 중학교 때 역사를 가르쳤던 황호숙 선생 생각이 났습니다. "총구로 잡은 정권은 총구로 망한다." 그분의 말씀이 뇌리를 스쳤습니다. 그리고 5년 전에 문세광에게 저격당했던 육영수 여사의 생각을 하였습니다.

5년 전 육영수 여사 분향을 했던 시청 회의실에 다시 분향소를 만들었습니다. "군산시 故박정희 대통령 추모 분향장 설치 운영 계획" 수립을 내가 하면서 권력의 무상함을 느꼈습니다. 동서고금의 역사는 너무도 유사하게 돌고 돈다는 것을 뼈저리게 느꼈습니다.

회의실 단상에 박대통령의 영정을 걸고 병풍을 설치하였습니다. 단하에는 원불교에서 빌려온 향로를 놓고 향을 준비하였습니다. 회의실 입구에 방명록을 놓았습니다. 이별을 서러워하는 곡들의 테이프를 준비하여 엄숙하고 경건한 분위기를 내도록 하는 배려를 다하였습니다.

많은 사람들이 시청 회의실 분향장으로 몰려와 눈물들을 흘렸습니다. 기관장들과 각계에서 연일 시청 회의실로 분향을 왔습니다. 애도詩를 써서 들고 온 할아버지가 자기의 작품을 영정 밑에 걸어 달라고 원하여 그의 청을 들어준 기억이 납니다. 라디오와 TV에서는 상업방송 없이 연일 애도의 방송을 했고, 시청 분향장은 날이 갈수록 애도객들이 늘어만 갔습니다. 유성환 구시장 번영회장의 인솔로 여자회원 50여 명이 모두가 소복차림으로 분양을 했던 기억이 납니다.

국상을 당하여 국내의 각 정파는 정쟁을 중단하였습니다. 한국의 대통령 서거는 세계를 놀라게 하였고, 많은 외국 사절들이 조문을 하러 우리나라에 왔습니다.

박정희의 유해는 그가 서거한 지 9일 만에 청와대를 떠나갔습니다. 5년 전 육영수 여사의 유해가 청와대를 떠날 때 운구를 붙잡고 차마 손을 못 놓은 박대통령의 모습에 많은 국민들은 눈물을 뿌렸습니다. 이제 또다시 박대통령의 운구 앞에 서 있는 소복한 딸들을 보며 국민들은 많은 눈물을 흘렸습니다. 중앙청 앞에서 거행된 영결식에서 아버지 영정 앞에 거수로 경례를 올리는 육사생 대통령 아들의 모습을 보면서 국민들은 한없이 울었습니다.

오랫동안 운영했던 시청 회의실 분향소를 철거하면서 많은 생각을 하였습니다. 옷과 심신에 배어 있던 향냄새를 제거하려고 목욕을 해도 오랫동안 냄새가 가시지 아니하였습니다. 사람이 죽으면 원한도 함께 죽는다고 하지만 그가 남긴 18년이란 장기 집권은 공과에 관계없이 뒷날 많은 후유증을 역사에 남겼음은 그대도 아실 것입니다. 그리고 박정희의 주검이 군정의 종식이 아니라 또 다른 시작이었다는 것을 우리는 금방 알게 되었습니다.

보고 싶은 草羅! 다시 봄이 왔습니다. 다시 3·1절이 왔습니다. 올해 제79회 3·1절은 50년 만에 국민정부 수립과 함께 한다 합니다. 50년을 기다려야 제대로 돌아온다는 인내의 원리를 생각합니다. 그대를 향한 나의 기다림도 너무 많은 시간이 필요하다는 것을 감지합니다. (98. 3. 13)

122
송죽, 참 인기 좋았어요

草羅! 박정희를 땅에 묻은 이 나라는 곧 힘의 공백이 나타 났습니다. 최규하 대통령 권한대행의 정치적 힘은 허황한 것이었 습니다. 박정희 살해사건을 발표한 전두환 보안사령관은 힘의 공 백 속에 나타난 원치 않는 권력의 상징이었습니다. 다시 순리를 벗어난 권력의 행진은 시작되었고, 뒷날 우리 민족사에 피를 불 렀습니다.

국장을 치른 후의 행정은 적막하였습니다. 중앙정부는 숨을 죽 이고 있는 듯하였습니다. 그해 11월 월명산 산보로 단풍잎들은 누더기를 걸치고 시내로 몰려왔었습니다. 우리들은 무엇인가 한 기로 떨고 있었습니다.

그렇지만 시정은 하나 둘씩 추진되어지고 있습니다. 제61회 전 국체전을 위한 도시정비사업을 위해 새벽 출근들을 하였습니다. 추곡 수매 실적이 부진하여 계장급 이상에게 수매량을 할당시켰습니다. 20% 보리혼식과 더 많은 보리갈이를 하도록 모든 행정력을 동원하였습니다.

그때 나의 일과들은 업무분장에 없는 일들이 주가 되었습니다. 연말로 가면서 예산은 바닥이 났습니다. 그렇지만 많은 행사가 계획되어 있었고 그에 따른 비용이 필요하였습니다. 주식대 등 일부는 외상으로 이월시킬 수 있지만 써야 할 현찰은 신년도 예산집행 때까지 빚으로 충당해야 하는 어려움은 당하는 사람만이 알 수 있습니다.

일과시간에는 공식행사 계획을 짜고, 돈 챙기고, 일과가 끝나면 거의 만찬장을 향하였습니다. 일반 만찬은 시청 뒤 경산옥, 압강옥, 해망동 고창횟집, 영화갈비 등에서 주로 했습니다. 그리고 요정은 송죽, 초정, 연정, 금정, 은마 등이었습니다. 송죽의 손님은 타의 추종을 불허하였습니다. 음식과 분위기도 좋았지만 많은 미인들을 확보하고 있었습니다. 송죽 마담의 영업수완은 뛰어났습니다. 안정감 있는 그의 미모와 깔끔한 매너는 한 번 가본 사람을 다시 가도록 하기에 충분하였습니다.

지금은 시청 직원 요정 가는 것은 상상할 수도 없습니다. 돈이 없어서도 못 가지만 설사 가라고 해도 별로로 생각하는 세상이 되었습니다. 요정 형태의 술집은 몰락하고 새로운 형태의 술집 문화가 발달하고 있지만, IMF 때문에 또 다른 형태로 변형하고 있습니다.

70년대 말 전라북도 고위 공직자나 군산의 한량들 중 많은 사람들이 송죽에서 술들을 마셨을 것입니다. 그때 내 나이 30대 중반이었습니다. 일과가 끝나면 사람이 사람을 접대하는 장소로 향하였고, 인간적인 굴욕을 소화하는 데 애태워야 했습니다. 나는 그때 김홍신이 쓴 《인간시장》이란 장편을 읽으며 나와 세상을 한탄하였습니다.

시장과 내빈이 나타나기 전에 사람과 상(味)과 여자의 삼박자를 헤아려야 했습니다. 준비가 끝난 뒤 나타난 시장의 눈을 피해 만찬이 잘 이루어지도록 포장 뒤에서 숨죽여야 했습니다. 팁을 챙기고 외상값 사인을 하면서 내가, 내가 아니길 수없이 기원하였습니다. 행사가 끝나면 송죽에서 걸어서 집까지 단 3분 거리가 한없이 멀었습니다. 가다가 여상 골목 포장마차에서 맥주 컵에다 계란 하나 깨어 넣고 백화소주 가득 부어 쉬어가면서 마셨습니다. 포장 틈 사이로 하늘의 얼어붙은 별을 보며 내 문학과 인생을 생각하였습니다.

草羅! 박대통령이 서거했던 다음 달 《전북수필》 창간호가 나왔습니다. 이대우 스님이 주지인 칠성사에 모여, 전북 문학에서 갈라 나온 문인들이 창간호를 만들었습니다. 정덕용 회장이 서문을 쓴 이 동인지에 김학, 김동필, 정주환, 한대석, 김희선, 서재필 씨 등 24명이 참여하였습니다. 그 《전북수필》이 뒷날 한국 수필 문학에 질적·양적으로 크게 기여해 오고 있음을 우리는 잘 알고 있습니다.

보고 싶은 草羅! 옥구 들녘엔 아지랑이들이 타고 있습니다. 농부들은 들로 나가고 있습니다. 금년 봄, 우리 읍에서는 130여 평의 땅을 샀습니다. 뒷담 옆 새로 산 땅에 주차장과 휴게실을 만들려는 준비를 하고 있습니다. 나무를 파내고 땅을 파면서 노동으로 마음의 여유를 갖으려 합니다. 그대를 잊으려는 노동으로 이 봄을 맞이하고 있습니다.

(98. 3. 12)

최관수 감독, 그는 영원한 군산 사람입니다

草羅! 1979년 11월 초 전현배와 최경식이 서무계로 오게 되었습니다. 김종기 계장과 최헌용, 김주현, 전현배, 최경식, 강영숙, 고윤자 등이 나와 함께 사무실 멤버였습니다. 그리고 안내실 직원과 중대장이 서무계 멤버였습니다. 최창한 총무과장으로부터 사람은 많은데 일 추진은 그리 깔끔하지 못하다고 질책을 듣던 때가 엊그제 같은데 벌써 20년 가까이 세월이 흘렀습니다. 세월은 회상을 낳게 합니다. 또 떠오른 것이 있습니다. 그때 군산상고 최관수 야구 감독이 목 디스크로 사표를 제출하였습니다. 후임으로 백기성 감독이 취임하여 상고 야구부가 겨울 훈련에 들어갔습니다. 이는 당시 군산 사람들에게는 큰 충격이었습니다.

내가 군산상고 야구를 처음 알게 된 것은 보르네오에 있을 때였습니다. 사업장 사고로 인하여 부르나이 공화국 국립병원에 입원하여 있었습니다. 생과 사를 넘나드는 참담함. 언젠가 이야기하여 그대도 알고 있을 거예요. 그 참담함 속에, 고국에서 미진이가 보내준 주간지에서 군산상고 야구를 처음 알았습니다.

1972년 9월에 열린 제26회 황금사자기 고교 야구대회에서 부산고와의 결승전에서 9회 말까지 4대 1로 뒤지던 군산상고가 역전승한 숨가쁜 상황의 글들을 읽었습니다. 감격해 하는 선수들과 시민들의 사진을 보았습니다. 최관수 감독과 스마일 피처 송상복 등의 사진을 처음 보았습니다.

귀국하여 명동성모병원을 거쳐 군산시에 온 지 25년이 지났습니다. 첫 취임지인 소룡동 시절 미진이는 떠나갔고, 그의 떠남은 문학과의 단절로 연계되어졌습니다. 그해 여름 군산상고가 제29회 청룡기에서 준우승을 차지하는 것을 보며 마음을 달랬습니다. 프로야구가 없었던 시절 군산 시민들은 상고 야구의 우승을 피서보다 더 좋아했습니다.

그해 가을 총무과로 자리를 옮기고서야 스마일 피처 송상복이 같은 과에 근무하고 있다는 것을 처음 알았습니다. 그리고 다음 해 제56회 전국체전에서 우승하고 돌아온 상고를 맞으며 시민환영대회를 우리 서무계에서 치르면서 행사의 규모와 시민적 자긍심에 놀랐습니다. 최관수 감독에 대한 군산 시민의 애정과 신망은 대단한 것이었습니다. 상고 야구가 우승을 하면 시키지 않아도 시내에는 수없이 현수막이 걸렸습니다. 법적으로 하자가 있지만, 혁명에 가까운 시민들의 의사표시이기에 제지치 못하였습니다. 하지만 선거철 선거 현수막을 걸지 못하게 하면 형평성을 들어 항의를 하여 우리들을 어렵게 하였습니다.

남들은 결승 중계를 보면서 즐거워할 때 우리들은 환영 계획서를 수립하는 괴로움을 겪었습니다. 상고 우승으로 남들이 술을 마실 때 나는 환영사를 쓰느라 채 기쁨을 만끽하지 못하였습니다. 도청 앞 전주공사에 맡겨 놓은 공로패가 아직 도착하지 아니한 채 환영식이 시작되어 발을 동동 굴렀던 기억이 납니다.

내 일생의 몇 안 되는 실수 중 76년 5월 대통령배 우승에서 돌아온 상고 야구부 최관수 감독을 비롯한 선수들의 카퍼레이드를 구경하려고 자리를 비운 사이 계량기 백지 검사증을 분실하여 구속될 번한 이야기는 언젠가 그대에게 고백한 바 있습니다.

草羅! 현배나 경식이가 서무계로 왔고 최관수 감독이 은퇴를 했던 때가 20년 가까이 되었습니다. 군산 시민들은 이 봄에 최관수 감독을 저 세상에 보내야 했습니다. 살아 생전 그를 충분히 도와 주지 못했던 시민들은 슬픔 속에서도 인천 출신의 그를 군산 땅에 묻는 것으로 아쉬움을 달래고 있습니다.

보고 싶은 草羅! 내 가슴속의 그대처럼 군산 시민의 가슴속에 최관수 감독은 살아 있을 것입니다. 그가 군산상고 야구에 기여한 공로는 군산시사에 영원히 기록되어질 것입니다. 그의 영혼은 군산의 산천과 함께 할 것입니다. 아! 그는 영원한 군산 사람일 것입니다.

(98. 3. 20)

124
옥구 들녘에 봄이 걸어오고 있습니다

草羅! 박정희 대통령의 분향소를 폐쇄하자 또 다른 큰 행사가 나를 기다리고 있었습니다. 그해 봄 자매결연차 군산시를 방문했던 미국 타코마시의 마이크 파카 시장이 이번에는 부인과 함께 우리 시를 방문토록 되어 있었기 때문이었습니다. 지난번에도 말한 바 있지만 미국에 한번 갔다 오는 것이 집안의 영광처럼 여겨졌던 시절 타코마 시장의 군산시 방문은 시민적 행사였습니다.

79년 11월 8일부터 11일까지 4일 동안의 체류 계획을 내가 수립하고 진행을 하였습니다. 81년도 미국에서 열리는 한국 문화상품 전시회를 앞두고 대한상공회의소 등 관계부처와 협의키 위해 서울에 온 파카 시장을 군산으로 초청한 행사였습니다.

타코마 시장 내외는 시장댁 만찬에 참석하였습니다. 기관장이 참석한 송죽 만찬에도 참석을 하였습니다. 빅토리호텔에 여장을 푼 타코마 시장 일행은 군산 시내 산업시찰과 금산사를 거쳐서 상경을 하였습니다. 그는 군산고등학교 농구팀을 초청하여 미국의 5개 도시에서 친선경기를 주선하겠다는 약속을 하였습니다.

잔치 끝은 허탈한 것입니다. 3박 4일 동안의 모든 일정을 마치고 파카 시장은 떠나갔습니다. 시 귀빈용 차량으로 그를 보내며 마음속은 허탈하였습니다. 그의 체류기간 동안 경비 거의 전부를 시에서 부담해야 되는지에 대하여 가슴이 답답했습니다. 시장 부인의 한복을 비롯해 많은 선물을 안겨 주고도 황송해 하는 우리들이었습니다.

군산고등학교 농구부 초청장을 보내 줘 우리 돈으로 미국에 가는 것을 왜 그렇게 고마워했던지 지금 생각하면 한심할 뿐입니다. 다만 군산 체류기간 파카 시장 내외가 보인 깔끔한 매너는 20년이 다 된 지금도 잊지 못하고 있습니다. 시장 부인의 미모와 교양은 지금도 내 기억에 남아 있습니다.

민선시대를 맞이하여 시청 직원들이 외국인 방문객들에게 예의를 다하면서도 당당하게 대하는 것을 봅니다. 그리고 세월의 흐름을 생각합니다.

옥구 읍장으로 오기 전 타코마시에서 온 사람을 통하여 파카 시장 내외의 소식을 듣고 가슴이 아팠습니다. 백악관 가는 것이 꿈이었던 파카는 시장 퇴임 후 사업에 실패하여 알거지가 되었다 합니다. 부인에게 이혼을 당하고 낭인이 되었다는 이야기를 들으면서 가슴이 아팠습니다.

草羅! 다시 3월이 가고 봄은 오고 있습니다. 자연은 새싹들을 돋게 하고 이파리들을 피어 냅니다. 꽃들을 피어 냅니다. 생성은 번식기를 거쳐 주검에 이릅니다. 번식의 결실은 새로운 삶으로 잉태되어집니다. 영병산 너머로 봄이 오고 있습니다.

6백여만 평의 옥구 들녘에 봄이 오고 있습니다. 2백여만 평의 보리밭에 안개가 자욱합니다. 보리밭 안개 속에 농부들이 어른거립니다. 그들은 거름을 주거나 골을 쳐 붓들을 합니다. 보리의 생성을 돌보며 농부는 자기의 생이 가꾸어지며 아지랑이로 아른거립니다. 보리의 생처럼 농부는 자기도 모르게 세월 속에서 생성되고 소멸되어 갈 것입니다. 봄은 뒷날을 준비하는 계절입니다. 옥구 들녘 바닷가에는 아직도 60여만 평의 염전이 있습니다. 염전에는 많은 사람들이 일을 하고 있습니다. 봄 햇볕에 그을리며 많은 부부들이 일들을 하고 있습니다. 멀리서 보면 곤충들처럼 보입니다.

옥구 들녘과 바다 사이 수산, 어은 방조제 9km가 가로 놓여 있습니다. 봄이 걸어오는 방조제 긴 언덕에 나갔습니다. 개펄과 염전 보리밭엔 일하는 사람들이 고물고물 거립니다.

보고 싶은 草羅! 그대와 나는 저 봄 공간 하나의 분자가 되고 싶다는 생각을 하였습니다. 땀 흘리는 무리 속에 곤충처럼 살았으면 했습니다. 그대를 만나서 무언가 준비해야 된다는 사념으로 긴 언덕을 걷고 있습니다.

(98. 3. 27)

125
우울증으로부터 나를 탈출시킨 내장산

草羅! 지난 주 토요일은 내장산에 갔었습니다. 직원들의 친목과 극기를 다지려는 한가족 다짐대회를 위해서였습니다. 내장산 가는 들녘엔 봄이 가득 넘쳐 나고 있었습니다. 안개 속에 쌓인 푸른 보리밭은 생의 충만함이 햇볕에 부서지고 있었습니다.

10여 년 전 나는 한 해 동안 내장산을 40회 이상 등반을 하였습니다. 삼학동 사무장에서 의료보장 계장으로 옮겨오던 시절 지독한 우울증에 시달렸습니다. 늘 세상은 쓰레기처럼 보였고 머리엔 주검으로 가득했던 시절이었습니다. 28일 동안 개정병원 정신과 병동 입원을 마치고 돌아왔을 때, 왠지 내가 가고 싶었던 곳은 내장산이었습니다.

매번 휴일 아침 7시면, 거의 정읍행 시외버스를 탔습니다. 정읍에서 내려 9시 반 이전이면 사슴목장 밑에서 산을 향하곤 하였습니다. 눈이 오나, 비가 오나 계속되는 등반은 스스로를 달래는 시간이었습니다. 가족을 위해 살아야 된다고 수없이 다짐을 하였습니다. 만물의 존재와 생은 아름다운 것이라는 긍정적 탄력을 산으로부터 얻어내곤 하였습니다.

40대 중반 우울증으로부터 나를 탈출시킨 내장산 앞에 50대 중반이 되어 다시 서 있습니다. 일행 열아홉 명은 일주문으로부터 시작하여 서래봉을 거쳐 샘터에서 점심을 들었습니다. 뒤지고 앞선 사람들이 함께 모여 먹는 술 절반 밥 절반의 점심은 모두를 취하게 하였습니다. 계별 노래자랑은 흥취를 배가시켰으며, 불출봉 등정식에서의 묵념은 정숙하였고, 우리들의 애국가 제창 소리는 내장산 계곡 멀리 메아리쳤습니다.

草羅! 산은 어머님 같다고 생각을 하였습니다. 산의 정상에서 내려다보이는 계곡들의 집대성은 큰 품속이었습니다. 우울증이 나를 한없이 주검으로 침전시켰을 때, 얼마나 저승에 계시는 어머니를 불렀는지 모릅니다. 바위 비탈길 오름의 육체적 고통이 번뇌를 잊고 환희로 환치케 해 달라고 빌고 빌었습니다.

불출봉에서 절정을 이루었던 우리들의 한가족 다짐대회는 술 취한 하산으로 조금은 박자가 흐트러졌습니다. 먼저 내려간 사람들은 뒷사람들을 기다렸고, 뒤에 오다가 비켜서 일찍 내려온 사람들은 영문을 모른 채 한 편을 찾았으나, 핸드폰은 산상의 두 편을 대통합하여 만남의 감격은 확산되었습니다.

통합의 감격은 돌아오는 차 속의 노래로 이어졌습니다. 선반에 설치된 비디오의 음률과 자신의 박자가 맞지 아니해도 모두는 즐거워했습니다. 다섯 사람이 가고 네 사람이 온 인사 이후 3일 만에 이루어진 산행으로 큰 응집력이 생겼다고 생각합니다. 이는 시청 공무원의 속성이거나 순수함일 수 있겠지요.

草羅! 옥구읍 직원들이 내장산을 다녀온 지 5일이 지나갔습니다. 다시 4월은 오고 식목일도 오고 있습니다. 조상의 산소를 돌본다는 한식을 전후하여 해마다 식목일이 끼여 있음을 알게 되었습니다.

17년 전 식목일은 어머님 생일 전날이었습니다. 그날은 어머님이 저 세상으로 가신 날입니다. 세월은 많은 것을 변하게 만들었습니다. 아버님과 작은아버님도 저 세상으로 가셨습니다. 교회라는 곳이 제사를 모시지 않게 한다 하여 종갓집 의미는 없어진 지 오래입니다. 조상 때문에 고향에 가는 일이 없어진 지 오래입니다.

草羅! 우리 선조들은 조상들을 모셔 왔습니다. 동네 어른들에게 세배를 다니고 보첩을 가진 민족이 그리 많지 않다고 합니다. 우리의 뿌리 찾기는 단일민족으로 오랜 역사를 가질 수 있게 했다 합니다. 충효를 바탕으로 하는 우리 것 찾기가 이 시대의 어려움을 이기는 기본이 아닐지를 생각합니다. 해마다 식목일이면 형제간의 갈등을 겪으며 군산에서 조상을 모셔 왔습니다. 이번에도 제사를 준비하며 많은 것을 생각케 합니다.

(98. 4. 2)

126
추곡 수매 비상령

草羅! 다시 1979년 말로 돌아갑니다. 박대통령 국장 이후 김종필 씨가 공화당 총재로 추대되었습니다. 그는 취임 기자회견에서 통대가 뽑는 대통령 선거에는 출마하지 않겠다고 말하였습니다. 이 한마디는 우리 현대사에 많은 것을 시사하는 것으로 보여졌습니다.

사무실에 걸려 있던 박대통령 사진과 '유신 생활화'란 국정방침이 내려지면서 변화의 물결이 밑으로 침전하고 있음을 느끼는 듯했습니다. 옥중 당선되었던 손주항 의원이 석방되고, 김대중 씨는 가택 연금이 해제되었습니다. 함세웅, 문익환 등 재야 인사들이 영웅이 되어 교도소 문을 빠져나왔습니다.

차기 통대 대통령 후보였던 최규하 대통령 권한대행은 신현확 씨를 총리로 하여 이한빈, 김옥길 등 학자 출신으로 새 내각을 출발시키면서 순수한 민간 정부로 들어서려는 듯 보였습니다.

전라북도 사람들은 진우종 씨가 보사부 장관에, 상공부 장관에 정재석 씨가 발탁되어 큰 기대를 걸었습니다. 군산 사람들은 청와대 제2수석 고건 씨가 정무수석으로 발탁되어 더욱 기뻐하였습니다. 41세의 고건 씨에 대한 시민적 기대는 대단한 것이었습니다. 민초들은 머지않아 봄이 오리라는 기대에 대하여 의심치 아니한 듯하였습니다.

그러나 그해 12월 12일 보안사령관에 의하여 육군 참모총장이 체포되면서 민심은 침묵으로 빠져들고 있었습니다. 그리고 12월 21일 통대 선출에 의하여 최규하가 제10대 대통령에 취임하였지만, 음습한 겨울 흰 눈은 한없이 쏟아졌고 역사는 격랑을 헤치면서 통곡하며 흘러가고 있었습니다.

草羅! 그해 겨울 정종을 몹시도 좋아했던 수도과 김삼정 계장이 세상을 한탄하며 저 세상으로 떠나갔습니다. 군산수협 소속 영풍 2호가 동지나 해상에서 침몰하여 선원 10여 명이 실종된 사건이 우리들을 음습하게 하였습니다.

우리들은 예기치 못할 뒷날에 대하여 불안을 감지하며 주어진 일들을 하고 있었습니다. 다음해 전북에서 치루어질 제61회 전국체전을 준비하였습니다. 그해 전라북도의 추곡 수매 실적이 지극히 부진했다 하여 전병우 부지사가 각 시·군을 돌며 독려하였던 기억이 새롭습니다.

도에서는 산하 전 공무원에게 비상령을 하달하였습니다. 시장·군수 300가마, 부시장·부군수 200가마, 읍·면·동 과장 150가마, 계장 50가마, 직원 20가마 등 모든 공무원에게 목표량을 부여하고 강제 수매에 나섰습니다.

추곡 수매 실적이 저조했던 시장·군수가 부지사실에 불려가 혼이 났지만 군산시가 가장 먼저 목표를 완료하여 타 시·군으로부터 질시 섞인 야릇한 부러움을 받았던 생각을 해 봅니다. 군산시가 일등한 요인은 옥구군에서 많은 양의 벼를 사왔기 때문이었습니다.

작년 가을 옥구읍에서는 7만 가마의 추곡 수매를 하는 데 별 문제가 없었습니다. 수매가격이 시장가격보다 더 비싸기 때문에 농민들은 더 많은 수매를 원하고 있습니다. 70년대 벼 수매 때문에 고통받던 일을 생각하며 달라진 시대상을 알게 합니다.

草羅! 금년도 식목일은 일요일이었기 때문에 나무 심는 일은 토요일에 치루어졌습니다. 청명인 일요일은 하루 종일 비가 내리었습니다. 집안 어른들과 친족들을 모시고 선영들 제사를 모셨습니다. APT 창밖에 내리는 비를 바라보며 파괴되어 가는 우리의 옛 모습을 생각하였습니다. 제사에 참여하였다가 쓸쓸히 떠나가는 노인들의 뒷모습 위로 봄비가 처연하게 내리고 있었습니다.

보고 싶은 草羅! 비 맞은 군산의 산하는 온통 꽃을 피어낼 준비를 끝내 놓고 있습니다. 그대 없는 공간에 피어난 꽃들은 내 가슴에 처연히 자리할 것입니다. 오늘 사무실 창밖에 하루 종일 비가 내리고 있네요.

(98. 4. 9)

70년대 크리스마스

草羅! 1979년 크리스마스에는 흰 눈이 내렸습니다. 성탄 전야 사람들은 영동 골목 가득하였습니다. 영동 골목 좁은 공간으로 흰 눈발은 가볍게 가볍게 하강을 하였고, 구세군 냄비 위로도 내렸습니다. 캐럴과 구세군의 외침 그리고 사람들의 발자국 소리가 뒤범벅이 되어 눈을 맞고 있었습니다.

직장인들은 집으로 그냥 퇴근을 하지 아니하였습니다. 시청 사람들도 그냥 돌아가지 아니하였습니다. 과 단위로 계 단위로 수준에 맞는 술 파티를 마련하였고 들떠야만 만족들을 하였습니다. 밤새워 끼리끼리 어울려 외박을 하여야 다음날 직장에 나가 자신들을 과시할 수 있었던 때였습니다.

TV와 라디오에서는 한 달 내내 캐럴을 울리고 예수 이야기가 방영되었습니다. 우리 집을 포함하여 많은 집들이 월명산 소나무를 베어다가 크리스마스 트리를 만들었습니다. 양말 속에 선물을 넣어 잠자는 큰놈 머리맡에 놓고 이튿날 일어난 아이에게 산타 할아버지가 가져온 걸로 위장을 한 그런 짓들을 하였습니다.

새벽마다 교회의 확성기 종소리는 어두운 골목으로 퍼져 나가 많은 사람들의 숙면을 방해하였습니다. 성탄절 새벽이면 교인들이 조를 편성하여 대문 앞에 몰려와 성탄절 노래와 '메리 크리스마스'를 외쳐 댔고, 지위가 높은 집에는 여러 교회에서 복수로 몰려와 혼잡은 배가되었습니다.

그해 성탄절 때 내렸던 눈발은 연말까지 이어졌습니다. 월명공원에도 연도 멀리 서해안에도 흰 눈이 내리면서 한 해가 하얗게 저물어 가면서 우리들은 종무식을 준비하였습니다. 50여 명을 시상하면서 10시부터 시작한 종무식은 한 시간이 넘게 걸렸고, 12시 이전부터 시청은 망년회에 들어갔습니다.

최창한 총무과장의 안내로 황윤기 시장은 김용신 부시장, 염동호 총무국장, 임명환 건설국장 등과 함께 각 과를 돌며 한 해 동안 고생한 직원들을 위로하였습니다. 대통령이 시해당한 질곡의 한 해를 마무리하는 우리들의 정서는 허둥대는 것이었는지 모릅니다. 새해에 대한 소망과 기대보다 불안을 예비하는 시간이었을지 모릅니다.

밑에 층에서부터 각 과를 거쳐 맨 마지막 2층 총무과까지 오는 시간은 멀고도 긴 듯하였습니다. 은연중 과별 경쟁이 된 망년회는 시청을 온통 취하게 만들었습니다. 말술을 사양하지 않는 황 시장은 직원들이 권하는 술을 거침없이 마셨을 것입니다. 그리고 총무과에 도착하였을 때의 시장 일행 모두는 만취가 되어 있었습니다.

직원들 앞에 선 시장은 자신의 소속이 총무과라는 말로 인사를 꺼내었고, 경상도 출신 시장이 시민들에게 이만큼 대접받는 것은 총무과 직원들의 도움이라고 힘주어 말하였습니다. 그런 의미에서 모든 직원은 이의 없이 시장의 술을 받아 달라고 제의를 하였고, 우리는 이에 호응을 하였습니다. '위하여'를 선창한 염동호 총무국장은 권주가 하기를 자청하여 뚱뚱한 몸에 애교 섞인 춤을 곁들여 "잡는 손을 뿌리치며…… 하지만"이라는 하 모 가수가 부른, 신세대도 어려운 최신곡을 잘 불러 넘겨 우리들을 놀라고 감격케 하였습니다.

草羅! 시청 망년회의 주무인 서무계장은 행사가 잘 마무리되자 기분이 너무 좋아 책상 위에 올라가 춤 솜씨를 자랑하고 내려올 만큼 전 시청 분위기는 과열현상이 빚어졌습니다. "불은 지필 줄도 알고 끌 줄도 알아야 한다"는 최창한 총무과장의 질책으로 뒷수습에 감사계와 서무계가 동원되었던 생각이 세월의 강 저 너머서 추억으로 손짓하고 있습니다. 그날 망년회의 뒷이야기는 다음 회에 조금만 더 이야기하고 갈까 합니다.

보고 싶은 草羅! 지난 토요일은 군산 문협이 주관하는 벚꽃축제 주부 및 학생 백일장을 공설운동장 야구장에서 개최하였습니다. 작품을 낸 사람이 800명이 넘었습니다. 잔디밭에 깔판을 깔고 엄마와 아이들이 글을 쓰고 있었습니다. 글이 끝나자 간단한 김밥을 드는 그들의 모습은 詩보다 더 아름다웠습니다. 햇볕에 빛나는 잔디와 사람들은 아름다웠습니다.

(98. 4. 23)

128
월명산 기슭의 군경묘지

草羅! 망년회를 끝마친 많은 사람들이 시청을 빠져나갔습니다. 술 취한 사람들은 79년의 마지막 끄트머리를 경이롭게 장식하려 하였을 것입니다.

그들에겐 3일 동안의 신년 연휴는 마음 설레이고도 느긋한 넓은 공간이었을 것입니다. 환희로울 것 같은 공간으로 많은 시청 직원들은 계층별로 친분별로 진입하였을 것입니다. 그러나 그것들은 미리 뒤집어 볼 수 있도록 알 만한 것들이었습니다. 은파를 간다든지 개복동, 대명동, 역전 등으로 원정하는 것들이었습니다. 그것들은 ―옷을 벗기고, 외박을 하고, 여자와 여관을 가다가 망신을 당한 사건―며칠 후 입방아로 돌아왔을 것입니다.

IMF 시대, 경직된 현실에서는 상상할 수 없는 일이지만 그때의 그런 것들이 당시엔 직장 내의 분위기를 누그러뜨리는 잔잔한 교향악이었는지 모르겠다는 생각을 합니다.

草羅! 80년 새 아침이 왔습니다. TV에서 제야의 종소리와 최규하 대통령의 신년사를 보고 집을 나왔습니다. 전날 신생화원에서 준비해 숙직실에다 보관했던 조화를 싣고 나운동사무소를 지나 군경묘지를 가면서 참 쓸쓸하다고 생각을 하였습니다. 시청이라는 조직이 휴식에 들어갔을 때 살아 있어야 할 곳이 서무계라는 것을 절감하였습니다. 군경묘지 가는 눈 쌓인 비탈길에 수로원들이 모래를 뿌리는 것을 보면서 나의 처지를 위안하였습니다.

먼저 와 있던 김종기 서무계장과 함께 향로에 불을 피우고 향을 준비하였습니다. 7시가 되자 전현배, 최경식이 내빈을 모신 시청 버스가 도착을 했고, 황윤기 시장의 안내로 지원장, 지청장, 항만청장, 세무서장, 경찰서장, 해경대장 등 7대 기관장이 도착을 하였습니다.

"지금으로부터 庚申년 새해 군경묘지 참배식을 거행하겠습니다. 일동 차렷! 묵념! 바로! 시장께서는 헌화와 분향을 하여 주시기 바랍니다. 다음 기관장님들께서도 자연스럽게 헌화와 분향을 하여 주시기 바랍니다. 이상으로 군경묘지 참배식을 모두 마치겠습니다. 감사합니다. 안내 말씀드립니다. 아침 조찬은 경산옥에 준비되어 있습니다. 한 분도 빠짐없이 참석하여 주시면 감사하겠습니다."

서무계장의 사회로 참배를 마친 기관장들에게 황윤기 시장은 사회과에서 준비해 준 메모를 보고 군경묘지 현황을 설명하여 주었습니다.

草羅! 점방산, 설림산을 보유한 월명산은 우리 민족의 혼이 깃든 영산입니다. 수시탑, 채만식 기념비, 은적사, 3·1운동 기념비, 군경묘지 등은 군산 시민의 얼이 서려 있는 산자락입니다. 군산 시민의 애환이 서려 있습니다.

은파 가까이 월명산 기슭에 자리한 군산 군경묘지는 2,300여 평에 660여 기의 애국의 혼이 쉬는 곳입니다. 조국을 지키시다가 산화한 영육을 묻어 둔 성지입니다. 이곳을 70년대 말 송준길 씨가 사회과 구호계장일 때 대대적인 정비를 하였습니다. 원래 있었던 묘기와 충혼탑을 손질하였습니다. 많은 취로사업비를 전용하여 잔디밭을 조성하였습니다. 고풍스러운 분위기를 자아내는 제각을 건립하고 단청도 곱게 하였습니다. 분향대를 설치하고 이은상의 시를 빌어온 묘비도 세웠습니다. 붉은 장미를 심어 울타리에 올려 묘역의 분위기를 더욱 엄숙히 하였습니다.

해마다 6월이면 치러지는 현충일 행사는 정갈하고도 애달팠습니다. 군경묘지 정문 언덕에는 포플러 대열이 6월의 태양 아래 이파리들이 나풀거렸습니다. 그것들은 저승과 이승을 넘나듦처럼 신비했었습니다. 아! 그러나 그 포플러 언덕에 러브호텔이 들어서기 시작한 것은 내가 사회계장으로 가기 이전부터였습니다.

고시된 주거지역에 적법한 절차로 즉결 처리되어 하나의 호텔이 지어지자, 많은 시민들은 이를 반대하였습니다. 그러나 형평성에 의해 시에서는 다시 또 다른 호텔을 허가하지 않을 수 없게 되었고, 이제는 러브호텔이 숲을 이루고 있습니다.

보고 싶은 草羅! 열아홉에 학도병으로 참전하여 산화한 나의 삼촌의 영혼이 잠든 묘역 앞에 서면 왠지 가슴이 아리어요.

(98. 4. 30)

129
추억 속의 경산옥

草羅! 1980년 1월 1일 아침 군경묘지 참배를 마친 기관장들은 경산옥 2층에서 해장을 하였습니다. 시장을 포함한 기관장들이 경산옥에 도착하기 전에 최헌용 씨 등 서무계 다른 팀들이 식당을 점검해 놓고 있었습니다. 그날 아침 정확한 메뉴는 잊었지만 아마 복이나 아구 또는 서대였을 것입니다. 눈길을 돌아온 기관장들은 끓인 막걸리 한 잔씩도 곁들였을 것입니다.

황윤기 시장이 재임했던 80년대 초 시청에서 이용했던 요정 아닌 일반식당은 경산옥, 압강옥, 시청 후문 바로 옆 꼬리곰탕집, 영화갈비집 등이었습니다. 일상의 개인 접대도 그렇지만 우리들은 늘 식당 선택에 어려움을 느끼고 있습니다. 접대할 사람의 수와 아침, 점심, 저녁 등 끼니에 따라 식당 선택을 달리하였습니다. 음식의 종류와 분위기 그리고 가격도 식당 선택의 한 기준이 될 것입니다.

생선류를 취급했던 경산옥은 오랜 시절 시청과 애환을 함께 하였습니다. 경산옥의 복+아구찜은 명물이었습니다. 향긋한 미나리와 구수한 된장 냄새는 먹기 전부터 소주 생각을 나게 했었습니다. 경산옥은 시청 사회에 생선찜만큼이나 감칠맛 나는 일화들을 남기었습니다.

경산옥 주인 김양식 씨는 김제 사람입니다. 60년대 가난에서 탈출하기 위하여 온 곳이 군산이었습니다. 시청 옆 김천옥에서 주방일과 장사 수완을 터득한 그는 신창동에다 개업을 하였습니다. 그의 독립은 시청 직원들을 손님으로 끌 수 있다는 자신감 때문이었을 것입니다. 그의 자신 뒤에는 김천옥에 있을 때 시청 직원들에게 고감도의 음식 서비스와 외상값의 적정한 탕감이 바탕이었습니다.

한때 많은 시청 사람들이 신창동 경산옥을 다녔습니다. 계별로, 과별로 다니면서 외상을 그었습니다. 이완희, 노창덕, 송준길 계장 등 시청의 식도락가들이 경산옥 단골들이었습니다. 정종을 주전자에 데워 불을 붙이면 파란 불빛이 안개처럼 발화합니다. 타오르는 불꽃에 복 날감지를 태워 주독을 제거한 정종 맛은 술꾼들의 창자 속을 경이롭게 하고도 남았습니다.

70년대 말 대형공사로 식당 뒷골목이 침하되자 김양식 씨는 시청 옆으로 이전 개업을 하면서 압강옥과 쌍벽을 이루었습니다. 그리고 경산옥에는 많은 명사들이 다니기 시작을 하였습니다. 황인성 지사나 조철권 지사도 경산옥 찜 맛을 알게 되었습니다. 지사 요정 만찬이 있으면, 의전에 도가 튼 서무계 직원들은 눈치 빠르게 경산옥 복+아구찜을 들고 요정으로 뛰던 생각이 납니다.

특히 조철권 지사는 경산옥을 좋아했습니다. 호텔 주방장들이 양식 요리법을 자문할 정도로 식도락가인 그도 경산옥 찜 맛에 반해 있었습니다. 81년 여름 조지사가 병충해 방제 시찰차 김제, 익산, 옥구 등을 거쳐 군산에서 오찬을 하였습니다. 김영배 시장 안내로 경산옥 2층에서 점심을 마친 지사는 차와 과일을 들면서 군산시 당면 업무보고를 받았습니다.

김양식 씨는 보고를 마칠 때쯤 방에 들어와 지사에게 식사 잘 했냐고 인사를 했습니다. 음식과 브리핑에 만족한 지사는 고개를 끄덕이며 "사장! 고향이 어디시오?" 하자 "김제 봉남면 이구만 요" 하고 대답했습니다. 지사는 "앞으로 내가 오면 김제 사람이라 고 말하지 마소. 고향 사람이라 이 집 들린다고 소문나면 지사 욕 얻어먹소!" 하여 좌중을 웃겼습니다.

김양식 씨는 적절한 시간에 지사를 보고 나올 정도로 감각이 있는 사람이었습니다. 지사가 뜨면 신생화원에서 수반을 시켜 온 다거나 식후 커피 등도 다방에 미리 시켜 진행을 매끄럽게 하였 습니다. 이런 것들이 장점도 되지만 구설수에 자주 올랐습니다. "경산옥, 사람 차별한다더라" 였고, "양식이는 사람 봐서 게장 주 고, 복 날감지 주는 사람 따로 있다" 였습니다.

그렇지만 김양식 씨는 그의 특이한 몸짓과 처세 감각으로 시청 직원들과 애증을 함께 하였습니다. 그는 그의 생을 생선과 함께 했던 사람이었고, 한때 'TV 맛자랑 멋자랑' 에도 출연하고 월간지 에도 자주 나곤 하였습니다. 그의 노년이 식당 주인으로 만족해

한 듯 보였습니다.

草羅! 그러나 세월은 만사를 뜻대로 되지 않게 하는가 봅니다. 시청이 조촌동으로 이사 온 후 부도로 경산옥이 처분되어 우리들을 안타깝게 하였습니다. 압강옥도 떠나고, 꼬리곰탕집과 영화갈비는 경상도로 이사를 갔습니다. 김양식이 했던 경산옥이 없어진 옛 시청 골목에 서면 참 허탈하답니다. 김양식 씨가 일생을 감칠맛 나는 생선 요리사로 군산 시민들의 가슴에 남아 주지 못한 것이 가슴아픕니다.

(98. 5. 7)

130
김학중 지사 초도 순시

草羅! 80년 1월 1일 아침 행사를 치른 시청은 신년 연휴에 들어갔습니다. 외형적으로는 적막한 연휴였을 망정 주요부서는 일할 수 있는 시간적 여유와 공간을 얻을 수 있었을 것입니다. 기획계는 지사 초도 순시 준비를 위하여 새한여관에 들어가 일들을 하였습니다. 예산부서는 도에서 승인되어진 일반회계 59억과 특별회계 1백25억 등 총 1백85억 원 정도의 80년도 당초예산을 마무리하여 인쇄를 하고, 각종 사업조서를 작성하느라 사무실을 비우지 못하였습니다. 서무계가 살아 있어야 거대한 시청이 안전한 휴식을 취할 수 있습니다. 서무계 직원들은 교대로 사무실을 지키며 무료를 달랬습니다.

연휴라 보일러가 꺼진 총무과 사무실에서 석유 냄새나는 난로에 기대어 창밖을 바라보았습니다. 눈 덮인 월명공원이 하얗게 가라앉아 있었습니다. 어깨를 축 늘어뜨린 수시탑이 자신처럼 생각되었습니다. 영화동 골목 사이 굴뚝에서 피어오르는 연기들이 하얀 도회지를 주눅들게 한다고 생각을 하였습니다. 무언가 공허한 신년이 시대 탓인가를 생각하였습니다.

　최규하 정부가 개헌을 하고 정권 이양을 서두르는 한 해가 될 것이라는 언론의 논조에 대해 확신감으로 충만한 분위기는 아니었습니다. 개헌한다, 안 한다 하는 것이 오히려 부정적으로 들려 왔습니다. 강조가 거부로만 맴돌아 무엇이 무엇인지를 몰랐습니다.
　그러면서 80년 1월 11일에 있을 지사 초도 순시 준비에 시청은 빠져 있었습니다. 접견장과 보고장, 오찬장을 시간대에 맞추어 도면화하는 작업을 완료하고 있었습니다. 전체의 시나리오에 모두의 위치와 임무에서 한 치의 오차가 없도록 하여야 했습니다. 행사는 틈새기가 새지 않아야 한다고 강조를 하였습니다.
　전날 있었던 전주, 완주 행사를 사전 답사하면서 준비했던 지사 초도 순시는 몇 가지 문제점을 남겼습니다. 우선 황시장이 차트를 완전히 소화하지 못한 상태에서 브리핑을 하다 보니 매끄럽지를 못하였습니다. 그리고 군산시가 상수도 누수로 한 해에 손실된 물 값이 얼마나 되느냐는 지사의 질문에 직답을 하지 못하였습니다.
　그러나 약간 혼란스러운 시장의 보고를 김학중 지사는 크게 개의치 아니하였습니다. 그리고 전년도 추곡 수매를 초과 달성해 준 것에 치하하였습니다. 또한 금년도에 전라북도에서 치러질 전국체전을 계기로 도시개발을 10년 앞당기는 계기로 삼아야 한다고 강조를 했습니다. 엊그제 같은데 벌써 18년이란 세월이 지난 이야기들입니다.

172

　보고 싶은 草羅! 시간은 모든 것을 망각케 하지만 그대에 대한 사념은 시간이 갈수록 생성할 뿐입니다. 마음이 한없이 비어갈 때 다가오는 그대 모습이 있습니다. 다시 오는 5월의 푸름 속에 그대를 생각합니다.

　꽃이 떨어진 천지는 푸르름으로 가득합니다. 애욕으로 충만한 군산의 산하에 봄비가 쏟아져 내리고 있습니다. 비는 연일 내리고 있습니다. 사무실과 아파트 창가에 부서지는 빗줄기 속에 나의 애달픔이 있습니다.

　자연은 사지를 벌리고 내리는 봄비를 포용하며 만족해합니다. 그리고 푸른 색소로 환원하여 울창할 것입니다. 그 애욕의 색깔들은 언젠가 가을이란 계절 앞에 무릎을 꿇을 것입니다. 열매나 뿌리로 나타나 내세를 예비할 것입니다. 새로운 탄생을 예비할 것입니다.

　가을은 푸름이 어디론가 일시에 떠나게 될 것입니다. 누렇게 남아 대롱거리는 것들은 주검의 전령사일지 모릅니다. 노란 살갗을 지닌 우리들은 어쩌면 저 세상의 환원을 위해 대롱거리고 있는지 몰라요.

　아! 그래서 시간의 흐름이 애달파요. 그래서 꽃피는 계절이 가고, 푸른 이 5월에 그대의 기다림으로 가득합니다. 부처님이 오셨다는 이 5월에 그대의 흔적을 어디에서 찾아야 되는지에 대하여 절망합니다. 언뜻 언뜻 레인코트를 걸치고 기다려 줄 그대의 환 가득히 5월 장마에 기대어 삽니다.

(98. 5. 14)

131
《표현문학》의 창간

草羅! 최명희, 이준섭, 신언년, 김여울 등 전북 출신이 신춘문예에 당선이 되었던 80년 1월에 《표현문학》이 창간되었습니다. 이는 전북 문단사에 하나의 사건일 수도 있었습니다. 오랫동안 전북 문협을 이끌었던 최승범 씨가 내고 있던 지령 60호의 《전북문학》과 대별되어 지는 것이었습니다. 《표현문학》의 탄생 배경은 뒷날 누군가가 정리할 것으로 믿고 오늘 내 생각은 말하지 않으려 합니다.

이상비 교수를 대표로 하여 창간된 《표현문학》은 백양촌, 정열, 이병훈, 박항식, 조두현, 최종규, 채규판, 이운용, 강상기, 최일훈, 유강희, 조병희, 진동규, 이영옥, 박만기, 주봉구, 김남곤, 이일순, 홍석영, 윤흥길, 신형근, 김교선, 천이두, 이보영, 정양, 이동엽, 유기수, 전영래, 정진형, 정덕용, 박성옥 씨 등 32명이 참여를 하였습니다.

기성 문인만이 참여했던 표현문학회는 국내 어느 문학 단체와 비교해도 빠지지 않았습니다. 그들이 펴낸 《표현문학》은 국내의 각종 월간지나 동인지보다 질량 면에서 앞서 있었습니다. 80년대 초 서점에 나오기도 했던 《표현문학》을 사다가 읽으면서 표현문학회원들에 대한 부러움을 숨길 수 없었습니다.

1984년 내가 문단에 나왔을 때 《전북문학》과의 인연 때문에 《표현문학》에 들어가는 것을 상당기간 망설였습니다. 그러다 진동규가 표현 주간으로 있었을 때 강권에 의하여 표현에 합류를 하였습니다. 동규에게 미안한 이야기지만 입회비 안 내고 회원이 된 것은 표현 18년사에 초유의 일이었을 것입니다.

표현은 이상비 이후 조두현, 천이두, 유기수, 이보영, 홍석영 등이 회장을 역임하였습니다. 그리고 이병훈이 회장을 맡으면서 3市에서 돌아가며 한다 하여 내가 주간을 맡은 것은 94년부터 2년 동안이었습니다.

공보계장과 사회계장 사이 2년 동안, 그때 나는 무척이나 바빴습니다. 관선 시장에서 민선 시장으로 가는 과중한 업무에 시달리면서 신문에 그대에게 보내는 글들을 연재하였습니다. 책도 냈습니다. 그러면서 표현을 좋은 책으로 만들었으면 하는 바램을 가졌습니다. 작품의 질을 높이려는 노력을 하면서 지방에서 했던 인쇄를 서울에 있는 미래문화사로 바꾸어 전국 각 서점에 배부토록 하였습니다. 내가 발간했던 제27호부터 30호까지 3권의 《표현문학》에 최락도, 권오동, 라병재 등 유명한 군산 출신 화가들의 그림을 표지화로 실었습니다.

1994, 95년 양해에 치러진 '표현문학상' 수상은 잊을 수 없습니다. 1994년 12월 중순 구름재 선생이 상을 받았던 제9회 '표현문학상' 수상식은, 은파가 내려다보이는 두리빌딩 스카이라운지에서 개최되었습니다. 축복의 겨울밤 행사에는 신세훈, 구인환, 신순애 등 서울 문인과 광주, 전주의 지방문인, 국회의원, 시장 등 많은 사람이 참석을 하였습니다. 채영석 의원과 하광선 시장이 축가를 불러 老시인의 수상을 축복했을 정도로 수상식장은 축하의 열기로 가득하였습니다. 수상식이 끝났을 때 많은 문인들은 군산을 떠나지 아니하였습니다. 그들은 술과 우정 그리고 추억의 밤을 새우고 항구를 떠나갔습니다.

1995년에 치러진 제10회 '표현문학상'은 《춘향이가 늙어서 월매가 된다》의 서사시집을 발간한 김종이 수상을 하였습니다. 김종의 수상식은 다음에 이야기할 기회가 있었으면 합니다. 다만 내가 2년 동안 주간을 하면서 표현 발전을 위해 더 많은 노력을 못했던 아쉬움이 있습니다. 그러나 두 시인의 수상에는 부끄러움이 없습니다. 수상자를 잘 선택했다는 자긍심을 지금도 갖고 있습니다.

보고 싶은 草羅! 6월 4일 지방선거를 2주 남겨 놓고 있습니다. 시장과 도의원, 시의원 입후보 등록이 마감되고 본격적인 선거전에 들어가 있습니다. 싫든 좋든 선거라는 다리를 통하여 민주주의라는 강을 건넌다고 생각하여 봅니다. 혼돈한 현실에서 그대를 생각합니다. 우리 사이에는 영원한 강만이 존재합니다. 사랑의 다리를 놓지 못함을 한탄합니다. (98. 5. 21)

132
6·4 지방선거

草羅! 군사재판에서 김재규를 사형 선고하고, 정승화 육군 참모총장을 재판에 회부했던 80년 1월이 왔습니다. 많은 사람들은 서울의 봄이 왔다고 했습니다. 민주당 시절 국회의장이었던 곽상훈이 죽었습니다. 암울한 기류 속에서도 3김이 기지개를 펴는 듯했습니다. 석유 값이 59%가 올랐습니다.

1980년 1월은 황윤기 시장 취임 1주년이 되던 달이었습니다. 시청은 지사 초도 순시 때 보고했던 각종 사업의 세부추진계획 수립에 들어갔습니다.

제61회 전국체전 전라북도 개최라는 당면 사업에 시정을 집중하면서 임해공단의 조성, 서흥남동 고지대 재개발사업의 마무리, 남북 관통로 준공 등 굵직한 사업들을 서둘러야 했습니다.

전국체전 준비를 위한 도시환경 정비는 군산 발전을 15년 앞당길 수 있었다는 평을 받았습니다. 그러나 법의 규제를 무시했던 무리한 개발들이 뒷날 부작용으로 많은 공무원들이 괴로움을 겪었던 일들을 생각합니다.

그해 2월이 오면서 시골에서는 부모님이 자주 군산에 오시게 되었습니다. 아내와 조촌동 제수씨가 임신이 된 지 5개월이 넘어가고 있었기 때문이었습니다. 그리고 군산공고에 다니는 막냇동생의 졸업이 가까웠기 때문이었습니다. 막냇동생 건이의 이야기는 다음 회에 자세히 이야기하기로 해요.

보고 싶은 草羅! 또다시 5월이 가고 있습니다. 때아닌 봄 장마 후 옥구 들녘엔 논물 가득합니다. 논물 가득 햇볕이 찰랑대고 있습니다. 아직 베어지지 아니한 보리밭은 노랗게 수확을 기다리고 있습니다. 6·4 지방선거 유세용 차량이 지나간 신작로 멀리 기계 모내기를 하는 농민들의 모습이 정겹습니다. 선거에 관심이 별로 없는 듯 농심들은 읍사무소 앞 선제 들녘에 푸르름을 지피고 있습니다.

이번 6·4 지방선거에 유종근 씨가 지사 단일 후보랍니다. 군산에서는 시장과 도의원 그리고 시의원 등 34명을 뽑는데 75명이 출마를 하였습니다. 시장 선거에는 손석영, 강근호, 고병태, 김길준 씨가 출마를 하였습니다. 송시환, 조현식 씨가 무투표 당선이 되고, 2명을 뽑는 도의원에서는 4명이 출마를 하였습니다. 우리 옥구읍에서는 시의원에 전우세, 전철수 씨가 출마를 하였습니다.

지난 토요일 오후 2시에는 중앙초등학교에서 시장 출마자 합동 연설회가 있었습니다. 현수막과 각종 홍보물이 사라져버린 달라진 선거 문화를 체감하였습니다. 나는 청중 속의 일원이 되어 그대를 생각하였습니다. 후보들의 연설을 들으며 많은 생각을 합니다.

우리들은 선거 관련 사무로 바쁜 나날을 보냅니다. 법정 사무에만 전념할 뿐 전혀 부담이 없는 일상에 만족해합니다. 우리들은 옥구초등학교에서 있을 두 사람 시의원 입후보자 합동연설회를 기쁜 마음으로 준비를 하면서 많은 생각을 합니다. "법과 절차대로만 하면 이렇게 가벼운 것을" 하는 생각을 합니다.

농부들이 모종을 골라 밭과 논에 옮겨 심습니다. 좋은 모종은 풍성한 수확을 예비할 것입니다. 옥구 들녘 모내기가 한창인 초여름에 농부가 우량모종을 고르듯 시민들은 좋은 사람을 고르려는 노력을 다했으면 하는 생각을 해 봅니다.

보고 싶은 草羅! 군산은 선거 유세로 가득합니다. 유니폼을 입은 선거원이 거리거리 가득합니다. 햇볕 타는 보도를 거닐며 그대 생각 가득하였습니다. 농부들이 기계와 한 몸이 되어 푸르름을 피어 내는 옥구 들녘 초여름 햇살 속에 그대 생각 가득하였습니다. 도회이든 들녘이든 햇살 속에 우리들의 긴 그림자가 함께 드리워지길 비는 세월입니다.

(98. 5. 29)

133
동생 건의 출가

草羅! 80년 2월이 왔고 건이가 군산기계공고를 졸업하였습니다. 부모님과 면이 가족이 참석했던 졸업식에 우리 가족은 참여하지 못하였습니다. 그가 군산에 와서 몇 달 동안 우리 집에 있다가 하숙을 나갔으므로 우리 가족이 그의 졸업식에 참석할 분위기가 되지 못했기 때문이었습니다.

7남매 중 막내인 건이가 군산으로 유학을 올 수 있었던 것은 70년대 말 공고의 인기가 상당했던 것과 형인 내가 군산에 살고 있었기 때문이었습니다. 그가 군산기계공고에 합격했을 때 고향 집과 우리 가족 모두는 들떴습니다. 나는 막냇동생 건이를 잘 보살펴 줄 것을 다짐하였습니다.

그러나 월명동 집에서 그와 함께 살기를 6개월도 안 되어 하숙을 내보내야 했습니다. 하숙을 위하여 아버님과 함께 월명동 어두운 골목으로 사라지는 모습이 지금도 내 가슴속에 어두운 흔

180

적으로 남아 있습니다.

고등학교를 신통치 않게 졸업했던 건이는 그해 대학을 떨어졌습니다. 기대했던 어머님은 크게 실망을 하셨습니다. 재수를 했던 그가 다음 해에 다시 낙방하자 충격을 받은 어머님은 혈압으로 쓰러지셨고, 그해 봄 저 세상으로 가셨습니다. 그리고 2년 후 아버님도 돌아가셨습니다.

건이는 대학 실패 이후 어머님과 아버님의 주검 그리고 군대 등 빈 가슴으로 시련의 징검다리를 혼자 건너야 했었을 것입니다. 부모님을 잃은 막내에게 형들은 정신적·경제적 힘이 전혀 되어 주지를 못했습니다.

병역을 마친 그가 출가하여 해인사로 간다 하였을 때 우리들은 곧 돌아올 것으로 생각을 하였습니다. 심오한 종교적 번뇌 때문에 절로 간 것이 아니라 현실을 도피하려는 방편일 것이라 생각하였습니다. 어쩌면 형들은 그의 입산이 자신들에게 주어진 부담을 가볍게 하여 준 것으로 안도하였을지 모릅니다.

草羅! 올해로 막냇동생 건이 출가하여 고행의 길로 든 지 15년이 되었고, 이제 그는 서울 심곡사 주지 스님이 되어 있습니다. 막냇동생 법수 스님이 봉은사 부장과 심곡사 주지를 겸직하면서 고통받는 중생을 제도하는 모습을 지켜보면서 많은 것을 생각케 합니다.

어린 나이에 출가를 결심하면서 겪었을 그의 가슴속 고통을 생각합니다. 부모를 잃고 절망의 바다에 혼자 서서 겪었을 그의 외로움을 생각하면 내 가슴이 아립니다. 입산했던 그를 단 한 번도 환속시키려는 노력을 해보지 아니한 자신을 생각하면 부끄럽기 그지없습니다. 그가 금산사에서 선에 정진하고 있을 때 김제를 지나면서도 들러 보지 못했던 생각을 합니다.

그의 뼈를 깎는 수도 생활, 승가대학 졸업, 경과 선에 정진했던 세월 그리고 깨달음을 얻기 위하여 국내외의 불교 성지를 순례하며 피나는 고행을 했다는 그의 글을 읽으면서 부끄러움을 금할 수가 없었습니다.

草羅! 나는 금년 봄 정말 처음으로 서울 국민대 뒤 북악산 중턱에 자리한 심곡사를 찾아갔습니다. 서울 시내가 한눈에 내려다보이는 절터는 신선만이 살 수 있을 것 같다는 생각을 하였습니다. 부처님을 모신 수도의 공간으로 부족함이 없는 청결하고도 위엄이 있는 도량이었습니다.

정말 오랜만에 만나 본 법수 스님 앞에 부끄럽다고 생각을 했습니다. 탈속한 그의 눈매는 너무 깨끗하였습니다. 군살 하나 없는 그의 체격은 더덕 같은 은은한 향을 풍기는 듯하였습니다. 찻잔을 앞에 놓고 나는 그에게 "출가 전후해서 관심 없이 대해서 늘 미안하다"고 말했습니다.

"생활이란 그런 거지요. 걱정 끼쳐 드려 제가 늘 미안하게 생각합니다" 하고 대답을 했습니다. 산사에서 하룻밤을 지내고 산을 내려오며 하늘을 쳐다보았습니다. 하늘은 솜털 같은 구름이 흘러가고 있었습니다. 구름처럼 흘러가고 소멸되어질 인생을 생각하며 그대 생각이 떠올랐습니다.

(98. 6. 4)

<u>134</u>
전대통령의 질문을 받은 시장은

草羅! 건이가 기계공고를 졸업했던 80년 2월, 전국체전을 앞두고 중앙로 가로수 문제가 시민적 논란이 되었던 기억이 납니다. 역전부터 서초등학교까지, 금광동형무소 고개에서부터 내항 4거리까지 군산시 중심부를 열십자로 가로질러 서 있던 플라타너스를 옮기는 일 때문이었습니다.

70년대 초 9급 공무원 시험을 치르기 위해 전주에서 군산행 버스를 탔을 때 전군도로는 황토가 아스팔트 틈 사이로 얼굴을 내미는 2차선이었습니다. 도로변엔 열병목처럼 도열한 플라타너스의 넓은 잎들이 여름햇살을 가리고 한없이 흔들대고 있었습니다. 흔들리는 이파리 사이로 펼쳐진 푸른 들녘이 신기하도록 넓다고 생각을 하였습니다.

역 앞 시외버스 터미널에서 내려 시청까지 가는 아스팔트는 지글지글 끓고 있었습니다. 중앙초등, 조화당, 백화탑을 거치면서 나를 기다리고 서 있던 플라타너스는 경이로운 것이었습니다. 그

후 전군도로 플라타너스가 벚나무로 바뀐 지 몇 년이 지난 그해 2월, 군산시는 시정자문위원회를 열어 30여 년 간 시민과 애환을 함께 한 플라타너스를 외각으로 옮길 것을 의결하였습니다.

　얼마 후 가지들이 완전히 잘려, 탯자리에서 파 올려진 나무들이 궁둥이와 뿌리가 가마니로 동여진 채 거리에 누워 차에 실려 가길 기다리고 있었습니다. 저승의 길을 뜨려는 시체들의 기다림처럼 애처로운 것이었습니다.

　가마니에 쌓여진 일부 플라타너스들은 금광동에서 상고 앞까지 심어졌습니다. 그리고 시내 4차선 이상의 도로변 가로수 수종을 변경하여 식재하고 가꾸는 데 공력을 들였습니다. 시내 쪽으로는 은행나무와 속성수인 메다세코이아를 심었고, 바다 쪽으로는 해풍에 잘 견딜 수 있는 수종을 선택하였습니다. 그래서 비교적 군산 시내 가로수가 잘 정비되어진 것으로 알려지기 시작하였습니다.

　이러한 사업들은 황윤기 시장 때부터 시작하여 김영배, 김병량 시장까지 보완과 관리를 계속하여 성공할 수 있었습니다. 또한 시장들의 큰 관심만이 가로수와 도시를 아름답게 가꾸는 근간이 된다는 것을 우리는 잘 알고 있습니다.

83년 12월 5일 전두환 대통령이 군산에 왔습니다. 금강 하구둑 건설공사 기공식 참석차 군산시를 방문한 전대통령은 시청 상황실에서 김병량 시장에게 업무보고를 받았습니다. 보고 도중 대통령이 시장에게 한 가지 질문을 하였습니다.

　"군산시 가로수가 황량해 보이니 사철 푸른 나무로 수종을 갱신하면 어떻겠소?" 였습니다.

　대통령의 질문을 받은 시장은 "각하! 그렇지 않습니다. 도회지의 가로수는 여름에는 그늘을 드리우고, 겨울이면 햇볕을 주어야 되기 때문에 해풍을 감안하여 선택된 수종을 가꾸고 있습니다" 라고 대답을 하였습니다.

모두는 숨을 죽였습니다. 모든 사람의 눈과 귀는 대통령을 향하였습니다. 짧은 침묵이 너무 긴 순간에 대통령이 고개를 끄덕여 주었을 때 우리들은 한숨을 놓았으나, 수행원들의 치켜진 눈은 펴지지 아니한 듯하였습니다.

김병량 시장의 브리핑이 정말 만족스럽게 끝이 났을 때, 전두환 대통령은 "나의 통치 철학을 시정에 충분히 반영한 믿음직스러운 시장이기 때문에 군산시는 발전할 것이고 중앙 정부는 최선의 지원을 다하겠다"는 결론으로 당부의 말을 끝냈습니다. 우리 모두는 기뻐했고 심기가 불편해 보였던 대통령 수행원들의 얼굴도 미소 가득해 보였던 때가 엊그제 같은데 벌써 15년이라는 세월이 흘러갔군요.

보고 싶은 草羅! 흐르는 세월은 그대를 만나지 못한 아쉬움으로 가득합니다. 내 마음의 강변엔 아쉬움의 모래로 가득합니다. 유권자들의 무관심 속에 치러졌다는 이달 6·4 지방선거에서 전북지사에 유종근, 도의원에 송시환, 조현수, 강임준, 문창우가 당선되었습니다. 옥구 시의원에 전철수 씨가 당선되었습니다. 그리고 우리의 관심사였던 군산 시장에 김길준 씨가 재선이 되었습니다. 15년 전 전두환 대통령에게 명 브리핑을 했던 김병량 씨도 인구 92만의 성남 시장에 당선되었다 합니다. 그리운 그대 안녕!

(98. 6. 11)

135
그렇게 '80년의 봄'은 왔고

草羅! 80년 2월 우리들은 암울한 앞날을 예견치 못한 채 나름대로 민주화에 대한 기대에 벅차 있는 듯하였습니다. 그것들은 뒷날 '80년의 봄'이라고 불러지고 있습니다.

유류가 인상으로 설 대목 경기가 얼어붙은 가운데도 남북 총리회담 추진을 위한 예비회담이 80년 2월 8일 판문점에서 열리면서 남북관계가 완화될 조짐을 보여 주는 듯하였습니다. 신현확 총리는 빠른 시일 안에 새 헌법에 의한 새 정부를 구성하여 평화적 정권 이양 전통을 수립할 것을 다짐했습니다. 김영삼 씨는 새 헌법이 확정되면 대통령에 출마할 것이라고 시사하기도 하였습니다.
또한 인촌 기념관의 여야 유력 인사들의 만남은 앞으로의 정국 전개와 관련 비상한 관심을 사기에 충분하였습니다. 72년 유신 이후 처음으로 김영삼, 김종필, 김대중의 회동은 하나의 사건일 수도 있었습니다. 동아일보 김상만 회장 주선으로 이뤄진 이들의 만찬을 언론은 김대중이란 말을 못 쓴 채 그저 재야의 유력한 인사라고만 표기하였어도 그가 누구란 것을 많은 국민들은 알고 있었습니다. 흐리게 게재된 사진으로도 그가 김대중이란 것을 알고도 남았습니다.

이러한 민주화의 분위기 속에서 시정은 그렇게 잘 풀려 나가는 것 같지는 않았습니다. 경기 불황의 여파로 신규 분양이 되지 아니하여 군산임해공단 조성이 터덕거렸고, 착 가라앉은 지역 경제 탓에 그해 설 분위기는 예전 같지 아니하였습니다. 구정이다 하여 휴일이 아닌 설날이었습니다. 설날이 마침 토요일이었으므로 하는 둥 마는 둥 한나절 근무를 하고 집으로 돌아오는 월명동 골목은 쓸쓸하다고 생각을 하였습니다.

그렇게 설날은 지나갔고, 시청은 전국체전을 위한 성금모금 운동을 벌이면서 보냈던 2월의 마지막 날이었습니다. 전국을 흥분의 도가니로 몰아넣는 속보가 터져 나왔습니다. 그날 상오 10시를 기하여 최규하 대통령은 687명에 대하여 복권을 단행하였습니다. 김대중, 윤보선, 함석헌, 정일형, 김동길, 함세웅, 지학순, 문익환, 이태영 등 유신시대를 저항하며 살았던 우리 현대사의 정신적 지도자들에게 헌법이 보장하는 인간의 기본권을 되돌려 주는 절차였습니다.

김영삼 신민당 총재가 동교동을 방문하여 김대중 씨와 함께 손을 들어올리며 민권의 승리를 선언한 장면을 TV를 통하여 지켜보며 많은 사람들은 눈물을 흘렸습니다. 박 정권에 핍박받았던 한 민주 지도자가 생명을 건지고 대통령에 다시 출마할 수 있게 된 것에만 목이 메였던 것은 아니었습니다. 그것은 모진 혹한을 견디고 인동초처럼 다시 우리나라 민주주의가 꽃을 피울 수 있을 것이라는 국민적 열망 때문이었을 것입니다.

많은 사람들은 가슴 설레어 했고, 민주주의가 꽃피는 봄이 왔다고 생각을 하였습니다. 그렇게 80년의 봄은 왔고 3월은 왔었습니다.

草羅! 우리 민족은 많은 기다림을 필요로 합니다. 그대와 나는 많은 기다림을 필요로 합니다. 우리 현대사는 80년 이후 실로 17년이 지나서야 진정한 의미의 민주화가 되었다고 표현을 합니다. 그것은 작년 12월 18일 대통령 선거에서 여·야간 정권 교체로 이루어질 수 있다고들 합니다.

그러나 진정한 지자제 구축과 정당 정치의 민주화까지 더 많은 시간이 필요하다 합니다. 우리 민족은 남북통일과 동서화합 그리고 IMF를 졸업하여 경제적 자립을 하기까지는 숱한 시련과 인고의 세월이 필요합니다.

오늘 정주영 씨가 소 501마리를 몰고 판문점을 넘어서 북한 땅으로 갔습니다. 이것은 통일을 위한 작은 행위일 뿐 우리의 소원이 성큼 다가서리라고는 생각하지 아니합니다. 우리에게는 많은 기다림의 지혜가 필요하다는 것입니다.

보고 싶은 草羅! 나의 그대를 향한 사랑의 몸짓들은 바람에 흔들리는 작은 입자들일 수 있습니다. 작은 몸짓들이 강을 이룰 때 그대가 감동할 것입니다. 그때 우리들의 기쁨의 통곡은 하늘을 감동시킬 것입니다.

(98. 6. 18)

136

역사의 굽이마다 떨어져 간 슬픈 꽃잎들

草羅! 최규하 대통령은 80년 제61주년 3·1절 기념사를 통해 국민 여망에 따라 난제를 풀어 나갈 것이라 천명을 하였습니다. 국민들은 얼음이 풀리듯 정국이 풀려 나갈 것이라는 기대를 감추지 아니하였습니다. 3김씨가 연쇄 접촉을 하고 최대통령과 김영삼 총재 간의 여야 영수회담을 가지면서 민주화 일정을 합의하기도 하였습니다.

김영삼, 김대중 양인이 단독으로 만나 야권 단일화 원칙에 합의하면서 두 사람이 분열하면 역사의 죄인을 면치 못할 것이라고 다짐을 하였습니다.

김종필 씨가 총재가 되어 추스리고 있는 공화당 내 박찬종을 비롯한 소장파들이 정풍운동을 벌였습니다. 이들의 주 대상이었던 이후락 씨는 김총재가 자신을 몰아내려고 소장파를 부추기고 있다고 선언을 하였습니다. 이후락 씨는 정치자금 주무르다 보면

떡고물 묻는 법이라며 김종필 총재에게 정면 대응하였습니다. 공화당에서 그를 출당 조치하는 일들이 80년 3월에 이루어지고 있었습니다.

10·26에 가담했던 박흥주 대령의 사형이 집행되었습니다. 상관에게 충성을 다하다가 41세의 나이로 숨져 갔습니다. 그의 넋이 꽃잎처럼 떨어져 가는 애달픔을 느꼈습니다. 우리 역사의 강 구비마다 억울하게 떨어져 간 숱한 꽃잎들이 생각났습니다.

징역 15년을 구형받았던 정승화 씨가 7년형이 확정되면서 80년 봄의 표리가 무엇인지 궁금하였을 뿐이었습니다. 3월의 바람들이 봄바람인지에 대하여 혼미했을 뿐이었습나다.

특히 신현확 국무총리가 국가지향 목표가 안보·경제·정치발전이란 3단계 논법을 흘리고 있어서 우리의 정치 일정이 혼돈을 거듭하는 듯하였습니다.

양 김이 스스로를 대통령 후보로 하는 야당 단일화를 모색했으므로 우리는 공허했습니다. 그리고 확장된 민주화의 기대가 어디론가 새어 가는 듯한 공허한 봄이었을 것입니다.

옥구에서 15년간이나 공들여 왔던 옥서 농업개발을 위한 투자 계획을 정부가 유보하였습니다. 오랫동안 기대했던 옥구군청은 허탈해 했습니다. 특히 사유재산이 묶여 있었던 해당 농민들의 실망은 대단했던 것으로 기억하고 있습니다.

옥구군청과 군산시청에서는 또 다른 일들이 벌어졌습니다. 공무원 시험 부정합격 조직이 적발되어 옥구에서 3명, 군산에서 4명이 파면되었습니다. 죄 이전에 늦은 나이로 얻은 직장을 쫓겨

나는 그들의 모습은 애처로운 것이었습니다. 그들에 매달려 사는 가족들의 생계와 자존심을 생각하면 가슴이 쓰라렸습니다.

도청에 근무했던 고석주 씨가 계장 진급을 하여 군산시로 전입되었던 80년 3월에 우리 형제들은 나름대로 다음 달에 있을 아버님 회갑 준비를 하였습니다.

보고 싶은 草羅! 이 해도 벌써 절반이 가고 있습니다. 모내기가 한창인 들녘을 가르고 김정길 행자부 장관이 우리 읍을 다녀갔습니다. 재해위험시설물 점검차 어은 방조제를 시찰하였습니다. 장관 내방 준비하며 달라진 주민의식을 보고 놀랐습니다. 손님을 맞기 위해 청소를 했던 우리의 미덕이 사라져 버렸다는 것을 알게 되었습니다.

요사이 우리들은 많은 것을 생각하게 됩니다. 우리들은 또다시 시대성 앞에 서 있습니다. 조직개편이란 수평선 앞에서 가슴들을 조이는 무리인지 모릅니다. 자기를 반추하고 가족들을 생각합니다. 생의 나머지와 나머지의 공직 생활을 생각합니다.

월드컵 중간에 국가 축구팀 감독직을 박탈당하여 중도에 불란서에서 돌아온 차범근을 보면서 기다려 주지 못하는 우리들의 마음 넓이를 생각합니다. 6월을 보내는 옥구 들녘은 푸르름으로 가득합니다. 푸르른 입자들을 보면서 그대를 한없이 생각합니다. 죽어간 영혼들이 푸르름으로 가득 환생하는 것을 보며 그대와 나의 영혼을 생각하게 합니다.

(98. 6. 25)

137
양일동 통일당 당수의 서거

草羅! 1980년 4월 1일 아침 사무실에 출근을 했을 때 양일동 통일당 당수의 서거 소식을 접하였습니다. 군산 사람들에게는 충격적인 소식이었습니다. 1912년 서수에서 태어난 양일동은 임피초등학교를 졸업했습니다. 그 후 서울에 유학한 중동보고 시절 광주 학생운동 사건에 연루되어 학업을 중단하고 중국으로 망명을 합니다. 북경 민탁 고급학교를 졸업하고 임정에 가담합니다.

1933년 9월 그의 나이 21세 때 임정의 밀명을 받고 일본으로 건너가 암약하다가 일경에 검거되어 3년 6개월 동안 옥고를 치르고 귀국합니다. 요시찰 인물로 지목되어 고향에 돌아온 그는 스스로를 농사꾼으로 위장하면서 조국의 독립을 꿈꾸었습니다.

그의 나이 33세 때 해방은 왔고 이후 국난의 고비 때마다 그의 정치적 역량이 투영되었습니다. 그는 다섯 번의 국회의원을 지냈습니다. 유신정권을 반대하다가 한국에서 가장 늦게 해금된 정치인이었습니다. 동경 김대중 납치 사건 때 현장에 있던 양일동은 군산 사람들의 자존심을 높이기에 충분하였습니다. 그는 이상을 위해 현실을 극복하는 초인이었습니다. 그의 이상은 어려운 중에 통일당을 만들어 남북통일을 꿈꾸었을 것입니다.

최규하 대통령은 빈소가 있는 신당동 자택으로 군산 출신 고건 정무수석을 보내어 조문을 하였습니다. 80년 4월 그가 죽었을 때, 그의 나이 68세였습니다. 그분이 타계한 지 어언 18년의 세월이 흘렀습니다. 그는 군산 사람으로는 한국 근대 정치사에 가장 큰 별이었는지 모릅니다. 위대한 사람은 죽은 후에 크게 보인다 합니다. 정치가 양일동의 삶을 군산 사람들이 재조명해야 할 시기가 왔지 않나 그런 생각을 해 봅니다.

草羅! 군산 사람 玄谷 양일동이 서거했던 잔인한 80년 4월은 그렇게 왔습니다. 그 4월에 신민당 김영삼 총재와 복권된 재야의 김대중 씨가 신라호텔에서 만났습니다. 호텔 방에서 3시간여 동안 단독 요담을 마치고 나온 양 김씨는 대통령 단일화 합의와 표 대결이 아닌 사전 조정으로 대통령 선거에 나가겠다고 발표를 하였습니다. 기자회견을 하는 김영삼 씨의 얼굴은 만족한 듯 보였고, 김대중 씨의 얼굴은 어두워 보였습니다. 그리고 국민들은 단일화될 것이라고 확신한 사람은 별로 없었을 것입니다.
다음 해에 있을지도 모를 대통령선거를 예상하며 공화·신민 양당은 정비를 서둘렀고, 재야의 김대중 씨는 관훈클럽 연설에서 출마할 수 있다는 의사를 내비치고 있었습니다. 이를 비웃기라도 하듯이 신현확 국무총리는 2원 집정제 개헌을 흘렸습니다.

각 대학은 학생회장을 직선으로 뽑으며 학원 자율화를 외치고 있었습니다. 전북대, 원대도 학생회장을 직선으로 뽑았습니다. 그것이 지방 뉴스였던 그런 시절이었습니다. 총장실에 진입한 학생들이 총장을 감금하는 사건이 일어났습니다. 대학은 집체 훈련 반대를 위해 집단으로 입영을 기피하는 등 걷잡을 수 없는 사태로 치달았습니다.

이처럼 혼돈된 와중에서 전두환 보안사령관이 중앙정보부장 서리에 전격 임용되었습니다. 이를 두고 뒷날 우리 역사는 하나의 큰 사건이라고 기록하고 있습니다. 그리고 만사는 지나치면 실패한다는 교훈을 우리 민족사에 남기게 됩니다. 혼돈했던, 80년 4·19의 시대상과 그 다음날인 아버님 회갑 이야기는 다음 회에 하기로 해요.

보고 싶은 草羅! 금융권의 구조 조정으로 대동·동남·동화·경기·충청 등 5개 은행이 퇴출 판정을 받으면서 6월이 갔습니다. 지난 반년의 세월은 세계화 시대의 고난과 혼돈의 시간들이었습니다. 많은 기업들이 부도로 쓰러지고 수많은 실업자가 거리로 넘쳐나고 있습니다.

오늘은 98년 7월 1일입니다. 나는 3년 전에 이어, 다시 제2기 민선 김길준 시장의 취임식장을 지켜보는 것으로 행복하였습니다. 시민이 선출한 시장은 선서를 하였습니다. 그의 손가락은 풀뿌리 민주주의 미래를 향한 이정표처럼 생각되었습니다. 그의 목소리는 어쩌면 우리 모두의 음성인지 모르겠어요. 식장을 뒤로하고 옥구 들녘을 돌아오며 지난 반년의 시간들을 생각합니다. 내 가슴 가득 그대가 있음을 생각합니다. (98. 7. 2)

138
아버님의 회갑

草羅! 음력 3월 1일은 어머님 생일입니다. 그리고 3월 5일은 아버님 생일입니다. 1980년 음력 3월 5일은 토요일이었습니다. 이날이 아버님 회갑일이었습니다. 며칠 전 어머님 회갑일과 함께 아버님 회갑 다음날양력 4월 20일인 일요일을 택하여 회갑잔치를 치렀답니다. 아버님은 잔치를 반대했고 어머님은 체면상 마을 사람들끼리 식사나 해야 하지 않겠느냐는 의견과 자식들의 권에 의하여 조촐한 잔치를 치렀습니다.

내 나이 35세 봄이었습니다. 잔치 전날, 그날은 많은 봄비가 내렸습니다. 만삭이 된 아내와 형진이를 데리고 순창에 내려갔습니다. 면이도 만삭한 제수씨와 함께 순창에 내려갔습니다. 순창에는 형제와 가족 모두가 와 있었습니다. 정읍 작은아버님 내외와 사촌동생들, 전주 서울 고모님 식구들, 전주 고종누나, 순창 이종누나 등 많은 사람이 와 있었습니다. 하루 내 비가 왔으므로 다음날 행사 걱정을 하였습니다. 그러면서도 잔치 분위기에 쌓여 있었어요.

최부잣집 큰아들로 태어난 아버님은 초등학생 때인 열다섯 살에 결혼을 하셨습니다. 초등학교 졸업하고 경성유학을 하셨습니다. 학교를 졸업하고 구림면 금융조합에서 근무를 하다가 할아버지가 돌아가시자 집으로 돌아오셔서 농사를 관리하셨습니다. 그분이 농사일로 돌아온 것은 자연주의적인 사념과 문학적인 사유에 기인했다 생각을 한답니다. 그분은 학창 시절 춘원 선생을 찾아 문학 수업을 사사한 바 있답니다.

구미 양씨 종갓집 규수와 결혼을 했던 아버님은 어머님에 대한 신뢰가 대단하였답니다. 그것은 다음 해 어머님이 돌아가신 후 여읜 어머님을 그리는 아버님의 일기에서 구구절절이 나타나 있습니다. 어머님은 살아 생전 몇 번을 말씀하셨답니다. 지금처럼 연애하는 시절이면 아버님을 못 만났을 것이라고 말입니다. 그처럼 사리 있는 생각과 처신을 하신 분이었답니다.

해방 후 토지개혁으로 많은 농토를 빼앗겼습니다. 이후 칠남매를 키우며 농사짓는 일은 여간 어려운 일이 아니었습니다. 남모르는 경제적 어려움을 누구에게 말했겠어요. 남 보기는 부자처럼 보였지만 집안 형편은 퍽 어려웠습니다. 몇 번인가 도회지 진출을 시도하였습니다. 그러나 칠남매를 이끌고 도회지로 진출하여 자칫 잘못하여 거지가 되어 버릴까 두려워서 포기하시고 농사를 지을 수밖에 없었습니다.

일제 때 서울 유학을 하고도 직장을 갖지 못하고 농사일에 전념하셨습니다. 내가 초등학교 3학년 때 국회 임차주 의원을 만나러 서울을 가시면서 아랫마을 양교감 선생의 양복과 구두를 빌려 신고 가신 기억을 가지고 있답니다. 언젠가는 밀주를 만들었다가 호출을 받고 남원 세무서에 갔었는데 세무서장이 서울 중학교 동창이었으므로 돌아오셔서 우시는 모습을 본 기억이 지금도 생생하답니다.

그러나 늘 책을 놓지 않고 사셨습니다. 면 단위 큰 일은 아버님의 의견이 존중되었답니다. 순창농협 감사를 수십 년씩 하시기도 했답니다. 그분의 문장은 매우 뛰어났습니다. 찬란한 글은 아니더라도 정확하고 현실적인 언어로 상대를 울렸답니다. 내가 월남에 있을 때 아버님의 편지를 여러 전우들과 돌려 읽었던 생각이 지금도 난답니다.

마당에다 가마니를 잘라서 칸막이를 쳐 놓고 손님을 받았습니다. 서무계 강양이 만들어 준 꽃을 부모님 가슴 옷자락에 달아드렸습니다. 자식들은 한복을 입었습니다. 칠남매와 네 며느리는 '부모님 감사합니다'란 리본의 꽃을 찼습니다. 시청 미니버스에 실려 많은 군산 사람들이 우리 집을 찾아왔습니다. 최창한 과장, 김중기 계장, 전현배, 최경식, 강영숙, 고윤자, 윤을순, 이두형, 김병근 등이 생각납니다. 그리고 군산대학 양운섭 교수가 많은 술을 마시고 흥겹게 놀다 가신 기억이 새롭습니다. 아! 양교수도 지금은 저 세상 사람입니다.

노래와 춤을 위하여 점심 이후에는 마당 칸막이를 치워야 했습니다. 계층별로 연배별로 춤과 노래가 무르익었습니다. 군산에서 온 최헌용 씨 춤이 마당을 압도했던 생각이 납니다.

최병수 씨가 부른 '마음 약해서 잡질 못했네'를 다함께 불렀던 생각이 납니다. 아버님께 화성 계에서 표창장과 기념품을 수여하기도 하였습니다. 아버님 친구들로서는 정태영, 양권섭 씨 등이 생각납니다. 그리고 아버님 얼굴에 숯검정을 칠한 후 사다리에 태워 사람들이 어깨에 메고 마당을 돌며 노래들을 불렀습니다. 그 일을 주도했던 분은 관평 정수홍 씨였습니다.

많은 사람들이 다녀간 잔치는 풍성하였습니다. 봄날 석양으로 가면서 잔치는 더욱 무르익어 갔습니다. 객지에서 온 손님들이 거의 빠져나간 저녁에는 친지들과 마을 사람들이 방에 모여 놀았습니다. 부모님은 별 탈 없이 잔치가 끝난 데 대하여 만족해 하셨습니다. 자식들도 마찬가지였습니다. 이제 우리 가족들이 행복했던 그 시절로 아무도 돌아갈 수가 없답니다.

보고 싶은 草羅! 아버님 회갑 다음 해에 어머님은 저 세상 사람이 되었답니다. 그리고 2년 후 아버님도 열반하십니다. 막내는 출가를 합니다. 우리는 살아 생전 부모님의 힘을 모른답니다. 부모님 사후 그분들의 위대함을 알지요. 아름답고 위대했던 그 시절은 내 생애에 없답니다.

정말 보고 싶은 草羅! 아버님 돌아가신 지 어언 28년이란 세월이 흘렀답니다. 아버님 회갑에 참석했던 많은 사람들이 저 세상으로 갔답니다. 아버님 회갑 때 35세였던 내가 어언 오십을 훨씬 넘어 버렸습니다. 시청 서무계 직원에서 옥구 읍장으로 변하여 있습니다. 우리가 우리 생을 어떻게 살아야 되는가에 대하여 생각을 합니다. 우리의 노란 대롱거림의 생명이 언제 어디로 흘어

질지를 생각하면 가슴이 메어집니다.

　그대 생각으로 가슴이 메어집니다. 오늘 그대가 보고 싶습니다. 옥구읍사무소 옥상 은행나무 그늘에 기다림의 의자를 만들어 놓고 있습니다. 푸른 은행나무 그늘 의자에서 그대를 기다리고 싶습니다. 하얀 그리움 속에 청포를 입고 그대가 나타나 주었으면 합니다. 그대에 대한 그리움으로 이 여름을 보낸답니다. 그리운 이여 안녕!

(98. 7. 5)

139

두산유리 군산공장 준공

草羅! 아버님 회갑날인 4·19 기념일 이후 학생들의 민주화 열기는 더욱더 고조되었습니다. 각 대학의 시위는 지각 있는 사람들의 걱정을 자아내기에 충분하였습니다. 전북대학, 원대, 군산대 등도 거리에 나와 민주화 추진 일정을 밝히라고 시위를 하였습니다.

재야의 김대중 씨는 신학대학, 동국대학, 농민회 등에서 연설을 통하여 자기의 정치 소신과 민족의 장래를 생각하는 강의로 많은 사람들의 감동을 불러일으키고 있었지만 강원도 함북 광산촌에서는 폭력으로 무법천지가 되었습니다.

4천여 명의 광부들은 임금과 상여금 인상을 요구하면서, 노조위원장 부인의 옷을 활딱 벗겨 거리에 묶어놓고 탄광촌을 휩쓸었습니다. 그것은 설익은 민주주의의 전형이었습니다. 광부들은 회사와 사무실을 닥치는 대로 때려부수었습니다. 파출소를 습격하고 시위 진압 경찰을 살상하였습니다. 폭력과 공포가 휩쓸고 있는 무법천지를 보면서, 국가의 앞날을 걱정하였습니다. 장래에 대한 불안한 탄성을 자아내고 있었습니다.

폭도로 변한 광산촌 난동을 행정력과 노조 스스로가 해결을 하지 못하였습니다. 보이지 않는 힘으로 해결되어진 것처럼 보여졌습니다. 보안사령관의 시찰로 마무리되어지면서, 우리의 정치 현실이 꼬여져 가는 것을 감지하고 있었습니다. 아! 스스로를 자탄할 수밖에 없었습니다.

이처럼 앞날을 예견할 수 없는 와중에 있었지만, 우리들은 80년 당면 업무인 10월 전국체전 준비를 서둘렀습니다. 그리고 군산에는 하나의 결실이 가시화되었습니다.

80년 4월 23일 두산유리 군산공장이 준공되었습니다. 군산 임해공단에 첫 입주했던 두산유리 군산공장은 내·외자 2백억 원을 들여 공장부지 12만 평에 건평 6천 평의 규모였습니다. 79년 1월 12일 착공하여 1년 전 시험 생산을 착수한 후 이날 준공식을 갖게 되었습니다.

이날 준공식에는 김학중 지사와 김신정 두산유리 대표, 황윤기 군산 시장 그리고 천여 명의 임직원과 시민들이 참석했습니다. 국내 최대의 자동제병업체로서 한 해 2백만 달러치의 코카콜라병과 주류병을 일본 등 동남아에 수출할 수 있었습니다.

600여 명의 고용창출 효과를 가져올 수 있는 두산유리 군산공장은 임해공단 활성에 크게 기여하였습니다. 뒤에 준공되어진 한국유리와 쌍벽을 이루면서 군산이 대한민국 유리공장의 메카로 부상했습니다.

두산유리 군산공장 준공으로 군산 임해공단이 활성화되었습니다. 그러나 이 지역이 군산에 편입되어지지 아니하여 많은 불편을 겪었습니다. 공단이 행정구역상 옥구군 미면으로 되어 있었습니다. 두산유리를 비롯한 20여 개 업체가 입주계약은 군산시에서 하고 건축 인허가 등은 옥구군에서 처리할 수밖에 없었습니다. 이원화된 행정처리로 입주업체와 옥구군 그리고 군산시가 함께 시달림을 받았던 때가 80년 4월이었습니다.

80년 4월 21일인가, 수도계장 허인봉 씨가 전주시로 전출이 되었습니다. 전주시에서 군산시 전입은 김종택 씨가 왔습니다. 그들의 전출입 동의는 시청에 많은 화제를 뿌렸습니다. 강자만이 산다는 냉정한 인사의 속성에 가슴 아파하였습니다. 서봉태와 정태환이 특임이 되어 동으로 발령되었던 4월은 가고 있었습니다.
아내의 불러진 배를 보며 두 번째 아기 아빠가 되리라는 막연한 기다림이 있었습니다. 2세의 태어남은 가정과 사회에 자신의 책임이 극대화된다는 부담이 가슴에 침전되었습니다. 우리 집사람과 경장동 제수씨의 분만 준비를 위해, 순창 어머님이 올라오셨던 80년 4월은 그렇게 가고 있었습니다.

보고 싶은 草羅! 지난 일요일은 선유도에 있었습니다. 옥도면과 옥구읍 직원간 단합대회를 위한 선유도행은 오랜만에 나를 돌아볼 수 있었습니다. 긴 장마 후의 섬과 바다는 아름다웠습니다. 여름 햇볕은 선유도 앞 바다에 나의 외로운 그림자를 드리웠습니다. 내 마음속에는 그대를 향한 또 하나의 그림자가 드리우고 있었습니다. (98. 7. 10)

최대통령 사우디 가는 날, 김대중 씨 정읍에

草羅! 우리 근대사에 가장 큰 비극으로 얼룩졌다는 80년 5월이 왔었습니다. 등꽃 이파리가 연두색으로 피어났던 월명공원 기상대 밑 테니스 코트에서 군산 청년회의소가 주최한 황윤기 군산 시장 초청 환영의 밤 행사가 열렸습니다. 경상도 출신 시장에 대한 환영 열기는 대단하였습니다.

문준영 회장의 환영사에 답하는 시장의 목소리는 떨렸습니다. 공식행사 후의 경쾌한 멜로디는 테니스장 가득하였습니다. 음악에 맞추어 이루어지는 남녀 회원들의 천연색 윤무는 한 폭의 수채화였습니다.

윤무의 한가운데 황시장이 돌고 있는 모습을 지켜보다가 서해의 지는 해를 바라보았습니다. 그날 '80년 5월 초 토요일 오후'라는 것이 지금도 기억에 남아 있음이 어쩐 일인지 모르겠습니다. 서해 일몰을 보며 세상과 가정과 나를 생각했던 기억이 새롭습니다.

　계엄 해제와 유신 잔재 척결을 요구하는 대학가 시위는 확산 일로에 있었습니다. 학원의 자율화를 외치는 전북대생들의 요구에 못 견딘 심종섭 전북대 총장은 문교부 장관에게 사표를 제출하였습니다.

　학생과 정치권이 저항을 하면 정부는 대안을 내놓았습니다. 또 저항하고 다시 대안을 내놓았습니다. 일진일퇴의 싸움은 허공의 메아리 같은 것이었을 것입니다. 장막 뒤에 보이지 않는 힘에 다가가지 못하는 메아리였는지 모릅니다.

　시대의 메아리 속에서 나를 생각할 수 있었던 1980년 5월 9일 출근 전 산기가 있는 아내를 데리고 정산부인과를 갔습니다. 아내를 대충 검진한 간호사는 "아줌마 멀었어요. 의사 선생님 출근하실 때까지 대기실에서 기다리세요" 하였습니다. 조금 후 만삭이 된 조촌동 제수씨가 혼자 들어왔습니다. 따분하고 멋쩍어진 나는 제수씨와 집사람을 병원에 두고 출근을 하였습니다.

　출근하여 간부회의도 끝나기 전 제수씨한테 전화가 걸려 왔습니다. "시숙님 형님이 아들 낳어요" 였습니다. 당황한 나는 정산부인과로 쫓아가서 뒷수습을 하면서 순창 어머님에게 전보를 쳤고 이렇게 두 번째 아들의 아버지가 되었습니다. 이날이 80년 5월 9일이었고, 다음날 아침 조촌동 제수씨도 득남을 하였습니다. 동생 면이는 첫아들의 아버지가 되었습니다.

　면이가 첫아들을 낳던 날을 기억합니다. 그날은 최대통령이 '사우디' 와 '쿠웨이트' 등 중동 순방에 나섰으며, 오랜 감옥 생활과 연금생활에서 풀려난 김대중 씨가 정읍을 방문하였습니다.

제13회 갑오동학 기념제 참석차 정읍을 방문한 김대중 씨는 난세의 영웅으로 정읍 시민 앞에 다가왔습니다. 그의 일행이 정읍 휴게소에 도착했을 때부터 많은 사람이 몰려왔습니다. 우려했던 당국에서는 전야제 행사를 대폭 축소했어도 사람들은 들떠 있었습니다.

박영록, 예춘호, 손주항, 김원기, 조세형, 허경만, 이필선, 이용희, 김록영, 유청, 유갑종, 김상현, 조연하, 한승헌, 한영애 등을 수행하여 내장사 근교의 산장에 여장을 풀었습니다.

근대사의 한 지도자가 내장사에 머무는 것으로만 해도 정읍 시민들은 감격해 하였고, 이러한 열기를 일본 NHK TV에서 동행 취재를 할 정도로 국외에서 더 많은 관심을 가졌던 일대 사건이었습니다. 그러나 행정당국의 고민은 이만저만한 것이 아니었을 것입니다. 다음날 11시에 정읍농고 행사에 김대중 씨의 연설을 식순에 넣을 수 없는 시대적 고충을 지금의 우리들이 얼마나 이해했겠어요. 행사장에는 10만의 인파가 모였다 합니다. 구름 같은 인파는 흥분에 들떠 있었고 주최측은 불안한 진행을 하였을 것입니다. 그러나 모두는 침묵으로 숨을 죽였습니다. 침묵 속에서 김대중 씨 연설을 이끌어 냈던 김원기의 재치와 김대중 씨의 명연설을 다음 회에 계속하기로 해요. 질곡을 헤맸던 우리 근대사의 단면을 말입니다.

보고 싶은 草羅! 공직의 구조 조정의 와중에서 불안한 98년의 한여름을 보냅니다. 푸르른 옥구 들녘을 가르고 그대가 다가오리라는 기대로 이 여름을 보내고 있어요.　　　　(98. 7. 16)

141
예상대로 군수가 해임되었습니다

草羅! 80년 5월 10일 오전 11시 정읍농고에서 열리는 동학제 참석을 위해 시내로 들어오는 김대중 씨 일행의 차량을 사람들은 골목골목에서 기다리고 있었습니다. 예춘호, 김원기 의원의 호위를 받으며 오픈카 위에서 손을 흔드는 김대중의 얼굴을 보려는, 그의 손을 잡으려는 사람들 열기로 차를 움직이는 데 많은 어려움을 겪었습니다.

김대중 씨 일행이 정읍농고에 들어서자 10만 인파는 환호하였습니다. 김원기 의원의 안내로 단상에 올라섰을 때 분위기는 김학중 지사나 김연철 군수가 김대중 씨에게 다가가, 그가 내미는 손에 악수를 하지 않을 수 없게 되었습니다.

주최측은 살얼음판 같은 진행을 하였지만 청중들은 들떠 있었습니다. 식순에 따라 정읍 출신 김원기 의원의 축사가 있었습니다. 간단히 축사를 마무리하던 김원기 의원이, "친애하는 시민 여러분! 여러분께서 여기 오신 것은 김대중 선생의 연설을 들으려고 오셨죠. 그렇죠?" "예!" 우레와 같은 박수와 환호를 이끌어낸 김의원은 "그러면 김대중 선생의 축사 말씀을 듣겠습니다" 하고 식순에도 없는 연설을 유도해 냈습니다.

환호와 흥분 그리고 박수 속에 단상에 선 김대중 씨의 연설은 10만 관중을 감동으로 사로잡았습니다. "여러분을 대하니 감격과 벅찬 가슴으로 무어라 깊은 말을 다할 수 없다." "71년 선거 때 그토록 열망했던 평화적 정권 교체를 이룩하지 못한 책임을 통감한다" 고 송구스러워하면서 "내가 유신 동안 싸울 수 있었던 것은 나 자신이 용감해서가 아니라, 민주주의가 온다는 신념으로 여러분이 나를 버리지 않았기 때문이다." "백성을 하늘같이 섬기는 동학의 人乃天 사상은 바로 민주주의의 근본 정신과 완전 무결하게 일치한다"고 역설하였습니다.

김대중 씨는 박정권 18년 동안 죄악의 유산은 지방색 조장이라고 강조하고, 동학정신 계승을 위해 평화적 방법으로 민주주의를 앞당기자는 요지의 연설을 하였습니다.

청중은 그의 연설을 듣는 것만으로도 감동을 하였습니다. 그의 목소리와 몸짓을 듣고 보는 것만으로도 행복해했습니다. 그의 연설은 많은 사람을 숨죽이게 했고 눈물 젖도록 하였습니다. 사람들은 연설과 연설 사이 '김대중'을 외쳤습니다.

위대한 연주자처럼 10만 청중을 자유자재로 감동시킨 신기에 가까운 연설과 함께 동학제 행사는 끝이 났습니다. 환희의 인파를 가르며 김대중 씨 일행이 정읍농고 운동장을 빠져나간 후 지사와 군수 공무원들은 행사가 무사히 끝나는 것에 안도하면서도 신분에 대한 불안감과 허탈감으로 가득하였습니다.

草羅! 행사장을 나간 김대중 씨는 거리거리에서 그의 손을 잡아 보려는 시민들을 헤치고 아쉬움을 남긴 채 정읍을 떠나갔습니다. 그 아쉬움은 한 지도자를 떠나보내는 인간적인 것이기 보다 시국에 대한 불안감 때문이었을 것입니다. 야당지도자의 연설로 공무원들에게 피해가 오지 않을까 걱정들을 하였을 것입니다.

아! 그랬었습니다. 정읍 시민들의 불안과 걱정대로 80년 봄의 민주화는 많은 세월을 보내고야 우리 앞에 다가올 수 있었습니다. 그리고 정읍 시민들의 예상대로 동학제를 주관했던 군수가 그해 7월 6일 보직 해임되어 시민들에게 아쉬움을 남겼습니다. 독재정권 시절 공무원의 시련을 보여 주는 가슴 아픈 사건으로 우리 공직사에 기록되어지고 있습니다.

보고 싶은 草羅! 긴 장마가 98년 7월의 한가운데를 지나가고 있습니다. 읍장실 창에 비가 부딪쳐 내리고 있습니다. 창가 밤나무 숲에 한없이 여름비가 쏟아져 내리고 있습니다. 어젯밤에 나는 그대의 꿈을 꾸었습니다.

레인 코트를 걸친 작은 그대가 미소하며 다가왔었습니다. 출근을 하며 그대 생각 가득하였습니다. 종일토록 내게서 늘 멀어지고 있는 그대 생각 가득합니다. 창을 두드리는 빗소리가 그대의 노크소리처럼 들립니다. 그대의 발자국 소리처럼 들립니다.

(98. 7. 23)

142
5·18 비상계엄

草羅! 재야의 김대중 씨가 정읍을 다녀간 며칠 후 서울역 앞에는 8만의 대학생들이 모였습니다. 계엄 철폐와 민주 일정을 앞당길 것을 요구하는 학생들의 시위는 폭풍 전야 같은 느낌을 주었습니다. 학생들이 밀어 낸 버스가 진압하던 경찰을 깔아 버리는 현장을 지켜보면서 국민들에게 불안감이 엄습했습니다.

서울에서 뿐만 아니라 전국의 대학생들 모두가 거리로 나갔습니다. 그날 군산시청 앞으로 학생들의 시위대가 몰려왔습니다. 시청 정문과 후문을 차단하였습니다. 그리고 시청 옥상에 올라가서 데모대를 지켜보았습니다. 수산전문대학과 서해공대, 군산대학, 개정간호대생 등 천여 명이 시청 앞으로 몰려왔습니다. 시청과 이성당 사이, 사거리에서 공안과까지 가득 모인 학생들의 궐기대회는 서울역의 축소판처럼 보였습니다.

군산의 대학생들은 "계엄령 해제하라!" "언론은 각성하라!" "노동삼권 보장하라!" "전두환 물러가라!" 등의 구호를 외쳤습니다. 처음의 열기와는 달리 경찰의 보호와 제재가 없는 시위는 약간 싱거운 듯하였습니다. 시위 학생 중 누군가 "김재규 열사를 석방하라"고 선창하였지만 따라하는 사람은 없었습니다.

그때 대학사회는 어땠는지 잘 모르지만 김재규 석방 구호는 일반 시민에게 정서적으로 공감을 불러일으키지는 못했습니다. 시청 옥상과 이성당, 시민슈퍼 2층 진다실 등에서 많은 사람들이 매달려 있었습니다. '언론은 반성하라' 는 구호에 일부 출입기자들은 비웃었습니다. '김재규를 석방하라' 는 외침에 시민들은 비아냥거렸습니다. 그러나 심각한 혼란에 빠져 있는 정국이 어떻게 풀릴 것인가에 대하여 많은 걱정들을 하였습니다.

80년 봄, 민주화를 외쳤던 5월 16일. 김대중 씨는 학생들의 자제를 당부하였습니다. 이후 야당과 재야 인사들도 과도한 학생 시위가 민주화를 저해하려는 세력에 빌미를 줄까 염려하였습니다. 지식인과 양식 있는 시민들은 걱정을 하였고, 각 대학에서도 자제한 듯하였습니다. 폭풍 전야처럼 적막함 속에서 사우디에 갔던 최규하 대통령이 긴급히 귀국을 하였습니다.

다음날은 5월 17일 토요일이었습니다. 그날도 월명산 산보로에 아카시아 꽃이 하얗게 휘날렸습니다. 태어난 지 며칠 안 된 둘째 놈의 이름을 짓기 위해 일찍 귀가를 하였습니다. 그날 밤 TV 9시 뉴스에서는 정국이 안정되어 다행이라는 보도가 나왔습니다. 손자 출산 때문에 월명동 집에 와 계셨던 어머님도 TV를 지켜보시며 세상이 조용해졌으면 좋겠다는 말씀을 하셨습니다. 무엇인가 불안한 고요를 예감했던 밤이었습니다.

1980년 5월 18일 아침 7시 뉴스를 보면서 "터졌구나" 하고 외쳐야 했습니다. 그날 새벽 0시를 기하여 전국에 비상계엄을 확대 선포하였습니다. 정치활동을 금지하고, 전국 대학을 휴교조치 하였습니다. 김대중 씨를 잡아넣었습니다. 김종필, 이후락, 김동길, 예춘호, 문익환을 연행했다는 내용이었습니다.

그날 아침은 봄바람이 불었습니다. 일요일인데도 9시 이전에 출근을 하는데 항도여관 사거리에 계엄령 선포 호외가 뿌려져 있었습니다. 시청 사거리는 봄바람에 수천 장의 종이들이 봄바람에 갈매기처럼 날고 있었습니다. 당시에는 민주주의 조종의 깃발들인지는 몰랐었을 뿐이었어요.

그해 봄 나는 35세의 청년이었습니다. 사무실에는 상하 간에 동료 간에 서로의 신중을 당부하였습니다. 그렇지만 우리의 가슴에도 역사와 민주주의에 대한 잠재의식은 충분히 있었던 시절이었습니다.

나는 그때 둘째의 이름을 내 스스로 짓기로 하였습니다. 그 며칠 전 아버님께서 전화를 주셨는데 "둘째놈 이름을 늬가 지을 거냐" 고 묻기에 "큰놈은 아버님이 지으셨으니까 둘째는 제가 짓겠습니다" 하고 대답한 바 있었습니다. 아들놈 이름을 지으려고 많은 생각을 하였습니다. 마음을 가다듬으려고 목욕탕에 가서 생각을 하며 고민 고민 끝에 송일松日이라고 지었습니다. 지금 생각하면 아버님께 미안한 마음 그지없습니다.

송일이는 대학 2학년 1학기를 끝내고 지난해 12월에 입대를 하였습니다. 입대하는 날 우리 부부와 그의 여자친구와 함께 훈련

소까지 데려다 주고 왔습니다. 자기보다 더 서운해 눈물 흘리는 자식의 여자 친구를 보면서 집사람은 기쁨과 아쉬움을 함께 하는 모습을 보였습니다. 그렇게 많은 세월이 흘렀습니다.

TV에서 나오는 동물의 세계처럼 자식들 기르며 한평생을 살다 자연으로 회귀하는 것인가 모르겠습니다. 자식 둘이 장성하여 나가 버린 쓸쓸한 아파트 공간에서 그들의 음성이 울립니다. 참 쓸쓸합니다. 인생의 결론이 동물과 여일합니다. 그렇게 우리는 한 세상을 살다갑니다.

보고 싶은 草羅! 우리가 이 세상에 예비할 것이 무엇입니까. 반생을 넘겨 버린 쓸쓸한 여로에서 우리는 무엇을 생각하고 갈구하며 살아야 되는지……. 이 봄이 참 암담합니다. 혹한의 겨울을 보내고 우수를 맞이하면서 참담한 생각을 합니다.

(2001. 2. 20)

망월동 묘역엔 비가 내리고 있었습

143

草羅! 1980년 5월 18일 계엄 확대는 온 세상을 하얗게 만들었습니다. 겁먹은 민심은 침묵만을 강요한 듯하였습니다. 대법원에서 김재규와 박선호의 사형이 확정되었고, 5월이 가기 전에 교수형이 집행되었습니다.

그 봄에도 부처님 오신 날은 어김없이 왔습니다. 은적사를 비롯한 시내 사찰에서 불자들의 봉축 행렬은 서초등학교를 시작해서 중앙로를 지나가고 있었습니다. 전주 칠성사 주지 이대우 스님이 전북신문에 발표한 〈4월 초파일〉이란 시를 읽었습니다.

그 5월에 《표현문학》 제2집이 발간되었습니다. 변함없이 남원에서는 춘향제가 열렸고, 군산에서도 춘향이 선발대회에 몇 명의 아가씨를 출전시키기도 하였습니다.

5월 20일 원주에서 개최키로 했던 전국소년체전이 연기되었다는 보도를 보며 이상한 낌새를 감지하였습니다. 시대성과 정치감각이 예민한 시청은 중앙 정부의 동향에 민감해 있었을 뿐이었습니다. 언론보도가 통제된 불안한 고요가 감돌고 있는 속에서 광주사태는 진행되어지고 있었습니다.

조용한 것이 더욱 못 견디게 하는 것을 알았습니다. 광주에 연고가 있는 사람의 교신이 되지 않는 시외 통화가 더욱 많은 유언비어를 넘쳐나게 하였습니다.

광주사태의 근본 원인이 김대중 씨의 구속일 것이라는 추측 속에 시민군이 전라남도 일대와 전라북도 순창에까지 급습하여 관공서와 파출소를 접수했다는 내용들이었습니다. 신현확 내각이 물러나고 급조된 박충훈 내각이 구성되었습니다.

당국은 광주 폭동은 북괴의 사주를 받은 폭도들의 만행이라고 발표를 하였습니다. 광주의 고립이 10여 일 계속되면서 시민대표와 계엄당국의 면담이 발표되었습니다. 광주에 다녀온 신임 총리가 담화를 내어 광주 시민들의 자제를 호소하였습니다. 그리고 은행이나 상가에 전혀 피해를 주지 않은 광주 시민에게 감사의 뜻을 전하였습니다.

5월을 거의 보내면서 계엄군이 광주를 완전히 장악했다는 보도를 접하였습니다. 상당기간 시청에 배달되어지지 않던 광주 쪽 신문이 들어오면서 광주의 슬픔을 감지할 수 있었습니다.

정부에서는 광주지역 구호 복구에 착수한다는 보도가 있었습니다. 눈치 빠른 행정에서는 광주 복구를 위한 모금 운동을 전개하였습니다. 군산 출신인 전북지구 JC회장인 신준호와 문준영 군산 JC회장이 주관하였으며 시에서도 적극 참여하였습니다.

보고 싶은 草羅! 5·18 이후 10년이 지난 어느 여름날이었습니다. 나는 망월동 묘역을 찾아갔습니다. 그때는 전두환에 이어 노태우가 정권을 잡던 시절이었고, 나는 시청 의료보장 계장 때였습니다.

묘역엔 비가 내리고 있었습니다. 무덤 속의 영혼들도 비를 맞고 있었습니다. 전두환 씨가 전라남도 장성에 들려 민박했던 기념비를 가져다가 묘역에 들어가는 다리를 놓아 참배객들이 밟고 지나가도록 만들어 놓았습니다.

계엄군의 총탄에 숨진 사람들은 평범한 우리 이웃이었습니다. 아침 책가방을 들고 공부하러 나갔거나, 자전거로 쌀 배달을 했던 점원 등이 잠들어 있었습니다. 사상도 이념도 모르는 평범했던 시민들이었습니다. 그들은 군의 탄압에 맨손으로 항거한 깨끗했던 사람들이었습니다. 초라했지만 너무나 엄숙한 묘역은 사람과 산천초목을 숙연하도록 하였습니다. 내리는 빗소리 속에 죽은 영혼의 소리가 들리는 듯하였습니다.

草羅! 3년 전 옥구 읍장일 때 여름 휴가차 해인사 가는 길에 망월동을 다시 들렀습니다. 문민정부가 들어서서 자리를 옮겨 조성된 민주화의 성역은 정결하고도 엄숙한 광장이었습니다. 종전 무덤 속의 시신들을 다시 수습하여 정성을 다하여 이장된 묘역은 5·18의 각종 자료를 집대성하고 있었습니다. 전시관 속 피의 광주항쟁사를 씹어 보며 이 나라에 비극의 역사가 종식되길 기원하였습니다.

　이제 광주의 망월동은 세계 민주화 운동의 메카로 우뚝 솟아 있습니다. 3년 전 여름 내가 가 본 망월동은 동남아, 남미, 아프리카 등 세계의 민주화 인사들이 찾고 있었습니다. 우리의 짧은 근대화를 통하여 세계적인 인권국가로 도약했음을 보면서 우리 민족의 위대성을 생각하였습니다. 불의를 위하여 목숨을 바칠 수 있었던 민초들의 뿌리를 생각합니다. 광주의 혼을 생각하였습니다. 이제 민주화를 갈망하는 세계의 많은 국가들이 망월동 성지를 부러워한답니다.

　보고 싶은 草羅! 작년 이래 많은 눈이 내렸습니다. 2월이 다 가는 요사이에도 서울에서 대관령에서 눈사태가 나도록 내리고 있습니다. 서울과 평양에서는 3차 이산가족 상봉이 이루어지고 있습니다. 우리는 다시 3월을 맞을 준비들을 하고 있습니다. 그리운 이여 안녕!

(2001. 2. 27)

144
반갑다, 김형오

草羅! 지난 월요일 오전 서울서 걸려 온 전화를 받습니다. 월간 《시문학》 발행인 김규화 선생의 전화였습니다. 미국 뉴욕에서 팩스가 왔는데 김형오라는 사람이 나를 찾고 있다는 내용이었습니다. 아! 형오……. 내 고등학교 동창이고 문학도였다고 말한 뒤, 원본을 내 사무실로 보내 달라고 하여, 그가 나를 찾는 내용의 팩스를 보았습니다.

5·16 다음 해인 고등학교 2학년이었던 때였습니다. 1962년 그해 5월 남원 춘향제 전라북도 학생백일장대회에 권진희 선생의 인솔로 김형오, 노장택, 나 이렇게 셋이서 참여를 하였습니다. 문학 지망생이었던 우리들은 전날 남원에 도착하여 하룻밤을 잤습니다. 그날 밤 5·16 이후 필화사건으로 전고에서 김제고로 전근해서 근무했던 신석정 선생에게 인사를 올렸습니다. 내 생애 처음인 시인과의 상면이었습니다.

다음날 백일장은 지금 만인총이 있는 향교에서 열렸는데 시제가 '대열'이었던 기억이 납니다. 서정시나 몇 편 외웠던 나의 실력으로 시를 쓰는 것이 크게 부담이 되었습니다. 셋이 전부 낙방한 허탈감에 인솔선생님이 사진만 찍고 다녔다고 불평을 늘어놓았던 기억이 새롭습니다.

하루 세 끼 먹기가 어려웠던 시절 우리 모두는 가난하였습니다. 상급 학교 다니는 것만으로도 행복했던 시절이었습니다. 문학을 한다는 것은 불효를 하는 것으로 받아들여졌던 시절이었지만 우리는 문학 지망생이었습니다.

초등학교 2년 선배인 김형오는 가난 때문에 중학교는 1년 선배였고 고등학교는 동창생이었습니다. 4·19 마산의거의 주인공이었던 김주열이 남원중학교 동기동창이었던 형오는 문학에 남다른 재능과 많은 독서량을 가지고 있었습니다. 우리는 20리 길을 함께 통학하기도 했지만 나는 그에게 경외감을 가지고 있었습니다.

한번은 나의 시를 그가 손보아 줄 것을 부탁하였지만 그가 사양하였는데, 속 좁은 내가 그에게, "자네貴下 정도가 그러니, 누가 내 시를 봐주겠느냐"고 맘에 없는 소리를 하였습니다. 형오 왈 "내 생애 가장 모욕적인 언사다"고 대응했던 기억이 새롭습니다.

우리들은 4·19나 5·16의 와중에서 가난을 헤치며 중·고교를 거쳐서 헤어졌습니다. 형오는 더 배우기 위하여 배고픔을 싸들고 서울로 올라갔고 대학 진학에 실패한 나는 군에 입대할 수밖에 없었습니다.

218

그 후 월남에서 돌아와 다시 부르나이 공화국에 취업했던 내가 부상을 당하여 서울 성모병원에 6개월 동안 입원해 있었습니다. 내가 성모병원에 입원해 있었던 1973년 4월이었던가 형오가 문병을 왔었습니다. 대학 2년을 중퇴했던 그는 그때까지도 가난에서 헤어나지 못하고 있었습니다.

성모병원에서 헤어진 지 거의 30여 년의 세월이 흘렀습니다. 그리고 오늘 뉴욕에서 소식을 받았습니다. 나는 그에게 글을 썼습니다. 나를 찾는 고마움과 문학을 못 버리고 있는 현실 등과 연락처를 써서 4,500원을 지급하고 한국통신에서 팩스를 띄우고 퇴근했는데 밤 9시 30분에 그에게서 전화가 걸려왔습니다.

오랜 세월이었지만 그의 목소리를 바로 감별할 수 있었습니다. 우리들의 안부는 시시했지만 소중한 것들이었습니다. 그동안 어떻게 살았고 지금 어떻게 살고 있는지 가정경제의 원천은 무엇인지 등이었습니다. 그는 노장택 안부는 알고 있었지만 권진희 선생의 안부를 몰라, 권선생이 한국 현대 사진계의 거목으로서 정년 퇴임했다는 이야기를 해 주었습니다.

그가 지금도 문학의 열정을 버리지 않고 있음에 놀랐습니다. 그는 많은 작품을 쓰고 있으며 한국 문단의 동향도 거의 알고 있었습니다. 군산사범 출신의 《포스트 모던》 발행자인 김종천 시인이 그의 남원중학교 동창인 것도 알게 되었습니다.

우리의 나이 60에 가깝지만 그와 함께 문학을 하고 싶다고 생각을 하였습니다. 우연인지 모르지만 김종천 시인에게서 오늘 전화를 받았습니다. 그리고 별 전화를 하지 않던 노장택 종로구 부청장에게도 전화를 받고 형오 소식을 전하여 주었습니다.

또 시문학사 김규화 선생께 전화를 걸어 김형오 팩스를 내게 챙겨 주어 고맙다는 인사와 함께 그가 《시문학》으로 등단하였으면 하는 바램도 전하여 좋은 반응을 받았습니다.

보고 싶은 草羅! 제3차 이산가족 방문단이 떠나갔습니다. 오늘은 제82회 3·1절 기념일입니다. 만난다는 것은 참 중요한 것입니다. 그는 내게 말하지 않았지만 김종천 시인의 말에 의하면 형오의 두 아들 중 하나는 하버드대에 다니고 다른 아들은 MIT공대에 다닌다고 합니다. 한국에서 수입해 간 인삼과 찍어간 광고지를 되파는 것으로 생활의 근간을 삼고 있다고 합니다. 그는 생활이 안정되자 문학의 회귀를 꿈꾸는 듯합니다. 그럴 수뿐이 없겠지요. 나는 그의 우정과 문학을 다시 만났으면 합니다. 오늘 왠지 그대와의 만남이 절실한 날입니다.

(2001. 3. 1)

145
제9회 전국소년체전 비교시찰

草羅! 80년 6월이 왔습니다. 지난달에 중앙정보부장직을 사임한 전두환 장군은 국가비상대책위원회를 설립하여 상임위원장직에 앉았습니다. 8급 공무원이었던 우리들도 세상 돌아가는 것을 감지할 수 있었습니다. 혁명을 한 박정희가 국가재건최고회의를 만들었듯이 국보위는 또 다른 정권 창출을 위한 초헌법적 조직인 것을 충분히 눈치를 챌 수 있었습니다. 박충훈 총리하고 현판식을 하는 전두환의 사진은 정권을 빼앗아 가는 상징으로 각인되었습니다.

비정상적인 힘은 새로운 영웅을 탄생시킵니다. 영웅을 탄생시키면서 많은 사람이 역적이 되거나, 이를 항거하다 숨져 간 민초들은 얼마 가지 않아 민주화의 혼으로 환생하는 것을 우리는 뒷날 알게 됩니다.

계엄사령부에서는 권력형 부정축재자 수사 결과를 발표하였습니다. 김종필 216억, 이후락 194억, 이세호 111억, 김진만 103억 등을 발표하였습니다. 그러나 국민들의 최대 관심사는 김대중의 생사문제였습니다. 침묵은 보이지 않는 흉흉한 민심의 확장일 수 있습니다.

김종필 씨가 당직과 국회의원 등 전 공직을 사퇴하였습니다. 이후락, 박종규, 김진만, 이병희 등도 의원직을 사퇴하였던 그 6월에 전 무진장 출신 국회의원이었던 전휴상 씨가 향년 45세로 타계하였습니다. 5·16 이후 최연소 국회의원의 기록을 가진 그의 타계 소식은 많은 사람의 가슴속에 지금도 아쉬움으로 남아 있습니다.

닫혔던 대학의 문들이 조금씩 열리기 시작하였습니다. 전북의대, 전주교대, 개정간호대 등의 문이 열렸습니다. 군산상고가 청룡기 야구에서 2회에선가 역전패를 당하고 남중이 준우승을 차지하였습니다.

우리들은 그 초여름에 모내기 일손 돕기를 나가고 현충일 행사를 준비했습니다. 그리고 6월 9일 광주사태로 연기되었던 제9회 전국소년체전이 원주 춘천에서 열렸습니다. 그해 가을 전라북도에서 열릴 제61회 전국체전 준비 중이던 우리들은 비교 시찰단을 편성하였습니다.

최창한 총무과장을 단장으로 하여 40여 명 시·동 직원으로 시찰단이 구성되었습니다. 양재근이가 운전하는 시청 버스 속에는 술과 먹을 것이 풍성하였습니다. 아침 일찍 출발한 버스가 여산을 지나기 전에 많이 마시고 먹었고 김종기 서무계장 권유에 의하여 이은경 부녀계장의 사회로 오락회가 시작되었습니다.

진행에 남다른 재능이 있는 이은경 계장의 몸짓을 미리 따라 하지 못했던 최창한 과장과 박영 계장은 벌금을 냈고, 고근택이 는 춤을 추어야 했습니다. 노는 데 서투른 나 또한 벌금을 물었으며 준비했던 노래 '돌아와요 부산항'을 누군가가 먼저 불러서 다른 노래를 생각해 내느라 고민했던 기억이 새롭습니다.

강원도로 향하는 6월의 산하는 푸르렀으며 잠에서 깨어나는 햇볕은 은빛으로 부서지고 있었습니다. 최규하 대통령 취임을 기념하기 위해 소년체전을 유치했던 원주의 건물과 거리와 운동장은 꽃으로 덮여 있었습니다. 우리는 원주에서 1박을 하였습니다.

나름대로 정비된 여관에서 최창한 과장과 진광호, 고정영 등은 고스톱을 하였고, 일부는 원주공원에 나가 술을 마셨습니다. 마철수, 황채현, 강민규 등과 술 마셨던 기억이 납니다.

다음날은 춘천에서 실시하는 소년체전 개회식 예행연습을 참관하였습니다. 춘천 공설운동장 입장식에서 광주 선수단이 들어오자 모든 관중은 기립박수를 하였습니다. 광주사태로 상처받은 어린 동심을 어루만져 주려는 국민적 정서를 보면서 '아!' 하고 가슴이 아려 왔습니다.

춘천 닭갈비와 막국수로 점심을 든 후 좋은 운치에 잘 시설된 춘천 여성회관을 둘러보았습니다. 이은경 부녀계장이 군산에도 여성회관을 건립했으면 하는 바램을 말하여 우리 모두 동감을 하였습니다. 춘천 시내를 빠져나온 우리들은 굽이굽이를 돌아 하늘로 향하는 절정에서 소양강댐을 접할 수 있었습니다. 자연을 재단하여 웅장한 호수를 만들 수 있는 힘에 놀랐습니다. 독재자가 할 수 있는 위대함을 생각하였습니다. 위대함과 속도를 낼 수 있음은 방종과 나태와 넘치는 자유를 자제해야 한다는 생각을 하였습니다. 최근의 새만금을 보면서 지금도 그러한 생각에 이의가 없습니다.

아름다운 소양강을 뒤로하고 남으로 질주하는 버스 속은 술과 노래와 춤의 합창으로 이어졌습니다. 내려오다가 호남선으로 빠져 가야 할 버스가 경부선 쪽으로 한참 간 후 뒤늦게 깨닫고 되돌려서 올라와서 군산 쪽으로 온 때가 엊그제 같은데 어느덧 20년의 세월이 훌쩍 흘러가 버렸군요.

草羅! 어제는 김길준 시장이 대법원에서 공직선거 및 선거부정방지법 위반 사건에 대한 재상고가 기각되어 시장직을 상실하였습니다. 시민 모두와 시청 직원의 관심 속에서 2시에 판결이 있었는데 3시에 이임식을 마치고 떠나가는 노 시장의 모습을 보면서 정치와 인생의 무상을 절감하였습니다. 오늘 그대가 무척이나 보고 싶습니다.

(2001. 3. 14)

146

가슴 아팠던 80년 7월의 살생부

草羅! 내 지난 공직 생활에 가장 가슴 아팠던 80년 7월의 이야기를 하겠습니다. 그때를 생각하면 지금도 가슴이 메어져 옵니다. 세상은 보이지 않는 힘에 흘러갔고 국보위는 혁명정부처럼 보였습니다. 새로운 힘의 중심이 전두환 씨였습니다. 전두환 장군이 초헌법적 국보위를 만들어 그 스스로가 대통령이 될 때까지 3개월 동안 가장 무자비하게 3권을 유린한 사람으로 우리 현대사는 기록할 것입니다.

7월 초 계엄사령부는 김대중 일당 내란음모 사건을 발표하였습니다. 국민이 믿든 말든 김대중 일당이 현정부를 타도하고 과도정부 수립을 획책하였으므로 관련자 모두를 군사재판에 회부한다는 내용이었습니다. 그리고 다시 손주항, 예춘호, 이택돈, 김록영 등을 어떤 이유에서인지 국회에서 몰아냈습니다. 김대중은 감옥에 있고 김영삼은 가택 연금당하고 많은 국회의원들이 국회에서 쫓겨나는 싸늘한 현실 앞에서 그 누구의 저항이 있겠습니까? 간사한 학자들은 새로운 시대가 도래했다고 떠들었고 언론은 열심히 동조하였습니다.

국가 기강을 위해 대대적인 사정설로 공무원 사회는 숨을 죽였습니다. 중앙정보부에서 10%를 축출했다는 보도를 신호탄으로 하여 공직사회는 태풍 전야처럼 착 가라앉아 있었습니다. 그리고 중앙에서부터 반공 및 사회 정화를 위한 대대적인 궐기대회를 열어서 민심을 한군데로 몰고 갔습니다.

전라북도에서도 80년 7월 9일 오전 10시 도청 광장에서 도민 10만 명이 모이는 국가수호 궐기대회를 개최하였습니다. 총화로 북괴 야욕을 분쇄한다는 군중집회는 민심을 신군부 쪽으로 힘을 몰아주는 수순이라는 것을 모두 알고 있었습니다.

그날 오후 전두환 상임위원장은 장·차관 이상 32명을 비롯하여 고급 공무원 232명의 숙청을 발표하였습니다. 유일한 장관 1명은 전라북도 출신이었고, 김학중 지사도 해당이 되었습니다.

오전에 도민궐기대회를 주관했던 김학중 지사가 오후에 이임식을 하는 모습을 보면서 권력의 무상을 보았습니다. 떠나는 지사는 제61회 전국체전 준비에 최선을 다해 달라는 당부를 하였습니다. 우리들은 시대를 한탄하였습니다. 불안한 앞날에 모두는 기죽어 있었습니다.

그날 우리 시에서는 김용신 부시장과 최창한 총무과장이 미국 출장을 떠났습니다. 미국 가기가 하늘의 별 따기보다 어렵던 시절 군산시와 자매결연된 마이크 파카 워싱턴주 타코마 시장의 초청 때문이었습니다. 타코마 시에서 다음 해에 열리는 세계박람

회의 군산관 개관을 협의한다는 명목이었습니다. 미국을 갈 수 있게 뒷바라지를 우리 계의 최헌용 씨가 하였습니다.

중앙부처에서 232명의 축출이 있는 다음날 전북도경에서는 경감 6명을 포함 70명을 숙청하였습니다. 올 것이 왔습니다. 전라북도는 내무국장이 주관하여 시·군에 각 직급에 해당하는 축출할 사람의 수를 내려보냈습니다. 내 공무원 생활 중 그때처럼 조직 전부가 하얗게 질려 있던 때는 처음이었습니다.

군산시에도 사무관 2명을 포함하여 8명이 배정되었습니다. 시장이 누구의 모가지를 베겠습니까? 부시장과 총무과장이 미국으로 떠나, 염동호 총무국장과 김종기 계장이 '한명회' 역할을 맡을 수밖에 없었습니다. 도 내무국에서 내려온 숫자대로 골라 시장에게 보고하고 사표를 종용한들 누가 기다렸다는 듯이 사표를 던지겠습니까? 물론 살생부의 기준을 만들었지만 말이어요.

서무계장 인사담당과 서무계 직원들이 사표를 받으러 다녔습니다. 80년 7월 12일 이날은 일요일이었습니다. 당일 오후 6시까지 사표 처리된 명단을 도에 보내야 했습니다. 우리들은 전일 토요일부터 일요일까지 양일간 사표를 받으러 다녔습니다. 일요일날은 비까지 내렸습니다. 도에 보낼 면직 사령장을 타이핑하는 문서계 김나영 양을 보면서 한숨을 쉬었습니다.

눈물을 흘리면서 사표를 써 주는 선배 공무원들을 보면서 나는 가슴에 큰 상처를 받았습니다. 도서관의 임시직을 보장해 주면 떠나겠다는 사무관의 읍루를 보며 함께 눈물을 흘렸습니다.

사표 받을 사람이 사무실에 나타나지 않고 피해 버려 급해지자

다른 사람으로 대체하여 피해를 당한 계장도 있었습니다. 염동호 국장은 내 무슨 죄가 많아 가장 중요한 시기에 총무과장과 부시장이 해외에 나가고 혼자서 악역을 다 해야 되느냐고 한탄을 하였습니다.

이렇게 해서 전라북도는 80년 7월 16일까지 군산시 8명을 포함 216명을 무더기로 축출하였습니다. 숙청을 총괄했던 도 내무국장도 마지막에 포함되어 우리 모두를 놀라게 하였습니다. 조경을 좋아하는 그의 정원에 누군가가 고가의 관상수를 심어 주었다는 투서에 의한 것이었습니다.

사표를 낸 사람도 일생 동안 가슴의 상처로 남았겠지만 그것을 시행했던 시장과 국장, 계장, 관계 직원들 가슴에도 상처로 남아 있을 것입니다. 나 또한 그 일을 일생 동안 잊지 못할 것입니다. 쓰라린 역사의 한 자락이 가슴속 아린 상처로 출렁거릴 것입니다.

우리들은 그날 해망동 고창횟집에 나가 많은 소주를 마셨습니다. 비 내리는 일요일 오후 우산도 쓰지 않고 홀로 바닷가에 섰습니다. 제련소 굴뚝 멀리 서해 바다를 바라보면서 많은 생각을 하였습니다. 가족의 행복이 안정된 직장으로부터 형성된다는 것을 사무치게 느꼈습니다.

우리가 낭만으로 바라보는 갈매기 날갯짓도 삶의 행태라는 것을 알게 되었습니다. 피비린내 나는 동물의 세계를 아름다움으로만 채색할 수 없다는 것을 알았습니다. 그 뒤 많은 세월 TV의 동물의 세계를 보면서 인간과 동물의 삶이 여일하다는 것을 뼈저리게 느낍니다.

草羅! 김길준 시장이 떠나간 시정의 공백을 송웅재 부시장이 맡고 있습니다. 4·26 군산 시장 재선거를 40여 일 앞두고 많은 입지자들이 나서고 있습니다. 그리고 오늘 금강 하구둑에 채만식 문학관이 준공되어 기념식을 갖게 됩니다.

늘 떠난 자리는 넓게 보입니다. 떠난 사람은 크게 보입니다. 너무 큰 그대가 한없이 보고 싶습니다. 동장실 창밖에는 춘분날 봄바람이 붑니다. 그리운 이여 안녕.

(2001. 3. 21)

새 시장에 김영배 도 식산국장

<u>147</u>

草羅! 사상 유례없는 공무원 숙청이 이루어졌던 80년 7월 서해방송 김학 제작부장의 《월간문학》 신인문학상 수상 소식이 지방 신문에 발표되었습니다. 《월간문학》에 발표된 〈전화번호〉란 수필을 공무원 숙청의 와중에서 읽었습니다. 군산 서해방송에서 PD를 하며 늦은 시간에 '밤의 여로'를 진행했던 김학 씨의 등단을 보면서 텅 빈 내 가슴속에 문학의 환幻이 되살아나 나를 유혹했습니다. '시를 써야 한다'고 생각하였습니다.

공무원 숙청에 이어 천여 명의 정부 산하단체 임직원을 숙청하였습니다. 그리고 김현옥, 구자춘, 고흥문, 김용태, 신형식, 김수한, 최형우, 김동영, 송원영, 박영록 등 전 장관이나 현역 의원들을 연행해 갔습니다. 계엄사에 의해서 상당수의 의원들이 끌려가면서 식물 국회가 되었습니다. 신군부에 의해 국회는 만신창이가 되었습니다.

정부에서는 축출당하지 않는 공무원에게 사기 진작책으로 연 1회 지급하던 정근 수당을 2회 지급하기로 하였습니다. 당장 7월부터 봉급에 지급하였습니다. 새 정권 창출을 위한 채찍과 당근이란 것을 모두는 알고 있었습니다. 봉급을 더 준다는 데 싫어할 사람이 어디 있겠습니까? 떠난 사람 잊기 쉬운 것이 사람 인심입니다. 그해 많은 공무원이 숙청될 때 그렇게 환호했던 언론이 10년 후 그들이 억울하게 희생되었다고 소리 높여 외치는 것을 우리는 보았습니다. 이것이 세상사입니다.

숙청된 지사 후임에 조철권 씨가 취임을 하였습니다. 김제 출신인 신임 지사는 육사 8기생인 향토사단장 출신이었습니다. 신임 조지사는 취임 기자회견을 통하여 풍요로운 전북 건설을 위해 농업개발과 공장 유치에 역점을 두겠다고 밝히면서, 그해 10월에 치루어질 제61회 전국체전 준비에 전 도민이 협조해 달라고 호소하였습니다.

조철권 지사는 취임 며칠 후부터 시·군 초도 순시를 시작하였습니다. 첫날 전주, 완주를 초도 순시했던 조지사는 두 번째로 7월 24일 군산 옥구를 순시하였습니다. 걸리면 가는 시절 그의 초도 순시는 우리 모두를 긴장시켰습니다. 이번 초도 순시는 곧 있을 후속 인사와 맞물려 조직을 숨죽이게 하였습니다.

황윤기 시장은 군산시 개발계획과 체전 준비사항을 보고하였고, 조지사는 시국안정과 질서 유지를 최우선으로 하라고 지시하였습니다. 그리고 모든 공직자는 안심하고 자기 직무에 최선을 다해 달라고 당부하였습니다.

대대적인 숙청으로 도청 산하에 많은 자리가 비었습니다. 떠나간 사람의 고통과 연민의 정을 뒤로한 채 빈자리에 대한 기대로 소리 없이 들떠 있는 조직을 보면서 약육강식을 생각했습니다.

미국으로 출장을 갔던 김용신 부시장과 최창한 과장은 하와이와 일본을 돌아 귀국하였습니다. 상처받은 조직을 추스리려는 지휘부의 노력은 탄력을 받지 못했습니다. 시장, 부시장, 국장 등이 예측 못할 자신들의 앞날 때문에 일이 손에 잡힐 리가 없었습니다. 상층부가 그러니 우리 같은 졸자들은 함께 흔들릴 수밖에 없었습니다. 그 여름 계순옥, 보신옥, 연산옥 등에서 보신탕을 많이도 먹었습니다.

소주에다 개고기와 마늘을 수없이 까먹으며 긴장을 달랬던 기억이 납니다. 그 긴장이 아물기 전에 80년 7월 31자로 황윤기 군산 시장이 경상북도 안동 시장으로 발령이 되었습니다. 후임 시장에는 김영배 도 식산국장이 발령되었습니다.

그 지난해 1월 15일부터 1년 6개월 동안 군산 시장에 재임했던 황시장을 떠나 보내기 위해, 그리고 오는 시장을 맞기 위하여 우리의 조직은 분주해졌습니다. 오가는 시장의 행사를 한날 치러야 하기 때문에 한 치의 오차도 허용치 않아야 합니다.

행사 계획을 내가 짜서 시행했습니다. 발령이 되면 먼저 오가는 사람의 명함을 맡깁니다. 가는 사람의 이임사를 써야 합니다. 오는 사람의 취임사를 써야 합니다. 오는 시장의 한글과 영어로 된 자개명패도 도청 앞 전라공사에 맡깁니다. 이취임식장에 붙일 환송·환영의 문구를 종이플래카드로 만들어 동시에 붙입니다. 이임식이 끝나면 앞 것을 떼어 버리면 바로 취임 플래카드가 나오게 됩니다.

가는 시장의 석별인사 다닐 사람들의 집과 사무실을 도면에 그려 수행토록 합니다. 가는 사람은 비록 시간은 짧지만 되도록 많은 사람을 만나게 합니다. 오는 시장의 인사 코스도 다시 짭니다. 시장을 수행할 간부를 선정합니다.

이런 것들이 말로는 쉽습니다. 하지만 서류로 만들어 결재를 받는 어려움이 있습니다. 한정된 시간에 이임사와 취임사를 누가 쓰려고 하겠습니까? 물론 능력도 문제겠지만 말입니다. 간부들은 가는 시장은 수행하지 않으려 해도 오는 시장의 수행을 경쟁적으로 해서 어려움이 있습니다. 경상도 사람 황시장이 가고 김영배 시장이 오는 이야기를 다음 회에 다시 하기로 하겠습니다. 그리고 김학 씨 이야기도 다시 하기로 하겠습니다.

보고 싶은 草羅! 지난주에는 현대그룹 명예회장 정주영 씨가 별세를 하였습니다. 향년 86세의 정회장을 보면서 사람의 일생을 생각합니다. 몇 년 전 《시련은 있어도 실패는 없다》는 그의 저서를 읽어 보았습니다.

동해안의 쓸모 없는 모래바닥에 조선소를 짓기 위하여 영국은행으로 돈을 빌리러 갔습니다. 국제신용기관의 보증서를 요구하는 은행장에게 오백 원짜리 동전을 보여 주었습니다. 동전에 새겨 있는 이순신 장군의 철갑선을 보여 주면서 "조상의 슬기와 얼로 배를 만들 터이니 돈을 달라" 하였습니다. 돈을 주되 제조된 배를 가져가는 조건으로 차차 빌린 돈을 갚아 가겠다는 것입니다.

위대한 은행가는 위대한 사업가를 알아봅니다. 그는 무담보로 돈을 빌렸고 30년 후 세계 제일의 조선소를 만들었습니다. 세계 5위의 자동차 수출국을 이루어 냈습니다. 소 떼를 몰고 휴전선을 넘었던 기록사진은 한민족 통일사의 상징으로 뒷날 역사에 기록되어질 것입니다.

보고 싶은 草羅! 3월이 가고 있습니다. 4월이 오고 있습니다. 꽃으로 뒤덮일 군산의 4월을 맞이하기가 겁이 납니다. 그대를 향한 진홍의 애달픔이 내 가슴에 있습니다.

(2001. 3. 28)

경상도 출신 황윤기 시장의 이임

草羅! 황윤기 시장이 발령된 80년 7월 31일 오후 안동시의 서무계장 일행이 새 시장을 모시러 우리 시에 왔습니다. 안동시 현황과 각종 자료, 취임사, 명함 등을 싸들고 왔습니다. 그는 새 시장에게 인사를 하고 하룻밤을 군산에서 잤습니다. 황시장의 이임 만찬과는 별도로 시인 이육사의 고향에서 온 그들을 압강옥에서 접대하였습니다.

황시장 이임식은 80년 8월 2일 오전 11시로 계획되어 있었습니다. 시장 인수인계서 작성을 맡은 서두봉 씨는 각 실과소에서 들어온 자료들을 서류로 만드느라 밤을 꼬박 새웠습니다. 그는 상황실에다 선풍기를 틀어 놓고 팬티 바람으로 일을 하였습니다. 더워서 옷을 벗은 것까지는 좋았지만 모기떼들은 양질의 피를 충분히 포식하였습니다. 그의 몸뚱이는 모기 물린 빨간 자국으로 얼룩졌습니다.

이임식이 있는 날 아침 일찍 나는 김종기 서무계장과 함께 월명동 시장 관사에 갔습니다. 당일 관사 아주머니, 부속실, 안내실 직원들에게 줄 격려금을 포함하여 1월 1일부터 지금까지 쓴 판공비 내역을 가지고 갔습니다. 시장이 나오기 전 내력을 점검했던 계장이 문제점을 발견하여 다시 보완 작성하였습니다. 김종기 계장이 나무젓가락을 대고 볼펜으로 줄을 그어서 다시 만들었던 생각이 납니다.

응접실에 나타난 시장은 어려운 살림살이에도 불구하고 고생 많이 했다는 치하와 함께 판공비 사용 내역서에 사인을 해 주었습니다. 서두봉이 만든 인수인계서도 날인을 받았습니다.

시장이 떠나는 날 많은 관내 유지들이 시장실로 찾아왔습니다. 시청 참모들은 가능하면 많은 사람들이 가는 시장을 만나도록 주선했습니다. 많은 사람들이 찾아와 인사하고 석별금을 전하고 갔습니다.

11시 정각 회의실에서 제25대 군산 시장 이임식이 거행되었습니다. 부속실 곽양이 꽃다발을 염동호 총무국장이 기념품과 전별금을 각각 증정하였습니다. 김용신 부시장이 읽은 환송사에 이어 황시장의 이임사를 끝으로 행사가 완료되었습니다. 재임기간 도움을 준 군산 시민에게 정말로 감사 드리며 제2의 고향인 군산을 영원히 잊지 못하겠다는 요지였습니다.

가는 시장이 현관에서 간부들과 함께 기념촬영을 하였습니다. 직원들은 정문에서부터 사거리 멀리 군산문방구 앞까지 줄서서 기다리다가 가는 시장과 악수를 나눴습니다. 악수를 다 끝낸 황시장은 안동 시장 차에 올라 떠나갔습니다.

경상도 출신 황시장은 경북고와 고려대를 나왔습니다. 그는 내무부와 산림청에 근무를 하다 군산 시장으로 내려 왔습니다. 전라도 출신이 경상도 쪽으로 가면 모가지가 떨어져 돌아오던 시절 그는 불안한 마음으로 군산 시장으로 발령되었습니다.

군산 사람들은 경상도 출신 황시장을 정중히 대하였습니다. 그가 시정을 원활히 할 수 있도록 많은 도움을 주었습니다. 경상도 사람이기 때문에 더욱 잘하였습니다. 군산을 떠난 황시장은 안동 시장, 산림청부청장, 두 번의 국회의원 등을 지내고 지금은 연로하여 쉬고 있지만 전라도와 군산 사람들의 정을 잊지 못하고 있다고 합니다.

오전에 황시장이 떠난 날 오후 2시 제26대 군산 시장 취임식이 거행되었습니다. 시장이 도착하기 전 깨끗이 청소되어진 시장실 책상 위에는 새로운 자개명패가 올려져 있고, 탁자에는 새 명함이 마련되었습니다.

박영 기획계장의 안내로 시장실에 도착한 김영배 시장은 몇 사람의 유지들을 접견한 후 계장급 이상 간부들의 신고를 받습니다. 신고가 끝난 후 회의실에 들어왔습니다. 서무계장 사회로 진행된 취임식은 간소했지만 직원들은 긴장 가득합니다.

김 시장은 새 시대로 가는 시국인식을 강조했습니다. 군산을 위한 각종 개발과 제61회 전국체전을 차질 없이 준비하자고 말했습니다. 이를 위해 해이된 기강을 바로 세우고 주어진 일에 최선을 다할 수 있는 분위기를 만들겠다고 다짐했습니다.

취임사를 들은 시청 직원들은 '일 열심히 하지 않고는 못 배기

겠구나' 하는 감을 받았습니다. 한동안 긴장감에 휩싸였습니다. 시청 직원들은 이미 새 시장에 대하여 어느 정도 알고 있었습니다. 전고맨으로 도청에 확고한 기반과 능력을 갖췄음은 물론 현실감각에 뛰어나다는 것을 말입니다. 직원 시절 김시장은 도지사의 연설문을 도맡아 썼습니다. 그가 도의회에서 속기록을 썼는데 한문 실력이 부족한 도의원들은 그가 초서로 쓴 의사록을 읽지를 못해 항의를 못하였다는 에피소드를 가지고 있었습니다.

취임식이 끝난 시장은 기자실에 들려 회견을 하고 법원, 검찰, 안기부 보안대, 세무서 등 유관기관과 고판남, 강정준 씨 등 기업인들에게 인사를 다녔습니다. 저녁에는 국장급 이상이 모시는 환영연에 참석하였습니다. 다음날에는 간부회의 이후 국별 업무보고를 받으며 새로운 시정을 구상하였습니다.

보고 싶은 草羅! 4월이 왔습니다. 조상들의 합동 제사를 모시는 4월이 오면 많은 것을 생각하게 됩니다. 서양 사람들은 갈 때까지 가버린 그들의 문화를 버리고 동양 사상에 탐닉하고 있는데 우리들은 뒤늦게 그들의 문화를 향해 가는 것을 보면서 정신적 비애를 느끼고 있습니다.

각 가정마다 조상을 모시는 문제로 갈등이 심화되어지고 있습니다. 종교를 핑계삼아 조상 모시는 것을 피하는 세태에서 우리들은 살고 있습니다. 조상 모시는 것이 후손들이 우애를 돈독히 하는 계기가 되어 왔으나 이제는 형제간의 불화의 요인이 되는 세상에 우리들은 살고 있습니다. 효도 없는 시대는 우리와 후손들의 장래를 불안하게 합니다.

그리운 이여! 전군도로에 벚나무들이 만개를 준비하고 있습니다. 군산의 산하는 다시 꽃잔치를 준비하고 있습니다. 그대와 마주 앉아 차 한 잔을 마시며 아름다운 군산의 산하를 바라보고 싶습니다. 이 봄 작은 그대의 손을 잡아보고 싶습니다.

(2001. 4. 4)

149
김학 형의 문학 세계

草羅! 김학 씨 이야기를 하겠습니다. 내가 군산에 오기 전 서해방송 〈밤의 여로〉를 많이 들어 김학이란 이름을 이미 알고 있었습니다. 늦은 밤 김학이 진행하는 방송을 마냥 듣던 때가 엊그제 같은데 벌써 30여 년의 세월이 흘렀습니다.

내가 편집했던 군산문학 제8집에 〈온돌방이 그리운 뜻〉이란 그의 작품 속에 '아궁이가 입을 다물면서 산은 마냥 푸르러지고 있다'라는 경구에 감탄한 바 있습니다. 농촌에 가스가 들어가면서 혁신된 산림정책을 그 이상 적절히 표현할 수 없으리라 생각을 합니다.

1970년, 김학은 제대 후 처음으로 가졌던 전주 해성고등학교 교사직을 사임하고 서해방송 공채에 합격하여 군산으로 왔습니다. 그가 이직한 동기는 가장으로서 홀어머님과 동생을 부양하기 어려운 직장에 대한 회의였다 합니다. 그리고 늘 미지의 세계로 지향하고픈 꿈이었을 것입니다. 깊숙한 내륙지방 임실에서 태어난 그는 뱃고동이 울고, 바다가 보이는 항구 도시에서 근무하고 싶은 소년적 감상이 충동했을 것입니다.

갓 30을 넘은 나이에 군산에 온 김학은 PD로서 근 3년 동안 날마다 방송용 수필을 한 편씩 썼다 합니다. 찻집에서, 거리에서, 손님과 만나면서, 대폿집에서 글의 소재를 얻는 노력을 했다 합니다.

김학은 그때가 수필 습작의 황금기였습니다. 그 시절 글쓰기의 밑거름이 뒷날 한국 수필 문단의 거목이 되게 합니다. 김학은 유신시절의 숨막힘 속에 글을 쓰면서 군산 사람이 되려는 노력을 다했다 합니다. 그가 집필하고 진행한 〈밤의 여로〉가 고독하고 슬픈 영혼을 흔드는 협주곡처럼 많은 시청자를 울렸습니다. 당시 두근거리며 사랑의 열병을 앓거나, 외로운 사람들끼리 숨어서 듣던 〈밤의 여로〉에 대한 추억은 군산 출신 50대 중반 사람이면 거의 기억하고 있을 것입니다.

김학은 유신의 종말인 10·26의 1년 전에 군산의 추억을 묶은 첫 수필집 〈밤의 여로〉를 펴내고, 인기가 좋아 재판을 합니다. 그리고 신군부의 언론 통폐합으로 10년 동안 꿈과 낭만을 꿈꾸었던 군산을 떠나 남원방송국으로 전출을 합니다.

김학은 그의 나이 38세인 1980년 8월 《월간문학》을 통하여 수필가로 등단을 합니다. 그리고 그의 제2 수필집 《철부지의 사랑연습》을 상재하면서 정주환과 함께 전북수필문학의 향도적 역할을 다하게 됩니다.

80년대 하반기 내가 시문학 등단 이후 청록두 동인이었을 때였습니다. 남원방송국에 있던 김학은 청록두 동인을 초청하여 시 낭송회를 열었습니다. 남원방송국이 주최하는 시 낭송회는 당시 한국문협 사무국장 오학영을 비롯 동인이었던 조기호, 박만기, 김남곤, 채규판, 최종규, 소재호, 박종수, 조미애, 진동규, 주봉구 등이 참여했던 기억이 있습니다. 뒷날 밝히겠지만 그날 남원에서의 즐거움과 전주로 돌아오는 차 안에서 벌어졌던 웃지 못할 기억들이 떠오릅니다.

김학은 군산에서와 마찬가지로 남원에서 10년을 근무했습니다. 그는 착실하고 창의력 넘치는 근무 자세로 과장, 부장으로 거듭 진급을 합니다. 그는 고향 오수와 가까운 남원의 인심과 풍류에 동화하였습니다. KBS 남원방송국에 문학 프로그램을 확장 상설하여 문학 저변 확대에 크게 기여하였습니다. 그리고 그의 역작인 제3 수필집 《춘향골 이야기》를 펴냈습니다.

남원을 떠난 김학은 전주에서 2년 남짓 근무하다 92년 KBS 군산방송국 부장이 되어 그의 제2의 고향인 군산에 돌아왔습니다. 그가 군산에 오기 전 제4 수필집 《호호 부인》을 상재하였습니다. 그리고 군산에서 2년 남짓 근무하다 전주로 다시 돌아갔습니다.

그 후 수필집 《오수땅 오수사람들》과 《가을앓이》를 펴낸 김학은 한국수필문학상, 전북도문화상, 전북수필문학상, 동포문학상, 사선문화상, 신곡문학상, 백양촌문학상 등을 수상하였습니다. 그는 전북수필문학 회장 한국수필가협회 이사, 한국문인협회 이사, 전북문인협회 회장, 한국 펜 이사 등을 역임하였습니다.

원래가 예술단체는 감투를 씌워 놓고 뒤에서 비웃거나, 흔드는 것이 속성입니다. 김학은 문학에 대한 열정과 꼼꼼한 돈 처리로 감투를 써도 뒷말이 적었습니다.

김학의 수필은 편하고 좋습니다. 그의 수필 중 수많은 홀어머님 이야기는 눈물겹습니다. 김학은 효자입니다. 그의 〈사모곡〉이란 수필을 읽으면 눈물이 납니다. 김학의 어머님에 대한 사랑은 글과 행동이 동일합니다.

내가 좋아하는 선배 문인 중의 한 사람인 김학은 나와 함께 내륙지방 깊숙이 태어나 바닷가에 사는 인연을 가지고 있습니다. 90년대 중반 한국문협 주관으로 영동에서 있는 지방문협 지부장 회의를 김학 형과 진동규와 함께 다녀왔습니다. 술과 문학의 열정으로 밤을 지새운 우리들의 낭만은 오래도록 잊지 못할 것입니다.

그가 전북문협 회장을 할 때 그는 내게 전북문학상을 수여하였습니다. 그는 최근 홈페이지를 개설하여 사이버 문학에 탐닉하고 있습니다. 나와 거의 같은 시기에 홈페이지를 개설하였지만 김학 형의 사이버 문학 공간은 한없이 확장되는데 방문객 하나 없는 나의 초라한 홈페이지를 보면서 그의 높은 문학과 성실성이 부러울 뿐입니다

보고 싶은 草羅! 김학 형도 어느덧 60 가까이 있습니다. 그대와 더불어 나 또한 60에 다가가고 있습니다. 김학 형 같은 사람과 어울려 한세상 사는 것도 복이라 생각을 합니다.

그리운 그대! 오는 4·26 군산 시장 재선거에 김철규, 강근호 두 사람이 등록을 하였습니다. 시민들의 관심은 고요한데 유세소리만이 군산의 봄 하늘에 공허하게 메아리 치고 있습니다. 이 봄 그대의 안부가 궁금합니다. (2001. 4. 13)

150

먼 시절의 무모했던 이야기

草羅! 김영배 시장이 취임한 8월이 왔습니다. 그 8월 한국의 정치적 기류는 전두환 상임위원장을 중심으로 흘러가고 있었습니다. 전두환 장군은 대장으로 승진을 하였습니다. 전두환의 어깨에 다시 별을 달아주는 최대통령의 자료사진은 마치 새 통수권자에게 권한을 이양하는 듯한 뉘앙스를 풍겼습니다.

미국을 비롯한 각국 언론들은 한국의 새 지도자로 전두환 씨가 적합하다는 기사를 썼고, 국내 언론들을 이를 대서특필 인용하였습니다. TV 뉴스 시간에는 전두환 동정으로 가득하였습니다. 국보위 상임위원장 겸 국군보안사령관 전두환이 삼권을 장악한 그늘에서 내란음모죄로 구속된 김대중의 재판이 열리고 김영삼은 정계를 은퇴하였습니다. 조오련은 수영으로 대한해협을 횡단하였습니다.

취임 20일이 된 조철권 지사는 기자회견을 열고 '살기 좋은 전북건설' 로 새 도정목표를 밝혔습니다. '화합으로 사회안정', '창의로 소득증대', '의지로 지역개발' 등 3대 도정지표를 밝히고 공무원들의 분발과 도민들의 협조를 당부하였습니다. 시장·군수급에 이어 다시 도 인사를 앞둔 가운데 시류에 가장 민감한 신임 김영배 시장은 손바닥 보듯이 정국을 들여다보면서 시정을 구상하고 챙겼습니다.

시장 이취임식과 새로운 조직에 뿌리내리기 위해 우리들은 지쳐 있었습니다. 우리들은 80년 8월 9일 토요일 오후 늦게까지 근무를 한 후 예정에 없이 전주로 향하였습니다. 계장을 제외한 최헌용, 서봉태, 최경식, 강영숙, 고윤자, 정병일, 서두봉, 최영 등 여덟 사람은 시외버스로 전주에 내려 덕진유원지에 도착하였습니다.

연못 가장자리로 연꽃 이파리가 성숙하였습니다. 우리들은 보트를 타고 다시 어린이용 놀이기구를 탔습니다. 사람들을 실은 기구는 큰 원을 그리며 창공을 가르고 회전을 하였습니다. 그 속에 우리들은 있었습니다. 못 중간에 설치된 식당에 들려 오랜만에 마음 놓고 술들을 마셨습니다. 늦어진 술자리에 어둠이 깔리자 덕진 근교의 포도밭으로 향하였습니다.

갈 때는 택시 두 대를 타고 갔습니다. 청포도 넝쿨 속에 마련한 휴게소 비슷한 곳에 자리를 잡았습니다. 전등과 포도송이가 함께 매달린 공간에서 포도와 맥주를 시켜서 실컷 먹고 마셨습니다. 서로가 자기의 주장에 취하고 노래에 취하여 여름밤은 깊어갔습니다.

갈 때와 달리 올 때는 차 잡기가 힘들어 기사에게 2배의 요금을 지불키로 하고 택시 한 대에 8명이 동승을 하였습니다. 뒷좌석에 4명이 앉고, 2명은 한 사람씩 창 속으로 상반신을 구부리면 밖의 두 여직원이 하반신을 들어 올렸고 안에 있던 사람들이 대가리를 끌어당겼습니다 이렇게 4명은 앉고 두 명은 포개 뉘여서 모두 6명을 뒷좌석에 싣고, 밖에서 하반신을 창 속에 밀어 올렸던 강 양과 고 양이 앞좌석에 앉았습니다. 어처구니없었던 일이었지만 누군가 군대 생활에서 얻은 거짓말 같은 만용으로 8명을 실을 수 있었습니다.

전북대학교 앞 레스토랑에서 늦은 저녁과 술을 다시 마셨을 때는 모두가 취해 있었습니다. 우리들의 기분은 군산에 돌아갈 뜻이 없었습니다. 전주에서 1박하는 것이 이심전심으로 동의되었습니다. 전북대학교 앞에 여관을 잡아서 한 방은 여직원이 쓰고, 다른 한 방은 남자 여섯이 썼습니다.

다음날 일요일 잠들이 깨었을 때 육감적으로 불안했습니다. 총무과 서무계는 휴일이나 지휘부가 공백일 때 살아 있어야 할 부서인데, 있어야 할 때 계장만 빼놓고 전 직원이 없는 일이 저질러졌으니 불안은 증폭될 수밖에 없지요.

어쨌든 김종기 서무계장에게 전화를 하기로 하였습니다. 전화를 서로 안 하려는 분위기에서 어차피 내가 할 수밖에 없었습니다. 아침 일찍 전화를 받는 김종기 계장은 "야! 이 사람들아, 이래도 되는가" 였습니다.

이어서 계장은 어제 날짜로 부시장, 총무국장, 총무과장을 비롯하여 자신도 발령이 났다는 것이었습니다. 서무계 차석 위부터 시장 밑까지 모조리 발령되었는데 인사와 서무담당자를 비롯해 전 직원이 군산 바닥에 없으니 어쩌란 말이냐는 것이었습니다.

무모함의 절정에 우리들은 있었던 것입니다.

우리는 아침을 거른 채 택시 두 대로 군산을 향하였습니다. 우리들의 몰골은 말이 아니었습니다. 신체적 초췌함도 그렇지만 택시 한 대에 8명이 탔던 탓으로 단추가 떨어지고 포켓이 찢어졌습니다. 강 양의 구두굽이 완전히 달아나 버렸습니다. 기죽은 우리들은 그렇게 돌아왔고 죄인들처럼 사무실에 들어왔습니다.

그날 인사는 김용신 부시장이 도 농정국장으로 염동호 국장이 도 농산과장으로 최창한 총무과장이 도 보건행정 계장으로 김종기 계장이 장수 과장요원으로 발령이 되었습니다. 그 며칠 후 차석인 최헌용 씨의 동사무장 발령까지 합치면 시장을 제외하고 내 상사는 한 명도 없이 비어 버린 셈이었습니다.

전주 포도밭 사건은 내 공직에 가장 무모했던 행위였다고 생각합니다. 또한 상사 모두가 한꺼번에 발령된 상황에서 자기 업무로 가장 고민하고 바빴던 시절이었습니다. 우리들의 덕진 사건은 20년도 더 지났습니다. 우리들은 80년대를 회상하면 덕진 사건이 회상의 주머니에서 제일 먼저 나오고 있습니다. 업무를 망각하고 교통질서를 무시한 덕진 사건은 가고 싶어도 갈 수 없는 먼 시절의 무모했던 이야기입니다.

보고 싶은 草羅! 그제 오전에는 제2회 전주 — 군산 간 국제마라톤대회가 열렸습니다. 군산에서 출발한 마라톤대회에 수많은 사람들이 참여하였습니다. 풀, 하프, 건강 코스 등으로 나누어서 출발을 하였습니다. 풀 코스에는 시슨 켄디(케냐), 라호신엠리키크

(모로코), 네스토르가르시아(우르과이), 티다유키 하시모(일본), 백승도, 오미자, 오정희 등이 참여하였고, 건강 코스에는 유종근, 이인재, 정동영, 장영달 씨 등도 보였습니다.

오늘 아침엔 보스턴 국제마라톤대회에서 이봉조가 2시간 9분대로 우승했다는 반가운 소식도 접합니다.

보고 싶은 그대! 4·26 군산 시장 재선거가 가까이 오고 있습니다. 군산의 봄 속에는 인파와 꽃잎들이 수없이 날리고 있습니다. 그대의 잔영이 함께 날리고 있다는 것을 그대는 왜 감지하지 못하시나요.

(2001. 4. 17)

151
최규하 대통령의 하야

草羅! 부시장, 국장, 과장, 계장이 발령되었습니다. 며칠 후 진급하여 동사무장으로 나가기로 예정된 차석을 빼놓으면 계 업무 모두를 내가 직접 챙길 수밖에 없었습니다. 정신이 아찔하였습니다. 우선 부시장 이취임식을 준비하여야 했습니다. 이는 시장 이취임식과 거의 같은 형태의 행사입니다. 새로운 국장, 과장, 계장 이취임을 준비하며 능력의 한계를 절감하였습니다. 조직은 직위에 따라 업무 능력과 눈높이가 달라진다는 것을 절감하였습니다.

내 공직 생활에 가장 나를 아꼈던 상사들이었습니다. 업무 능력과 인간관계가 뛰어났던 김용신 부시장, 느리면서도 챙길 것 다 챙겼던 염동호 국장, 나를 총무과로 다시 데려다 놓고, 전북일보에 내 시가 발표되도록 해 주었고, 순창에서 온 최면, 최형순을 취직시켜 주었던 최창한 과장, 친형제처럼 지냈던 김종기 계장 등 잊을 수 없는 상사들이었습니다.

　가면 오는 사람이 있기 마련입니다. 조직은 가는 사람에겐 소홀히 해도 오는 상사에게는 환대하고 긴장을 하는 것입니다. 부시장에 송병옥 씨가, 총무국장에 임명환 씨가 발령이 되었습니다.
　과장급은 총무과장 이보석, 공단사업소장 강중권, 도서관장 선영호, 회계과장 남궁수, 새마을과장 김순조, 상공과장 성문용, 주택과장 채규명, 시민과장 고석기 등을 발령하였습니다.
　가고 오는 분들의 의전상 어려움 외에도 회식비와 전별금 등을 정하고 스스로 만들어야 하는 괴로움을 지금도 잊을 수 없습니다. 뜻과 정은 좋지만 이를 뒷받침해야 하는 돈은 어떻게 만들 것인가는 당해 보지 아니한 사람은 모릅니다. 먹고 마시고 노는 것은 좋지만 돈을 만드는 일이나 이에 협력하는 일은 빠지면서 뒷소리는 혼자 다하는 사람들로 피곤하게 됩니다. 사회처럼 공직도 마찬가지입니다.
　어려움과 고통 속에 갈 사람들은 갔습니다. 지금도 잊지 못하는 분들입니다. 김종기 계장이 떠나갈 때 회식 만찬은 압강옥에서 맡아서 마음먹고 해 주었습니다. 은파로 2차까지 가서 낭만적인 석별연도 마련해 주었던 추억이 가슴속에 지금도 살아 있습니다.

　허리가 잘릴 듯한 대폭 인사 앞에서 시대성을 생각하였습니다. 경천동지할 역사 속에서 모든 것이 정상이 아닌 단면을 작은 인사에서 찾을 수 있었습니다. MBC에서 사장 이진희와 국보위 상임위원장과의 대담 방송을 내보냈습니다. 이를 국내외 모든 매체를 통하여 홍보하였습니다. 사회악 일소를 위한 특별 조치의 일

환으로 삼청교육대가 생겼습니다. 많은 사람들이 잡혀갔습니다. 밤사이에 잡혀갔습니다. 군산에서도 배당된 인원만큼 잡아갔습니다. 홍남동 재개발 때 시청 직원과 주민을 수없이 괴롭히던 사람도 잡혀갔고, 현대 이발관 안마 잘하던 총각도 잡혀갔습니다. 그때 시민들은 참 잘한다고 박수를 쳤고, 10년 후에는 인권을 유린했다고 난리들을 쳤습니다.

중앙 단위의 지역정화추진위원회를 발족하여 대대적인 궐기대회가 열렸고 다시 지방으로 확산시켰습니다. 시류에 앞서가던 김영배 신임 시장은 전라북도보다 앞서 군산·옥구 사회정화 결의대회를 80년 8월 13일 군산서초등학교에서 개최하였습니다. 김용은 군산시 지역정화추진위원장 주최로 열린 이 대회에는 2만여 명이 참여하였습니다.

새로운 국가건설을 위해 군·옥 주민들이 사회악을 뿌리뽑자는 대회사를 김용은 목사가 했습니다. 김영배 군산 시장과 채락현 옥구 군수가 격려사를 하였습니다. 서초등학교에서부터 시작하여 군산역까지 행진에는 새 시대를 향하여 전진하자는 내용의 플래카드와 함성으로 가득하였습니다. 뜨거운 8월의 폭염에 모두는 열기 가득하였습니다.

다음날은 도청 앞 광장에서 7만 명이 모여 국보위 조치를 적극 지지한다는 정화운동 전북도민 궐기대회를 개최하였습니다. 이어서 공무원 사회에도 결의대회가 물결을 쳤습니다. 중앙부처 도청에 이어 시청에서도 공무원 정화 결의대회를 가졌습니다. 다음은 통일주최 국민회의 대의원대회가 이어졌습니다. 이러한 각종 대회는 보이지 않는 힘에 의해서 이루어졌고, 이를 뒤집어 보면 삼청교육대를 정당화하면서 전두환 장군에게 정권을 몰아주려는 예비 수순인 것을 며칠 안에 알게 됩니다.

　우스운 일은 빠르고 앞서가는 비겁한 민심들입니다. 삼선개헌과 유신정부 신임을 묻는 국민투표, 10·26 이후 신군부 태동 과정에서 수없이 보았습니다. 자칭 사회의 지도층이라는 사람들의 변심은 말할 수 없을 정도입니다. 꽃뱀 같은 사람들을 생각하면 구역질이 납니다. 신군부 이후 군산에 신新 오적이 회자되기 시작하였습니다.

　이러한 와중에서 35돌 광복절 기념행사를 마친 최규하 대통령은 다음날 특별담화를 발표한다는 자막방송을 내보냈습니다. 우리는 무엇이 올 것인가를 알고 있었습니다. 다음날 10시 최규하 대통령은 특별담화를 통하여 하야를 발표하였습니다. 알고 있는 것이 왔어도 무거움으로 가득하였습니다. 슬픈 역사의 현장에 내가 있구나 하는 절망감뿐이었습니다. 우리의 마음과 달리 시민의 여론이라 하여 최대통령의 애국애족의 결단을 찬양하고, 이제 젊고 통솔력 있는 새 지도자를 중심으로 단결하여 새 나라를 세워야 된다는 등의 뻔뻔한 동향 보고를 하고 있었습니다.

　보고 싶은 草羅! 4·26 군산 시장 재선거가 가까이 오고 있습니다. 어제는 신풍초등학교에서 열리는 후보 합동연설회를 가졌습니다. 김철규, 강근호 두 후보의 연설을 들었습니다. 공허한 그들의 연설의 울림에도 울타리 벚나무 꽃잎이 지고 있었습니다. 연설이 끝난 토요일 오후 나는 차가 가는 대로 군산의 산하를 돌아보았습니다. 군산의 하늘과 땅은 꽃 천지가 되었습니다. 하구둑 IC 멀리 성산 산비탈에 진달래들이 선홍의 꽃망울을 수없이 터트리고 있었습니다. 그대에 대한 그리움이 꽃처럼 피어납니다. 나의 외로움이 꽃잎처럼 떨어지고 있습니다. 그리운 그대여 안녕.

(2001. 4. 23)

152
무효 1표가 북한과 다를 뿐

草羅! 최규하 씨가 물러간 여백에는 한 사람 전두환 장군이 우뚝 서 있었습니다. 그 그늘에 많은 사람들이 모여들었습니다. 그때 외국의 누군가 우리나라 민족성을 들쥐라고 표현했다 하여 국내 언론의 지탄을 받았던 일이 있었습니다.

서울·제주 지역 통일주체 대의원들이 새 대통령 후보로 전두환 장군을 추대하자고 의결하였습니다. 이를 계기로 각 시도 통일주체 국민회의 대의원으로 확산되어 갔습니다. 재향군인회, 경제단체, 각급 대학교수들의 지지성명이 지면을 가득 메웠습니다. 미국이 전두환 장군의 대통령 추대를 지지한다는 보도가 각 신문 일면에 가득하였습니다. 뒤집히는 민심을 보면서 그래도 뜻 있는 사람들은 신문을 보지 않았습니다. 지조 있는 사람들은 TV 안테나를 철거하고 지내기도 하였습니다.

80년 8월 27일 치러질 제11대 대통령 선거를 5일 앞두고 전두

254

환 장군은 전역을 하였습니다. 박정희가 대통령이 되기 위하여 전역할 때 다시는 이 나라에 나 같은 불행한 군인이 없기를 바란다는 낯간지러운 전역 연설을 잊지 못하는 국민들 앞에 다시 18년 후 또 다른 군인이 거의 같은 모습으로 나타남을 보아야 했습니다. 전두환 장군은 새 역사 창조를 위해 신명을 바치고, 평화적 정권 교체를 위한 전통을 수립하겠다는 전역사를 하였습니다. 훌륭하고도 호화로운 전역식을 지켜보는 사람들의 마음은 어떤 것이었겠어요. 대통령 선출권이 있는 전국 단위 통일주체 국민회의 대의원들이 회동을 하였습니다. 전남·북 대의원이 모였습니다. 나라의 새 지도자로 전두환 장군을 모시자는 회동이었습니다. 배경에는 누가 있었겠어요. 거칠 것 없는 시대에 모든 것이 잘 미끄러져 가고 있었습니다.

시에서는 새 대통령 선거 이전에 계장급 인사가 마무리되었습니다. 우리 계에 송준길 씨가 계장으로 발령되었습니다. 예산계장 채규정, 통계계장 박영, 새마을계장 김재호, 공보계장 조기호, 중소기업계장 정성철, 양정계장 정관옥, 용도계장 유인식 씨 등과 최헌용, 김용호, 최영호, 고왕상, 강민규 이태영 등이 승진해 동사무장으로 나가고 우리 계 차석으로 최영식 씨가 발령이 되었습니다. 이 인사 안은 송준길 씨와 임명환 국장이 주도하였습니다.

친정 체제로 인사를 마무리한 김영배 시장은 취임 20일 맞아 시정 구호를 '명예로운 시민 영광된 우리 고장'으로 정하고 시정 지표를 '새 역사 새 시대 새 질서 속에 아름답고 살기 좋은 항도 군산 건설'로 설정 발표하였습니다. 8개 중점사업으로 사회정화

운동의 지속화, 진실한 봉사행정의 구현, 새마을 운동의 활성화, 균형 있는 복지사회 건설, 근교 영농과 수산 진흥, 중소기업 육성과 수출 증대, 쾌적한 도시환경 조성, 임해공업도시의 건설 등 8개 중점사업 계획을 발표하였습니다. 이를 위해 156억을 투입하겠다고 밝혔습니다.

　체육관 대통령 선거를 앞두고 김영배 시장은 한 치의 오차도 허용치 않고 대사를 챙겼습니다. 도의 지침에 의하여 대통령 당선 축하 아치 안을 미리 제작하였습니다. 군산 시내에 10여 개의 아치를 세우도록 계획되었습니다. 미원동 골목에 있는 황사장이 제작한 아치 때문에 수없이 그 집을 들락거렸습니다. 주요 기업체에 아치를 배당하여 제작토록 하였으나 단 한군데도 불평 없이 추진하여 주었습니다. 시에서는 예비비로 제작을 하였지만 다른 기업체에서도 돈 가지고 불평을 하지 아니하였습니다. 다만 8월 장마로 페인트 글씨가 마르지를 아니하여 가스 불을 피워 말렸던 기억과 비바람 부는 날 아치가 쓰러질까 걱정했던 기억이 지금도 생생합니다.

　대통령 선출 하루 전에 군산시 통대 대의원들은 시장의 안내로 정읍 관광호텔로 향하였습니다. 그들이 떠날 때 시내 기관장들이 정중히 환송하였습니다. 내장산 관광 호텔에는 전라북도 통대 대의원들이 모두 모여 정중한 대접을 받았습니다.

　이리 출신 이춘기 통일주체 국민회의 운영위원장이 전두환 후보 등록을 마쳤습니다. 장충체육관에서 치러진 선거에서 1명 등록에 1명 당선이었습니다. 2천5백25명이 투표에 참석하여 2천5백24표 찬성으로 당선되었습니다. 무효 1표가 북한의 100% 참가,

100% 찬성과 다를 뿐이었습니다.

　보고 싶은 草羅! 20년 먼 세월의 저쪽 이야기를 하면서 내 인생을 생각합니다. 나도 이제 정년을 얼마 안 남기고 있습니다. 정년에 대한 초조함보다 인생을 어떻게 살아 왔는가에 대하여 많은 생각을 합니다. 보잘것없는 내 문학에 대하여 많은 생각을 합니다. 나이가 먹으면 조그마한 일에 많은 생각을 합니다.

　옥구 읍장으로 나간 지 어언 3년 반이 지나갔습니다. 개정동장으로 온 지 2년이란 세월이 훌쩍 지나가 버렸습니다. 이 많은 세월을 보내면서 시詩에 천착하기가 힘이 듭니다. 사무관 승진 이후에 옛날 예산계장 때의 사소한 일들이 나타나서 많은 괴로움을 받았습니다. 젊어서는 귀로 그냥 넘길 것도 생각이 가득하여 詩와 접근을 멀리하기도 하였습니다. 소심하게 살고 있는 자신에서 멀어지는 청춘을 생각하게 합니다.

　어제는 군산의 대표 기업가의 한 사람인 강정준 씨가 별세하였습니다. 강회장은 백화양조를 창업하여 한때 전라북도를 대표하는 기업인이었습니다. 그 잘 나가는 백화양조를 말하기 어려운 문제로 처분을 하였습니다. 그리고 호원대를 설립하여 후학 양성에 힘쓰다 향년 86세로 이 세상과 하직하였습니다. 나는 강정준 사장을 잘 압니다. 명절 때 지사나 시장의 선물을 전하면서 그분의 겸손함을 접하였습니다. 언젠가 정초 월명동 백화양조 창고 그늘로 군산의 명물이었던 신사 거지와 담소하며 걷는 그분의 뒷모습을 보면서 놀랬었습니다. 고 고판남 회장과 함께 대표적인 전라북도 군산의 기업인이 이제 이 세상 사람들이 아님을 보면서 흐르는 세월을 감지합니다. 그들의 모습을 군산 거리에서 볼 수 없습니다.

 보고 싶은 그대 ! 이 봄이 가기 전에 그대의 모습을 이 군산 거리에서 보고 싶다는 생각을 합니다. 동장실 창밖으로 봄이 지나가고 있습니다. 그대 모습을 상기합니다.

(2001. 4. 25)

153
강근호 시장 취임

草羅! 80년 9월 1일 제11대 대통령으로 전두환 씨가 취임하였습니다. 이날 11시에 잠실체육관에서 취임선서를 하였습니다. 전 대통령은 민주·복지·정의국가 건설을 다짐하였습니다.

그는 10월 중에 헌법을 개정하여 다음 해 상반기 중에 새 선거법에 의하여 선거를 실시하여, 새 정부를 출범시키겠다고 다짐하였습니다. 국민들은 지켜보아야 했습니다. 10·26과 계엄 이후 5·18을 거치면서 눈 깜작할 사이에 정적을 잡아넣고, 식물 국회를 만들면서 하나의 정권이 만들어지는 것을 보아야 했습니다. 그냥 지켜볼 뿐 저항하지 못하는 탄식만이 탄식으로 흐르면서 또 하나의 비정상적인 새 시대가 태동하는 것을 보아야 했습니다.

취임 다음날 국무총리를 남덕우로 하는 새 내각을 출범시켰습니다. 부총리에 신병현, 외무부 장관에 노신영 등을 발령하였습니다. 군산 출신 고건 씨가 42세의 젊은 나이로 교통부 장관에 임명되었습니다. 김대중 씨의 비서였던 천명기 씨가 보사부 장관에 임명된 것을 보았습니다. 국방부 장관을 하면서 부하 전두환 소장을 줄줄 따라다니면서 잘도 보좌하였던 주영복 씨가 국방부 장관으로 유임된 것을 보았습니다. 권력 앞에 지조나 신의는 아주 구차한 시대 앞에 살고 있음을 한탄하였습니다. 누가 장관 자리를 싫어하겠습니까.

전두환 대통령은 취임 나흘이 되는 날 돌연 전라북도를 방문하여 모두를 놀라게 하였습니다. 중앙부처나 지방관서 순시 없이 처음 전라북도에 도착하였습니다. 조철권 지사의 영접을 받은 신임 대통령은 도청 상황실에서 업무보고를 받았습니다. 그리고 완주군청에 도착하여 장윤상 군수의 안내로 민원실을 둘러보고 업무보고를 받은 후 조촌면사무소에도 들렸습니다. 2시간 30여분 동안의 대통령의 전북 방문은 많은 것을 시사한 바 있습니다.

전대통령이 처음 전주를 방문한 배경에 많은 일화를 남겼습니다. 전라도에 살았던 선대가 동학란을 피해 경상도에 이주하였다는 것입니다. 전두환 대통령은 완산이 어디에 있느냐고 물었다 합니다. 조철권 지사가 전주 근교라고 하자 자기 선친이 보첩을 만들면서 완산 전씨라고 가르쳐 귀에 박혔다고 이야기했다고 신문에 게재된 것을 지금도 기억합니다.

전라북도 지사의 보고를 받고 전대통령은 공무원은 국민 위에 군림해선 안 된다고 지시하였습니다. 그리고 조지사의 건의를 받아들여 금강하구언 연차적 추진을 약속하고, 도민 복지회관 건립 비용으로 3억, 전주 신역 진입로 개설 등을 위해 3억 등 6억 원을 지원하도록 지시하였습니다. 그리고 지리산을 관통하는 고속도로를 건설해 보도록 지시하였습니다. 이 지리산 관통도로 지시가 뒷날 건설된 대구와 광주를 잇는 88고속도로입니다.

대통령이 떠나간 다음날 도에서는 지사의 도정 보고와 대통령의 지시사항을 말단 읍·면·동까지 행정 방송을 통하여 녹음 중계하여 주었습니다. 지사의 보고와 대통령의 지시사항을 들으며 신임 대통령의 지시가 합리적이고 당당하다는 평가를 우리들이 내렸습니다. 대통령은 지시를 끝내면서 지사가 꼭 하고 싶은 사업이 있으면 말해 보라고 이야기하였고 조지사는 직답을 못하며, "할 일은 많지만 국가예산 사정도 있고 하니…….'' 어쩌고 하고 어물어물 넘어가서 우리들을 안타깝게 하였습니다.

취임 4일 만에 전주에 왔던 전두환 대통령은 한 달 후엔가 전국체전 기간에도 전주에 와서 1박을 하였습니다. 그리고 아침 일찍 완산칠봉을 등산하여 화제가 되기도 하였습니다. 광주 쪽에 부담을 가진 경상도 정권들은 직접 광주에 가지 아니하고 전라북도에 애정을 표시하면서 전라도 정서를 달랜 면도 있지만, 어찌했건 전대통령은 전주에 많은 관심을 가졌던 것이 사실이었습니다.

보고 싶은 草羅! 어제는 군산 시장 재선거가 실시되었습니다. 아침 6시부터 시작하여 오후 6시에 끝이 났습니다. 강근호 후보가 김철규 후보를 누르고 당선이 되었습니다.

총선거인수 197,158명 중 31%인 62,079명이 투표에 참가하였습니다. 강근호 후보가 33,315표, 김철규 후보가 27,680표로 강근호 후보가 5,635표를 더 얻어서 당선이 확정되었습니다. 정치에 투신한 지 30여 년 온갖 고난을 극복한 의지를 본 듯하였습니다.

우리 개정동은 선거인수 3,331명 중 36%인 1,187명이 참여하여 363표를 얻은 김철규 후보보다 493표 많은 802표를 강 후보가 얻었습니다.

어젯밤 개표에서 당선이 확정된 강 후보는 아침 일찍 선거관리위원회로부터 당선증을 받았습니다. 부시장 수행으로 군경묘지를 참배하고 돌아온 후 10시에 취임식을 하였습니다. 취임식은 약간의 시민과 시청 직원들이 가득 참석한 가운데 회의실에서 거행되었습니다. 취임식장 단상에 도착한 시장 부부는 단상 아래 사람들에게 인사를 올렸고, 모두는 박수로 환영과 축하를 하였습니다.

부시장이 새 시장의 약력 소개를 하였습니다. 이어서 신임 시장은 법규를 지키고 시장으로서 직무를 성실히 수행하겠다는 선서를 하였습니다. 그리고 취임사가 있었습니다. 신임 시장은 선거 공약대로 대내적인 행정은 부시장이 책임지고 할 수 있도록 하겠다고 말하였습니다. 시장은 새만금 사업, 자유무역 확산 추진, E마트 등 범시민적 현안 사업들만을 직접 챙기겠다고 말하였습니다. 군산 자유무역지역 유치를 위해 내일 당장 독일에 출장을 가기 때문에 이러한 사업들을 시민에게 설명하고, 시민과 같이 대안을 내도록 하는 안을 마련하여 해외출장에서 돌아오는 시장에게 보고해 달라고 주문을 하였습니다. 시장은 사적인 관계를 떠나 엄정한 인사관리를 다짐했습니다. 일하는 공무원은 격려를, 잘못한 직원은 부시장으로 하여금 벌을 주게 하는 시정을 하겠다고 선언하였습니다. 강시장은 직장협의회의 건설적인 건의는 적극 받아들일 것이며 열린 시장실에서 직원들과 격의 없는 대화를 하겠다는 약속과 청원들의 협조를 당부하며 취임사를 마쳤습니다.

취임식 이후 간부 공무원들의 신고를 마치면서 고달픈 시장 직무 수행에 들어갔습니다. 나는 한 사람의 부하 직원으로서 한 시민으로서 신임 시장의 취임식을 지켜보며 많은 생각을 하였습니다. 시민이 선택한 시장을 모셔야 하는 공직자의 자세를 생각합니다. 민주화 이후 자치단체의 변천사를 지켜보며 많은 것을 생각하였습니다.

강물처럼 역사는 흐릅니다. 흐르는 역사는 강물 소리처럼 고달픈 아우성을 지르며 흘러가고 있습니다.

그리운 그대, 어느새 5월 앞에 세월은 있습니다. 5월이면 그대 가까이 있기를 기원합니다.

(2001. 4. 27)

154
조그마한 것도 제대로 챙겨야

草羅! 장충체육관에서 통일주체 국민회의 대의원 투표에 의해 당선된 전두환 대통령은 전라북도를 다녀갔습니다. 전국의 수해지구를 방문하였습니다. 민정시찰차 몰래 야간학교를 방문하고 터미널을 방문하며 민생을 보살폈습니다. 공단을 방문하여 근로자를 격려하였습니다. 언론은 천하의 선정이나 하는 것처럼 대서특필하였습니다.

군법회의에서는 김대중에 대하여 사형을 구형하였습니다. 계엄령 아래에서 105회 정기 국회가 열렸습니다. 물러난 사람과 빠질 사람이 다 빠진 정기 국회에서 새 국무총리와 감사원장 임명 동의안을 처리하였습니다. 이빨 빠진 고양이들이 모여 비굴한 웃음을 웃고 있는 모습으로 보여졌습니다. 실질적으로 10대 국회 마지막 국회였습니다.

법안을 공고하였습니다. 현 국회와 정당을 해산하고 새로운 정치체제를 갖춘 헌법안이었습니다. 평화적 정권 교체와 대통령 중심제를 근간으로 하지만 대통령은 선거인단을 선출, 간접투표하는 형식이었습니다. 계엄 아래에서 몇 명의 학자들이 성안한 안이었습니다.

그 초가을 기억에 남는 것은 쿠웨이트에서 열린 아시아 축구대회에서 한국의 화랑팀이 북한을 누르고 2대 1로 승리를 한 것입니다. 80년 9월 29일 새벽에 열린 준결승에서 격돌한 남북 축구전을 보느라 밤잠을 설친 기억이 생생합니다. 전반 18분 북한의 박종헌에게 한 꼴을 허용한 이후 총반격을 가한 한국팀이 두 골을 뽑아냈습니다. 타민족에 지는 한이 있어도 서로를 이겨야 된다는 것이 남북 모두의 정서일 수도 있었습니다. 뒷날 우리 후손들은 이를 비극이라고 말할 것입니다.

최승범 씨가 박사학위를 받았습니다. 박사가 어려운 때 시인이 박사를 받는 것이 경이로웠던 시절이었습니다. 시인 최종규 씨의 제2시집 《세월》이 출간되었습니다. 이상비 전라문학회장이 발행한 《표현》 제3집이 나왔습니다. 김해강, 조병희, 최일훈, 최기인, 문순태 등 많은 전북 문인들이 참여를 하였습니다.

취임 이후 행정에 가닥을 잡은 조철권 지사는 다음 달에 있을 제61회 전국체전 준비에 정성을 다 쏟고 있었습니다. 시장·군수의 인사권이 있는 지사는 도정 추진에 막강한 힘을 발휘합니다.
도청에서 잔뼈가 굵었던 김영배 시장은 꼼꼼하게 시정을 챙겼습니다. 신정부가 탄생했지만 계엄하를 고려한 신중하고도 치밀

한 시정을 폈습니다. 사회정화운동의 지속적인 추진을 서둘렀습니다. 군산 4, 5 지구 135만 평의 택지 조성과 서흥남동 재개발 사업 마무리를 서둘렀습니다. 김시장은 업무추진과 함께 적정한 시정의 홍보에 주력하였습니다. 시정 순찰반을 운영하고 민원의 신속하고 공정한 처리를 위하여 전화상담제를 실시하였습니다. 동에는 민원예탁 배달창구를 설치토록 하였습니다. 시청의 각종 제도는 사실 돌려가면서 옛것을 꺼내어 쓰는 속성이 있지만 그런대로 시대와 색깔에 잘 맞추어 나갔습니다.

명산동에 근무했던 강진우 씨가 우리 서무계로 전입되었습니다. 토목직 계장 노창덕 씨가 도로 전출되고 후임에 황인택 씨가 전입되었습니다. 도 전입 대상자로 노창덕 씨와 이완희 씨가 대상이 되었습니다. 이완희 씨의 우정에 의한 양보로 노창덕 씨가 도청으로 전입되었습니다. 그 십여 년 후 노창덕 씨가 시청 건설국장으로 금의환향했으며 이때 이완희 씨는 동장으로 나갔습니다. 하나의 작은 시작이 뒷날 두 사람의 직위에 많은 폭을 갖게 합니다.

그해 추석 대책을 세우고 시행하면서 김시장의 폭을 알 수 있었습니다. 각계각층 요소 요소에 적정한 선물을 고르고 전하는 데 많은 고민과 정성이 필요했습니다. 군軍 계통 등에도 신경을 써서 챙겼습니다. 선물의 종류와 포장 그리고 전하는 예의까지 직접 챙기는 시장을 보면서 그의 꼼꼼함을 알게 되었습니다. 전주 모 인사의 집에 보낸 조기가 상한 일이 있었습니다. 이를 보고 받은 시장은 조기상자 상층 고기를 들어내고 그만큼 얼음을 채워서 가지고 가도록 지시한 바 있습니다. 그때의 괴로움이 지금은 공직자가 조그마한 것도 제대로 챙겨야 한다는 긍정적인 생각을 합니다. 계엄하의 관선 시장과 지금 민선 시장의 관계 설정의 폭이 많이도 달라졌음을 알 수 있습니다.

지금은 민선 자치단체장들의 판공비 공개가 거의 일반화된 시대에 살고 있습니다. 나의 사견이지만 시장에게는 쓸 수 있을 정도의 예산과 적정한 비밀도 보장되어져야 한다고 생각합니다.

공식적으로 써야 할 돈도 공개 못할 부분이 상당히 있다는 것을 나는 알고 있습니다. 시민이 시장을 뽑았으면 믿고 업무추진비 편히 쓰도록 해야 한다고 나는 생각을 합니다. 다만, 이 문제는 내가 현직 공무원이기 때문에 사견이라고 생각하세요. 요사이 시장 판공비를 보는 직원의 말 못할 사정들이 많으리라 생각을 합니다.

草羅! 지난 1일 날은 부처님 오신 날이었습니다. 이날 나는 두 가지를 생각하였습니다 십여 년 전 부처님 오신 날을 전후하여 지독한 우울증에 시달렸던 생각이 납니다. 은적사 천년들이 고목에 잎사귀가 돋아났던 시절, 의욕을 상실하여 이를 이기기 위해 얼마나 많은 고통을 겪었는지 생각하기조차 싫어요. 그때 이대우 스님이 주지였었지요.

다른 하나는 스님이 된 동생 법수 생각이 납니다. 부모님을 여의고 절로 갈 수밖에 없었던 그의 어린 고통을 생각합니다. 나의 두 아들놈의 나이가 그때 법수가 방황했던 때의 나이임을 생각하면 가슴이 미어집니다.

부처님 오신 날 아침 나는 법수 스님에게 전화를 걸었습니다. 제주도에 있는 법수와는 통화가 되지 아니하였습니다. 내장산 백련암에 칩거하고 있는 대우 스님과는 통화가 되었습니다. 부처님 오신 날에 대한 봉축인사를 건네었습니다. 정 많고 낙천적인 그의 음성은 예처럼 우렁차서 내 기분을 좋게 하였습니다.

불교는 윤회와 인연을 근간으로 한다 합니다. 지경장에 가서 고추, 가지, 오이, 토마토, 호박, 참외 고구마 모종 등을 사다가 밭에 심었습니다. 일을 하다 잠깐 시간을 내어 시내에 나갔습니다. 작업복에 작업화 그리고 모자를 쓰고 시내에 나왔습니다. 인파 속에 섞여서 앞서 가는 그대의 뒷모습을 오랜만에 보았습니다. 가슴은 뛰었고 뛰는 가슴을 달래려는 한숨을 쉬었습니다. 멀어져 가는 그대를 보았습니다. 흥분되지 않게 담담히 그대를 보내며 '이젠 늙었구나' 그런 생각을 했습니다. 부처님 오신 날 혼자서 언뜻 만남의 인연을 생각했습니다. 그리운 이여! 안녕.

(2001. 5. 4)

155
제61회 전국체전을 마치며

草羅! 80년 10월 8일 제61회 전국체육회가 전주에서 열렸습니다. 전국체전은 군산과 이리에도 분산하여 개최하였습니다. 덕진원두 메인 스타디움에 3만 관중이 지켜본 가운데 회갑 체전답게 화려하게 개막되었습니다. 아름다운 식전 퍼레이드 이후 관중들의 카드섹션과 환호를 받으며 선수단이 입장을 하였습니다. 10시 정각 이규호 문공부 장관이 개회 선언을 하였습니다. 조철권 지사의 환영사가 있었습니다. 성화가 들어왔습니다. 조상호 대한체육회장 개회사, 선수대표 선서를 한 후 대통령의 치사가 있었습니다. 식후 행사는 하나의 예술이었습니다. 한 치의 오차와 하자도 없는 개막식은 장엄하였습니다. 계엄하의 체전은 너무 완벽하였습니다.

1년 전 박대통령 시절부터 3시에서는 체전 준비를 하였습니다. 도와 3시는 체전 준비 상황실을 운영하였습니다. 시행 2개월 전부터 최일탁 씨가 도청 상황실에 파견되기도 하였습니다. 체육행사 자체보다도 체전을 계기로 도시 발전을 10년 앞당기려고 했습니다. 도의 주관으로 3시의 체육시설은 물론 도시를 도식적으로 뜯어고치는 계기로 삼았습니다.

군산 시내 모든 거리를 그림으로 그렸습니다. 현실적인 그림을 책상 위에 놓고 높이와 색상에 맞게 재생시켜 이상적인 계획을 세웠습니다. 계획도시를 만들어 내는 작업을 1년 동안 하였습니다. 그림 속의 주택과 건물에다 번호를 메겼고, 번호 밑에는 시 동직원의 이름을 새겼습니다. 도는 시를 독려하였습니다. 시장과 간부는 꼬리표의 직원을 잡아 다녔습니다. 그렇게 1년 이상 준비를 하였습니다. 체전 두 달 전부터는 매일 아침 현장으로 나갔다가 출근하여 다시 현장으로 나가는 일의 반복이었습니다. 어떤 직원은 출장 나갈 때마다 상의를 벗고 체전 준비에 신명을 바치겠다는 어깨띠를 3개월 동안 두르고 다니며 일에 미쳐 화제를 불러 일으켰습니다.

시민들의 호응도 대단하였습니다. 군산 발전을 20년은 앞당겼다고 많은 시민들이 시청 직원들을 칭찬하였습니다. 그렇습니다. 체전 준비를 통해 군산 시가지는 많이도 달라졌습니다. 그러나 이 변화는 관련법과 규정을 바탕으로 하지 않았습니다. 그리고 뒷날 많은 후유증을 가지게 됩니다. 이 후유증은 시민적 비난과 함께 공무원이 책임지게 됩니다. 이것은 3시 모두 마찬가지였지만 전주시 공무원들의 후유증은 대단하였습니다.

나는 전국체전 준비를 하면서 군산시와 자매결연되어 있는 강원도 선수단과 임원들에게 증정할 선물 담당직원이었습니다. 나는 그때 태극선을 만들었습니다. 체전 몇 개월 전부터 태극선을 제작키 위하여 전주 인후동 무형 문화재로 지정된 집을 들락거리며 태극선을 만들었던 생각이 납니다. 태극선 안과 제작 포장과 증정 등 전 과정을 시장에게 직접 결재를 받았습니다. 김시장의 박식함과 꼼꼼함 그리고 의전 상식에 기가 죽었던 생각이 납니다.

전국체전 전날 전주종합운동장 개막식 총리허설 전 과정을 지켜보았습니다. 개막 전후의 행사를 놀라움으로 지켜보았습니다. 조직의 힘이 얼마나 위대한가를 생각하였습니다. 움직이는 조직을 뒤에서 기획하고 각색하는 사람들의 지혜와 노력을 생각하였습니다.

개막식 행사 참가자들을 위한 좌석권이 배부되었습니다. 800여 장이 되는 좌석권이었습니다. 특석, 우등석, 일반석으로 구분된 표 배분에 진땀을 뺐습니다. 시장의 결심을 얻어서 배정한 표 때문에 많은 괴로움을 겪었습니다. 특정인을 위해서는 불가피하게 부부간에 표를 주어야 했습니다. 기관장, 직능단체장, 기업체장, 전직 공무원, 유지 등으로 구분하여 배정을 하였습니다. 그런데 이러한 것들의 기준이 무엇이겠습니까?

제외된 사람들은 배부한 사람의 기준과 근거를 대란 것입니다. 부부간에 준 사람과 자신의 차이점이 무엇이냐는 것입니다. 통행증까지 준 사람의 명단 공개도 요구하였습니다. 이를 문제삼아 도로 시장실로 감사실로 항의를 하였습니다. 도나 감사실에서 무엇을 어떻게 하겠습니까? 도에서 내려온 기준과 시장 결심으로 이루어진 행정을 말입니다. 큰 잔치를 치르기 위한 작은 투정으로 여기고 설득할 수밖에 없었습니다. 잔치에 참여하고 싶은데 가지 못한 그들을 위로해 줄 수밖에 없었습니다. 진실한 설득은 그들의 마음을 누그러뜨릴 수 있었습니다. 오랜 공직을 통하여 우리들은 알고 있습니다. 사회나 직장이나 먹고 노는 것 때문에 투깔이 난다는 것을 말입니다. 그리고 절대 내 앞에 큰 감을 놓지 말라는 것입니다. 어려운 일일수록 상사의 서면 결재를 받아 두라는 것입니다.

체전 개막식은 끝이 났습니다. 식장에 들어간 사람들은 지정된 좌석에 앉습니다. 좌석에는 음료수와 간식, 상당량의 선물이 준비되어 있습니다. 거기에 앉아서 일생에 한 번 있을까 말까 하는 체전행사를 만족하게 즐기고 돌아왔습니다. 나는 지금도 생각합니다. 그때 마음먹었으면 순창 부모님에게 입장표를 챙겨드릴 수 있었습니다. 사실 몇 번이나 부모님 표를 챙길까 생각을 하다 그만두었습니다. 그 경기 후 1년 못 되어 어머님이 돌아가셨습니다. 다시 2년 후에 아버님이 돌아가셨습니다. 돌아가신 부모님에게 제61회 전국체전 개막식을 구경시켜 드리지 못했던 것은 늘 죄송하게 생각합니다. 그러나 후회는 하지 않습니다. 저 세상 부모님도 섭섭하게 생각지 않을 것입니다.

제61회 체전은 완벽한 준비로 잘 마무리되었습니다. 재외 동포 6개 팀, 이북 팀 그리고 시도 11개 팀 등, 1만 3천여 선수가 참석하여 6일간 열전이 잘 끝났습니다. 군산에서는 치러진 사이클, 유도, 하키, 씨름 등의 경기도 잘 끝났습니다.

체전 기간 군산시 공무원들의 노고는 대단했습니다. 조상호 대한체육회장은 자신을 안내한 부속실 김숙자 양의 친절하고 상식 있는 매너에 감동을 받았습니다. 이를 계기로 체전이 끝난 얼마 후에, 조회장 주선으로 그는 도로 전출되었습니다. 먼 옛날의 아름다운 이야기입니다.

보고 싶은 草羅! 어제는 벚꽃예술제 백일장대회 입상자 시상식에 참석하였습니다. 시청 지하 회의실에 100여 명의 시상자가 모였습니다. 양영식 문협지부장의 인사가 있었습니다. 강근호 신임 시장의 축사를 지켜보았습니다. 3년 전 문협지부장을 마치며 받은 마음의 상처가 아직도 아물지 않고 있습니다. 그 상처가 없었다면 나는 시청 과장으로 있었을 것입니다. 사람은 사람을 잘 만나야 한다는 생각 가득합니다. 보고 싶은 그대는 멀어져 가는데 안 만났으면 하는 사람은 늘 가까이 하려 하는지 모르겠어요. 시청 정원은 너무 아름다웠습니다. 우거진 녹색 그늘에서 그대의 맑은 눈을 쳐다보고 싶다는 생각을 합니다.

(2001. 5. 9)

156
계엄하의 국민투표

草羅! 제61회 전국체전이 잘 끝나자 80년 10월 22일에 실시되는 새 헌법안 국민투표에 모든 시의 행정을 몰고 갔습니다. 이에 앞서 정부는 새 헌법의 전문과 본문 131조 부칙 10조로 되어 있는 새 헌법안을 제안 공고한 바 있습니다. 주요 내용은 대통령의 7년 단임과 선거인단에 의한 대통령 간선제입니다. 부칙에 정치인 규제를 위한 특별법제정, 국보위 입법회의에서 새 국회 구성 때까지 국회 권한대행, 새 헌법 확정과 동시에 국회·정당 해산 등이 주요 골자였습니다.

지금 생각하면 무자비한 혁명적 상황이었지만 당시는 당연한 것으로 받아들여졌습니다. 계엄하의 민심은 그저 그런 것이구나 할 뿐이었습니다. 국회를 해산하고 대통령을 간선한다는 새 헌법이 그저 좋다는 홍보에 치중하였습니다. 지도층이란 사람들은 어느새 변질하여 새로운 형태의 아류에 앞장서서 흘러가고 있었습니다.

체전 중에 내려왔던 고건 교통부 장관은 이리―송정간 호남선 복선 착공을 내년 3월 이전에 하겠다고 고향사람들에게 공약을 하였습니다. 전두환 대통령은 전주―남원간 도로 복선화와 함께 영호남 화합을 위한 대구 ― 광주간 고속도로를 함께 하겠다는 약속을 했습니다. 도와 시에서는 이러한 공약들을 국민투표에 참여하게 하는 홍보용으로 재활용하는 재치를 발휘하였습니다.

국민투표의 많은 참여와 찬성률을 올리게 하기 위한 구체적 방법과 실천 방안을 찾아내는 데 많은 노력을 하였습니다. 각 동과 통 담당제를 실시하여 예상 참여율과 찬성률 보고를 받았던 시절이었습니다. 주요 기관장 대책회의를 거듭하였습니다. 이를 주도했던 기관이 어디인지 그 시대 일반 시민들은 잘 알고 있었을 것입니다.

새 헌법안 찬반 투표가 예정대로 실시되었습니다. 선관위가 주관한 투표소 사무는 공무원이 맡고 있습니다. 정당 참관인이 배제되었던 국민투표였습니다. 투표율과 찬성률의 정직성을 누가 믿겠어요. 계엄하의 국민투표를 말입니다. 세상에는 비밀이란 게 없습니다. 민주화된 요사이 보면 알지만 공무원이 깨끗하면 부정선거 시비가 거의 없는 것을 알게 됩니다.

4·19가 자유당 부정선거에서 일어났지만 그 후 유신과 5·6 공시절 부정선거 관행들이 늦게라도 가려졌으면 좋겠어요. 누구를 처벌하기 위해서가 아닙니다. 나는 공무원이 된 후 유신 찬반투

표와 몇 번의 국민투표를 직접 치르면서 많은 괴로움에 시달렸습니다. 큰 부정은 하지 않았지만 부적절한 선거에 간접 동조자였습니다. 지난 세월의 더러움들이 소상히 밝혀져 민주화된 나라의 교훈으로 삼았으면 합니다. 지난 세월의 잘못에 대하여 누구를 탓하겠습니까? 책임이 있다면 공무원과 시민 그리고 국민 모두겠지요.

예정된 시간에 선거가 마무리되었습니다. 각 동의 선거관리위원에서 마감한 투표함을 들고 모두들 시청회의실 개표장으로 몰려들었습니다. 먼저 온 사람이 투표함을 반납하고 먼저 가기 때문에 개표장 앞에는 무질서의 경쟁이 치열합니다.

대회의실 제일 상석에는 군산시 선거관리위원장인 군산 법원장이 앉았습니다. 밑에 시 선거관리위원들이 앉았습니다. 그 밑으로 개표 종사원이 앉아서 개표를 하고, 종사원 앞에는 검표요원들이 앉아서 집계들을 합니다. 검표요원은 군산시에서 가장 뛰어난 계장들이 앉습니다. 검표요원은 이어폰을 끼고 앉아서 전국의 투표율과 전북도의 개표상황을 들으면서 군산시 상황과 비교하여 발표를 합니다. 지금도 말하기 어렵지만 분위기에 주눅이 들어 모두들 알아서 묵묵히 개표하고 발표하는 것입니다.

이러한 국민투표 결과 95.5%의 투표 참가에 91.6% 압도적인 찬성률로 가결되었다고 중앙선거관리위원회가 발표를 하였습니다. 전라북도에서는 92%의 투표율과 93%의 찬성률을 보였습니다. 전주 95%, 군산 96%, 이리 97% 투표율이 나타났으며 찬성률은 92%대였습니다. 3시의 적정한 배율을 보면서 야릇함을 느낄 것입니다. 상상해 보세요. 민주주의 국가에서 어떻게 95% 이

상의 투표율과 92% 이상의 찬성률을 올리겠습니까.

지난번 4·26(2001년) 군산 시장 재선거에서 31%가 선거에 참여한 사실을 보면서 어떤 생각을 하세요. 이렇게 전두환의 다음 정권을 보장해 주는 제5공화국 새 헌법이 확정된 10월이 가기 전에 새로 확정된 헌법에 의하여 국회를 대신하는 입법회의 의원 81명을 임명하였습니다. 김상협, 진우종, 유기정, 이종률 씨 등 전라북도 출신이 임명된 입법회의에서 의장에 이호, 부의장에 정래혁, 채문식 씨 등을 선출하여 국회를 대행토록 하였습니다.

그 가을에 느닷없는 강풍으로 군산외항 방파제 1.6km가 유실되었습니다. 산더미 같은 해일로 해망동 방파제 부근에 대피해 있던 어선이 서로 부딪혀 침몰되었습니다. 군산 해경의 구출 작전으로 4시간 이상 사투 끝에 해일 속에 빠져 있는 '근우호' 선원 두 사람이 구조되었습니다. 이 극적인 상황을 해망동 주민들은 발을 구르며 지켜보았습니다. 살아난 사람은 경기도와 충청도 사람이었습니다.

최승범 씨가 펴낸 《전북문학》 67집이 발간되었습니다. 정훈 씨가 주간이 된 《가람문학》 창간호가 나왔습니다. 수필가 정덕용 씨가 그의 두 번째 수필집 《원숭이와 매니큐어》를 출간하였습니다. 그리고 뒷날 나를 등단시켜 주신 문덕수 선생께서 서해방송에서 문학강연을 했던 생각이 납니다. 아, 벌써 많은 세월이 흘렀군요.

보고 싶은 草羅! 어느새 오월의 중간에 있습니다. 요사이 시간

나는 대로 옥구 감나무 밭에 나가서 일을 합니다. 작은 농사를 지으면서 많은 생각을 합니다. 그동안 모았던 몇 점의 그림과 글씨를 병풍으로 만들면서 많은 생각을 합니다. 그 병풍들이 먼 훗날 나의 후손들이 잘 보관해 주길 바래 봅니다. 남은 정년과 세월을 생각합니다. 외로움을 생각합니다. 공직사회에서 힘의 중심이 뒤로 넘어 가고 있습니다. 지극히 당연한 거지만 소외되어 가고 적어져 가는 스스로의 그림자를 봅니다. 남은 공직 생활에 대한 신상이나 인사문제를 생각합니다. 가족을 생각합니다. 주검도 생각합니다. 내 문학을 생각합니다. 흘러가는 대로 관조하면서 주어진 일에 최선을 다해야지 하는 생각을 합니다.

그리운 그대 월명공원 산보로에 아카시아 꽃이 만개합니다. 좋은 5월 아름다운 생각으로 충만하길 빕니다.

(2001. 5. 17)

157
군산의 명창 최란수

草羅! 미 대통령 선거에서 레이건이 카터를 누르고 당선되었던 80년 11월이 왔습니다. 내장산 단풍이 붉게 물들었습니다. 군산역에서 시청 간 플라타너스도 일찍 물이 들었습니다. 지난달에는 새 헌법이 통과되었습니다. 새 헌법에 의해서 정부가 구성될 때가지 모든 것이 거칠 것 없이 처리되어졌습니다. 신정부 구성 이전에 3권을 마음대로 행사할 수 있는 법적 근거가 새 헌법의 부칙에 확보되어 있었습니다. 정치풍토 쇄신을 위한 특조법을 국보위 입법회의에서 통과시켰습니다. 이는 맘에 안 드는 정치인을 묶어 두자는 제도적 장치였습니다. 건더기와 뼈다귀를 뺀 곰탕처럼 맥없는 상황에서 새로운 정당을 만드는 것입니다.

전두환 정부는 언론기관 통폐합을 거론하였습니다. 지방지 1도 1지와 중앙 기자의 지방 파견을 단일화시키는 방향으로 가닥을 잡아 나가고 있었습니다. 시청의 중앙 기자들이 기죽어 있었던 시절이었습니다. 김대중은 사형선고를 받았습니다. 외국 언론이 전두환에게 김대중의 사면을 건의하자 전두환 대통령은 "김대중이는 정치범이 아니고 국가를 전복하려 했던 범법자이기 때문에 사면할 수 없다"고 답변하였습니다. 시청 붉은 벽의 담쟁이를 보며 형무소에 수감되어 있을 김대중을 생각하였습니다.

제6회 전주대사습대회가 개최되었습니다. 이 대회에서 군산에서 후학에게 소리를 가르치던 최란수가 장원을 차지하였습니다. 최란수는 1934년 전주에서 태어났습니다. 전주완산초등학교 1학년을 다니던 최란수는 아침마다 학교 간다고 집을 나서면 자기도 모르게 학교가 아닌 권번으로 갔습니다. 담 너머로 들려오는 소리에 홀리어 몰래 솟을대문으로 숨어들어 큰 대청에서 북과 장구에 맞추어 기생들이 창을 하는 모습을 지켜보다가 해질녘에 돌아오곤 했다 합니다.

딸이 권번에 빠져 있는 것을 알게 된 그의 아버지 최암은 어린 딸의 옷을 벗기고 머리를 깎아 방에 가두었다고 합니다. 그의 아버지의 고민과 달리 백도극장에서 공연하는 임방울, 이화중선의 창과 권번에 빠졌던 10세의 최란수는 가출을 합니다. 그리고 익산군 오산면에 사는 이기권 명창 문하로 들어갑니다. 말이 문하이지 식모 생활과 마찬가지입니다. 가출한 지 3년 만에 딸을 찾은 그의 아버지 최암은 딸의 재능을 팔자로 인정하기로 합니다. 최란수는 은사와 아버님의 도움으로 춘향가, 수궁가, 흥보가, 심청가 적벽가 등 판소리 다섯 마당을 마음 놓고 배웁니다. 어느 정도 소리에 자신을 얻은 그가 〈임춘행 국악단〉에 가입합니다.

그의 나이 17세인 1951년도에 처음 향단이 역의 배정을 받고 너무 좋아 밤새 울었다 합니다. 최란수는 자기의 독특한 음을 개발합니다. 득음을 한 그는 전주와 순천의 명창대회에서 입상을 하면서 박초월의 눈에 들어 문하생이 됩니다. 송우향, 송창순, 오정순, 한동선 등이 같은 문하생들입니다.

최란수가 국악에 제대로 물오를 즈음 어느 한량과 사랑의 도피를 합니다. 그가 9년 동안의 공백을 거쳐 다시 판소리로 돌아왔을 때 그는 이미 창이 아니면 인생이 무의미할 수밖에 없었습니다. 만일 최란수가 9년 동안의 공백이 없었다면 한국의 명창으로 뚜렷한 위치에 있었을 것입니다. 우리는 그 점을 매우 아쉬워합니다. 최란수의 소리는 타의 추종을 불허한다 합니다. 최란수는 1979년 두한수 군산국악원장의 초청으로 군산에 오게 됩니다. 그리고 다음 해인 80년 11월 전주대사습대회에서 춘향가를 불러 그의 나이 46세에 대망의 장원을 차지하여 명창이 됩니다.

81년 5월 군산극장에서 수궁가 완창 발표회를 갖고 같은 해 7월 서울 국립극장에서 수궁가 완창 발표회를 가져 국내 언론에 각광을 받습니다. 최란수는 87년 4월 전라북도 무형 문화재 제2호로 지정됩니다.

최란수가 군산에 온 지 20여 년이 지났습니다. 그가 군산에서 기른 많은 제자들 중에는 김순자, 김금희, 이태영, 김수연 등이 두각을 나타내고 있습니다. 그는 우리 소리의 대중화에 최선을 다하고 있습니다.

금년(2001년) 4월 15일 시민문화회관에서 예년처럼 최란수 명창의 공연이 열렸습니다. 군산 판소리 보존회가 주관하는 판소리 공연이 예년처럼 열렸습니다. 올해 67세의 최란수는 뒷날 군산의 소리꾼으로 군산시사에 기록될 것입니다.

草羅! 어제는 국 과장급 인사가 있었습니다. 자치행정국장 최영호 씨가 의사국장으로 자리를 옮겼습니다. 사회복지국장 김왕재 씨가 자치행정국장으로, 의사국장 고석주 씨가 보건복지국장으로 가고 총무과장에 오승일 씨가 옮기는 등 인사를 단행하였습니다. 신임 강근호 시장 취임 후 한 달 만에 이뤄진 전격적인 인사를 보면서 많은 생각을 하게 됩니다. 이러다 과장 한 번도 못하고 공무원 생활을 끝나는 것 아닌가 하는 안타까움이 있습니다. 옥구와 군산의 통합이 없었으면 지금쯤 주요 과장이거나, 서기관 승진을 준비해야 할 터인데 하는 회안이 있습니다. 4년밖에 안 남은 정년이 나를 안타깝게 합니다.

퇴근길에 술집에 들렸습니다. 혼자 앉아서 몇 잔의 술을 하면서 나머지 공직을 어떻게 마무리해야 하나에 대하여 고민하였습니다. 지난번 인사에 적극적이지 못했던 자신을 탓했습니다. 그때 그런 환경에 있을 수밖에 없었던 주변의 당사자를 원망하기도 하였습니다. 그러나 내가 내게 할 수 있는 일은 스스로를 위로하는 일이라는 것을 나는 잘 알고 있었습니다. 좋은 문학으로 스스로를 달래야지 하는 마음의 다짐뿐입니다. 나를 위로하는 세월을 보내며 그대를 생각합니다.

보고 싶은 草羅! 5월이 가고 있습니다. 며칠 후면 현충일이 있는 6월입니다. 가는 세월 앞에 절망합니다. 동장실 창밖에 모내기가 끝나가고 있습니다. 창밖의 저런 풍경을 한자리에서 2년을 넘겨 보면서 스스로의 무능을 한탄합니다.

 그리운 이여, 이런 날 그대와 더불어 모내기를 하는 촌로로 살고 싶다는 내 진실을 그대에게 전하고 싶어요. 다음 회엔 이영춘 박사 이야기를 하고 싶네요.

(2001. 5. 29)

한국의 슈바이처 고 이영춘 박사

158

草羅! 개정병원 원장 이영춘 박사가 서거하였습니다. 1980년 11월 25일 새벽 4시 향년 78세로 영면한 이영춘 박사는 군산의 큰 별이었습니다. 한국의 큰 별이었습니다. 그해 늦은 가을 개정벌에 수많은 애도의 물결이 출렁였습니다.

이영춘은 1903년 10월 16일 평남 용강군 귀성면 대령리 84번지에서 태어났습니다. 그는 1929년 세브란스 의전을 졸업하였습니다. 경도제국대학에서 박사 학위를 받기도 했던 1935년 33세에 개정에 오게 됩니다.

그가 군산에 오게 된 동기는 그의 고등학교 은사인 일본인 와타나베에 의해서였다 합니다. 와타나베는 당시 개정에서 9백여 만 평의 경작지를 소유한 일본인 농장주 친구인 구마모토에게 이영춘을 소개하였습니다. 개정 본장 아래 화오, 대야, 지경, 신리 등 지장의 소작농들을 상대로 하는 농민 무료 진료사업을 시작합니다. 당시 전라북도에서는 단 한 사람뿐인 젊은 박사가 일본인의 멸시와 일본인에 빌붙었다는 같은 민족의 냉대를 이겨내고 농민 의료사업에 전념할 수 있었음은 일본인 농장주와의 인간적 신뢰가 컸다 합니다.

10여 년 동안 가난과 질병에 시달리는 일본인 소작민과 농민들을 위해 젊음을 바쳤던 이영춘은 해방 이후 진료소를 80병상 규모의 종합병원으로 확충하였습니다. 이후 개정농촌위생연구소, 개정교회, 개정간호전문대 전신인 개정고등위생기술원양성소, 개정정신병원, 개정보건소, 호화여자중학교, 일심영아원을 세웠습니다.

이영춘은 삼대 민족 독으로 결핵, 매독, 기생충 박멸을 필생의 업으로 삼았습니다. 열악한 후진국 농촌에서 각종 통계를 만들었습니다. 농촌의 재래식 변소와 우물과 부엌에 연계되어진 대장균 전염에 많은 연구를 했습니다. 이런 것들이 선각자가 할 일입니다. 이러한 농촌 위생 연구통계를 가지고 옥구에서 한국에서는 처음으로 국민의료보험제도를 시험 실시하게 됩니다. 그는 농촌 의료복지의 경영자였습니다. 경영에는 재정이라는 어려움이 뒤따릅니다.

그는 농장주가 놓고 간 적산 토지를 재단화하기 위하여 많은 노력을 하였지만 크게 목적을 달성치 못하는 것으로 알려지고 있었습니다. 그는 씨그레이 병원의 경영권 문제로 많은 고통을 겪었습니다. 피난 시절 부산 미군부대에서 구입한 양질의 의약품을 차에 싣고 오다가 교통사고를 당하였습니다. 트럭 뒤칸 의약품 더미 속에 함께 타고 오던 그가 짐과 함께 땅바닥에 무너져 내렸습니다. 이 사고로 대퇴부를 크게 다쳐 부자유한 다리로 일생을 살았습니다.

그는 부인 둘을 사별하고 세 번의 결혼을 하는 고통을 겪었습니다. 14명의 자녀 중 몇을 가슴에 묻는 슬픔을 겪었습니다. 한 아들은 정신질환을 앓기도 하여 그를 가슴 아프게 하였습니다. 세브란스 의전을 수석 졸업한 그도 지병인 천식에 시달리다 세상을 떠납니다. 그에게는 이러한 고통 외에도 재정적 어려움을 극복하는 것이 큰 시련이었습니다. 원래 농촌 위생사업은 쓸데는 많고 들어올 데는 없는 사업입니다. 씨그레이 병원의 부채 상환을 위해 청와대에 진정을 하여 상환을 하면서 의료인으로서 자존심을 저당잡혀야 했습니다. 그는 그의 각 재단을 튼실하게 하기 위한 방편으로 통일 주체 대의원에 입후보하여 낙선하는 수모도 겪었습니다.

이영춘 살아 생전에 그를 흠모하여 찾아온 인사로는 박정희, 신익희, 이춘기, 조한백, 이요한, 조봉암 등의 기록이 있습니다. 이들은 이영춘의 의료사업을 도우려는 노력을 했던 것으로 알려져 있습니다.

이영춘은 의료사업의 좌절을 군산 아마추어 복싱연맹회장, 군산로타리클럽회장 등의 일로 메우기도 하였습니다. 그러나 그의 일생은 질병 없는 낙원 농촌 건설이었습니다. 그는 그의 아들이 앓기도 했던 정신질환 퇴치를 위해 개정정신병원을 국내 최고로 만드는 노력을 다했습니다. 그는 마음을 비우고 간호대학을 고판남 이사장에게 넘기는 대인다운 면모를 보였습니다. 그러나 그의 생에 많은 절망 앞에서 기도하였습니다. 좌절 앞에서 글씨를 쓰며 마음을 달랬습니다.

보고 싶은 草羅! 이영춘 박사가 저 세상으로 가신 지 20년의 세월이 흘러갔습니다. 그사이 나라는 온통 의약분업으로 파산지경이었습니다. 의사는 의사대로 약사는 약사대로 자기들 밥그릇 지키기에 목숨을 건 투쟁을 하였습니다. 환자를 볼모로 의사와 대학교수들이 병원을 떠나는 모습을 보았습니다.

개정병원은 80억의 재정 적자로 제3자에게 넘어갔습니다. 노사 간 갈등으로 병원을 문 닫은 지 오래 되었습니다. 필생의 업이었던 정신병원이 헐렸습니다. 이렇게 되자 개정동 인구가 줄어듭니다. 북에서 이영춘 박사를 따라와서 자리를 잡았던 많은 사람들이 실직을 하게 되었습니다. 개정병원과 동사무소에서 택시 잡기가 어려울 만치 지역경제가 침체되어졌습니다.

이러한 혼돈 속에서 지난해 11월 25일은 이영춘 박사 20주기를 맞이하였습니다. 개정교회에서 열린 추모식에 동장 자격으로 초청되었습니다. 자리는 초라했지만 살아 생전 그를 추모했던 많은 인사들이 모였습니다. 당초 식순에 없었던 나의 자작시 낭송이 있었습니다.

흉상

최영

개정동에 터를 잡았던 박사님
저 세상 이영춘 박사님
필생의 업이었던 정신병동은 헐렸습니다
나머지는 폐업으로 텅텅 비어 있구요
봉급 분쟁은 끝이 없는데요

빈 풀밭 위에
저승의 혼
상반신 홀로 돌아와
기가 막혀 눈물도 말랐군요
슈바이처 보다 훌륭한 개정동 박사님
말해주세요
농민의료의 요람 이 언덕에서
무슨 말을 하실랍니까
저에게만 말씀해 주세요
살짝 말해주세요
개정동장에게만 말해 주세요.

그리운 草羅! 지난주에 고 권일송 시비 문제로 순창에 다녀왔습니다. 나의 첫 산문집 《내 아침의 그림 그리기》가 출간되었습니다. 그리고 현충일 행사를 치렀습니다. 또 이번 주에는 강근호 신임 시장 초도 순시 준비 때문에 몹시도 바빴습니다. 이러한 것들이 핑계거리입니다. 그대에게 소식이 늦어진 데 대한 변명 말입니다. 긴 가뭄 속에 그대의 건강을 빕니다.

(2001. 6. 15)

159
온 가족이 함께한 행복했던 시절

草羅! 80년 마지막 달이 왔습니다. 정승화를 구속한 신군부가 계엄령을 선포하고 정권을 찬탈했던 한 해가 가는 달이었습니다. 김대중을 구속시켜 야기된 광주시민운동은 5·18이란 피비린내를 우리 역사에 기록해야 했던 한 해가 가는 달이었습니다.

다음 해 봄으로 예상되는 정권 재창출을 위하여 정치적 일정은 착착 진행되어지고 있었습니다. 신군부는 이미 새로운 헌법을 통과시켰습니다. 모든 것을 할 수 있는 헌법 부칙이 금방망이었습니다. 이를 근거로 입법회의에서 언론 기본법을 통과시켰습니다.

이재형을 위원장으로 하는 민정당이 만들어졌습니다. 유치송을 위원장으로 하는 민한당이 만들어졌습니다. 이렇게 1중대, 2중대 정당이 만들어졌으며, 선거인단에 의해 장충체육관에서 치러질 대통령 후보도 추대하였습니다. 1중대에서는 전두환을 추대하였습니다. 2중대에서는 유치송을 추대하였습니다. 이렇게 계엄하의

12월은 흘러갔습니다.

그 겨울 민정당 전라북도 위원장을 황인성 씨가 맡았습니다. 민한당은 김원기 씨로 기억하고 있습니다. 그리고 군산·옥구·이리·익산을 아우르는 민정당 전북 제2지구 위원장에 고판남 씨가 선출되었습니다. 한 지구당에서 두 명의 국회의원을 뽑는 편리한 제도였습니다. 이러한 현상은 앞으로 올 정치 판도를 어느 정도는 짐작할 수가 있습니다.

군산의 대표 기업인 고려목재가 파산되었습니다. 소룡동사무소 옆 고려목재가 망하는 것을 보며 많은 생각을 했습니다. 공무원 생활 처음 시작했던 때의 소룡동의 추억 속에 자리잡았던 고려목재가 쓰러짐을 보며 안타까워했습니다.

조용필의 '창밖의 여자'와 송창식의 '피리 부는 사나이'가 연말 방송을 달구던 그 겨울 전북 문단에서는 군산의 김기경이 시집 《가로수》를 출간하였습니다. 구름재가 시집 《가을이 짙어지면》을 최형이 수필집 《해와 강의 숲》을 그리고 《전북 수필》이 창간 1주년을 맞으면서 제4집을 출간하였습니다.

그해 12월 28일은 일요일이었습니다. 그날 우리 집 7남매의 외동딸인 선희의 약혼식을 전주 경원동 전라회관에서 가졌습니다. 박동수 측에서는 그의 어머님, 형님 그리고 매형이 참석하였습니다. 우리 집에서는 부모님과 7남매 모두와 풍남동 고종누나가 참석하였습니다. 서울에서 살고 있는 고향 용수막 아주머니가 이웃의 박동수를 지켜보다가 사람이 맘에 들어 자기 딸을 줄까 했었는데 나이가 어려 생각을 바꿨다 합니다. 그래도 아까워서 아버님에게 이야기하여 이루어진 혼사였습니다. 아버님과 같이 가서 선을 보았는데 선을 본 두 사람 다 싫다고 하지 안았고, 신랑 측 형님은 처음 본 아버님 인품에 반하여 승낙했다 합니다. 그렇게 해서 결혼을 하는 쪽으로 가닥이 잡혀갔습니다.

약혼 한 달 전쯤 선희와 동수가 군산에 왔었습니다. 그들을 빅토리호텔로 초청하여 점심을 사주면서 보니 신랑감이 참 튼실하고 좋았습니다. 나는 생각과 달리 그를 냉대했던 기억을 떠올리며 약혼식 자리에 앉았습니다.

그날 사회는 주택은행에 다니는 다섯째 윤이가 보았습니다. 선희 오빠이며 당시 애인도 없었지만 책을 많이 읽었던 그의 사회는 일품이었습니다.

광주 송정리 출신이며 서울에서 살고 있는 밀양 박씨 가문의 사돈 될 사람들과의 좋은 자리는 지금도 잊을 수가 없습니다.

형식을 배제하여 주식을 함께 했으며 사회자의 지시에 따라 양가 어른들 이외에 모두 노래를 하였습니다. 오전 11시부터 시작된 약혼식이 오후 3시쯤 끝이 났습니다. 그날 식비 14만 8천 원이 나왔었는데 내가 7만 원을 냈습니다. 식이 끝나고 밖에 나오자 흰눈이 내리고 있었습니다. 우리는 그들이 행복하게 살기를 기원했습니다. 약혼식이 끝난 이후 전주와 군산에는 많은 눈이 내린 것을 보고 그들이 복되게 살 것이라는 생각을 하였습니다.

지나고 보니 80년 12월 28일이 우리 가족에게는 가장 행복했던 시절이었습니다. 약혼식 이후 반년이 못 되어서 어머님이 돌아가셨습니다. 3년이 조금 지나서 아버님을 여의었습니다. 부모님의 돌아가심에 충격을 받은 막내 건이는 입산을 하고 일생 동안 스님의 길을 걷게 됩니다.

어머님이 돌아가신 이후 선희는 결혼을 하였습니다. 어머님은 저 세상에 계시고, 아버님은 예수병원에서 입원 중 결혼을 했던 선희는 약혼식날 축복처럼 잘살고 있습니다. 매제 박동수는 멋을 알고 능력이 있는 친구입니다. 언젠가 나는 동수에게 그가 군산에 왔을 때 냉대했던 데 대하여 미안타고 했더니, 형님의 냉대에 대한 충격으로 빨리 결혼을 서둘렀다며 감사하다고 했습니다.

草羅! 선희가 결혼한 지 21년이 지났습니다. 작년 겨울 선희의 큰아들놈 상인이가 조선대 일본학과를 톱으로 합격을 하였습니다. 나는 박봉을 쪼개어 축의금을 전했습니다. 형은 정년을 했습니다. 사회를 보았던 윤이는 결혼 후 가족과 함께 캐나다에 이민 가서 살고 있습니다. 그날 약혼식 이후 21년의 세월은 큰 폭의 변화를 우리 가족사에 안겼습니다. 많은 세월이 흘렀습니다. 1980년 12월 28일 우리 가족이 모두 한자리에 모였던 행복했던 시절은 다시 올 수 없어요.

보고 싶은 草羅! 어제는 순창을 다녀왔습니다. 우리 집안에 가장 어른이신 92세의 당할머니 상에 다녀왔습니다, 간김에 부모님 산소에도 다녀왔습니다, 순창 — 강진 — 신태인 — 부안 — 김제를 거쳐 비오는 길을 달려오며 나머지 삶을 생각합니다. '주어진 생을 아끼면서 살아야지, 진실하게 살아야지' 하는 생각입니다. 그대를 생각하며 '좋은 시를 써야지' 했습니다. 오랜 가뭄 끝에 단비입니다. 동장실 창밖엔 푸르름이 가득합니다. 푸르름 속에 그대를 생각합니다.   (2001. 6. 18)

160
체육시설 관리과장으로 발령

草羅! 나는 어제 2001년 6월 20일자로 본청 과장으로 발령이 되었습니다. 체육시설 관리과장 자리로 발령되었습니다. 사무관이 되어 옥구 읍장으로 나간 지 4년 만에 본청 과장 발령입니다.

하루 전 오후 이수성 의원으로부터 소식이 왔습니다. 부시장으로부터 소식을 받았는데 사업소로 발령한다는 내용이었습니다. 짐작한 바 있었던 내용이었습니다. 두 사람의 본청 과장이 도로 전출되고, 체육시설 관리과장이 옥구 읍장 전출을 원하여 이루어진 인사였습니다.

11시에 방송이 울렸습니다. 인사 내용을 들으며 가족 생각을 했습니다. 얼마 남지 않은 정년과 객지란 생각을 다시 합니다. 압강옥에서 라대곤, 송영만, 고석문, 양영식, 조준환 씨 등과 점심을 들며 내 인생의 과거와 미래를 생각하게 됩니다. 1시 30분에 강근호 시장으로부터 사령을 받았습니다.

이렇게 해서 일단 읍, 동장을 접었습니다. 옥구 읍장 때 많은 일을 하였습니다. 노창덕 국장에게 부탁하여 30억짜리 선재—수산간 도로 개설공사를 시작하였습니다. 옥구읍 우회도로를 개설하는 데 국비전입을 위하여 당시 자치행정부 재정국장 권형신 씨에게 편지를 보내 협조를 이끌어 내기도 하였습니다. 그 외도 많은 사업을 하면서 읍민들의 복고 정신을 위하여 향교 지원에 노력을 하였습니다. 옥구 읍민의 노래를 작사하여 한광희 교수에게 부탁하여 작곡을 받아 보급시키기도 하였습니다. 나를 감격시킨 것은 주민들의 열화와 같은 성원이었습니다.

그러나 옥구읍에서 2년을 못 채우고 떠날 수밖에 없었습니다. 그 요인은 예산계장 때 시행했던 도선사업소 선박 발주 문제 때문이었습니다. 도선사업소 총무과장을 겸했던 예산계장 시절이었습니다. 그때는 IMF 이전이라 관에서 경영사업이 유행했던 시절이었습니다. 군산—장항간 도선 외에 고군산 열도를 연결하는 유람선을 띄워 세입을 늘린다는 계획이었습니다.

그 일이 있은 몇 년 후, 초년 옥구 읍장 시절 IMF가 터졌습니다. 이를 수습하며 정부는 공기업을 민간인에게 매각토록 강력 추진하는 과정에서 감사원 감사가 내려왔습니다. 그때 이미 사장은 퇴임하였고 사업소 실무 계장은 저 세상 사람이었습니다. 책임질 사람은 나뿐이다는 것을 스스로 알고 있었습니다. 그렇지만 새로운 배 건립 때 강한 반대의사를 가지고 있었던 것은 남들이 더 잘 알고 있었습니다. 살아 있는 도선사업소 사람들이 더 잘 알고 있었습니다.

한동안 많은 언론과 의회에서 도선사업소 부실을 수없이 거론하였습니다. 감사원 감사를 근거하여 KBS 중앙 방송 9시 뉴스에 터져 나오기도 하였습니다. 나는 그때를 기억합니다. 그러지 말아야 할 사람들이 내게 대했던 마음의 상처를 내 영원토록 잊지 못할 것입니다.

그러나 감사원 감사는 정확하였습니다. 자치단체장에게 위임한다는 가벼운 처벌을 내려보냈습니다. 그런 관계로 개정동으로 문책 전보되었습니다. 읍에서 동으로 간들 무엇이 다르겠습니까. 다만 그 과정의 고통과 그래서는 안 될 많은 사람들이 내게 준 상처를 정말 잊을 수 없어요. 그 모든 것을 집사람도 가족도 모르게 하면서 밤잠을 설친 기억을 또한 잊을 수 없을 것입니다.

다시 개정동으로 와서 2년 남짓 지내면서 문인 사회의 어떤 일로 심한 충격을 받았습니다. 도선사업소 감사원 사건과 문인 사회의 말 못할 일로 아린 가슴을 달래며 4년이란 세월이 흘렀습니다. 그동안 몇 사람이 시 과장으로 들어가는 것을 보면서 나는 소외감에 휩싸였습니다. 인생은 그런 것이려니 하면서도 무엇인가 잃어 가고 허퉁해 하는 나날을 보냈습니다. 한 동에서 2년 이상을 보내면서 자리와 이웃에 대한 부담감 또한 버릴 수가 없었습니다. 사업소 과장 자리로 가는 것이 또 다른 사람에게 부담으로 작용하는 것을 감수할 수뿐이 없다는 것을 알게 합니다. 자연스럽게 내려오던 인사의 흐름이 군산과 옥구가 합쳐져 흘러오다 보니 리듬이 깨져 발생한 현상이기도 합니다. 5년쯤 연하의 사람들이 주류를 이루는 과장 사회에서 나의 외로움은 배가될 것입니다. 그러면 어떻게 해야 하겠습니까.

사령장을 받고 돌아온 전화기 앞에 축하 전화 벨소리가 없어 적막할 뿐이랍니다. 이것이 사회요 인생이랍니다. 읍·면·동장 보기가 부끄럽고 시 과장, 국장 보기가 부끄럽습니다. 그 이유는 나이 때문이겠죠. 모든 직원들이 보기가 스스로 부끄러운 듯합니다. 그래서 어떡해야 하겠습니까.

그리운 草羅! 4만 5천 평의 대지에 축구장이 있습니다. 야구장이 있습니다. 실내 체육관과 수영장이 거대한 머리를 맞대고 있습니다. 모두 7천 평의 건물을 관리하고 많은 사람이 불편 없이 이용하게 하는 것이 업무랍니다. 많은 손님을 맞아야 한답니다. 일보다 더 어려운 것은 마음의 쓰라림과 뼈를 깎는 외로움을 달래는 일이 되겠지요.

거대한 체육시설 공간에 왜소한 사무실이 있습니다. 사무실 창밖으로 비가 내리고 있습니다. 비 맞은 수목들이 검푸릅니다. 잔디가 비를 맞고 있습니다. 우산을 쓴 젊은 연인들은 오는 비에 감사하는 듯합니다.

내 공직에 마지막 남은 얼마 안 된 정년의 끄트머리에서 외로움을 말로 다할 수 없습니다. 그러나 어떡하겠습니까. 외롭다고 일을 기피하면 되겠습니까. 일의 진실과 정도를 후배에게 보여야 한다는 생각입니다. 그리고 언제라도 다른 자리로 갈 수 있다는 깨끗한 마음을 가지려 합니다. 이 여름 나는 슬픈 세월을 혼자 소화하며 그대를 생각합니다.

(2001. 6. 21)

20년 전 원초적 술자리

161

草羅! 81년 새 아침이 왔습니다. 천지는 하얗게 눈으로 덮여 있었습니다. 설날 아침 송준길 계장과 나는 군경묘지에서 참배 나올 시장 일행을 기다리고 있었습니다. 눈길을 가르고 김영배 시장과 참모 그리고 몇 명의 기관장이 묘역 앞으로 다가왔습니다. 모두는 하얀 영혼 앞에 분향을 하고 명복을 비는 묵념을 하였습니다.

식당에서는 최영식 씨와 김주연 씨가 미리 식당에서 해장을 준비하고 있었습니다. 군경묘지 참배 이후 시장 일행과 모두는 경산옥 해장과 커피 마시는 일을 끝냈습니다. 그리고 높은 사람들이 떠났을 때 쫄자들의 아침 일과도 끝이 났습니다. 사람들이 떠나버린 설날 아침 하얀 공간은 허탈하였습니다. 우리들은 송준길 계장의 제의로 장항이나 갈까 하여 도선장 앞 다방에서 배를 기다렸습니다. 그러나 하늘에서는 장항이 보이지 않도록 눈이 내렸습니다. 내리는 폭설로 여객선은 오가지 못하였습니다. 눈발들이 비단 자락처럼 바람에 휘말리며 휘어져 내리고 있음을 창밖으로 바라보았습니다.

 눈은 군산에서 장항을 가지 못하게 하였고, 우리는 절망하였습니다. 그리고 생각해 낸 것이 술과 여자 생각들이었습니다. 계장의 지시로 송죽에 전화를 하였습니다. 전화를 받은 마담은 'OK'였습니다. 서무계 직원들을 위해 마음먹고 한턱 쓸 터이니 오라고 하였습니다. 연휴 첫날 손님도 없을 것이므로 부담 없이 오라는 주석을 다시 달았습니다.

 정해진 시간에 우리들은 송죽에 입성하였습니다. 송죽 정원 휘어진 등에 눈이 쌓인 적송이 우리를 환영하는 듯하였습니다. 방에는 차려진 상 양쪽 앞에 우리 네 사람을 합하여 8개의 방석이 어두운 공간에서 빛을 발하고 있었습니다. 우리들이 앉고 여자들이 곁에 앉았습니다.

 은은한 불빛이 켜졌습니다. 여자들은 스스로를 소개하였습니다. 가냘픈 손가락으로 작은 술잔에 술을 따랐습니다. 정종은 달았습니다. 간결한 음식은 혀를 짜릿하게 하였습니다. 술과 음식 그리고 한복을 입은 아가씨들이 상큼한 냄새를 합성하고 있었습니다. 창밖에는 하얀 눈이 내리고 있었습니다.

 정종을 마시다가 마주앙으로 바뀌었을 때 밴드가 들어왔습니다. 우리들의 노래가 비록 어설펐지만 여자들과 밴드의 도움으로 잘들 넘겼습니다. 여자들과 우리들의 노래가 잘 어우러졌을 때 술은 양주로 바뀌었습니다. 눈오는 설날의 유희가 만족할 수 있었음은 마담의 배려였다는 생각을 지금도 합니다.

말하기 어렵지만 20년 전 군산 속의 한 풍속도를 보여 드리기 위해 속속들이 말하는 나를 욕하지 말아 주시기 바랍니다. 우리들이 양주를 마실 때 기행은 절정에 달하였습니다. 여자가 즉석에서 옷을 훌훌 벗었다던가, 남자가 아래옷을 벗는 등의 행위를 서슴지 않았습니다. 이러한 원초적 술자리가 오후 2시쯤부터 9시 이후까지 진행되었음을 고백합니다. 걸어서 어두운 밤 흰 눈을 맞으며 집으로 돌아왔던 기억이 어제 같습니다.

생각하면 내 인생에 두 번째의 기생파티이자 마지막인 셈이었습니다. 가버린 21년 전을 반추하면 정말 지금은 상상할 수가 없는 것입니다. 지금 민선 시장이 어찌 요정 기생파티에 가겠어요. 시청의 계장과 평직원이 어찌 요정 출입을 할 수 있겠어요. 흘러간 시절의 흑백사진 같은 군산 사회의 소품을 회상합니다.

그해도 예년과 같이 대통령 신년사가 발표되었습니다. 전두환 대통령은 새 시대 건설에 온 국민이 참여해 달라는 내용과 함께 "통일 한국을 금세기에 기필코 실현하고", "81년을 영광스러운 제5공화국의 원년으로 만들고", "민주 복지국가를 앞당겨 성취하자"는 요지의 신년사를 하였습니다.

설날 연휴가 끝난 1월 4일 시무식을 가졌습니다. 시무식이 끝나고 시장실을 비롯하여 부시장실, 국장실에 인사를 다녔습니다. 그리고 다시 있을 조철권 지사의 연두 순시 준비에 들어갔습니다.

지사 연두 순시를 준비하며 그해 신춘문예 당선자를 관심 있게 파악하였습니다. 가슴 두근거리며 새해 신문 문화면들을 훑어보았습니다. 그해에 전라북도에서 많은 신춘문예 당선자를 냈습니다. 시 부문에 남진우가 동아일보에, 이병천이 조선일보에 당선되었습니다. 중앙일보 소설에 장형규가 당선이 되었습니다. 경향신문 평론에 김익두가 당선되었습니다. 그리고 동아일보 동시부문에 신언연 씨가 당선되어 나를 놀라게 하였습니다. 신언연 씨를 제외한 모두가 20대 초반이란 사실이 나를 더욱 놀라게 했습니다. 그때가 내 나이 36세였고, 그때 나는 정말 시인이 되어야 한다는 생각이 가슴 가득하였습니다.

보고 싶은 草羅! 개정동에서 체육시설관리과로 온 지 일주일이 지나갔습니다. 지난 한 주 동안 의회 상임위원회에 나가 내 공직에 처음으로 과장 입장에서 과 업무보고를 잘 마쳤습니다. 그리고 2001년도 제1회 추경예산안 설명도 하였습니다. 의회 문제가 잘 넘어갔는가 했는데 요구된 예산 중 한 건이 삭감되었습니다. 이것을 해결하면서 내 자존심을 한없이 아리게 하였습니다. 어려움이 겹치면서 한직이라는 것과 나이를 생각합니다. 이 자리가 객지가 주는 소외의 아픔이라는 사실로 뼈저리게 합니다.

그러면서도 내가 읍·면·동장보다 시청 과장이 더 체질에 맞지 않나 그런 생각을 했습니다. 지난 주 서울 세무서에 있는 큰놈의 근심어린 안부전화를 자주 받으면서 세월의 흐름을 감지합니다. 부산에서 군 생활을 하는 막내에게 면회를 한 번 왔으면 하는 전화를 받으며 세월의 흐름을 감지합니다.

어제는 군산 여류 문학회에서 라대곤 형과 나를 초청하여 술과 밥을 주고 꽃다발을 주면서 《내 아침의 그림 그리기》를 축하하여 주었습니다. 군산 여류 문학 축하모임 이후 서해 여류 문학 회원들과 불상사를 갔습니다. 돌아오는 길에 하구둑에서 그들이 구워주는 삼겹살에다 소주를 마셨습니다. 다시 장항 연안도로 라운지에서 마주앙을 마시며 시와 문학에 취한 토요일 오후를 잘 보낸 후, 라대곤 씨 차로 돌아오는 길은 밤비가 내리고 있었습니다. 빗줄기 속에 그대의 모습이 있었습니다.

(2001. 7. 1)

162
퓨리나 코리아 군산공장이 준공되었습니다

草羅! 81년 연초 도지사 순시는 예년과 다른 형식으로 하였습니다. 시장의 보고를 생략한 채 200여 명의 시민대표에게 지사가 도정을 설명하는 형식을 취했습니다. 지사 초도 순시를 위해 부서별로 짜임새 있는 준비를 다하였습니다. 꼼꼼한 김영배 시장이 챙기는 초도 순시 준비는 대단하였습니다. 지사가 도착하여 시장실, 기자실, 회의실을 들린 후 현장에 나가는 것을 도면화하면서 준비를 하였습니다.

우리는 200명분의 식사를 준비하였습니다. 내가 직접 고안해서 짠 탁자를 배열하고, 그 위에 스폰지와 책상보를 깔았습니다. 그 위에 정하여진 음식을 놓습니다. 후식과 식후 커피 등을 준비합니다. 이것들이 일시에 나갈 수 있도록 여직원들로 하여금 조를 짜서 업무를 분장합니다. 밥과 국이 동시에 시간에 맞춰 나가야 하고 식지 않아야 됩니다. 지사가 건배할 때 마실 수복을 적당히 데우는 일도 어려움의 하나입니다. 회의실 뒤 창고에 가스를 설치하여 뒷받침을 합니다. 식사 도중 들어야 할 음악 고르는 것도 신경 쓸 일 중의 하나입니다.

시정보고를 생략한 지사는 도정을 보고하였습니다. 지난 한 해는 누란의 위기에서 국가를 구한 지도자가 있었기에 역사는 발전할 수 있었다고 말했습니다. 그리고 지난해 추진했던 제61회 전국체전을 성공적으로 마칠 수 있도록 도와준 도민들에게 감사한다고 말했습니다. 조지사는 "시국안정을 위하여 정부가 마음놓고 일할 수 있도록 참석하신 유지 여러분이 앞장서 달라"고 주문하였습니다. 그리고 "군산에서 추진 중인 임해공단, 금강하구언, 해상도시건설 등의 추진에도 지원을 아끼지 않겠다"고 하였습니다. 끝으로 "전북의 발전은 군산 발전으로부터 시작된다"고 인사말을 마쳤습니다.

인사말을 마친 지사는 참석한 시민들에게 국가와 전라북도 그리고 군산 발전을 위한 건배를 제의했고 모두는 후렴을 했습니다. 오찬이 끝난 지사는 개정동 역전 마을에 들려 새마을 사업으로 차도 블럭공사를 하는 현장에 들려 격려하고 떠나갔습니다. 지사의 초도 순시의 목적은 신정부의 당위성과 다음 달에 있을 대통령선거에 대한 민심안정을 기하겠다는 의지였습니다.

예년에는 옥구하고 한날 했었던 연초 순시가 이번엔 군산만 먼저 했습니다. 지사가 왔다 떠나는 뒤에는 원만히 이루어져야 할 일이 많습니다. 도에서 온 참모들과 기자들에 대한 촌지를 챙기거나 전하는 일들이 어려웠습니다.

시청 기자실도 챙겨야 합니다. 도에서 오는 기사들을 다른 식당으로 안내하여 시간에 맞게 밥 먹이는 일도 어려운 일입니다. 원래 투깔은 먹고 마시는 일에서부터 시작되기 때문입니다.

군산시가 도지사 연초 순시를 마쳤을 때 전두환 대통령은 국정 연설을 하였습니다. TV로 중계된 연설에서 전대통령은 선거인단 선거 전에 계엄을 해제하겠다고 천명하였습니다. 전대통령은 남북한 최고책임자 상호방문을 제의하였습니다. 그는 평양에서 초청하면 조건 없이 수락하겠다고 천명하였습니다. 신문에서는 공식적으로 김일성을 주석이라고 부르기는 처음이었다고 썼습니다.

국정보고 이후 전두환은 민정당 총재 수락을 하였습니다. 대통령 후보로 추대되어지면서 대통령 선출 단계를 밟아 갔습니다. 그리고 전격적으로 2월 2일 한미 정상회담을 위한 방미 일정을 발표하면서 정권 강화에 숨이 가빴습니다.

김철호가 슈퍼 플라이급 세계 타이틀전에서 베네주엘라의 챔피언 '라파엘 오르노'를 적지에서 9회 KO로 누르고 챔피언이 됐습니다. 소설가 박종화가 80세를 일기로 저 세상 사람이 되었습니다. 그리고 조연현이 문협 이사장이 다시 되었던 그해 1월…… 군산 임해공단에 퓨리나 코리아 군산 공장이 준공되었습니다. 40억을 투입하여 부지 1천5백 평, 건물 6천 평으로 일일 생산능력 360톤의 사료 공장이 준공되었습니다. 환경이 좋고 대우가 좋은 한 회사 탄생에 시민들은 기쁨을 주었습니다. 뒷날 우리들은 참 좋은 회사라는 것을 알게 되었습니다.

　보고 싶은 草羅! 연일 비가 내리고 있습니다. 비가 내리는 사이사이 맑은 하늘은 뜨거움을 내리 쏟고 있습니다. 갑작스레 여름이 지상으로 떨어진다는 생각을 합니다.

　많은 사람들이 축구장에서 볼을 찹니다. 하루 600여 명의 수영객이 찾아오고 있습니다. 성인 수영객 중 여성이 80% 이상입니다. 변화해 가는 우리네 새로운 풍속도를 봅니다. 밤이면 이웃 아파트 주민들이 열대야를 이기기 위하여 운동장으로 나옵니다. 그들은 가족단위로 뭉쳐서 밤 조깅을 합니다. 이들이 200명 이상이라 합니다. 요사이 내가 관리하는 공설운동장에는 하루 1000여 명의 시민들이 찾아와 체력단련들을 합니다. 이곳에 오기 전에 그냥 나무숲이거나 거대한 건축물이 축 늘어져 잠자고 있다고 생각했었지만 들여다보니 살아 숨쉬고 있다는 것을 알게 합니다.

　보고 싶은 草羅 ! 이곳 체육시설관리과로 온 지 2주일이 지나가고 있습니다. 주어진 여건에 순응하면서 자아를 찾자는 생각입니다. 어떻게 하겠습니까. 공직도 하나의 생존 경쟁입니다. 동물의 세계처럼 약해지면 비참하다는 진리는 오래 적 이야기입니다. 그러나 우리들은 마지막까지 정도를 지키면서 과감한 시책을 추진을 해야 한답니다.

　내일은 시문학 창간 30주년이랍니다. 세종문화회관에서 열리는 행사에 부부가 참석토록 되어 있습니다. 같은 시간 서울 역삼세무서에 있는 큰놈도 나오도록 연락을 하였습니다. 흐르는 세월과 함께 가족의 중요성을 감지하며 이 여름을 보내고 있습니다. 그대의 좋은 여름을 빕니다.　　　　　(2001. 7. 6)

163
어머님 입원

草羅! 81년 1월을 보내고 2월을 맞이했던 시절을 잊을 수가 없습니다. 그때 막내 건이가 재수에서 다시 떨어졌습니다. 전고에서 서울대에 177명을 합격시켰습니다. 전국에서 서울대 합격자수를 제일 많이 냈습니다. 신흥고에서는 40명을 합격시켜 개교 이래 처음이라고 자랑을 하였습니다. 전라북도 고등학교에서 서울대, 연대, 고대들 소위 일류대에 많은 수험생이 합격하였습니다. 하지만 원광대에 다시 원서를 냈던 건이는 떨어졌습니다. 집안의 충격은 대단하였습니다. 어머님의 충격은 대단하였습니다.

전두환 대통령이 방미를 하여 레이건과 회담하는 장면이 밤새워 TV로 중계를 하였을 때는 구정 며칠 전이었습니다. 많은 사람은 알고 있었습니다. 밤새워 중계되는 방송은 그 달에 있을 대통령 선거인단 선거와 3월에 있을 제11대 국회의원선거에 유리한 홍보전략인 것을 말입니다. 많은 지식인들이 안테나를 내리고

TV를 꺼버렸던 시절이었습니다.

　김영배 시장을 보좌하여 설 준비에 여념이 없던 때였습니다. 구정 이틀 전이었습니다. 숙직을 하고 있는데 순창에서 안내실로 전화가 걸려 왔습니다. 어머님이 관평 방앗간으로 떡을 빼러 가셨다가 쓰러지시어 순창 전주병원에 입원했다는 내용이었습니다. 크게 걱정할 일이 아니라는 내용을 마을 이장이 전해 주었습니다.
　설 다음날 어머님은 전북대 부속병원에 입원하셨습니다. 지금 도청 제2청사 전북대 외과 병동에 어머님이 입원수속이 되었습니다. 형제간들은 전주로 모였습니다. 약혼 중인 동수도 왔습니다. 막내가 대학에 떨어진 충격이 원인이었습니다.

　열다섯에 시집오셔서 45년이요 회갑을 1년 넘기신 어머님의 갑작스러운 쓰러짐은 큰 충격이었습니다. 최부잣집으로 시집오셨지만 해방으로 많은 토지가 소작인들에게 갈려 나갔습니다. 6·25를 치르며 세상이 무섭다는 것을 알게 하였습니다. 일제 때 서울 유학을 했던 아버님이 도시 진출을 하지 못하였습니다. 7남매를 데리고 도시로 갔다가 실패할 것에 대한 두려움 때문이었습니다.
　아버님이 신중했다면 진취적이었던 어머님이었습니다. 칠남매 뒷바라지도 어려웠지만 농사를 짓는 데 인부들 조정하는 데 어머님 역할이 대단했습니다. 농번기 때면 등불을 들고 산너머로 사람 구하러 다니는 일은 어머님의 일이었습니다. 두 셋이나 되는 머슴들을 아우르는 일은 어머님 몫이었습니다. 기와 인정과 탁 터놓는 것을 좋아했던 어머님 그분이 링거 주사를 꽂고 침대에 누어 있는 모습을 보며 목메어 했습니다.

입원했던 어머님을 두고 전주 시청 옆에서 버스를 타고 돌아오며 목천포까지 울었던 생각이 납니다. 사람이 울어 버림으로써 마음이 편해진다는 사실을 그때에 나는 알았습니다. 어머님은 42일간 전북대병원에 입원하셨습니다. 나는 지금도 어머님에게 말할 수 있습니다. 퇴원하실 때까지 하룻밤도 빠지지 않고 문병을 갔던 옛일을 말입니다.

어머님 입원 중에도 세월은 갔습니다. 미국의 신임 대통령과 백악관에서 정상회담을 마치고 전두환이 당당히 돌아왔습니다.

그가 돌아온 며칠 후 81년 2월 11일 대통령 선거인단 선거가 이루어졌습니다. 군산에서는 신동소, 정찬수, 강봉용, 박해춘, 김원균, 박주일, 오광열, 박춘식, 오수웅, 임성식, 고석강, 채규열, 전종섭, 유성환, 안병산, 채길자, 장봉석 씨 등 17명이 당선되었습니다. 전라북도에서 유일한 홍일점 여성 당선자로 채길자 씨가 군산에서 당선되었습니다.

외유에서 돌아온 전두환 대통령은 민심수습차 전라북도를 방문하였습니다. 그는 정읍, 이리, 군산을 차례로 방문하였습니다. 이리역 광장에서 호남선 복선화 기공식에 참여하고 군산에 들린 대통령은 지역 개발비로 90억 지원을 약속하였습니다. 선거인단 선거를 위한 민심수습 차원으로 방문하여 군산의 대표자들과 접견하고 그리고 다과회 등을 함께 하였습니다. 대통령의 군산 방문이야기는 2년 뒤 김병량 시장 재임시 다시 이루어진 군산 방문 때 자세히 이야기하기로 하겠습니다.

그리고 2월 25일날 선거인단에 의한 대통령선거가 실시되었습니다. 전두환, 유치송, 김종철, 김의택 씨 등이 출마했지만 그냥 말뿐인 것이었습니다. 전두환 씨는 선거인단 5,270여 명 중 91.3%인 4,755표를 얻었습니다. 407명의 선거인단을 가지고 있었던 전라북도는 전두환 396표, 유치송 25표, 김종철 3표, 김의택 7표 등을 얻었습니다.

군산시 단협회의실에서 치루어진 군산, 옥구, 이리, 익산은 총 83명 중 전두환 78, 유치송 4, 무효 1표가 나왔습니다.

81년 2월달 전북문학이 통권 70권을 발행하였습니다. 군산 예총회장에 이만철 씨가 당선되었던 기억이 새롭습니다. 그렇게 그 해 2월을 보냈습니다.

草羅! 지난 토요일날은 서울 세종문화회관에서 있었던 시문학 창간 30주년 기념 행사에 참석하였습니다. 서울에 올라가며 예쁜이 전화 한 통 받았습니다. 집사람과 큰놈과 함께 참석하였습니다. 조병화, 김남주, 문덕수, 신세훈 등 선배 문인과 시문학 출신 시인들이 참석을 하였습니다.

시문학은 현대문학에서 조연현 씨가 2년쯤 운영하다가 문덕수 씨가 인계받아 재창간하여 30년의 세월이 흘렀습니다. 조연현 씨로부터 인계받기 몇 년 전에 문덕수 씨가 한 2년 정도 시문학을 발행했던 경력이 있다는 것도 그 자리에서 처음 알게 되었습니다. 전문 시문학지로 360권을 발행한 셈입니다. 30년 동안 시인 280명만을 배출하였으니, 요사이 문인을 양산하는 상업적인 월간지와 괘를 함께 할 수 없다는 것을 증명받게 된 것 같이 느꼈습니다.

　시문학지를 창간호부터 지금까지 보관한 시인으로 최은하, 김
시종, 황송문 씨 등 8명의 시인이 상을 받는 모습을 보며 놀랐습
니다. 30년 동안을 한 권도 빠짐없이 책을 모을 수 있다는 어려
움은 해보지 않는 사람은 모르는 것입니다. 오랜만에 많은 시인
을 만났습니다. 작고 문인의 명복을 비는 묵념에서 정기석, 이
석, 선배가 저 세상 사람이 된 것을 알았습니다.

　많은 시인들을 만나면서 '나도 이제 나이 먹은 축에 들었구나'
하는 허탈한 마음을 감출 수가 없었었습니다. 열심히 시를 써야
된다는 생각을 합니다.

　행사 후 큰놈이 자취하는 방에서 자고 왔습니다. 세무대학 출
신 4명이 함께 지하 두 칸짜리 방에서 숙식을 하고 있었습니다.
어렸을 때 귀엽게 키워 취직되어 나가 고생하는 그들을 보며 마
음이 아팠습니다. 서울에서 일박하며 예쁜이 생각으로 잠 못 이
뤘습니다.

(2001. 7. 12)

164

47세의 김길준, 뒷날 두 번의 군산 시장에

草羅! 81년 3월이 왔습니다. 어머님은 전북대병원에 계셨습니다. 아버님의 지극한 간호 속에 있을 때 전군도로변에 벚꽃나무들이 물이 오르고 있었습니다. 전두환 대통령 취임 아치를 만드느라 미원동 골목을 뛰어다니던 기억이 새롭습니다. 전두환 씨가 제12대 대통령으로 취임을 하였습니다. 3월 2일 11시 잠실 체육관에서 치러진 취임식에서 그는 평화적 정권교체를 이루겠다고 천명하였습니다.

대통령 취임 이후 소폭 개각에서 군산 출신 고건 교통부 장관이 농수산부 장관으로 임명되어 우리를 즐겁게 하였습니다. 그리고 제11대 국회의원 선거일이 확정되었습니다.

그때 정당으로 민주정의당과 민주한국당, 한국국민당 등이 정당 활동을 하였지만 많은 사람들은 이를 1중대, 2중대 하고 비아냥거렸습니다. 많은 야당 인사를 묶어 놓고 치러진 선거였지만 선거전은 뜨거웠습니다.

선거를 앞두고 시에서는 각종 단체들을 초청하여 시정보고를 하였습니다. 시정보고를 하면서 많은 술밥을 대접하며 바빴습니다. 이 일을 시장은 잘도 치러냈습니다. 각종 사업을 조기 발주했습니다. 동에는 보조금을 내려보냈고 통장들은 힘이 있어 보이던 시절이었습니다.

이렇게 치러진 81년 3월 25일 선거에서 민정 90, 민한 57, 국민 18, 무소속 11명이 지역구에서 당선되었습니다. 득표비율에 따라 전국구 99석을 나누어 가졌습니다. 전라북도에서는 임방현, 김태식, 문병량, 박병일, 황인성, 오상현, 양창식, 김형배, 진우종, 김원기, 조상래, 김진배, 고판남, 김길준 씨 등이 당선되었습니다.

전국구에서 진출한 전북 사람은 민정당에서 김현자, 최락철, 조남조, 전병우 씨 등이었으며, 민한당에서는 정규현, 강원래, 김형래, 김덕규 씨 등이었습니다.

군산 옥구에서는 고판남, 고병태, 강금석, 이강만, 채규희, 김봉옥, 김길준 씨 등이 출마를 하였습니다. 개표 결과 고판남 42,1491표, 김길준 씨가 20,391표를 얻어 당선이 되었습니다. 특히 섬 출신인 김길준 변호사가 19,724표를 얻은 김봉옥 씨를 667차로 눌러서 많은 사람들을 놀라게 하였습니다.

섬 지역의 투표함이 늦게 도착하여 선거 2일 후에 개표가 완료되었습니다. 중앙초등학교에서 개표한 섬지역 개표에서 고판남 225, 김길준 403, 김봉옥 101표를 얻었습니다. 특히 장자도 78표 중 고판남이 1표를 얻고 나머지 77표를 김길준 후보가 얻어 섬사람들의 고향 사랑 정서는 감동적이었습니다. 이렇게 전국에서 제일 늦게 당선이 확정된 47세 김길준 당선자는 뒷날 민선 군산시장에 두 번 당선되기도 한 인물입니다.

그때 MBC에서는 차인태, 조일수가 진행했던 장학퀴즈와 KBS의 수사반장이 많은 인기를 차지할 때입니다. 그 달에 문협 전북지부장에 최승범, 부지부장에 최진성, 허소라가 유임되었습니다.

3월이 가기 전에 어머님은 퇴원을 하였습니다. 퇴원하던 날 나와 집사람이 병원에 갔었습니다. 어머님을 퇴원시키는 아버님 모습에서 인생이 늙어가면서 외로워지는 모습을 엿보았습니다. 병으로 인하여 남편에 의지하고 있는 어머님의 모습에서 애잔함을 느꼈습니다. 퇴원을 위한 병원비 일부를 내가 부담해 드리자 고마워하고 미안해하던 부모님 모습이 어제 같은 데 20년이란 세월이 흘러갔습니다.

草羅! 요사이 나는 매우 분주한 시간들을 보내고 있습니다. 의회 상임위원회에 출석하여 2001년 상반기 업무보고를 했습니다. 제1회 추경 예산안을 상위와 예결위원회에서 설명을 하였습니다. 그리고 상위에서 2000년 하반기와 2001년 상반기의 행정사무 감사를 받았습니다. 그리고 경영수익 사업이다 하여 수영장 관리 감사원 감사를 받습니다.

의원들과 마주하여 야구장, 축구장, 체육관, 수영장 업무를 그들이 이해가 가도록 설명했습니다. 의원들은 시설물의 안전관리에 대해 묻습니다. 프로야구 유치의 활성화 방안을 묻습니다. 시민 야구의 대책이 무엇이냐고 따집니다. 축구장 상용화를 위하여 천연잔디를 도려 내고, 인조잔디구장 대체 방안을 묻습니다. 축구장 전광판 설치 계획을 묻습니다. 실내 체육관의 안전 대책을 묻습니다. 수영장의 안전관리와 적정 온도 유지 대책을 묻습니다. 친절한 서비스가 왜 못 되는가를 묻습니다. 운동장 4만5천 평에 88개의 보안등 숫자가 적은 것이 아닌가에 대하여 묻습니다. 350m에 달하는 울타리를 헐고 운동장 밖 도로 건너편에 5000평의 주차장 설치 계획을 묻습니다.

많은 물음에 답합니다. 짧고 긴장감 있게 해야 합니다. 쉬우면서도 둔탁한 소리의 답변! 이런 것들을 구사해야 된답니다. 이것들이 잘 되지 않아 마음이 좀 상했습니다. 이들의 문답을 차트화하여 행정행위로 내려가도록 하는 데 힘겹습니다.

한때 '경영수익 하면 군산시' 했던 것들이 IMF 이후 완전히 뒤집혔습니다. 그것들을 민영화하는 과정에 공무원들이 겪는 고통은 대단합니다. 수영장 경영수익에 대한 감사원 감사를 받으며, 행정의 속성과 괴리 앞에 가슴이 아립니다.

본회의에 참석하여 뒷자리에 앉아 있다가 옵니다. 내키지 않게 참석하여 내 공직의 경륜과 나이를 생각합니다. 국 산하 간부회의에 앉아 '이게 아닌데' 라는 생각을 합니다. 청소년 수련원과 문화회관을 다니며 '이 나이에' 라는 생각을 합니다. 계장 셋을 앉혀 놓고 업무를 지시합니다. 내 나이에 어떠한 공간에 있어야 하는가를 생각합니다.

草羅! 내가 이곳 공설운동장 관리과장으로 온 지 한 달이 가까이 오면서 생각보다 일찍 자리를 떠나야 하겠다는 생각이 나를 유혹해요. 한 달 간의 외로움 속에 늘 멀어지고 있는 그대로 하여 쓸쓸합니다. 그 쓸쓸한 공간에서 예쁜이를 만나는 행운 하나 있음을 고백합니다. 그리운 이여 안녕.

(2001. 7. 19)

165

그 아름다운 모습, 지금도 눈에 선합니다

草羅! 3월 25일 제11대 국회의원 선거가 끝이 났습니다. 대통령 선거인단 선거와 이번 선거에서 동장들이 고생을 많이 했다 하여 시에서는 선진지 시찰을 실시키로 하였습니다. 김영배 시장의 지시로 이루어진 시찰단장으로 총무국장 임명환 씨가 인솔을 하였습니다. 임국장이 함께 갈 수 있었던 것은 얼마 후에 있을 장기 연수교육 입교가 있었기 때문이었습니다. 소위 군수 양성학교라는 연수원 입교를 앞두고 위로차 여행을 하게 된 것입니다.

선거가 끝난 이틀 후 전국에서 제일 늦게 김길준 후보가 확정된 81. 3. 27금부터 26일까지 시찰에 함께 참여한 동장으로는 한여상, 김수덕, 이동일, 김용박, 김성호, 송성용, 김진화, 유기석, 박재남, 박흔석, 박영철, 김용석, 조학연, 이영호, 정기철, 문의주, 박노섭, 윤주헌, 소수영, 박한성, 김주철 씨 등이었습니다.

수행에는 시정계에서 홍선기, 김인택, 이종구, 박동배 양 그리고 유일하게 서무계에서 내가 끼어 갔던 생각이 납니다. 말이 시찰단이지 1박 2일의 야유회 정도였습니다. 노래로 시작해서 노래로 끝나는 시찰은 육지와 섬이 다리로 이어진 아름다운 남해 금산을 갔던 기억이 납니다. 부곡 하와이에서 목욕을 하고, 울산 현대 건설현장을 둘러보고 충무에서 일박을 하였습니다.

충무의 밤은 아름다웠습니다. 충무공 동상과 유치환의 '깃발'이란 시비가 서 있는 남쪽항구의 공원에 서서 먼바다 앞에 넋을 잃었습니다. 우리 몇은 연안도로의 자그마한 횟집에 작은 안주와 싼 소주로 빈 가슴을 채웠습니다. 시인이 되고 싶었습니다.

조직인들이 객지에서 상사를 모실 때 어떻게 해야 한다는 것을 알게 되었습니다. 여행 중의 공무원들도 조금은 흐트러지고 적당히 타락할 수 있다는 것을 알았습니다.

다음날은 배를 빌려 타고 거제 해금강을 나갔습니다. 시청팀과 경상도 아주머니팀이 한배를 탔습니다. 선장의 재치 있는 안내는 사람을 웃기고 울리고 야하도록 만들었습니다. 말 그대로 바닷속의 금강산이 거기에 존재했습니다. 위태로운 돌산의 절벽과 절벽 사이로 진입했던 배가 적당한 풍랑으로 승객들을 긴장시키면서 선장은 관광객을 감동시키려 했고 사람들은 동조하였습니다.

아름다운 거제 해금강, 지금도 그 절경을 잊을 수가 없답니다. 푸른 바다에 하얀 햇살은 쏟아졌고 신이 만든 위태로운 절벽에는 희귀한 새와 작은 동물들이 우리의 마음을 감탄으로 사로잡았습니다. 외로움 속에 홀로 생성하는 희귀 식물과 작은 동물들 다양한 새들 자연의 경외 앞에 우리는 숙연하였습니다.

우리들은 아주머니팀에게 밀렸습니다. 술과 노래에 완전히 제압당하여 여러 사람이 1000원짜리 벌금을 부과 받으면서도 화내지 아니하였습니다. 3시간짜리 해상 관광을 무사히 끝낸 후 포항제철에 들려 시찰한 후 군산으로 오는 길을 재촉하였고 많은 노래를 불렀습니다.

그 여행이 끝날 무렵 안에서 국장이 묻기를 1박 2일 동안의 기행 소감을 묻자 "김길준이보다 기분 좋다"고 답하여 많은 사람을 즐겁게 했던 기억이 있습니다. 81년 봄 27명이 다녀온 선진지 시찰 그 아름다웠던 시절이 간 지 20여 년이 지나갔습니다. 동장 21명을 포함하여 지금 단 한 사람 나만이 공직에 남아 있습니다. 두 사람은 저 세상 사람이 되어 있습니다.

그렇게 삼월이 갔습니다. 산불을 조심해야 할 4월이 왔습니다. 4월 1일은 만우절이라고 하여 거짓말을 용인했던 날이었습니다. 이날도 월례조회가 실시되었습니다. 공무원윤리헌장을 읽고 시장이 지시하는 월례회의가 끝나고 일요일에 있을 식목일 행사 준비에 들어갔습니다.

어머님 퇴원 후에 순창에 매일 전화를 드려 안부를 챙겼습니다. 건강이 좋아지셔서 마늘밭도 매고, 봄상추도 잘 키우고 있다는 말씀을 접하고 마음을 놓으며 일과들을 챙겼습니다.

식목일은 어머님 생신 전날이기도 하였습니다. 일요일 오전 행사를 끝내 놓고 순창에 갈 준비를 함께 하였습니다. 그해 식목일 행사는 산업기지 빈 공터에 미루나무를 심었습니다. 시장의 훈시가 있고 녹지과장이 나무 심는 방법을 설명하였습니다.

그날도 과에서 할 식사 준비를 집에서 하였습니다. 12시 정각

술, 밥, 반찬, 안주, 후식 등을 일시에 도착토록 하는 것이 어려웠습니다. 먹고 노는 것도 눈에 안 보이는 과별 경쟁이 있다는 것을 그대는 모를 것입니다. 술 잘하는 이보석 과장, 송준길, 남궁평 계장 등과 직원들 중심으로 만족한 점심이 되었습니다.

송준길 계장 배려로 시청 지프차로 순창을 가도록 하였습니다. 계장이 부탁하여 경산옥 사장 양식이가 선사한 신선하고 좋은 생선을 싣고 맥주 및 각종 안주를 차에다 가득 실었습니다. 면이 내외와 우리 부부와 다섯 살짜리 형진이와 한 살짜리 송일이도 함께 타고 순창을 향하였습니다. 회계과 임석열 기사가 차 운전을 해 주었습니다.

81년 4월 5일 식목일 오후 고향 가는 길은 설렜습니다. 설레면서 가슴에 무언가 잃어버리는 기분이 엄습하였습니다. 나와 면이 내외 가족 모두를 실은 지프차는 전주 임실을 거쳐 남원에 도착하였습니다. 기사도 쉴 겸 우린 광한루에 도착하였습니다.

광한루 월매집에서 막걸리를 마실 때는 오작교에 석양이 떨어졌습니다. 아들 사진을 찍어 준 후 뭔가 허퉁한 마음을 달래며 광한루를 떠났습니다. 비웅재를 넘어 식구가 집에 도착하였을 때는 해가 매봉재를 넘었습니다. 두 며느리와 두 손자를 기다리던 어머니 모습 지금도 선합니다. 그 아름다운 모습 지금도 선합니다.

그리운 草羅! 지난 토요일에는 부산에 갔다왔습니다. '진영'이라는 곳에서 군 생활하는 막내의 면회를 다녀왔습니다. 그를 만나고 돌아오기 전날 밤 집사람이 쓰러져 병원에 들려 치료 후 군산으로 돌아왔습니다. 늘 멀어지려는 연습에 탐닉하는 그대! 다음 회에는 이 세상 마지막 가는 어머님 모습 다시 전하려 합니다.

(2001. 7. 24)

<u>166</u>

아 어머님, 그렇게 가시나요

草羅! 어머님이 시집오셔서 5년쯤 후인가 아버님이 금융조합에 계실 때였습니다. 두분 내외간에 직장이 있는 구림이란 곳에서 딴살림을 하셨습니다.

어느 날 어머님이 아랫니 전부가 무너져 내리는 꿈을 꾸셨습니다. 꿈을 깬 날 비가 내렸답니다. 아버님이 출근 후 심란한 생각에 빠져 있는데 외할머니가 돌아가셨다는 소식을 접했다고, 살아생전 몇 번을 말씀하셔서 꿈 이야기를 우리들은 잘 알고 있습니다.
어머님 생일을 위해 우리가 고향에 가기 전날 밤 선희가 꿈을 꾸었는데 그의 아랫니 모두가 무너진 꿈을 꾸었습니다. 구미 고모님과 함께 이야기를 들었던 어머님은 내가 죽으려나 보다 하셨답니다. 고모님 왈 "얘들 꿈은 개꿈이니 신경 쓰지 마소" 했답니다.
남원에서 순창 집에 도착했을 때 우리를 반기시던 어머님! 그때 이미 정읍 작은아버지 내외도 오셨고, 칠남매와 손주들 한 사람도 빠짐없이 와 있었습니다. 전년도에 두 분이 회갑이었지만 아버님 생일로 회갑을 하여 어머님이 섭섭할까 봐 그리고 병원에서 무사히 퇴원한 기념으로 어머님을 위로해 드리고 동네 사람들에게 밥이라도 대접하려던 계획이 되었습니다.

20여 명의 저녁이 준비되었습니다. 모두의 술잔에다 술을 채웠습니다. 군산서 가져간 씨바스리갈을 따랐습니다. 죽기 전 박정희가 마신 귀한 술이라는 주석을 부치면서 내가 건배를 제의했답니다. 어머님의 만수무강과 퇴원을 축하한다는 인사를 올렸습니다. 고맙다고 어머님은 답하셨고 아버님을 비롯한 모두는 건배를 합창하였습니다.

저녁을 마치고 다음날 있을 자그마한 잔치 준비를 한 후 아버님은 자식들과 엄마가 자연스러운 자리를 가질 수 있도록 제각집 사랑방으로 나가셨습니다. 우리 모두는 어머님을 모시고 두 번째 술과 오락을 하였습니다. 다섯째 윤이의 사회로 주연이 펼쳐졌습니다. 칠남매 모두가 노래를 불렀습니다. 며느리 넷 모두가 노래를 했습니다. 작은아버님과 작은어머님이 노래를 하셨습니다. 종손이 할아버지, 할머니 잘 모시겠다는 다짐도 하였습니다. 어머님이 노래 한 소절 하신 후 나의 큰놈 형진이가 춤을 예쁘게 추었습니다. 아이의 춤에 모두는 박수를 쳤습니다. 함께 박수를 치던 어머님이 작은아버지 곁으로 조용히 쓰러지셨습니다.

81년 4월 5일 밤11시 향년 62세 생일 전날 어머님은 저 세상 사람이 되었습니다. 그리운 분은 그렇게 저 세상으로 가셨답니다.

이웃집 사랑방에서 연락을 받은 아버님은 예견이라도 했듯이,

"아! 일 당했구나" 했다는 이야기 나중에 들었어요. 아버님이 들어오시고 자식들이 연락한 촌 의사가 와서 눈물을 흘리며 돌아가심을 확인해 주셨습니다. 그날 밤 임석열 기사를 군산으로 돌려보낸 생각이 납니다.

　최부잣집 맏며느리로 많은 사람들 속에서 살고 그러기를 좋아하셨던 분이었습니다. 마을에서 친척간에 오히려 아버님보다 중간에 서셨던 분이었습니다. 막내만 빼놓고 칠남매를 편애 없이 길렀던 분이었습니다. 그는 늘 어려울 때 웃고, 더 열심히 일할 수 있는 분이었습니다.

　살아 생전 스스로가 양반집 딸이어서 아버님을 만날 수 있었다 하였습니다. 신식으로 연애를 했다면 어떻게 아버님 같은 사람 만날 수 있겠느냐고 털어놓고 말씀하신 분이었습니다.

　냉정해지신 아버님 지시로 치상 준비가 착착 진행되었습니다. 친척들과 아버님 친구 분들에게 부고를 했고 자식들은 스스로 연락을 취하였습니다. 우리들은 꿈을 꾸는 듯하였습니다. 그때 내 나이 36세였으니 어린 동생들은 어떠했겠어요. 대학에 떨어진 막내는 어떻겠어요.

　어머님 염을 자식들이 했습니다. 작은아버님과 모산이 아재 도움을 받아 하였습니다. 입관 후 삼베 수건으로 얼굴을 마지막 가릴 때 그리고 관 뚜껑을 덮고 마지막 못을 칠 때 자식들 가슴에 함께 못이 쳐졌습니다. 시집 장가도 못 가고 있었던 윤, 선희, 건이의 쓰라린 심정을 지금 생각하니 더욱 가슴아픕니다. 지금도 생각합니다. 부모는 자식들을 짝지어 놓고 죽는 것이 최고의 도리라고.

발인장 마당에서 아버님도 가신 님에게 절을 올렸습니다. 작은 아버지 내외도 올렸습니다. 자식, 며느리, 손자 모두 절을 올렸습니다. 고운 분이 마을을 떠날 때 소식을 알고 이웃 마을 많은 할머니와 아주머니들이 마을 앞 방천에 나와 울면서 가신 님을 보냈답니다.

노제路祭 후 뒷산에 미리 준비된 묏자리에 하관을 하였습니다. 아버님 한 말씀 "이제 별수 없다, 돌아들 가자." 지금도 가슴에 남아 있습니다. 그때 군산에서 문상 온 분들로는 대충 이보석, 송준길, 남궁평, 최영식, 강영숙, 김주연 등이 생각납니다. 그때 부의록이 보관되어 있지 않아 유감입니다.

그렇게 어머님을 보낸 지 20년. 내 나이 육십에 가까이 있습니다. 형제간 모두 그런대로 사회에 중견인으로 살고 있습니다. 어머님 돌아가시고 방위 제대 후 아버님 돌아가시자 입산을 했던 막내 법수 스님은 한국불단에 중견 스님으로 선에 정진하고 있습니다.

보고 싶은 草羅! 또다시 한 주일이 갑니다. 실내 체육관의 냉방 관계로 어려움을 겪습니다. 설치된 지 10년이 지난 냉동기입니다. 그동안 한 번 쓴 일도 없다 합니다. 한 번도 수선하지 않았다 합니다. 기계도 사람과 마찬가지로 쓰지 않으면 속이 곯아 버린다 합니다. 우리 체육관에서 실시하는 제22회 전국 초등학교

태권도대회와 2001 교보컵 전국초등학교 탁구대회 준비를 앞두고
이 문제가 직무태만으로 야기되 짜증스러운 나날을 보냅니다. 이
무더운 여름의 중간에 그대의 안부를 묻습니다. 흔적없는 그대의
생각으로 목이 메입니다.

(2001. 7. 29)

공무원은 시대의 거울에 비친 알몸 같아요

草羅! 어머님을 땅에 묻고 타향살이를 위해 군산으로 돌아왔습니다. 그때 나의 애달픔! 그러나 20년 후에 알게 합니다. 시집 장가를 가지 못했던 어린 동생들의 심정은 어떠했겠어요. 다시 말하지만 부모 살아 생전 자식들을 여우는 것이 최소한의 부모 도리라는 것을 흐르는 세월은 알게 합니다.

어머님의 62회 생신을 뫼시러
고향에 갔다가
어머님을 산에 뫼신 불효한 자식

삼우제 뫼시고
집을 떠나오던 날
고라 모퉁이까지
쉬어쉬어 가며
몇 번을 뒤돌아봐도

언제나 서 계시던
은행나무 밑
어머님 모습 끝내 없고
텅 빈 자식의
가슴에
비만 내리는데
휘어진 벼랑
고개를 넘으며
마지막 돌아다보니
한 모습이 안개비 속에
어른거리어
안경을 닦고
눈물을 닦고
자세히 쳐다보니 아
단 한 번도 자식을
환송한 일이 없던
아버님 모습
홀로 우뚝 서서 비를 맞으시네.
— 시집 《개구리》 중 '용수막·5' 전문

草羅! 어머님을 저 세상으로 보낸 그 4월 눈물과 불면으로 보냈습니다. 커나가는 자식들을 보면서 어머님을 생각하였습니다. 큰놈 형진이가 천재 소리를 들어도 어머님 생각을 하였답니다. 한 일 년 지나야 마음이 삭은 것을 그 후에 알게 합니다.

어머님이 돌아가셨던 그해 4월 제11대 국회가 개원되었습니다. 개원식에서 정래혁 씨가 의장, 부의장에 채문식, 김은하 씨가 선출되었습니다. 그리고 공무원 세계에서는 청탁풍조배제 결의대회를 열었습니다. 중앙에서 시작하여 도로 다시 각 시·군으로 퍼져갔습니다. 새 정권이 도출되거나 변혁기마다 습관적으로 해 오던 행사였습니다. 전 직원이 모이고 시장이 등단하면 한 사람이 시장 앞에 서고 모두가 손을 들었을 때, 시장 앞에 선 모계장이 우리의 결의를 낭독합니다. 주는 것 안 받고 양심껏 그러나 민원인들에게 친절을 다하겠다는 내용의 결의를 합니다. 선창자가 낭독을 다하고 손을 내릴 때 모두는 함께 손을 내립니다. 사진을 찍고 신문과 방송에 내어 공무원들이 자숙하고 새 정권에 충성을 다하는 모습을 세상에 보입니다. 세류에 흘러가는 한 시대의 공무원 세계였습니다. 지금 공무원이 무엇을 주고받겠습니다. 지금 청탁풍조배제 결의대회 같은 것을 하면 국민정서가 소화를 못하지요. 공무원이 청탁을 받을 때 받지 말자고 결의를 한 것입니다. 공무원들의 행위는 시대의 거울에 비친 알몸 같은 현상입니다.

대통령 종친이었던 전병우 부지사가 전국구로 국회에 들어가자 후임으로 이길연 전주시장이 취임을 하였습니다. 24대 군산 시장도 지냈던 행정의 달인 이길연 씨가 그의 오랜 꿈을 이룬 현상을 보았습니다. 후임 전주 시장에는 강상원 씨가 발령되었습니다. 라이터 수집이 특기였던 이 부지사는 취임 얼마 후 명예 퇴임을 하게 됩니다.

81년 봄호 《표현》 제4집이 출간되었습니다. '우리 문학의 반성과 전망'이란 특집에서 조연현, 이원섭, 백락천, 김현이 평론을 실었습니다. 당시엔 쟁쟁한 멤버들이었습니다. 시에 김해강, 최일운, 조병희, 정열, 소재순, 이한호 등이 보이고 평론에 원형갑, 이상비, 이보영, 수필에 김영례, 김학 등의 이름이 보였습니다.

KBS 남원방송국에 근무하는 박양훈 씨가 《간이역》이라는 수필로 월간문학에 등단을 하였습니다. 그리고 최승범 씨가 하는 전북문학 제71집과 남원 문학 제3집이 발간되었습니다. 그리고 석전石田 황욱 선생 초대전이 동아일보 주최로 세종문화회관에서 열려서 전라북도 예술인들의 마음을 흐뭇하게 하였습니다.

어머님을 잃어버린 그 4월을 보내며 우리는 월명동 집을 팔고 이사하려는 계획을 세우고 있었습니다. 아내가 운영하는 점포에서 생활비를 벌고, 봉급은 적금을 들며 시작한 결혼 생활 5, 6년이 가며 조금의 여유가 생기자 이사 준비를 서둘렀습니다.

보고 싶은 草羅! 요사이 바쁜 나날을 보내고 있습니다. 제22회 문화관광부장관기 전국초등학교 태권도대회가 2001년 7월 28일부터 2박 3일 동안 공설운동장 실내 체육관에서 열렸습니다. 1,500여 명의 선수와 임원이 몰려왔습니다.

민주화가 만발한 이 시대…… 선수와 임원들은 너무 많은 것을 요구한답니다. 그리고 정작 자기들은 지킬 것을 너무 안 지켜요. 불법으로 집단 취사를 하면서 공공의 전기와 물을 끌어다 써 골치를 아프게 하네요. 음식물에 의해 집단 식중독이라도 발병을 하면, 공공기관에서 물과 전기를 주어 취사가 가능했으니 국가에서 응분의 책임을 져라 할 정도의 이기주의적 사회정서를 자탄합니다.

무더운 여름 태권도 행사가 끝나자 이번에는 2001 교보생명컵 전국초등학교 탁구대회가 2001년 8월 1일부터 8월 4일까지 다시 열립니다. 무더운 여름철에 노후된 시설에서 냉방이 제대로 안 되어 애로가 많습니다. 관리 허술이란 언론의 따가운 지적 앞에 암울한 일상을 보내고 있어요.

보고 싶은 草羅! 여름의 한가운데 우리는 있습니다. 개정동사 무소에 있다 이곳으로 자리를 옮긴 지 40여 일이 지나가고 있습니다. 전입 한 달 되는 날 나는 떠나고 싶다는 의사를 인사부서에 요구해 두고 있답니다. 초읽기의 공직 생활을 내 능력에 맞게 일하고 싶습니다. 공무원으로서 직무 외에 내 문학에 전념하고 싶어요.

그대가 멀어진 공간에 나는 예쁜이를 하나 만났어요. 무더운 여름 이슬비 같은 사념 속에 젖기도 합니다. 그대의 빈 공백은 내 마음을 외롭게 하고 있군요. 무더운 여름 한 공간에 그대 모습이 나타나길 기원합니다.

(2001. 8. 2)

168
세월 속 권력의 무상

草羅! 어머님을 땅에 묻고도 세월은 갔습니다. 81년 5월이 왔습니다. 5월에 두 가지 일이 생각납니다. 전경환이가 소속되어 있는 궁정동 조기축구팀이 군산 조기축구팀을 초청하여 친선 경기차 서울에 갔던 일입니다. 다른 하나는 군산상고가 제15회 대통령배 야구대회에서 우승을 하여 시민들의 가슴을 시원하게 하였던 생각이 납니다.

그해 4월 전경환 새마을 운동 사무국장이 실질적으로 운영하고 있는 궁정동 조기축구팀이 전주에 와서 축구를 하였습니다. 그때 군산 조기축구팀도 참여를 하였는데, 이 자리에서 전경환 씨가 군산팀을 초청하였습니다.

소식을 접한 김영배 시장은 서무계장 송준길 씨에게 명하여 신속하게 이를 추진하도록 지시하였습니다. 명을 받은 송준길 씨는 당장 새마을 운동 중앙본부에 출장하여 전경환 씨에게 인사한 후 실무자들과 협의를 해 왔습니다.

대통령 동생이고 실세 중의 실세인 전경환 씨가 초청하는 행사에 대한 기대와 호기심에 들떠 있었습니다. 계획과 추진 모두를 시장이 진두지휘하였습니다. 정말 치밀한 준비를 하였습니다.

우선 팀을 군산의 유지와 기관장 그리고 축구인들로 편성을 하였습니다. 지금 생각나는 사람들은 국회의원 고판남, 김영배 시장, 권갑석 교육장, 최원섭 새마을 회장, 이보웅 조기축구협회장, 제일고 축구코치 최재모 씨 등과 선수로는 권기철, 소수영, 백영식 씨 등이 생각납니다.

우리들은 모든 준비를 마치고 5월 9일 토요일 일찍 상경을 하였습니다. 시청 버스와 미니버스로 출발하여 오후 4시쯤 청와대 옆 어느 운동장에 내렸습니다. 우리가 서울 톨게이트에 도착하자 경찰 백차가 나와서 우리들을 호위하였습니다. 실세의 힘을 본 듯하였습니다.

전경환 씨가 직접 나와서 우리들을 기다리고 있었습니다. 전경환 씨는 궁정동 조기축구팀을 소개하였습니다. 궁정동 멤버 중에는 코미디언 남보원이도 끼어 있었습니다. 김영배 시장은 군산 팀을 소개하였습니다. 전경환 씨는 박정희 시절 자신이 청와대 경호팀장으로 있을 때 주민들과 청와대와의 거리를 해소하기 위하여 축구팀을 만들었다 했습니다. 팀 중에는 고위 관리도 있지만 이발사, 복덕방주인, 상인 등 평범한 이웃들이 다수 포함되었다고 소개를 하였습니다.

전경환 씨의 지휘로 참가했던 모두는 운동장을 돌고 준비운동을 하였습니다. 전부가 유니폼으로 갈아입고 전경환 씨의 지시대로 운동장을 돌았습니다. 고판남, 김영배, 권갑석 씨 등 원로들도 함께 돌았습니다. 준비운동이 끝나고 본 게임은 전경환 씨가 직접 뛰었고 군산에서는 조기축구회원들이 뛰었습니다. 운동 도중 일본에서 온 거물 정객이 운동장까지 와서 전경환 씨를 면담하고 간 것을 보면서 그의 실력을 알 수 있었습니다.

게임 결과는 완패였습니다. 승패에 전연 관계없이 우리들은 새마을 중앙연수원으로 안내되었습니다. 전경환 씨는 오가며 차의 상석에 고판남 의원을 모셨습니다. 연수원에 도착하자 기다리던 간부들을 소개하였습니다.

방을 배정받고 샤워를 하고 만찬에 참여하였습니다. 밴드가 동원된 만찬은 분위기가 좋았습니다. 양측이 만찬사를 하고 선물을 주고받았습니다. 그들이 우리에게 준 선물 내용은 잊었지만, 우리 시장은 원로 서예가이며 군산시 교육장인 여산如山 권갑석 씨의 휘호를 전경환 씨에게 주었습니다. 시장의 소개로 권갑석 씨가 직접 글의 내용을 설명하였습니다. 밥과 술을 든 후 술과 노래에 부담 없이 취했습니다.

5월의 밤 중앙연수원에서 잠을 청하였습니다. 서울 속의 밤에 한없이 뻐꾸기가 울었습니다. 그날 밤 저 세상에 계신 어머님의 생각으로 눈물겨운 밤을 보냈습니다. 권력이란 큰 힘을 생각하였습니다. 이튿날 오전 한 번의 게임을 더 하고 군산 사람 모두는 흐뭇한 마음으로 돌아왔습니다. 갈 때와 마찬가지로 올 때에도 경찰 백차가 서울 톨게이트까지 우리를 호위하여 주었답니다.

草羅! 노태우 정권이 들어서자 제일 먼저 전경환 비리가 세상에 폭로되었습니다. 그가 사천비행장에서 일본으로 망명했다고 언론에 대서특필되자, 외유 중이던 전두환이 귀국을 하였습니다. 형의 권유로 그의 동생 전경환 씨가 귀국을 하고 형무소로 갔습니다. 그가 형무소로 호위되어 갈 때, 누군가가 그의 뺨을 치는 것을 TV를 통하여 보았습니다. 권력의 무상을 절감합니다. 나는 전경환 씨가 초청한 궁정동과 군산 조기축구팀 간의 친선 게임의 자료를 찾다가 사진 두 장을 발견하였습니다.

81년 5월이 적힌 선명한 사진 두 장 중 한 장은 코미디언 남보원과 찍은 사진입니다. 다른 한 장은 전경환 씨가 나에게 양주를 따르는 사진이었습니다. 이 사진을 찍기 위해 스스로 대열에 섰던 속보인 생각도 해냈습니다. 20년 전 찍힌 노랗게 변색된 사진 두 장을 보며 역사와 인생을 생각하였습니다. 세월의 덧없음을 생각하였습니다. 그대와 만남을 생각합니다. 이제 그대와 이별을 생각한답니다.

궁정동 조기축구팀과 친선 경기를 했던 그해 5월 나훈아, 김지미 부부가 KBS에 출연하여 쇼를 벌여 쇼 같은 세상이라고 한탄을 하였습니다. 우연정이 5년 만에 영화계에 컴백했다 하여 전라도 사람들이 다리가 없는 그에게 연민의 정을 느꼈습니다. 경산에서 열차가 후진하다가 뒤에서 오는 열차와 부딪쳐 54명이 사망하고, 253명이 중경상을 입었습니다. 군산의 김관옥 변호사가 반공연맹 전라북도지부장에 선임되었습니다. 전임 강정준 회장에 이어 군산 사람이 연임하게 되었습니다. 선운사 주지 이대우가 《길을 묻는 이에게》 라는 책을 냈습니다. 이대우는 뒷날 은적사 주지로 있으면서 나와 부대끼며 살았던 사람이었습니다.

보고 싶은 草羅! 2001년 8월의 둘째 주에 우리는 살고 있습니다. 둘째 송일이 면회 때 부산에서 넘어진 충격으로 집사람이 어지러워한답니다. 집사람과 함께 병원에 다닙니다. 많은 세월을 보내면서 모처럼 부부의 정을 생각합니다. 나이가 들면서 의지할 곳이 부부뿐이 없다는 생각을 합니다.

요사이 수영장엔 연일 1000여 명 이상의 수영객이 몰려온답니다. 많은 아이들이 수영을 즐기며 이 여름을 보내고 있군요. 이 여름 그대의 건강을 기원합니다.

(2001. 8. 7)

169
전성기의 군산상고 야구

草羅! 군상상고 야구에 대하여 이야기해야 하겠습니다. 81, 82년은 군상상고 야구의 전성기였습니다. 야구 이야기는 지금도 가슴이 두근거립니다. 제15회 대통령배에서 우승한 상고 야구를 이야기하려 합니다.

81년 고교야구 전국대회 첫장을 여는 제15회 대통령배 대회가 전년도 우승팀인 광주일고 등 21개 팀이 출전한 가운데 5월 6일 서울운동장에서 열렸습니다.

이날 군산상고는 경남고와 연장전까지 펼치는 접전 끝에 역전의 명수답게 연장 11회 말 장호익의 굿바이 히트로 결승점을 뽑아 2:1로 2회전에 올랐습니다.

이어서 5월 9일에 전개된 대 장충고전에서 임동구의 솔로 홈런 등 장단 8안타를 쳐 10:1로 7회 골드게임승을 이루면서 8강에 진출하였습니다. 군산 시민들은 이때 이미 우승을 점치기 시작하였습니다. 고교 1년생인 조계현의 제구력이 워낙 뛰어난데다가 그의 콤비 플레어인 장호익의 안정된 포수 그리고 막강한 타선은 전국 제일의 명문임을 보여 주었기 때문이었습니다.

12일에 열린 세광고와의 접전에서 2:1로 승리를 하였습니다. 이날 경기에서 군상은 세광고 선발 한희민의 난조를 틈타 가볍게 2점을 선취하고, 5회에 두 번째 구원 투수로 등판한 조계현이 세광고 타봉을 1실점으로 잘 막아내면서 4강에 선착하였습니다. 이때부터 군산 시민들은 들뜨기 시작하였습니다. 군상, 신일, 대구, 북일 등 4강으로 압축되었습니다.

14일 준결승전에서 신일은 1회 초 선두 전병국이 배드볼로 나가 2번 정승열의 희생 번드로 2진한 뒤 군상의 선발 강대호의 2루 견제 때 3루를 밟았습니다. 이때 강의 견제구를 넘어지면서 간신히 받은 유격수가 3루로 황급히 던지자 3루수가 이를 빠뜨려 3루 주자 전이 홈인할 수 있었던 찬스에서 이 볼이 마침 신일의 김성근 감독의 발에 맞고 그 자리에 멈추는 바람에 글러브에 들어오는 볼을 놓쳤던 신일고는 후속타마저 불발하여 득점에 실패했습니다.

실점위기를 넘긴 군상은 2회 말 선두 4번 임동구가 중전안타로 포문을 연 뒤 포볼과 후속타로 만든 무사만루에서 신일 선발 이재홍의 와일드 피칭을 틈타 선취점을 뽑고, 8번 강대호의 좌전 적시타로 단숨에 2:0으로 달아났습니다.

5회 초 선두 6번 대타 김한중의 좌전 안타와 8번 김환기의 우전 안타 등으로 1사 만루의 호기를 잡은 신일고는 1번 김병국의 적시타로 1점을 만회했으나, 2번 정승훈의 외야 플레이 때 3루 주자 김이 홈에 뛰어들다 군산 우익수 김동석의 기막힌 송구로 태그 아웃되어 동점 찬스를 잃고 무릎을 꿇었습니다. 이렇게 해서 군상은 북일과 대망의 결승에 올랐습니다.

결승전을 앞둔 군산은 들끓었습니다. 5월의 월명공원 산보로는 아카시아꽃처럼 기대로 만발했답니다. 폭풍전야의 침묵으로 정적이 감돌았는지 모릅니다. 지사와 교육감, 시장이 축전을 보내고 응원단 상경 준비를 서둘렀습니다. 군상상고에서 15대의 버스를 준비하였습니다. 시청에서도 크고 작은 두 대의 버스를 준비하였습니다.

81년 5월 15일 오후 3시 대망의 결승전, 서울운동장엔 3만5천의 관중이 운집한 가운데 군상과 북일고의 결전의 막이 올랐습니다. 전국의 야구팬 그리고 많은 군산 시민의 TV 중계 앞에 숨죽여야 했습니다. 우리들은 사무실 캐비닛 위의 TV를 지켜보았습니다.

군상이 선공에 들어갔습니다. 1번 김평호가 4구 고르고 다음 타자가 보내기 번트에 성공하여 2진을 하였습니다. 2사후 4번 임동구가 다시 4구를 골라 주자 1, 2루를 만들었습니다. 이어서 공격에 나선 5번 조계현이 두 번째 볼을 향해 휘어치는 순간, '딱' 소리가 나자 환호 속에 북일의 우익수 옆을 빠지는 주자일소의 적시 2안타가 터졌습니다. 2:0.

1회 말 선발 강대호가 2루타를 맞자 그날의 히어로 조계현이 등판하여 3진 3개를 빼앗는 등 범타로 처리하였습니다.

다시 2회 초 북일 선발 안영수의 난조를 틈타 포볼 2개와 적실을 묶어 무사만루의 호기에서 1번 김평호의 스퀴즈로 1점, 2번 고장량의 좌 안타로 추가 2점 등 3점을 얻어 5:0으로 북일을 떠밀 수 있는 계기 마련을 했습니다.

1회 말부터 구원 등판한 조계현이 2, 3, 4, 5회를 완전히 소화했지만 6회 말 1사 만루를 허용하더니 북일의 9번 김현배에게 우월 함포사격으로 2점을 허용 5:2.

더구나 2회 말 릴리프로 나온 북일 하수인의 슬로 커브에 군상 상의 타자들은 침묵으로 일관하여 우리들의 가슴을 태웠습니다.

드디어 7회 말 조계현의 위력이 떨어진 볼이 배드볼을 주고, 포수 장호익마저 파울볼로 팔을 다쳐 불안하게 하는 최대 위기를 맞았습니다. 그러나 조계현은 빠른 직구로 승부수를 던지면서 뒤집힐 수 있는 최대 위기를 1점만을 허용하였습니다. 5:3.

군산은 쫓기고 북일은 좇아오는 게임이었습니다. 운동장에서 상고를 응원했던 사람들과 군산 시민은 숨을 죽였습니다. 8회 무실점, 9회 마지막 조계현의 직구가 범타로 끝이 났을 때 운동장 선수들은 얼싸안았고, 군산 시민들의 함성은 월명산 수시탑에 맴돌았습니다.

군상이 승리가 확정되었을 때 많은 사람들은 술집을 향했습니다. 봄밤 아름다운 항구 군산의 밤은 야구 이야기로 젖었을 것입니다. 술에 젖었을 것입니다. 그 시간 제일 불행한 사람이 있다면 상고야구 환영대회 계획서를 작성했던 우리들이었습니다. 다음날 아침 시내 곳곳에 축하 플래카드가 시내를 물들였습니다.

5년 전 10회 대회 때 우승했던 상고가 다시 5년 후 15회 대회에서 대통령기를 안았습니다. 5년 후인 뒷날 제20회 대통령배가 군산으로 돌아오는 기연을 봅니다. 그리고 내 자료에 의하면 81년, 82년 양해에 3회를 전국 제패를 함으로써 상고야구의 전성기가 아니었나 생각을 합니다.

군산시청 호적계 평직원으로 근무했던 조래권 씨의 막내아들 조계현이 최우수 투수상, 득점상을, 임동구가 최우수상을 박기성 감독이 지도자상을 받았습니다.

승리를 거둔 전북의 건아들은 18일 상오 전주에 개선, 35사단의 카퍼레이드가 전주 시내를 가른 후 도청 광장 환영대회에 참석하고 이리를 거쳐 오후 3시 시청 광장 군산시민환영대회에 참석했습니다. 개선하는 상고야구 환영대회 이야기는 지난번에도 했으므로 이번엔 생략하려 합니다.

보고 싶은 草羅! 야구 이야기에 폭 빠졌군요. 나는 2일간의 연가를 다시 냈습니다. 지난번 부산 후유증으로 아내의 건강이 덜 좋아 뒷바라지를 하며 보내고 있습니다. 아내 돕는 일과 글쓰는 일 그리고 예쁜이 생각하는 일로 이 여름을 지낸답니다. 안녕, 그대여.

(2001. 8. 9)

170
세월을 알아야 합니다

草羅! 81년 6월이 왔습니다. 초순에 가뭄이 계속되었습니다. 전두환 대통령 동남아 5개국 순방을 앞두고 대대적인 북괴만행 규탄대회를 가졌습니다. 여의도 광장에 200만 명이 모여 전두환 대통령이 제의한 6·5 남북회담 제의를 수락하고, 재침의 흉계를 규탄하였습니다. 김일성과 김정일의 화형식을 가졌습니다.

31주년 6·25날 전두환 대통령은 인도네시아를 비롯한 말레이시아, 싱가포르, 태국, 필리핀 등 5개국 순방길에 올랐습니다. 반공 외교를 다지기 위한 15일간의 동남아 5개국 순방을 하였습니다.

도는 초대 제2부지사에 최인기 씨를 발령하였습니다. 그리고 내달 시 승격을 앞두고 남원 시장에 심성택 씨, 정읍 시장에 최봉규 씨를 발령하였습니다.

전두환 대통령이 순방 중인 6월 30일 상오에는 전주 실내 체육관에서 김관옥 반공연맹 전북지부장이 주최하는 북괴재침흉계분

쇄와 6·5 남북회담 수락을 촉구하는 전북도민궐기대회를 가졌습니다. 통반장을 차에 싣고 참여했던 생각이 납니다. 아! 그리고 김병옥 계장이 정년 퇴임을 하였습니다. 회계통인 김병옥 씨가 31년간의 공직 생활을 마치고 떠나가는 모습을 보았습니다. 공무원 숙청을 잘 넘기고 정년을 하는 그의 모습에서 천연한 느낌을 받았습니다.

그해 6월 송동균의 시집 《정읍까치》가 나왔습니다. 25세의 백학기 씨가 현대문학에서 '삼류극장에서 닥터 지바고를', '눈', '부활의 서' 등의 시로 이원섭을 통하여 추천 완료되었습니다. 원광대 출신 젊은 시인의 탄생은 놀라울 뿐이었습니다.

군산의 존경하는 시인 이병훈 씨가 첫 시집 《단층》에 이어 그의 두 번째 시집 《하포 길》을 세상에 내놓았습니다. 당시 56세 이병훈이 내놓은 시집은 너무 아름다운 시들로 가득하여 감동을 받았습니다. 군산의 시인 이병훈 씨의 시집 《하포 길》은 지금도 내 시의 지침서가 되고 있습니다.

건강과 필력을 자랑하시던 이병훈 선생이 올해 77세입니다. 크게 해친 건강은 아니지만 근래에 뜸한 집필 생활을 봅니다. 전과 같지 않은 선생님의 건강을 보면서 세월의 탓이라 생각을 합니다.

어제는 2001년도 하반기 정기 인사를 단행하였답니다. 정진술, 김정옥, 황호종, 김성희, 유정섭, 김혜자, 함양갑 씨 등이 승진하여 읍·면·동장이나 과장 보직을 받았습니다. 인사 요인은 42년 상반기생인 이도식, 최영식, 최환용, 임영호, 김종태, 박영일 씨 등 사무관들이 정년 일 년을 앞두고 공로 연수란 명목으로 떠나 갔기 때문입니다.

계장급에서는 45년 상반기생이 같은 목적으로 물러남을 봅니다. 세월을 거스를 수 없는 인생사를 본 것 같아 마음이 아픕니다. 진급에서 누락된 46, 47년생이 초조히 사업소 등으로 배치되었습니다. 그들의 딱한 사정을 보면서 공무원들의 끝내기가 참 허탈한 것이구나 하는 생각을 합니다.

진급에서 탈락한 몇 친구를 보며 위로하기도 마음이 아픕니다. 46년 계장 그들은 1년 내에 보직을 받지 못하면, 그 일 년 후에는 공직을 떠나가야 합니다. 이번 인사에서 탈락한 그 사람들, 그리고 주요 자리로 보직을 받지 못한 그들이 절망합니다. 평생을 바쳐 공직에 있으면서도 사무관 한 번 못하고 공직을 떠나가야 할 좌절을 그들이 겪고 있습니다.

보고 싶은 草羅! 내가 이곳 체육시설 관리과장으로 오면서 우리 국에서 가장 연장자라는 사실을 알게 되었습니다. 체육시설 관리과장으로 온 지 한 달이 되던 날 인사부서에 읍·면·동장으로의 전출 의사를 밝혔습니다. 전보 제한 전에 발령할 수 없다는 명분을 말합니다. 물론 타당한 이야기지만 아쉬움이 많은 세월을 보내고 있습니다.

사람은 세월을 알아야 합니다. 나의 위치를 직감해야 되겠지요. 근래에 이쁜이를 만나서 나를 다듬습니다. 버리면서 얻으라는 것입니다. 젊은 사람을 위해 내 의자를 늘 물려주면서 다시 내 문학을 굳게 세우자는 생각으로 가득합니다.

큰놈 형진이가 휴가차 집에 와 있습니다. 8급 세무공무원인 그의 휴가를 보면서 먼 장래에 그가 나 같은 처지에서 고뇌할 것을 상기한답니다. 그래도 어찌하겠습니다.

오늘은 제56회 광복절입니다. 형진이 데리고 부모님 성묘길에 올랐습니다. 대야—청허—죽산—태인—칠보—운암으로 하여 비안개 낀 8월의 산야를 가르며 순창을 갔습니다. 자식놈에게 이야기합니다. 언젠가 내가 죽으면 어은리 윗밭에 나를 묻으라고 말을 합니다. 그는 충직히 "예" 하고 대답합니다. 감성적이지 않은 그가 좋습니다.

책의산이 보이는 아늑한 산자락……. 부모님 묘 앞에 술과 약간의 안주를 놓고 절을 올렸습니다. 나머지 공직 생활을 잘 마무리하겠다고 고하였습니다. 예쁜이에게 정성을 다하되 도덕성을 존중하겠다고 고하였습니다. 좋은 사회 생활을 할 수 있도록 도와 달라고 빌었습니다. 좋은 시인이 되게 해 달라고 빌었습니다.

오는 길은 형진이가 운전을 하고 돌아왔습니다. 집사람이 형진이에게 할아버지, 할머니에게 성묘를 하여 좋은 휴가가 되었다고 격려를 하여 주었습니다. 내가 큰놈에게 말합니다. "너도 아들 나서 직장을 갖고 손자놈 휴가 올 때 데리고 우리에게 성묘 오도록 하여라" 말하자, 아들놈 또 "예" 합니다. 늙어 가나 봅니다. 이승과 저승의 이야기를 하다 보니 왠지 이 여름이 쓸쓸한 생각을 하게 됩니다. 그리운 그대! 우리가 서로에게 기대어 이야기했던 시절이 많이도 지났나 봅니다. 건강한 이 여름 되세요.

(2001. 8. 16)

171

많은 사람이 미국 가기를 원했습니다

草羅! 뜨거운 81년 7월이 왔습니다. 7월 1일은 남원읍과 정주읍이 시로 승격되는 날이었습니다. 전두환 대통령이 아세안 5개국을 순방하고 돌아왔습니다. 돌아온 대통령은 전역한 노태우 씨를 제2정무장관에 임명하였습니다.

집중호우가 밀려왔다 가면서 벼멸구가 극성을 부렸습니다. 이향아가 《긴 강에 꽃을 띄우며》라는 수상록을 펴냈습니다. 전북 수필 제6집이 발간되었습니다. 정덕용 씨가 발간한 전북 수필 중 원형갑, 최증자 등의 글을 읽었던 생각이 납니다.

군산의 이원철 형이 그의 두 번째 시집 《앞바다》를 펴냈습니다. 72년도에 펴낸 《공원》 이후 9년 만이었습니다. 왕비는 가시고, 아내는 귀가 작다, 바다는 가운데가 없다 등 특이한 이원철 형 풍의 시들이었습니다.

81년 8월 1일은 김영배 시장 취임 1주년이 되는 날이었습니다. 취임 1주년을 맞이한 김영배 시장은 전환기에서 새 정권을 내리는 데 크게 기여하였습니다. 그는 남북 관통도로 개설공사를 추진하였습니다. 내흥동에 분뇨종말처리장을 착공하였습니다. 임해공단에 공장이 들어오도록 하는 한편 시내 일원의 포장공사를 추진해 왔습니다.

참모들은 취임 1년을 맞이한 시장에게 축하 만찬을 준비하였습니다. 시장에게 드릴 행운의 열쇠도 만들어 증정하였습니다. 지금 같으면 상상할 수 없는 일들입니다.

시장 취임 1주년 며칠을 앞두고 미국 워싱턴주 타코마 시장이 초청장을 보내왔습니다. 자매시인 마이크 파카 시장은 타코마 시민의 날인 81년 8월 15일에 한국의 날 선포식과 축하운동회에 참석해 달라며 초청자 명단을 보내왔습니다. 초청자는 김영배 시장, 최지신 수협장, 고석장 양곡조합장, 박종명 용화초등학교장이었습니다.

미국 가기가 어려웠던 시절, 자매시인 타코마 시장의 초청장을 받을 수 있었던 것은 가문의 영광이었습니다. 미국에서 초청을 조정했던 사람은 타코마시 교민회 교육부장 정회상 씨였습니다.

시청 사람들 미국 갈 수 있도록 하는 사무를 내가 맡고 있었답니다. 민간인 3명은 여행사에다 맡기고, 시장 해외출장 승인신청은 내가 추진하였습니다. 초청장을 받은 하루 만에 서류를 만들었습니다. 시장 결재가 나자 곧바로 도 서무과로 공문을 가지고 갑니다. 도에서 지사까지 결재 후 내무부 지방행정과로 가져가야 합니다.

내무부에서 차관 결재가 되면 다시 내무부, 안기부, 외무부 실무 과장들이 하는 심사가 있습니다. 공무원이 외국 출장을 해도 되는지를 판단하는 공심회가 일주일에 화, 금요일 두 번 있습니다.

공심회에서 통과되어 내무부로 통보가 되면 승인절차가 끝이 납니다. 승인이 되면 외무부 민원실에 여권신청을 합니다. 3일 만에 여권이 나오면 다시 미국 대사관에 비자신청을 합니다. 미국 대사관 앞에서 줄을 서서 3~4일 기다려야 비자가 나온답니다. 물론 민간인은 미 대사관 직원과 인터뷰를 거친답니다.

위와 같은 일은 말로는 쉽습니다. 그러나 우선 기간이 너무 짧답니다. 모든 문서는 접수 후 선열을 거쳐 실무자로부터 올라오며 결재가 됩니다. 도청, 내무부, 공심회, 외무부, 미 대사관 등 몇 개 기관을 거쳐가기까지 많은 시간이 걸립니다. 또한 실무자로부터 최후 결심자까지 생각대로 결재가 나주지를 않습니다.

이런 것들을 감안치 않고 받아 놓은 날짜에 출국하려 하니 부작용이 있는 것입니다. 이것을 극복하기 위해 편법을 쓴 것입니다. 부탁하고 돈봉투를 투입합니다. 공문을 가지고 가기 전에 부지사실에 시장이 전화를 합니다. 그 공문이 내무부에 가기 전에 행정계장에게 부탁 전화를 시장이 한답니다. 이런 것들을 맞추기 위해 서두른답니다.

도나 내무부나 실무자들도 많은 업무에 시달리는데 기다렸다는 듯이 업무 처리를 해 줄 수가 없겠죠. 이를 돌아가게 하기 위한 것이 술을 사고 봉투를 주고 집을 찾아가는 것입니다. 내 공직 생활에 공무원 외국 가는 사무로 가장 큰 마음의 상처를 받았답니다.

서둘다 보니 두 번이나 버스에 서류를 놓고 내려 버린 기억이 있습니다. 돈봉투 만드는 것보다 이를 전하는 괴로움은 해보지 않는 사람은 모릅니다. 내무부 실무자 집 연희동 달동네 그 사람 집을 찾아가는 새벽에 스스로를 생각하면 지금도 씁쓸하답니다. 내 친구 노장택 씨가 있는 내무부 지방과 행정계 그곳을 들락거리며 당했던 인간적인 모멸감을 지금도 잊을 수가 없습니다. 노장택이가 모르는 사람이면 얼마나 좋았을까 하는 바램을 참 많이도 했던 것 같습니다.

또한 군산 시내 많은 사람들이 미국 가기를 원했습니다. 그곳을 가기 위해 부리는 추태는 말로는 다할 수 없었습니다. 이러한 과정을 거쳐 꼼꼼한 김영배 시장 일행이 81년 8월 14일 6박 7일 간의 미국 여행을 위해 김포공항에서 비행기를 탔습니다. 시장을 보내고 김포공항을 떠나오면서 계장과 나는 술 생각이 났습니다. 마음이 너무나 서글펐기 때문이었습니다.

김시장 가방 속에는 현지에서 연설할 연설문이 들어 있었습니다. 남농 그림 1점, 태극기 1,000매, 인삼, 파카 시장 부인에게 줄 옷감들이 들어 있었습니다. 이것들을 챙기면서 계장과 내가 얼마나 마음고생을 했는지 모른답니다. 사정해서 싸고 지고 미국 가서 돈 쓰고 왔던 시절 생각하면 지금도 서글픈 생각이 듭니다.

보고 싶은 草羅! 여름이 한 고개를 지나가고 있습니다. 정상에 가면 내려오는 것. 머지않아 가을은 풍요와 함께 올 것입니다. 그대의 좋은 시절이 되길 빕니다.

(2001. 8. 21)

172
월명공원 순직비

　　草羅! 시장이 미국을 간 다음날은 제36회 광복절이었습니다. 시장 대신 송병욱 부시장을 모시고 아침 군경묘지 갔다오는 일과 10시에 회의실에 있는 광복절 행사를 치렀습니다.

　시장 판공비를 보는 사람은 시장 부재중 경비에 대해서 많은 고민을 한답니다. 시장이 없는 일주일 동안 시장 직무와 관련하여 부시장이 사용한 제 경비를 시장 판공비로 처리하여야 됩니다. 당연한 것이지만 출장 갔다온 시장에게 그간의 경비를 보고하기 어렵기 때문이죠. 부시장이 썼다고 말하기가 매우 어려운 것이랍니다.

　하여간 시장 부재중 사용한 판공비 문제로 부시장에게 많은 어려움을 당하였습니다. 부시장 입장은 입장대로 실무자나 계장 입장은 입장대로 난감했습니다. 진실은 밝혀지는 것이기 때문에 얼마 안 가서 부시장과의 오해는 풀렸지만 20년이 지났는데도 그때 마음고생을 잊지 못하고 있답니다.

미국에 갔던 김영배 시장은 8월 15일 한국의 날 선포식에 참석하여 연설하고 타코마 시장과 양시 우호를 돈독히 한다는 합의를 하였습니다. 돌아올 때는 캐나다를 거쳐 귀국하였습니다.

일주일 만에 김영배 시장은 미국에서 돌아왔습니다. 송준길 계장이 김포에 나가 시장을 모시고 왔습니다. 송계장과 함께 올라갔던 직원 한 사람은 서울에 남았습니다. 그는 미국에서 돌아온 시장의 선물을 사기 위해 남대문 시장에 들립니다. 암거래 시장에서 미제 물건을 몽땅 사 가지고 옵니다.

싣고 온 물건들은 시청 상황실에서 리스트에 의하여 포장이 되어 귀국 선물로 변합니다. 출국할 때 받았던 봉투, 직위, 위치 등에 따라 사온 물건들을 돌립니다. 선물을 받은 사람들은 남대문 시장에서 산 물건들이 마치 미국에서 온 것처럼 감격했던 시절이었습니다.

돈 퍼주고 미국 가고, 갔다와서 양키시장에서 미국물건 사던 시절이 있었답니다. 김영배 시장이 들고 갔던 남농 그림이 지금껏 보관되었는지? 누군가에 의해 버려졌는지? 궁금하답니다.

미국에서 돌아온 김영배 시장은 마이크 파카 타코마 시장 일행을 초청토록 지시를 하였습니다. 그리고 미루었던 시정을 챙기었습니다. 그해 8월은 무던히도 무더웠습니다. 풍년 농사였습니다.

옥구군 미성읍에 있는 임해공단과 주위를 군산시에 편입해 달라고 군산상공회의소 고판남 회장 명으로 내무부에 건의하였습니다. 그리고 군산상고가 5월 제15회 대통령배 전국 고교야구 대회에 이어 이번에는 대봉기에서 준우승을 차지하여 시민들을 즐겁게 해 주었답니다.

그리고 생각지도 않게 서해 바다에 오징어 떼가 나타났답니다. 8월 한 달 동안 1만 9천톤을 잡아 경매에 부쳤습니다. 동해에서만 잡힌다는 오징어가 서해 근교에 나타나자 어부들과 군산 시민들은 흥분했습니다. 시민들은 계속하여 서해안에 오징어가 나타나기를 빌었습니다.

정부에서는 수경사령관 박세직을 해임하였습니다. 비리와 청탁 행위자로 군율 수호를 위해 해임한다고 발표하였습니다. 많은 사람들은 윤필용 장군을 생각하였습니다. 또한 한국노인복지회 사건으로 5명이 구속되었습니다. 이는 뒷날 많은 사건을 몰고 옵니다. 그리고 문교부에 사의를 표명했던 유재영 전라북도 교육감의 사표가 수리되었습니다.

보고 싶은 草羅! 이 8월이 마지막 가려 합니다. 이제 뜨거움도 한풀 풀려가고 있습니다. 어제는 1년 전에 순직한 유화종과 박시규의 순직비 제막식을 가졌답니다. 1년 전 오늘 군산에는 반세기 만에 가장 많은 폭풍과 폭우에 휩싸였어요.

일요일이었던 그날 오후 비상이 걸려 개정동사무소에 나갔습니다. 비상 소집에 오는 도중 나는 유화종 씨가 똥매산 무너진 곳에서 인부들에게 작업 지시하는 것을 보았습니다. 사무실에 도착하여 직원들 비상회의를 개최했습니다. 그리고 부탁하였습니다. 재난은 예방하되 이기지는 말라는 당부를 하였답니다.

억수 같은 비가 밤새도록 쏟아졌습니다. 집에서 침구를 가져다

날을 새우며 재난 대비를 하였습니다. 밤 12시경 동장실 TV를 통해 유화종과 박시규 순직을 알았답니다.

두 생명의 주검은 안타깝습니다. 나운 1동 아파트 뒷산이 무너졌습니다. 무너진 재난으로 시장실 전화기에 민원이 빗발쳤습니다. 당장 복구하기는 안전과 기술적으로 어려운 것입니다. 무리한 복구로 두 사람을 잃었습니다. 이는 우리 시민들의 성급함에 밀려 안전 수칙을 소홀히 했던 점도 있답니다. 간 사람들이 애달파서 하는 소리입니다.

그가 간 지 1년……, 흙더미에 묻혀 간 자리 뒷산에 순직비를 세워서 그들의 넋을 위로합니다. 우리는 그들의 명복을 빌면서 성급한 시민의식이 성숙되기를 빌었습니다. 그들을 위한 시 한 편을 쓰고 싶습니다. 그리운 그대! 안녕.

(2001. 8. 29)

173
아버님 모시고 개정병원에

草羅! 김영배 시장이 미국에서 돌아온 81년 8월이 가고 있었습니다. 태풍 후에 폭염이 쏟아지는 계절이었습니다. 그러면서도 어쩔 수 없이 계절은 세월 앞에 기죽어 있었습니다. 풍년 농사를 지키기 위하여 병충해 예방에 행정력을 다하였습니다. 그리고 다음해 농사를 위한 퇴비증산을 독려하였습니다.

그해 8월 22일은 토요일이었습니다. 시에서는 개정동 공동묘지 쪽으로 풀을 베러 나갔습니다. 과별로 할당된 양의 풀을 베었습니다. 총무과는 동안 마을 뒤 언덕에서 풀을 베었습니다. 총무과 한량들 중에 나의 풀 베는 솜씨가 제일 나았답니다. 어려서 농사 지은 경험이 표 안 나게 살아났을 것입니다. 박영 씨가 나의 풀 베는 솜씨를 칭찬하여 주었던 생각납니다.

풀 베고 점심 먹고 일찍 들어왔습니다. 월명동 집으로 오는 골목에서 아내를 만났습니다. 나를 보자 그는 웃었습니다. 의미 있는 웃음! 집에 가서 이야기하자는 것이었습니다. 물 한 컵 내놓고 경장동에 보아둔 집 계약하였다는 것입니다. 놀란 나를 안심시키며, 살고 있는 집 팔고 좀 보태고 하면 대충 맞출 수 있다고 나를 안심시켰습니다.

77년 막내 건의 군산 유학을 계기로 전주 집을 팔아다 월명동에 집을 산 지 5년 만이었습니다. 계약된 경장동 새집을 보러갔습니다. 대지 77평에 2층 양옥이 꿈처럼 버티고 있었습니다. 오거리에 접하여 딱 떨어진 새집이었습니다. 이 집의 주인이 될 수 있을까? 그리고 어떻게 관리할 수 있을까? 걱정이 앞섰습니다.

새집을 계약하였으니, 살던 집을 팔아야 하겠지요. 아내는 신혼 초 셋방을 얻어 짐을 옮겨 놓고 퇴근길의 나를 만나 새집으로 데리고 갔었습니다. 그런 내가 뭘 알겠어요. 사고팔고 계약하고 나를 설득하는 데 집사람 고생 많이 하였답니다.

20년이 지난 요사이 글을 쓰며 집 산 내력을 물었습니다. 월명동 집 2,000만 원 주고 팔고, 경장동 집은 3,700만 원에 샀다고 하는군요. 이사 준비하며 8월을 보냈습니다.

81년 9월 1일은 음력으로 8월 4일 고향마을 모산이 아저씨 회갑일이었습니다. 내가 시청 수도과에 취직시켰던 형순이 아재 아버님입니다. 평일이었기 때문에 오전 일과를 마치고 순창을 향했습니다.

순창에 도착하여 집부터 들렀습니다. 동생 면이가 먼저 와 있었습니다. 아버님에게 절을 올렸습니다. 새로 살 집의 서류와 계약서를 내놓고 설명해 드렸습니다. 좀 과한 것 같다는 말씀과 그

동안 돈 저축하고 살림하느라 수고했다는 말씀을 아내에게 전하라 말씀하셨습니다.

4개월 전 어머님을 여의신 아버님은 알아보게 수척하셨습니다. 위장이 거북하여 남원 모 병원을 다니는데 병원 원장이 내시경 검사를 받기를 권하니 내일 함께 군산에 올라가서 개정병원에 가고 싶다는 말씀을 하셨습니다. 내시경이 무엇인지도 모르던 시절이었습니다.

옆집 모산이 아저씨 회갑은 조촐하지만 좋은 잔치였어요. 시골 잔치다운 잔치였어요. 형순이 아재 군산 친구들도 많이 와 있었던 생각이 납니다. 술을 자제하고 집에 돌아와 아버님과 많은 대화를 나누었던 생각이 납니다.

다음날 새벽 일찍 나는 먼저 군산에 왔습니다. 면이가 아버님을 모시고 올라오기로 했습니다. 비가 내리는 날이었는데 아버님과 면이가 오후까지 군산에 도착을 하지 않았습니다. 남원―전주간 도로가 워낙 사고가 많아 걱정을 많이 하였습니다. 부속실을 통하여 남원―전주간 사고 상황을 점검하기까지 하였습니다. 저녁이 다 되어서야 아버님과 면이 군산에 도착을 하였답니다. 전날 먹은 술로 면이 복통이 나서 여관에서 쉬었다 오느라고 늦어졌는데 많은 걱정을 했던 생각이 납니다.

월면동 집에서 주무시고 다음날 집사람과 면이 내외가 아버님을 모시고 개정병원에서 내시경 검사를 받고 왔습니다. 3일 후에 결과가 나온다 하여 아버님은 우리 집과 면이 집을 번갈아 가며 쉬셨던 생각이 납니다.

81년 9월 6일 아버님 진단 결과가 나오는 날이었습니다. 11시쯤 면에게 전화가 왔습니다. 조용히 개정병원으로 오라는 것이었습니다. 택시로 개정병원에 도착하였더니 면이가 몰래 나를 따로 만나 말하였습니다.

"형님! 의사 말이 위암 같답니다!" 몸이 흔들렸습니다. "아버님 아시느냐?" 동생이 고개를 흔들었습니다. 아버님 몰래 의사에게 별도 상담을 마쳤습니다. 악성 위궤양이라 하여 거짓 약을 짖고 집으로 돌아왔습니다. 62세의 아버님이 이러실 수 있을까? 어머님 가신 지 4개월 만에 이럴 수가 있는 것일까?

보고 싶은 草羅! 어제는 일요일 강성식, 임병규, 빈정진과 함께 내변산을 등산하였습니다. 월명암 — 낙조대 — 계수마을 — 직소폭포를 도는 6시간 동안의 등반이었습니다. 산은 이미 가을을 접하고 있었답니다. 푸른 이파리 가장자리에 서러운 색이 배어들고 있었어요. 군산 시청 베테랑이라는 일행에서 낙오되지 않은 것을 다행으로 여기면서 산의 모든 것을 접하는 노력을 다했답니다.

이파리 사이로 햇볕은 여름의 기가 꺾여 가고 있었어요. 벌레들도 가는 세월을 느낌으로 울고 있었답니다. 흔들림, 색깔, 온기, 그늘, 하늘, 빛…… 있는 모든 것을 받아들이는 산행이었어요. 이제 멀어질 대로 멀어진 그대와의 거리에서 조락하는 자연처럼 내가 흔들려요. 이 가을을 보내면서 하나의 예쁜이가 다가오고 있다고 고백을 합니다. 아 멀어져 가는 그대!

(2001. 9. 2)

174
아버님 수술과 선희의 결혼

草羅! 아버님을 집에 모셔다 놓고 급히 움직였습니다. 정신호 산부인과 원장에게 상의를 하였습니다. 정원장은 예수병원에 있는 친형 정진호 씨를 소개하여 주었습니다. 개정병원에서 찍은 X-ray 사진과 소견서를 갖고 예수병원을 찾아갔습니다.

전주 예수병원 방사선과에 근무했던 정진호 씨는 사진과 소견서를 살펴보았습니다. 그리고 2일 후 입원과 함께 수술을 하자고 제의하였습니다. 입원 수술을 할 수 있다는 안도에 이어 자괴감을 감당할 수가 없었습니다.

버스를 타고 군산으로 돌아오며 밀려오는 피로감을 감당할 수가 없었습니다. 군산에 와서 이리교육청 형에게 아버님 일로 2일 후 오후 예수병원에서 만나자는 말을 전하고 집으로 돌아왔습니다. 나는 아버님에게 거짓말씀을 드렸습니다. 개정병원 의사가 큰 병원에 가서 한 번 더 진단 받아보라는 연락이 와서 모래쯤

356

예수병원에 가시자고 권하였습니다.

송준길 계장의 배려로 시청 지프차를 타고 예수병원을 향하였습니다. 아버님과 나와 집사람이 함께 탔습니다. 차 속에서 말씀하셨습니다, 혹시 암이라 하지 않더냐고. 나는 대답했습니다. "아니에요." 예수병원에는 면이 내외와 형님이 기다리고 있었습니다.

503호실에 입실이 되었습니다. 이틀 후 수술에 들어갔습니다. 아침 10시에 들어간 수술이 오후 3시쯤 끝났습니다. 회복실에서 아직 깨어나지 않고 침대에 누워 잠에 빠져 있는 여윈 모습을 담당 직원 몰래 훔쳐보며 눈물을 흘렸답니다.

회복실에서 병실로 돌아오셨을 때 일단 모두는 안도하였답니다. 수술 3일 후가 추석이었습니다. 그날이 81년 9월 12일이었습니다. 아버님은 병원에서 추석을 맞으셨고 차례는 고향에서 형이 모셨습니다. 느닷없는 아버님 수술 소식에 고향에서 많은 어른들이 문병을 오셨습니다. 자식들은 허탈해 했습니다. 제일 정신적 어려움을 겪은 사람들은 선희와 그의 약혼자 박동수였습니다. 예측치 않은 아버님의 입원으로 잠정적으로 잡혔던 그들의 결혼문제가 대두되었습니다. 아버님은 결혼식을 연기하는 쪽으로 생각을 하셨습니다.

에미도 잃은 외동딸을 부모 없이 결혼식장에 들여보내야 되느냐는 탄식이었습니다. 그러나 사돈댁의 의사를 존중키 위하여 결혼 날짜를 잡게 되었어요. 혼자 병원에 누워 딸의 결혼일을 잡고 혼사일을 지시하며 얼마나 많은 외로움을 느꼈겠어요? 지금 생각해도 가슴이 미어진답니다.

1981년 9월 20일 11시, 영등포 신혼예식장에서 결혼식을 올렸습니다. 아버님을 병원에 두고 결혼식을 올렸답니다. 외동딸로 곱게 자란 선희가 형님의 손을 잡고 입장을 했습니다. 혼주석에는 형님과 작은 어머님이 앉으셨습니다. 부모님 없는 선희의 결혼식은 우리 형제들을 슬프게 하였습니다. 친척들이 쓸쓸해 하였습니다. 그래도 조금이나마 위안이 된 것은 서울서 주택은행 다니는 다섯째 윤이가 그의 애인을 대동하고 식장에 나타난 것이었습니다.

선희의 결혼

그날
영등포 신혼예식장
신부 입장 시간에
형님의 손을 잡고
입장했던 선희야

아버님이
앉으셔야 할 자리에
형님이 앉으시고
어머님이 앉으셔야 할 그 자리에
작은어머님이 대신 앉으셔서
너의 결혼식은
정갈하게 계속되었다

예수병원에
입원 중인 아버님의 뜻에 따라

저 世上에 계시는
어머님의 뜻에 따라
정갈히도 정갈히도 계속되던 때
하객 속에 깊이 숨어서
작은아버님도 울고
고모님도 울고
오빠들도 울고 있었는데

면사포에 매달린
장미꽃 속에서
미소를 잃지 않았던
우리 선희야

너의 행복을 기리는
축가 속에서
부모님의 안심된 음률을 들으며
오빠는 한숨을 놓았다.

— 시집. 《개구리》 중에서

　지금 생각해도 눈물이 납니다. 지금 생각해도 아버님의 마음을 알 것 같아요. 암 수술을 하고 병원에 누워서 선희의 결혼식을 직접 챙기셨습니다. 다음 해엔 병환 중에도 윤이를 결혼시켰습니다. 결혼은 그냥 합니까? 시골 농사로 결혼 비용을 마련하며 얼마나 마음고생을 하셨겠어요. 어머님 없이 혼자 결정하며 얼마나 외로웠겠어요.

　요사이 나는 생각합니다. 어머님을 여의고 아버님을 병원에 두고 결혼했던 선희의 고통을 생각합니다. 어머님 없이 투병 중인 아버님을 모시고 결혼을 했던 윤이의 외로움을 생각합니다. 자신의 대학 낙방 충격으로 어머님이 돌아가신 후 방위병 근무를 하다가 아버님마저 잃은 막내의 고통과 절망은 어떤 것이겠습니까? 적령기에 있는 두 자식을 보면서 그때를 생각하면 지금도 가슴이 아프답니다.

草羅! 9월 중순에 접어들고 있습니다. 공설운동장 안 수목들이 가을빛으로 좁혀져 오고 있습니다. 세월에 순응하는 자연 앞에 겸허해지고 싶습니다. 프로야구 기아 타이거즈를 유치하며 많은 어려움을 겪고 있습니다. 다음 달에 있을 제39회 시민의 날 준비에 빠져 있습니다. 우리는 시민의 날 행사 중 골치 아픈 먹거리 장터를 맡았답니다. 많은 일 속에 빠져서 이 가을을 맞이하고 있답니다. 3년 남짓 짧아진 공직의 길을 생각합니다.

그대 생각을 해 봅니다. 우리들의 세월을 생각합니다. 우리의 세월도 가을빛으로 좁혀 오고 있습니다. 떨어져 가는 낙엽을 봅니다. 아! 어느 땐가 있었던 우리들의 사랑을 생각한답니다.

(2001. 9. 13)

175

88올림픽 개최권이 한국으로

草羅! 아버님이 입원을 하시고, 추석을 맞고, 선희의 결혼식을 치르면서, 그렇게 9월을 보내면서도 사무실 일을 나름대로 챙겼답니다. 8월에 미국 자매도시를 방문하고 돌아온 김영배 시장의 초청에 의하여 마이크 파카 타코마 시장의 군산 방문이 결정되었습니다.

이는 타코마시 국제자매결연위원장 직함을 가진 정회상 씨가 추진해 주고 있었습니다. 송준길 계장이 초안한 환영계획서를 김영배 시장이 여러 번 검토하였습니다. 내 공직 생활에 4번이나 대통령을 모셨지만 그에 버금가는 환영 준비에 몰두했던 기억으로 남아 있습니다.

崔炯이 그의 제3시집 《강풀》을 냈습니다. 공석 중인 전북 교육감에 유재신 씨가 임용되었습니다. 국회에서는 돗자리 뇌물 사건이 터졌습니다. 누군가가 국회 문공위원회에서 심의 중인 법

통과를 위해 제공한 돗자리를 받았다 하여 20여 명의 국회의원이 경고를 받았습니다. 이 사건으로 집권당인 민정당 이홍수 문공위원장, 이진우 정책의장, 이종찬 원내 총무 등이 경질되었습니다.

그리고 그해 9월이 마지막 가는 날 하나의 사건이 발생하였습니다. 우리 역사 이래 하나의 경사라 할 수 있는 88올림픽 개최권이 한국으로 결정되었습니다. 그 벅찬 순간을 접하며 우리는 환호하였습니다. 그날 밤 독일의 휴양도시 '바덴 바덴' 코크하우스에서 진행된 투표결과가 발표되었습니다. 지금도 눈에 선합니다. 단상에선 사마란치 IOC위원장이 "쎄울 꼬레아!" 하고 외쳤을 때, 조상호 KOC위원장, 박영수 서울시장, 정주영 씨 등이 감격하여 자리를 박차고 일어나 얼싸안고 환호했던 순간들을 잊을 수가 없습니다.

다음날은 10월 1일 국군의 날이었습니다. 그날 나는 일직을 하며 전날 밤 중계되었던 올림픽 서울 유치 상황이 반복된 TV를 지켜보았습니다. 투표로 결정한 유치전에서 52:27표로 한국 서울이 일본 나고야를 눌렀습니다. 정주영은 그의 저서 《시련은 있어도 실패는 없다》에서 올림픽 유치의 배경을 자세히 설명해 놓고 있습니다. 뚝심과 정확한 홍보가 주요인이었다고 적어 놓고 있습니다. 나는 아버님께서 돌아가시기 전에 올림픽을 보실 수 있을까 하는 생각을 하며 애틋함을 느꼈답니다.

81년 10월 4일 마이크 파카 타코마 시장 일행이 군산에 오는 날이었습니다. 케리 상공회의소 이사와 정회상 씨가 수행을 하였습니다. 타코마 시장 일행을 영접하러 군산시청 1호 차를 가지고 서무계장이 김포공항에 나갔습니다.

파카 시장 일행은 정확히 12:00시 시청에 도착을 하였습니다. 정문에서 기다리는 총무국장의 안내로 시장실로 들어섰습니다. 시장실에는 국회의원 고판남, 윤태경 군수, 강정준 백화양조 사장 등이 기다리고 있었습니다. 인사를 나누고 차를 한 잔 한 후 양시장 일행은 환영식장인 회의실에 들어섰습니다.

이보석 총무과장의 사회로 환영식이 시작되었습니다. 한국 측은 권영철, 미국 측은 정회상 씨가 통역을 하였습니다. 김영배 시장은 "파카 시장의 방한을 환영하고 이를 계기로 양국과 양시 간의 우의를 다지는 계기가 되도록 하자"는 내용의 환영사를 했습니다.

이어 파카 시장은 "이제 문화와 친선의 교류를 넘어 경제 교류로 양시 간 상호이익을 도모하자"는 요지의 답사를 했습니다. 김시장은 타코마 시장에게 행운의 열쇠를 증정하였습니다. 케리 타코마시 상공회의소 이사에게는 '명예 군산 시민의 장'을 수여하였습니다. 양시의 귀빈을 소개하였습니다. 축하 케익을 잘랐습니다. 그리고 100여 명의 참석 인사와 함께 환영연을 하였습니다.

모두는 준비된 좌석에서 칵테일을 들며 단상에서 벌어진 육정림 무용연구소 문하생들의 고전 무용을 구경하였습니다. 한국전을 치르고 폐허 위에서 번영을 이룩한 한국의 웅비를 주제로 한 것이었습니다. 단상의 춤꾼들보다 단하의 육정림이 더 열정적이었습니다. '육정림은 역시 무당이구나.' 그런 생각을 하였답니다.

공식행사가 끝난 이후 빅토리호텔에 여장을 푼 마이크 파카 시장 일행은 한국유리에서 초청한 만찬에 참석하였습니다.

송죽에서 있었던 만찬은 술과 여자에 취한 밤이 되었을 것입니다. 멋쟁이 마이크 파카 시장은 이국 땅에서 한국의 여인과 추억의 밤을 창조하였을 것입니다. 지금 우리나라는 외환 보유고가 100억이라 합니다. 외화가 귀했던 시절 80년대 초 우리의 정서는 사대주의 속성에서 벗어나지 못했던 시절이었답니다.

군산에서 하룻밤을 지낸 마이크 파카 시장 일행은 상공회의소, 한국유리, 백화양조 등을 방문하였습니다. 백화양조 초청으로 화려한 오찬을 마친 후 금산사에 들려 관광을 하고 미국으로 돌아갔습니다. 그들 일행을 김포공항까지 송준길 계장이 직접 모셔다 주고 왔습니다.

草羅! 1981년 10월 4일 마이크 파카 시장 앞에서 춤을 지휘했던 육정림이 생각납니다. 그는 진정한 우리 시대의 춤꾼이었습니다. 그는 군산의 춤꾼이었답니다. 현대판 당골네인 그가 한국 무용사에 남긴 업적은 대단한 것이었습니다. 서울에서 있었으면 부와 명예를 함께 누렸을 그가 일생을 군산에서 군산의 춤을 위해 스스로를 받쳤습니다. 그는 군산의 많은 사람들의 입줄에 오르내리기도 했답니다. 현실과 삶에 하자 없는 예술가가 얼마나 있겠습니까?

87년 내가 삼학동 사무장을 할 때 육정림 타계 소식을 듣고 깜짝 놀랐습니다. 그는 59세의 나이로 저 세상 사람이 되었습니다. 부끄러운 일이지만 그는 시청에서 발급받은 영세민 카드로 입원을 했다 합니다. 봉황공원에 외롭게 묻혀 있는 그는 천상에서 춤에 행복해 있을 것입니다. 그는 시사에 오래도록 군산의 춤꾼으로 기록될 것입니다.

보고 싶은 草羅! 가을이 중간쯤 익어가고 있습니다. 쇠락한 가로수 사이로 벼들이 익어가고 있습니다. 숭고한 계절 앞에 겸손해 하며 이 가을을 보내고 있답니다.

(2001. 9. 19)

176
동서고속도로 기공식

草羅! 타코마 시장이 다녀간 후 제62회 전국체전이 서울에서 열렸습니다. 도 대표로 출전한 군산 출신 선수들을 응원키 위하여 시장이 서울을 올라갔고 우리는 뒷바라지를 하였습니다. 시장과 박원삼 체육회장이 상경하는 돈을 만드는 것이 뒷바라지랍니다. 그해 전라북도는 종합성적 5위를 차지하였습니다.

체전이 끝나자 김영배 시장은 인사를 단행하였습니다. 세무과장 고석기, 민원실장 이순기, 민방위과장은 옥구에서 전입한 김필재, 주택과장 선영호, 산업과장 채규명, 사회과장 이장열, 상공운수과장 김완기, 도서관장 성문용, 공단사업소장 김기원, 공단사업소장 강중권 씨가 감사실장, 도선사업소장 박창순, 기획계장 최일탁 씨가 도로 전출을 하였고, 박영 통계장이 후임으로 갔습니다. 수도계장 황궁택, 세무조사계장 김선섭 씨 등으로 짰였습니다. 눈에 띄는 것은 강중권 씨가 감사실장으로 간 것이고,

도로 전출한 최일탁 기획예산계장 후임에 박영 씨가 발탁되었습니다. 연수원 수료 후 총무과에 대기했다가 개발계장으로 발령을 받은 김효재 씨는 옥구에서 전입온 김필재 씨의 동생이었답니다. 그리고 21개 동장 모두를 자리바꿈 하는 인사였답니다.

인사를 단행한 며칠 후에 정부에서는 장관급 2, 차관급 6, 차관보급 35, 국장 142, 과장 346 등의 직위를 폐지시켰습니다. 요샛말로 구조 조정을 단행하였습니다. 이의 연장선에서 전북도에서도 제2부지사, 산림국, 비상대책담당관 등을 폐지시켰답니다.

광주 사태에 불안감을 갖고 있던 전두환이 구상한 것 중의 하나가 동서고속도로였다 합니다. 광주에서 대구까지 175킬로를 이어서 동서화합을 도모하자는 속뜻이었습니다. 나중에 88고속도로로 명명된 동서고속도로 기공식을 장성과 고령에서 가졌습니다. 다음 해인가 준공식 때 지리산 휴게소에 세운 기념비에 서정주가 축시를 썼는데 이 일로 인해 웃음거리가 되기도 했답니다. 서정주가 전두환의 웃는 모습을 부처님의 미소로 비유했던 일과 연계하여 웃기는 시인이라고 한창 떠들던 생각 지금도 납니다.

81년 10월 25일은 조철권 지사가 제창하여 만든 제1회 도민의 날입니다. 시군 체육대회도 겸한 이날 행사에 400여 명의 응원단을 데리고 전주를 향하였답니다. 임대한 버스 10대로 전주로 향하였습니다. 도민의장을 받은 박원삼 씨를 별도로 모시고 갔습니다. 9시부터 입장식이 있었습니다. 도기와 각종 기를 앞세우고 김삼용, 박원삼 씨 등 8명의 도민의장 수상자를 무개차에 싣고 들어오는 것으로 시작되었습니다. 수상자들은 금의를 입고 왕관을 썼습니다. 입장식 중에서 가장 눈길을 끄는 것이 이리에서 나온 시집가는 날이었어요. 전통 시집가는 날을 아주 코믹하게 연출하였답니다. 가마가 가고 몸종이 뒤따르고 하인이 가고 걸인들이 따라가며 막걸리 마시는 모습 등 아주 어렸을 때 보았던 것을 회상시켰어요. 플래카드도 '이리 = 필승' 으로 하여 간단하고도 효과적이었답니다. 뒷날 알았지만 1년 뒤 군산 시장으로 부임한 김병량 이리 시장의 아이디어였다 합니다.

10시에 화려한 개막이 선언되었습니다. 전주운동장은 오색으로 영롱하였습니다. 사람들의 색깔이 아름다웠습니다. 스탠드는 시군에서 온 사람들로 가득하였답니다. 수확의 기쁨과 도민화합을 위해 정해진 행사에 시군 체육대회도 겸하였답니다. 체육대회와 응원에서 군산이 1위를 하였답니다.

군산의 응원단은 육정림이가 연출을 하였답니다. 천상의 춤꾼 육정림은 아주머니 응원단하고 여상생들의 발랄함을 가미하였습니다. 군산초등학교에서 있었던 연습을 지켜본 일이 있었습니다. 200여 명의 아주머니 응원단들이 영 힘을 안 내자, 육정림이 '야 이! 썩을 년들아!! 이렇게 요렇게 하란 말이여! 이년들아!' 했을 때 나는 깜짝 놀랐습니다. 자존심 강한 아줌마들이 항의하면 어쩌나 했습니다. 그러나 결과는 정반대였습니다. 욕하면서 이렇게 요렇게 하는 몸짓이 너무 희화적이어서 기쁨이 넘쳤답니다.

시들은 상추에 물을 뿌린 듯이 응원단들의 기가 살아나 활기를 띠는 것을 보고, 놀란 일이 있었답니다. 육정림, 그는 한국일보에서 발행한 한국의 명무에 소개되어 있는 군산의 춤꾼입니다.

그의 대표작 '아리랑'은 불후의 명작이라 합니다. 그가 한 손에 낫을 들고 하늘로 날아오르는 춤동작……, 사진작가 채원석이 찍은 그 비상의 찰나는 군산의 춤으로 영원히 기록되어질 것입니다.

보고 싶은 草羅! 지난 22~23일(토, 일) 양일간에는 프로야구 기아타이거즈 대 LG 경기를 치렀답니다. 한 달 이상 준비한 경기였어요.

한 달 전 김성한 감독 방에서 유치를 확정하고 돌아왔던 밤, 나는 한잠도 못 잤습니다. 야구 중계의 기본인 전광판 속이 골아버렸기 때문이어요. 그리고 프로그램이 쌍방울 것이기 때문이었어요. 이 전광판이 애를 먹였어요. 당초 쌍방울과 (주)샤니가 체결하여 만들던 중 쌍방울이 부도가 났어요. 20억짜리 돈을 못 받게 된 회사는 시청에서 주는 6억5천만 원만 받고 부도로 나가 떨어졌어요. 20억짜리 재산이 국가 기관인 시청에 있으니 중소기업을 살리기 위해서라도 국가에서 나머지를 보전해 주어야 되지 않느냐 그런 논리입니다.

그런 관계로 애프터서비스를 꺼리고 있었어요. 시간만 가고 일이 안 되니 어떤 단안이 필요했답니다. 그것이 금요일 일과 후 계장과 직원을 데리고 회사가 있는 인천으로 향하게 했습니다. 아침에 만난 사장은 여관에서 자고, 오전 11시까지 기다려 준 우리에게 냉대할 수 없었고 대화 도중 서로의 인간미를 느껴서 최대한의 지원을 약속받고 돌아왔습니다.

사장이 내려보낸 기술진으로 하여금 전광판 속을 고치고 프로그램을 손보게 하였습니다. 그리고 그 기술자가 야구 끝날 때까지 상주해 주었습니다. 전 쌍방울 전광판 진행자 안 양을 찾는 일도 힘들었답니다. 홍보를 위해 金鶴형께 부탁하여 KBS 전주 방송국에서 자막 방송도 내보냈어요. 청사초롱 회장 최옥경에게 부탁하여 애국가를 부르도록 하였답니다.

2년여 만에 처음 열린 경기 때문에 큰 시설 구석구석 청소와 집기 배열, 그라운드 풀 깎기를 하고 홍보도 철저히 했어요. 우려 속에 경기가 열렸습니다. 그러나 이를 불식하고 22일 4,331명, 23일 6,828명이 유료관람을 하였답니다. 총11,159명에 6천만원의 입장권 수입을 올렸답니다. 하루 유료 6,828명 입장은 야구장 생기고 초유의 일이랍니다. 행사를 끝내며 한숨을 내쉬었어요. 잔치가 끝난 여백에서 그대 생각이 드리웠답니다.

(2001. 9. 24)

177
직장에서 얼마나 보안이 중요한가를

草羅! 전군도로변 벚나무 이파리들이 져버린 81년 11월이 왔습니다. 월명공원 숲 속 소나무 이파리들이 떨어져 쌓여서 썩어가던 11월이 왔습니다. 휴일 내장산 인파가 12만 명이 모였다는 보도 속에 가을이 깊어 갔습니다. 입원했던 아버님이 예수병원을 퇴원했던 11월이 왔습니다. 퇴원을 하신 아버님은 불편한 몸으로 가을 추수를 하셨습니다. 감과 은행 따는 일 등을 시키시고 직접 하시기도 하였습니다. 전주에서 이리교육청을 다녔던 형은 순창으로 자리 옮길 것을 원해 놓고 있었습니다. 순창으로 이사준비를 서둘렀습니다.

그 11월에 10명의 군산시 공무원이 파면되는 기록을 남겼습니다. 도선사업소에 근무했던 직원 10명이 옷을 벗었답니다. 가슴 아픈 이야기 그냥 넘기려 했지만 조금만 밝힌답니다. 정보계통에 있는 어떤 사람이 도선사업소에 의혹을 제기했습니다. 이를 눈치

챈 도선사업소 쪽에서 추석 떡값으로 상상 외의 돈을 건넸다 합
니다. 많은 돈에 당황하고 더 큰 의심을 품은 그가 받은 돈을 근
거로 하여 중앙수사기관에 정보를 제공하여 이뤄진 사건입니다.
어느 날 아침 도선사업소에 10여 명의 수사관이 들이닥쳤답니다.
모든 직원을 사무실에서 분리하고 서류를 몽땅 압수 수사하였습
니다. 구체적인 이야기는 피하려 합니다. 도선사업소 사건은 가
난하고 순진한 많은 비정규직 직원들이 직장에서 물러나는 애달
픔이었습니다. 그들의 애달픔을 보면서 직장에서 보안이 얼마나
중요한가를 알게 하였습니다.

그만둔 사람들은 일만 아는 순진한 사람들이었답니다. 실지로
도선사업소에 근무했지만 소속이 달랐던 사람은 바람을 피해 갈
수 있었답니다. 공무원은 소속이 중요합니다. 조직이 힘이 있어
야 생존과 출세에 유리하답니다.

그 가을에 시조에 진병주, 수필에 정주환, 소설에 윤영근 씨가
《월간문학》으로 등단을 하였습니다. 노진선 씨가 《시문학》으로
등단을 하였습니다. 내 친구 박종수가 시집 《우리들의 뿌리》를
출간하였습니다. 채규판이 그의 제8집 《아침을 걸으며》를 상재
하였습니다.

부인과 함께 일본을 여행 중이던 한국문협 이사장 조연현 씨가
현지에서 서거했다는 소식은 많은 사람을 놀라게 했습니다. 외국
가기가 힘들었던 시절에 그가 동남아 문학계를 돌아보는 중에
당한 일이었습니다.

인도 뉴델리에서 열린 아시안 경기 연맹에서 86년 제10회 아시안 게임 개최지로 한국을 결정하였습니다. 당초 이라크와 북한이 참가 신청을 하였는데 이라크는 일찌감치 포기를 하였습니다. 세가 불리해진 북한이 총회 전날 자진 포기하여 한국으로 결정이 되었습니다. 북한은 88올림픽에 이어 86아시안 게임까지 한국으로 유치될 경우 국제사회에서 위상이 추락할 것을 우려하여 뒤늦게 경기 신청을 하였습니다. 그러나 그들의 경제 능력으로는 감당할 수 없다는 것을 이미 국제사회에서 알고 있었답니다.

그때 우리 국민들은 혼란스러웠던 여론이 상당히 팽배하였답니다. 올림픽도 모자라 꼭 아시안 게임까지 유치해야 되느냐는 우려였답니다. 전 정권이 스포츠로 정권을 유지하려 한다는 비판이 있습니다. 그 후 86아시안, 88올림픽을 잘 치름으로써 국민적 우려를 불식하였습니다. 체육 강국으로서 우리나라 위상을 높이고 경제적으로 획기적 발전의 발판을 만들었다는 평들을 하고 있음은 그대도 잘 압니다.

조용필, 나훈아, 윤수일, 전영록, 이수만, 윤시내, 이은하, 이정희, 현숙, 혜은희가 MBC 10대 가수로 뽑혔습니다.

1년 이상 미해결 사건이었던 이윤상 군 사건이 밝혀졌습니다. 경서중학교 1학년생 윤상이를 죽인 범인은 그의 체육교사인 주영형이었습니다. 두 어린 여학생을 성폭행한 뒤 그들을 사주하여 제자를 유괴하여 토막살해했답니다. 살해한 후 1년여간 62차례 전화와 5차례 협박 편지를 보냈답니다. 이를 지켜보던 우리는 세

태를 한탄하였습니다. 명문대를 나온 28세의 젊은 선생이 제자를
살해하는 세상에 살고 있다는 자괴감에 빠져들었습니다.

　보고 싶은 草羅! 4일간의 긴 추석 연휴입니다. 아파트와 도시
가 비어 있습니다. 비오는 추석 전날이 고요 속에 빠져 있답니
다. 아침 등산엔 단 두 사람의 등산객뿐이 못 만났답니다. 집사
람과 아침 등산을 하고 오며 퍽 쓸쓸했어요. 명일에 고향을 가지
못하는 애달픔이 있답니다. 도회지의 하늘에 매달린 아파트에서
차례를 지낸답니다. 차례 음식을 장만하는 오늘 창밖에는 비가
내립니다.

　형진이를 데리고 어은리 밭에 나갔습니다. 차례에 쓸 대추와
단감 그리고 홍시를 따왔습니다. 형진이는 추석날 숙직을 위해
밤 10시 차로 상경을 합니다.
　추석 준비를 하면서 막내가 보고 싶은 집사람은 편지를 보냈답
니다. 군대 생활 1년이 다된 송일에게 편지를 쓰고 그 속에 2만
원을 보낸 후에야 차례를 준비할 수 있답니다. 나이가 더함에 따
라 보태지는 모정을 봅니다. 늦게 송일에게 전화가 왔습니다. 상
병으로 진급했다고 부모님에게 신고를 드린다고요. 추석에 충분
한 음식이 나오고 하니 걱정 말라는 전화를 받고 부부는 마음을
놓는답니다.
　서울 사는 동생 철은 추석날 새벽 2시에 이리역에 도착한답니
다. 9시에 차례를 모시고 오후 8시 비행기로 상경한답니다. 내외
간에 내려온다는 철의 전화를 받고 나름대로 안도한답니다.

보고 싶은 草羅! 유교적인 전통문화가 퇴색되어지는 것을 애달 파합니다. 물질적 풍요와 서양화된 가치관으로 우리의 도덕성이 파괴되는 것을 개탄한답니다. 제사 모시기가 싫어서 교회 다니는 사람들이 겁난답니다. 교회 다니는 것이 마치 조상을 챙기는 것의 면죄부처럼 생각하는 사람들에 신물이 난답니다. 족보를 가질 수 있는 위대한 민족이 돌아가신 부모를 추모하는 전통이 무너지면 어떻게 하겠다는 것입니까. 조상과 부모 섬김을 안 하는 것이 마치 잘난 사람으로 치부되는 세태에 분노한답니다. 세계 11대 무역대국이라는 우리의 앞날이 걱정입니다. 물질의 풍성함에 반비례되는 정신의 퇴폐를 어떻게 극복해야 하는 것입니까.

차례를 준비하는 아파트 창밖에 가을비가 내립니다. 내 나이 57세인가, 쓸쓸한 추석을 준비하며 마음이 비어가고 있답니다. 그리운 이여.

(2001. 9. 30)

178
경장동으로 이사를 가다

草羅! 81년 11월 마지막 주에 예정대로 경장동으로 이사를 하였습니다. 4년 동안의 월명동 생활을 마감하였답니다. 대지 77평에 건평 45평의 저택이었답니다. 지내 놓고 생각하면 너무 큰 집이었습니다. 노성철 씨가 노모를 모시고 살려고 맘먹고 지었다는 경장동 5거리를 접한 집으로 이사를 했어요. 우리가 꿈꾸었던 수세식 변소와 목욕탕을 가질 수 있었습니다. 아버님은 퇴원하여 병환으로 고향에 계시고 어머님은 저 세상에 계심으로 부모님과 기쁨을 함께 할 수 없었어요.

방 두 개와 거실, 부엌이 딸린 아래층에는 우리가 살았습니다. 옆방은 한국유리 다니는 젊은 부부에게 세를 놓았습니다. 2층에는 많은 군산 사람이 알고 있는 여자가 살았답니다. 그는 시내에 ○○카바레를 운영할 정도로 잘 알려진 여장부였답니다. 우리 집 앞에는 전북일보 고영춘 기자가 살고 있었습니다. 형진이가 다섯 살, 송일이가 두 살이었습니다. 이사를 간 경장동 골목에는 많은 주택들이 건립되고 있었습니다. 논밭을 밀어서 택지화시킨 골목에는 아침마다 많은 남녀일꾼들이 몰려오고 있었습니다. 많은 집들이 새로 지어지고 있었던 시절이었습니다.

　12월 첫 토요일 계 직원들을 초청하였습니다. 김주연 씨에게 부탁하여 계 전 직원과 과 계장들을 초청을 해놓고 11시쯤 사무실을 나왔습니다. 12시에 온 손님들은 의외로 송준길, 채규정, 박영, 김효재 등 계장과 최영식 씨만 참석을 했던 생각이 납니다. 직원들이 오지 않아 무척 섭섭했어요. 지금은 고인이 되었지만 그 일로 하여 나는 김주연 씨와 상당 기간 소원했었답니다. 계장들만 초청하고 정작 고락을 같이 한 직원들이 오지 않았으니 같은 졸자 직원들이 나를 어떻게 생각했겠어요. 그날 첫눈 비슷이 눈이 내렸습니다. 조촐히 로스에다 소주를 대접했습니다. 졸자들이 없는 서운함 속에서도 손님접대에 상당히 신경을 썼던 생각이 지금도 납니다. 메뉴 짜고 음식 만드는 일은 잔치 경험이 많은 2층집 여사장이 돕고, 서빙은 옆방 예쁜 한국유리 젊은 새댁이 해 주었습니다. 손님들이 사온 빨간 나무그릇 세트는 지나간 추억과 함께 지금도 잘 보관되어져서 명절이나 손님에게 다과를 내놓을 때 긴히 쓰고 있답니다.

　빚을 지지 않고 집을 사들여 이사를 하였지만 얼마 안 가서 무리란 것을 알게 되었답니다. 봉급쟁이가 2층짜리 집을 관리한다는 것이 무척 어렵다는 것을 뒤에 알게 된답니다. 나는 경장동 이사 후 빈터에다 점포를 지어 세를 내놓았습니다. 어렸을 때부터 꿈이었던 시를 다시 쓰게 되고 시인의 꿈을 경장동 시절에 이뤘답니다. 건이가 대학에 다시 떨어지고 아버님이 열반하셨습니다. 우스운 이야기지만 나의 정관 수술도 경장동 시절이었어요.

이사를 한 12월달…… 일들이 생기며 흘러갔답니다. 이재화 도민방위 국장이 순직을 하였습니다. 그는 46세로 장래가 촉망되는 젊은 국장이었답니다. 한양수 씨가 전라북도 부지사에 취임을 합니다. 이로써 관록 있는 이길연 부지사는 명예퇴임이라는 생소한 명목으로 34년 동안의 공무원 생활을 마감한답니다.

24대 군산 시장을 역임한 바 있는 이길연 부지사는 김제 군수 시절 교통사고로 부인이 부상을 입었습니다. 군산 시장 시절 하반신이 마비된 부인의 간호하는 모습을 보며 많은 사람들은 감동을 하였답니다. 공무원을 떠난 이길연 부지사는 지방공공건물 재해복구 공제회 회장으로 부임을 했습니다.

81년 12월 14일 밤 군산의 맥주홀 골든컵에서 큰불이 났습니다. 채만식의 《탁류》에 등장하는 조선은행자리로 알려진 일제시대 때 은행이 맥줏집으로 변해 있었습니다. 내항과 군산세관 옆구 조선은행 목조건물은 건축 양식과 조형미에서 보존되어질 가치가 있다 합니다. 《탁류》에 나오는 실존 건물로서 문학사적으로도 보관되어져야 할 건물이었습니다. 필요성은 인정되었지만 예산 문제와 공무원의 열성 부족 등으로 하여 민간인에게 넘어가 맥줏집으로 변하였답니다.

불이 나자 군산소방서와 전주, 이리, 대야 미군부대에서 진화

작업에 나섰습니다. 다행이 술집 안에 있던 150여 명의 술꾼과 종업원 35명은 무사히 대피할 수 있었답니다. 그렇지만 진화작업을 하던 젊은 소방관이 산화하였습니다. 35세의 서갑상 씨가 순직을 하였답니다.

다음날 현장을 가보았습니다. 건물 외형과 내부 전체가 다 상하지는 않았지만 상당히 훼손되어 있었답니다. 한 젊은 소방관이 숨져 간 현장을 보며 가슴이 아팠답니다. 불이 난 이후 다시 내부 수리를 하여 술집으로 사용을 하였습니다. 골든컵 밖으로 칸막이 점포를 내어 순직한 유가족에게 위로의 뜻에서 기증을 했다 합니다. 그러나 경제성이 없어서 도움이 되지 못했다는 이야기를 들었습니다. 한 생명을 앗아 간 슬픈 현장을 지켜보며 군산 시민이 간직하고 지켜야 할 문학사적 자료 일부가 훼손된 데 대하여도 부끄럽다고 생각을 하였습니다.

내가 예산계장이었을 때 부지, 건물 합하여 40억 정도를 계상해 놓고도 성사시키지 못한 아쉬움이 있습니다. 몇 년 후 하구둑 옆 하수종말처리장과 월드컵 자리를 놓고 채만식 문학관 건립을 수없이 검토하다 결국 하구둑으로 결정이 되었습니다. 채만식 문학관이 준공되어 이제 이를 관리할 계係가 생겼습니다. 그렇지만 지금도 많은 사람들이 채만식 문학관은 소설에 나오는 구 조선 은행자리가 제자리인데 하고 아쉬워한답니다.

81년 12월 23일자로 송병욱 부시장이 도 민방위 국장으로 발령되었습니다. 제14대 부시장으로 1년 4개월 동안을 재임했습니다. 학창시절 권투선수로 날렸던 송부시장은 인사권자인 조철권 지사와 이리남성 동기여서 특혜를 받는 것으로 치부되기도 했었습니다.

아! 임영문 시청 예비군 중대장이 심장마비로 숨져 간 그 겨울…… 신문에서는 국내외 10대 뉴스를 발표하면서 81년 한 해가 조용히 저물어 갔습니다.

보고 싶은 草羅! 추석 연휴를 하루를 남기고 있습니다. 4일 동안의 연휴 동안 많은 생각을 하며 보냈습니다. 멀어진 그대를 생각합니다. 틈새기로 나타난 하나의 예쁜이로 하여 내가 흡입되어지고 있음을 밝힌답니다. 그러면서 흔들리는 자아를 발견한답니다.

제39회 시민의 날 행사가 10월 6일부터 9일까지 치러진답니다. 이 행사의 주무대가 공설운동장이랍니다. 우리는 먹거리 행사를 준비했답니다. 39개의 먹거리 점포를 분양하는 것입니다. 난장처럼 질퍽한 속에서 풍성한 먹거리가 되길 바라고 있답니다. 이것을 위해 한 달 이상을 준비했어요. 지난번 프로 야구의 성공처럼 이번 먹거리도 잘되었으면 하는 바램으로 연휴를 보내고 있답니다. 그리운 이여 안녕.

(2001. 10. 2)

179
시장 지시 누가 막겠나

草羅! 82년 새해가 왔습니다. 새해는 김영배 군산 시장 일행이 나운동 군경묘지 참배하는 것으로부터 시작됩니다. 마침 병환 중이지만 순창에서 새집을 보러오신 아버님과 함께한 뜻깊은 새해이기도 했답니다.

1월 1일부터 3일까지 신년 연휴 기간이었습니다. 꼼꼼한 김시장은 휴일 동안 기강과 사업소 근무를 철저히 할 것을 당부하였습니다. 그런데 연휴 기간 동안 시장 관사로 전화가 걸려 왔습니다. 오룡동 고지대에 물이 안 나온다는 요지였습니다. 시장은 물을 공급하는 오룡가압장으로 직접 나가 보았습니다. 근무 명령을 받은 직원은 고향에 가버렸고, 기계도 연휴를 즐기며 잠을 잤습니다. 주민 불편에 큰 원인이 있었던 것을 파악한 시장의 분노는 하늘을 찌르고도 남았습니다. 수도과에 비상이 걸렸음은 말할 나위 없었습니다.

 연휴 기간 동안 근무지를 이탈하여 고향행을 한 사람은 몇 년 전 내가 소개해서 수도과에 발령한 형순 아재였습니다. 1월 4일 시무식 후 일반 간부회의에서 시장은 근무 이탈한 직원의 사표를 받고, 그 사실을 기자회견을 통해 발표토록 강력히 지시했습니다. 특히 총무과장과 감사실장에게 명하면서 결과를 시장에게 직접 보고하라는 요지였습니다.

 이 사실을 전혀 모르고 있던 나는 간부회의 이후 과장이 총무과 직원 모두를 모아 놓고 기강을 강조하면서, 아침 회의 내용을 소개하는 데서 알 수 있었습니다. 큰일이었지만 어쩔 수가 없었습니다. 간부회의 지시 사항은 행정행위와 같은 것입니다. 더구나 강력하고 공개적인 시장 지시를 누가 완화하겠어요. 황긍택 수도계장에게 상의하였더니 시장 지시를 누가 막아 줄 수 있겠느냐고 하였습니다. 수도과장, 건설국장, 감사계장 등 모두가 마찬가지였습니다.

 그만둘 각오를 했던 최형순 씨가 나를 오히려 위로했을 정도였습니다. 이틀 간을 생각한 후 최형순 씨를 시청 옆 신세계다방으로 불렀습니다. 편지봉투와 편지지 그리고 볼펜을 주고, 그동안 내가 초했던 원고를 주면서 김영배 시장에게 편지를 쓰도록 했습니다. 성장과정, 군산으로 오게된 동기, 시에서 떠나면 얼마 후에 있을 결혼에 영향을 줄 수 있다는 등 동정을 불러일으키기에 충분한 편지를 쓰도록 하였습니다.

 이 편지를 신각균 비서실장에게 부탁을 하여 시장에게 전하도록 하였답니다. 일 욕심이 많고 문장력 좋고 글씨의 달인인 김영배 시장을 편지로 감동시켰습니다. 글 잘 쓰는 김영배 시장은 글

에 약한 문민 시장이었습니다. 편지를 받은 시장은 결국 건설국
장에게 사건을 일임해 주었습니다.

뒤에 최형순 씨는 감봉 1개월의 징계로 공무원직을 유지할 수
있었습니다. 어려웠던 시절이 이제 추억으로 자리합니다. 20년의
세월이 흘렀습니다. 지금 형순 아재는 주사보로 동사무소에 근무
중에 있습니다. 요사이 생각합니다. 그때 그가 그만두었으면 지
금 어찌 되었을까 하고 생각도 한답니다. 아내와 두 남매의 가장
으로 열심히 살고 있는 그도 어언 50의 나이에 있습니다. 초로의
그를 보면서 인생의 무상을 생각합니다. 그의 나이에서 나를 느
낍니다. 이 야기를 실명으로 쓰면서 고민도 했지만 이해해 주리
라 생각을 합니다.

81년 새해에는 많은 일들이 다시 기다리고 있었습니다. 신년
초 소폭 개각을 단행했습니다. 국무총리 유창순, 부총리 김준성,
재무 라웅배, 동자 이선기, 건설 김종호, 통일 손재식, 청와대
비서실장 이범석으로 경질을 하였습니다.

12월 12일 거사를 통해 1년 동안의 과도적 통치를 했던 전두환
은 선거인단 선거를 통해 7년 임기의 합법적인 대통령이 되었습
니다. 그리고 단숨에 올림픽과 아시안 게임을 유치하였습니다.
자신감에 찬 전 대통령은 새해가 되자 학생들의 교복과 두발 자
유화를 발표하였습니다. 이어서 남북분단 37년 만에 처음으로 야
간 통행금지 폐지 선언을 하였습니다. 지금 생각하면 아무것도
아닌 것처럼 생각되지만 당시로는 가히 경천동지할 만한 사건이

었음을 그대가 더 잘 알 것입니다. 임기 6년을 남기고 안보와 경제에 자신에 차 있던 전두환의 행보로 봐도 될 것입니다.

　81년 12월 월드컵 화재 한 달 만에 다시 군산에 큰불이 났습니다. 세대제지 군산 공장에 큰불이 났습니다. 경암동쪽 하늘이 발갛게 타올랐습니다. 한밤중에 난 화재는 다섯 시간 이상 불길이 하늘로 치솟았습니다. 본 건물에서 약 10m 뒤편에 자리한 제품창고 중간 부분에서 불이 났어요. 목조창고에다가 내부에는 7천여 톤의 완제품 신문용지가 쌓여 있었습니다. 군산소방서와 이리, 전주 그리고 미군부대의 지원으로 인명피해 없이 불길을 잡을 수 있었습니다. 화재 현장에는 서울서 내려온 국회의원이었던 고판남 회장이 소방서장과 함께 진화작업을 지휘하고 있었습니다. 조철권 지사, 김사성 도경국장, 송병욱 도 민방위국장이 다녀갔습니다.

　한 달 만에 다시 대형화재를 지켜보는 시민들은 불안하고 위축되어 있었습니다. 보험료를 타기 위한 방화라는 유언비어도 난무했답니다. 세대제지는 이 화재로 34억 피해 중 25억의 보험료를 받았다 합니다. 한때 세대제지가 군산의 경제를 크게 주도하던 때가 있었답니다.

　草羅! 오늘은 제39회 시민의 날 행사입니다. 10시 행사 이전에 각 읍·면·동, 유관 기관, 기업체, 단체 등의 화려한 입장식이 있었습니다. 색깔과 특색을 달리한 입장식은 장엄하고 현란하고 우습고 희화적이고 전통적이고 현대적인 모든 조화를 갖춘 장엄함이었습니다. 3만여 명의 단상, 단하 사람들은 깃발을 흔들었습니다. 일시에 3만 명이 감동하도록 하는 연출을 행정이 한답니다.
이를 위한 쓰라림이 있답니다.

　시민의 날 본행사와 부대행사가 운동장에서 이뤄집니다. 사람이 모이면 교통정리, 쓰레기, 먹거리가 중요하답니다. 사람들의 배설물을 처리하는 것이 주요하답니다. 전기, 상하수도, 엠프 시설이 갖추어져야 한답니다. 화려함 뒤에는 묵묵히 이 일을 해내는 사람들이 있답니다. 피눈물이 있답니다. 운동장 직원들이 그런 사람들입니다. 행사가 시작되면 시장 수행한 사람들 노트 옆구리에 끼고 거만 떨고 왔다간답니다. 이 사람들 보며 운동장 근무하는 직원들의 마음의 상처는 아물 줄을 모른다는 것을 알게 되었답니다. 그리운 그대! 안녕.

(2001. 10. 6)

180
결국 시장이 사정하여 무마되다

草羅! 지사 초도 순시가 82년 1월 12일에 있었습니다. 군산과 옥구를 함께 하는 순시였습니다. 오전에 있었던 군산시 초도 순시에는 이 지역 출신 고판남 의원과 김길준 의원도 참석을 하였습니다. 김시장은 10억을 투입 구암선 포장공사 조기 착공, 라운동에 2만 회선을 수용 처리할 수 있는 새로운 전화국 설립, 금강동 군산교도소를 외각으로 옮기기 위한 준비에 차질 없도록 하겠다고 보고를 하였습니다. 그리고 구암동에 설치 중인 분뇨종말처리장을 계속 추진하겠다고 보고하였습니다. 조철권 지사는 도정의 3대 역점 시책인 소득증대와 편익증진 그리고 의식구조 개혁 등에 적극 동참해 달라는 당부를 하였습니다.

지사 초도 순시를 마치고 설 대책을 세웠습니다. 당시 말했던 설 대책은 시장이 보내는 촌지와 선물을 말합니다. 일년에 두 번 추석과 설 대책은 많은 애환을 남겼습니다.

도청에서 공무원을 시작한 김영배 시장은 많은 사람들을 관리할 줄 알았습니다. 그때는 그랬습니다. 힘있는 사람들, 도와 시의 각 기관장, 언론인, 유지들에게 인사를 했던 시절이었습니다. 설이 오기 전에 대상자를 선정하여 시장에게 올립니다. 시장선에서 더해지고 조정되어진 안이 오면 이를 시행합니다. 돈과 선물을 만드는 일보다 더 어려운 일은 그것을 전하는 일이었습니다. 전하는 것에 대한 장애물은 감시의 눈이었습니다.

명절을 앞두고 상급기관이나 감사기관에서 단속이 있기 때문입니다. 그 단속이란 것이 이상한 것입니다. 상급기관이나 단속기관에서 그러한 일을 하지 않고 단속하면 좋은데 그들 나름대로 더 많이 더 넓게 주고받으면서 단속하는 것이 근본적인 문제였답니다.

그들도 받을 것은 다 받는답니다. 힘있거나 눈치 빠른 부서에서는 명절 훨씬 이전에 끝내기도 한답니다. 단속 명목으로 왔다가면서 그냥 가지 않는 예도 있답니다. 정말 참을 수 없는 것은 상급기관 사람들이 추석이나 신정 연휴를 맞이하여 고향 가는 길에 기강단속 명목으로 시청에 들립니다. 연락망 점검하고 근무자 확인하고 어쩌고저쩌고 하면서 촌지를 챙겨 가는 것을 보면서 상하는 자존심이 며칠을 간 생각이 납니다.

그해 설을 며칠 앞두고 책상에 앉아 전해야 할 시장의 봉투 50여 매를 움켜쥐고 있는데 내무부에서 온 단속관이 내 얼굴에 자기 얼굴을 들이대며 시장실을 물었습니다. 적당히 아울러서 돈봉투를 서랍에 넣은 후 그를 시장실에 안내하며 가슴이 쿵덩쿵덩

했던 기억이 지금도 가슴속에 있습니다.

그때 하나의 사건이 생겼습니다. 그해 지방세 징수실적이 우수하여 군산시가 표창을 받았습니다. 상장과 상당한 시상금을 받았습니다. 구정도 오고 하여 도청 해당과에 그 고마운 마음을 전하려다, 도청 앞 모 다방에서 적발이 되었습니다. 명절을 맞이하여 순수하게 고마운 마음을 전하려다 문제가 되어 본의 아니게 몇 사람 공무원이 큰 벌을 받은 사건이 있었습니다. 언론은 부풀려 보도를 하였답니다.

모 직원이 숙직을 하고 항도목욕탕에서 목욕을 하였습니다. 그 사이 감독관이 적발을 하였습니다. 투숙했던 그 사람 방에 찾아가 큰절을 하고 처자식을 위해 한 번 봐달라고 했습니다. 그러나 그것이 통하지 않아 많은 놀림감이 되었답니다.

언젠가 내무부에서 어떤 직원이 나와 시청 옆 신세계 다방에서 죽친 일이 있었습니다. 일과시간에 어떤 직원이 다방에 나와 차를 마셨다 하여 시인서를 받았습니다. 경상도 말씨를 쓰는 그 사람에게 죽을죄를 졌다고 본인, 계장, 과장, 부시장이 사정을 하였습니다. 결국 시장이 사정을 하여 무마가 되었습니다. 그가 시청을 떠나갈 때 시장이 준 봉투 하나 받고 떠나갔답니다. 먼 날의 이야기입니다. 지방 자치제가 되어 지금은 많이 사라져 가고 있는 그때의 풍속도를 생각합니다. 사라져 가는 것들 속에서 우리는 새로운 시대를 산답니다. 머지않아 공직을 떠나야 한다는 생각을 합니다.

草羅! 82년 구정 이후 단행된 도인사에서 지난해 송병욱 부시장이 간 후 공석이었던 군산시 부시장에 방영선, 도양정 과장이 보임되었습니다. 김종철 총무국장이 도로 전출되고 후임에도 수산과장 직무대리였던 최한민 씨가 보임되었답니다.

최한민 국장은 군산으로 발령을 받고 민정당 사무총장인 권익현 의원을 방문하고 군산에 오는 여유를 보였습니다. 권익현과 최한민 씨는 고교 동기였다 합니다.

전주 교대 82년 신입생 중 여자가 86%가 넘었다 하여 화제가 되었습니다. 초등학교에 여자 선생이 더 많아질 상황에 대하여 걱정들을 하였답니다. 20년이 지난 지금 그 걱정들이 맞아떨어지고 있답니다. 그러나 이젠 성비性比에 대하여 크게 관심 없는 남녀 평등시대가 되었답니다.

草羅! 또다시 가을이 오고 가을이 가고 있습니다. 이파리들이 떨어지며 낙엽이란 명사를 수없이 남기고 있군요. 공설운동장으로 온 지 어언 4개월이 되는 날입니다. 상처를 안고 떨어지는 이파리를 보며 한없는 서글픔을 느낀답니다. 오지 말아야 할 곳에 와서 한없이 상처를 안고 살고 있습니다. 세월을 한탄하며 살고 있습니다.

이곳에 온 이후 프로야구 유치와 시민의 날 행사를 치렀습니다. 두 행사를 치르면서 누군가로부터 한없는 서글픔을 느꼈습니다. 상처를 받았어요. 내일은 시민의 날 행사를 잘 치렀다 하여 청원 단합대회가 다시 이곳 야구장에서 열린답니다. 이 행사를 앞두고 다시 상처를 받습니다.

　공무원은 보직이 중요합니다. 구조적으로 잘못된 과장 자리에서 쓰라린 가슴을 달래며 살고 있습니다. 보고 싶은 사랑했던 草羅! 그대와의 만남이 먼 날의 이야기가 된 듯합니다. 요사이는 예쁜이와 대화로 맘 달래며 살아요. 그대 안녕!

(2001. 10. 19)

181
동생 윤의 결혼

草羅! 82년 3월이 왔습니다. 세월은 슬픔을 조금 가시게 하며 3월이 왔습니다. 어머님이 가신 지 1년이 되어 가고 있었습니다. 어머님이 돌아가신 후 5개월 만에 아버님 암 수술을 받았습니다. 수술을 받고 한 달이 못 되어 선희 결혼을 시켰습니다. 선희 결혼 후 6개월 만에 다시 다섯째 윤의 결혼식을 준비하는 그런 3월이었답니다.

82년 3월 15일 퇴근 무렵 부속실 고윤자 양에게 전화가 왔어요. "최주사님 전북신문에 시 발표되었어요" 하는 내용이었습니다. 2개월 전에 보내 놓은 시가 발표되었습니다. 78년 8월 14일 구천동 이후 두 번째로 전북신문에 발표된 시였답니다.

내 가슴엔 / 푸른 바다 있고/ 바다 멀리 흰 돛단배 하나 있다./ 내 가슴 / 창을 열면 / 돛단배엔 한 여인이 외로이 서 있다…로 시작되는 어머님을 그리워하는 시였습니다.

선희는 자기 친구가 보내준 신문의 시를 읽고 눈물을 흘렸다 했습니다. 식탁에 차 한 잔 놓고 창밖을 바라보며 눈물을 흘렸답니다. 어머님에 대한 그리움과 아직까지도 시를 잊지 않고 살고 있는 오빠에 대한 애잔함이었다 했습니다.

아버님은 나의 청소년 시절 시 공부하는 걸 무척 탐탁하지 않게 생각을 하였습니다. 그해 겨울 군산에 오셨던 아버님께서 내가 문협 일로 늦게 들어온다 하니까 "지가 무슨 시를 쓴다고" 하셨답니다. 그 시가 나갔던 1년 6개월 후에 아버님도 돌아가셨습니다. 아버님 일기장 속에 내가 발표했던 〈근황〉이란 시가 오려져 끼어 있었습니다. 지금 아버님이 살아 계시면 나의 문학을 반대하시지 않을 것입니다. 문학은 가난하다는 것을 너무 잘 아시는 아버님이 자식에 대한 우려였을 것으로 받아들인답니다. 60의 나이가 다 되어서 말입니다

그해 3월 25일은 음력 3월 1일 어머님 일주기 제삿날이었습니다. 지난 1년간 아버님이 수술을 하고 선희 여우고, 다시 윤의 결혼을 앞두고 있었습니다. 작은집과 많은 친척들이 제사에 참석했었습니다. 제사를 지내고 돌아오며 아버님의 초췌해진 모습에 목이 메였습니다.

그해 3월 27일 군산수협 소속 안강망 어선 제10호가 신안 앞바다에서 좌초되어 선원 9명이 실종되었습니다. 가난한 바다 사람들이 바닷속 영육을 바치는 계절 앞에 해망동을 산책했던 생각납니다.

86아시안 게임과 88올림픽을 성공적으로 치르기 위하여 체육부

가 탄생하였습니다. 초대 장관으로 노태우가 임명되었답니다.

뒷날 많은 사람들은 정치적 혼란을 스포츠로 희석시키는 대안이었다고 하는 프로야구가 처음 시작되었습니다. 해태 타이거즈, MBC 청룡, 삼성 라이온스, OB 베어스, 롯데 자이언츠, 삼미 슈퍼스타 등 6개 구단으로 구성되어 82년 3월 27일 첫 게임이 서울운동장 구장에서 성대히 개막되었습니다. 프로야구 초대 회장에 서종철 씨, 사무총장엔 군산 출신 이용일 씨가 맡았답니다. 개막식에서 시구하는 전두환 대통령의 모습은 오래도록 우리의 기억에 남아 있습니다.

82년 4월 10일 윤의 결혼식이었습니다. 전날 작은아버님, 전주 고종누나를 군산에서 만나 서울로 향하였습니다. 면이 내외, 집사람과 함께 철의 아파트로 향하였습니다. 아버님과 형님 내외 등이 철의 집에 와 계셨던 생각이 납니다.

서대문 어느 예식장 11시에 시작된 결혼식에 주례를 하신 분은 의외로 내가 잘 아는 시조시인 구름재 박병순 선생님이었습니다. 주례 선생님은 키 작은 신랑을 평하면서 나폴레옹, 박정희도 키가 작았다는 예를 들면서 좋은 신랑이라고 평했습니다. 신부를 자목련처럼 아름다운 여성이라고 평했던 생각이 납니다. 그 결혼식이 있는 12년 뒤 1994년 내가 《표현문학》 주간을 했습니다. 그해 제9회 표현문학상을 구름재 선생님을 드렸답니다. 군산에서 시상식을 했던 그날 밤 선생님께 주례 이야기를 말씀드린 적이 있습니다.

결혼식을 마치고 폐백을 받았습니다. 수척하신 아버님은 할 일을 다하신 듯 초연히 자식과 새며느리의 절을 받았습니다. 수술 후 참으셨던 술을 더는 못 참으시겠다는 듯 한 잔 하시는 모습을 우리들은 지켜보았어요. 식을 마치고 돌아오시며 아버님은 막내 걱정이 태산 같았습니다.

윤이 결혼한 지 20년이 다 되었습니다. 많은 세월이 흘렀습니다. 오늘은 일요일이라 주택은행 부지점장으로 명예퇴임을 하고 캐나다에 살고 있는 윤에게 전화를 걸었습니다. 오랜만에 전화에 깜짝 놀랍니다. 건강을 물었습니다. 우울증에 시달리지만 그냥 그렇다고 답합니다. 밥 먹고살기는 어떠냐고 묻습니다. 투자해 놓은 것이 있으니까 걱정 없답니다. 큰놈 정아는 서울 있고 조금 있으면 수능시험이랍니다. 작은놈은 그곳에 있답니다. 나의 정년이 3년 8개월 남았다고 말합니다. 얼마나 다행이냐고 답합니다. 제수는 서울을 왔다갔다 한다고요. 그의 결혼 날짜와 예식장 이름을 물었습니다. 결혼 날짜는 내 기록과 같고 예식장 이름은 그도 잊었답니다. 제수에게 확인하고 싶었지만 그런 생각이 없었답니다.

보고 싶은 草羅! 인생에 있어서 결혼은 정말 중요하다는 것을 알게 합니다. 우리 형제 중에서 가장 많은 독서량을 가진 윤 생각을 하면 가슴이 아픕니다. 당시에 가기 힘들었던 전북대 상과를 무난히 합격하였습니다. 졸업 후 공채로 주택은행에 합격하였습니다. 나는 몸이 약했던 그가 가장 평범하고 건강한 여성과 결혼하기를 기대하였습니다. 결혼 후에는 은행원이면 은행원다운 가난하고 소박한 삶을 살아 주기를 바랬습니다. 나의 바램처럼,

그의 생각처럼 가난하지만 밝고 건강한 삶을 못 살고 먼 나라에서 살고 있음에 가슴이 아프답니다.

草羅! 가을이 농창 익어 가는 일요일입니다. 어디에서 어떤 생각으로 그대는 이 가을을 맞이하고 있습니까? 군산의 산하는 붉게 물들어 있습니다. 거리에는 낙엽이 바람에 휘날리고 있습니다. 아파트 단지 벽면에는 이파리를 모두 잃은 줄기들이 실핏줄처럼 엉켜 벗은 몸으로 겨울을 맞기 위한 준비를 하는군요. 눈비와 바람을 맞고 새봄을 기다리겠지요. 그대 기다림이 만남을 예비하는지에 대하여 회의를 갖습니다. 머지않아 그대와의 헤어짐을 예비해야 한다는 상념에서 벗어날 수가 없답니다.

실내 체육관 집회가 있는 날이어서 잠깐 사무실에 다녀옵니다. 도회지의 계단을 오르며 짧은 사랑 하나 느끼는 그런 계절입니다. 이별하는 계절에 그대가 떠난다면 다른 만남을 예비할 수 있을 것인가를 생각하며 혼돈에 목이 메여요. 93년 7월 1일 그대에게 첫 편지를 띄운 지 어언 8년의 세월이 흘렀군요. 아! 목이 메입니다. 어떤 마음으로 오는 세월 앞에 서야 될지를 새기는 이 가을입니다.

(2001. 10. 28)

182
노을밭에 꽂지는 소리

草羅! 윤 결혼식이 있었던 82년 4월은 혼돈스러웠던 한 달이었습니다. 4월 4일은 일요일, 식목일 4월 5일은 연휴였습니다. 식목일 행사가 임해공단에서 있었습니다. 다음 달에 준공될 한국유리 앞에서 실시되었습니다. 현장에서 시장이 인사를 합니다. 녹지계장이 나무 심는 요령을 설명합니다. 시장이 기념식수를 하고 떠난 후에 포플러를 심었습니다. 한 시간 남짓 나무 심고 작업은 종료됩니다.

다음은 초봄을 즐기는 시간을 과별로 갖습니다. 경장동 집에서 준비한 주식이 12시 정각에 도착토록 하였습니다. 이보석 과장, 송준길 계장, 남궁평, 박영 계장 등 40여 명의 직원들이 주식을 줄깁니다. 바람도 없는 그 봄이 우리를 감싸고 있었답니다. 시청의 회식은 보이지 않는 과별 경쟁이 됩니다. 만족한 이보석 과장이 많은 맥주를 마셨어요. 그때 우리 집에서 술밥 많이도 날랐답니다.

그 4월 우리 이웃이 많은 등단을 하였습니다. 《월간문학》 시에 김소원, 수필에 최증자, 박동수가 등단을 하였습니다. 그리고 《시조문학》에 김제 출신 어린 이요섭이 등단을 했어요. 모두 잘 아는 사람들이었습니다.

전주에서 조그마한 카페를 했던 최증자의 등단이 이채로웠습니다. 그때 전주에는 두 여류가 조그맣게 단란주점을 했습니다. 최증자와 청보리의 박금예 씨였습니다. 박금예 씨는 《시와 의식》으로 등단하였습니다. 나와 《청록두》 동인이기도 했습니다. 전주 근교의 가난한 예술인들이 그 집들을 많이도 들락거렸답니다.

내가 처음 만났던 많은 문인들……, 그들을 두 집에서 자주 만났던 생각이 납니다. 내가 등단하고 얼마 후에 최증자는 《노을밭에 꽂지는 소리》란 슬픈 제목의 수필집을 냈었습니다. 그 수필집을 낸 얼마 후 그는 책 제목처럼 저 세상으로 떠나갔습니다. 군산 주봉구, 이원철과 함께 문상 갔다오며 술 많이 마셨던 생각 지금도 납니다.

최증자 간 지 얼마 후 박금예 시인은 청보리를 그만두고 어디론가 떠나갔답니다. 그러던 그가 내가 《표현문학》 주간을 했던 1994년 저 세상으로 떠나갔답니다. 표현 95년 상반기 제28호에 소설가 김순영 씨의 그를 애도하는 글을 실었답니다.

80년도 중반 전주의 낭만을 대표했던 여류 문인 두 사람이 저

세상으로 갔다는 것은 참 슬픈 일이랍니다. 지금도 가끔 생각이
난답니다.

 82년 4월 26일 저녁 9시 30분경 경남 의령군 궁유면 토곡리에
서 의령경찰서 궁유지서 소속 27세 우범곤 순경이 지서 예비군
합동 무기고에 보관 중인 칼빈 2정, 실탄 1백 29발, 수류탄 6개
를 강탈하였습니다. 그는 6시간 동안 4개 마을을 돌며 시골 주민
55명을 살해하고 37명에게 중경상을 입히는 희대의 광란극을 벌
였답니다.

 우순경은 이날 낮 12시에 집에 들어와 잠을 자다가 내연의 처
가 잠자는 자신의 옷에 붙은 파리를 잡는 바람에 잠을 깼습니다.
이에 화가 났습니다. 화가 난 우순경은 밖에 나가 술을 마시고
집에 돌아왔습니다. 내연의 처를 실컷 패준 후 무기를 탈취하여
3개 마을을 휩쓸면서 닥치는 대로 양민을 학살하였답니다. 하나
의 광란극이었습니다. 한 광인이 저지른 일이었지만 침울한 시대
성의 표출입니다. 국기가 흔들리는 도덕성을 보면서 국민들은 침
울했습니다. 미친 한 사람의 행위가 시대를 반영하기 때문입니다.

 이범석 청와대 민정수석이 현장에 나가 처질대로 처진 민심 앞
에 읍루했답니다. 내무부 장관이 물러났습니다. 체육부 장관 취
임 한 달 남짓했던 노태우가 내무부 장관으로 취임을 하였습니
다. 강력한 힘을 갖은 새 장관으로 민심을 수습하겠다는 대통령
의 의지라 했습니다. 그렇게 혼돈스러웠던 4월이었습니다. 잔인
했던 82년 4월이었습니다.

 82년 4월 30일부터 2일간 내장산 관광호텔에서 한국문인협회

조경희 이사장이 주최하는 제12회 한국문협 심포지움이 개최되었습니다. '오늘의 문학과 방법'을 주제로 내건 이날 심포지엄에 100여 명의 문인들이 참석하였습니다. 주제 발표는 이보영 교수가 '오늘의 소설 그 주제에 대하여'를 학창시절을 군산에서 보냈던 원형갑 교수가 '탈 이념 문학의 가능성'에 대하여, 시인 박이도가 '시대적 양심과 시적 신념' 그리고 문협전북지부장 최승범 교수가 '오늘의 시조와 그 문제점'에 대하여 발표를 하였답니다. 정읍 군수가 내놓은 토속 막걸리 파티가 일품이었던 이 행사를 지켜보면서 많은 생각을 하였답니다. 김남곤 선배가 뒷바라지를 하였음을 우리는 알고 있습니다. 일하며 욕도 먹으면서 말입니다.

草羅! 지난번에 9월 23일 치러졌던 프로야구 기아 타이거즈와 LG 프로야구대회 이야기했습니다. 이날 관람차 오신 시장님이 확장 부지의 필요성을 이야기하였습니다. 국장은 야구장 뒤 전 아라조경 자리를 보여드렸습니다. 그 후 급작스럽게 땅 사기 위한 예산을 추경에 반영하였답니다. 체육시설 부지 내의 5,562평 살 예산을 올렸어요.
이를 의회에서 삭감하였답니다. 성급함과 절차문제였답니다. 문제점을 정확히 보지 못한 아쉬움입니다. 행정은 직위와 자리에 맞는 톤! 그것이 필요하답니다. 잘못된 그것으로 하여 우울한 일상에 내가 살고 있답니다.

마음에 상존했던 草羅! 어제는 사무실 일로 마음이 상하여 서해고속도로를 타고 달렸답니다. 군산 100키로 지점에 해미란 곳이 있었어요. 아름다운 바다라는 뜻의 이름이 좋아 그곳에 그냥

진입하였어요. 아름다운 바다는 보지도 못하고 들녘에 지는 해를
바라보았답니다. 지면서 아름다운 태양을 봅니다. 그 아름다움
을……. 우주를 감싸안고 이글이글 지글지글 타면서 지는 태양을
보고 왔어요.

　오늘은 10월의 마지막 날입니다. 군산의 하늘과 바다, 산과 들
녘은 붉게 물들어 가고 있답니다. 보름달이 있는 10월의 마지막
밤입니다. 추억 하나 있을 수 있는 밤이랍니다.

(2001. 10. 31)

183
한국유리 군산공장 준공식

草羅! 82년 5월이 왔습니다. 가정의 달 5월이 왔습니다. 어린이날, 어버이날이 있는 달이었습니다. 큰놈이 다섯 살, 둘째놈이 두 살이었습니다. 어머님이 없는 어버이날을 맞이하였습니다. 남원에서 춘향제가 열리고 정읍에서 동학제가 열렸던 달이었습니다. 대전에서 제11회 전국소년체전이 개최되었던 그 5월이었습니다.

지난 월말에 장영자·이철희 부부 어음 사건이 터져 국가 전체가 흔들리는 혼란 속에서 동양 최대의 한국유리 군산공장 준공식이 거행되었습니다.

82년 5월 6일 하오 옥구군 미성읍 군산 임해공단 한국유리 군산공장 준공식에 금진호 상공부 차관, 이태섭 국회상공위원장, 조철권 지사, 고판남 의원, 김영배 군산 시장, 각급 기관장 및 일반시민, 공장 종업원 등 1천여 명이 참석한 가운데 거행되었습니다.

　최태섭 한국유리공업주식회사 회장의 기도로 시작된 준공식에서 금진호 상공부 차관은 격려사에서 "세계 최대의 기술인 플로트 공법 유리 생산으로 이제 국제사회에서 우리나라 유리공업 위치를 한 단계 높일 수 있게 됐다"고 말했습니다. 플로트Flort공법이란 유리액을 떠가게 하여 만드는 신공법으로 평면이 밝고 반듯하도록 처리한 것이랍니다.

　이어서 이태섭 국회상공위원장, 조철권 지사의 축사가 있었습니다. 그리고 홍대식 한국유리 사장은 "한국유리가 지역사회 경제 활성화에 큰 도움을 주길 희망한다"는 인사를 하였습니다. 이날 행사에는 일본, 미국, 영국 등의 관계회사 및 기술진이 눈에 띄게 참석하여 세계적인 회사로서 면목을 과시하였답니다.

　79년 4월에 착공했던 한국유리 군산공장은 총 공사비 5백 40억을 들여 공장부지 12만 4천 평, 건평 6만 평으로 연 2백 50만 상자를 생산할 수 있었습니다. 그리고 미국, 홍콩, 캐나다 등 15개국에 1천만불 어치를 수출하였답니다.

　한국유리가 지역 경제에 기여한 공로는 대단하답니다. 당시 700명이던 임직원이 지금도 600명 선을 유지하고 있습니다. 현재 임금 수준으로 지난 20년 동안 지급된 봉급만 3천억 정도가 넘는다 합니다. 3천억이 돌면서 생기는 경제적 효과는 대단한 것이라 합니다. 회사의 물품구입, 물류비, 접대비 등 간접적으로 기여한 경제적 효과 또한 대단한 것이랍니다. 한국유리는 군산 시민에게 없어서는 안 될 좋은 회사랍니다.

草羅! 장영자·이철희 사건은 세상을 놀라게 하였습니다. 이 사건은 건국 이후 최대의 금융사건으로 기록되고 있답니다. 집권 민정당 사전 창당 자금설과 연계되어진 것으로 알려져서 더 많은 사람들의 관심 대상이 되었답니다.

사건의 실체가 알려진 것은 장영자에게 92억 원의 어음이 물린 태양금속이 장영자를 검찰에 고발한 것으로 발단이 되었답니다. 82년 4월 25일 태양금속이 자금난에 시달리고 있다는 것을 알게 된 장영자는 92억 원을 빌려 주겠다고 제의를 하였습니다. 이에 혹한 태양금속은 50억 원짜리, 42억 원짜리 견질어음 1장씩을 끊어 장영자에게 보냈다 합니다. 다음날 돈을 받기로 했으나 연락을 해 오지 안았습니다. 이날 오후 태양금속은 거래은행으로부터 연락을 받았습니다. 공영건설이 당신네 회사가 발행한 92억 원의 어음을 돌렸는데 예금잔고가 없으니 부도를 내겠다는 통보였습니다.
 검찰은 장영자의 집에서 미화 40만 달러와 미국농장 매입계약서가 발견되어 외환관리법 위법 위반 혐의로 구속을 시켰습니다. 세상 사람들은 검찰의 발표를 믿으려 하지 않았습니다. 배후세력이 있다, 민정당 사무총장이 연계되었다는 소문이 확산되었습니다.
 이 사건은 2명의 현직 은행장을 포함 관계자 8명, 공영토건 및 일신제강 간부 각 6명, 장영자의 첫 남편 김수철 씨 등 17명이 대거 구속이 되었답니다. 특히 이 수사를 착수한 지 22일 만인 5월 17일 거물 배후로 지목되었던 전두환 대통령의 장인인 이규광 씨를 연행 구속함으로써 절정에 달했답니다.
 장영자 사건으로 지칠 대로 지쳐 있는 민심을 수습하기 위한 대폭적인 당정개편이 이루어졌습니다. 전대통령은 11개 부처의 장관을 바꾸었습니다. 당직개편도 단행했어요. 눈에 띄는 것은 재야 운동가 김정례 씨가 보사부 장관에 임명된 것입니다.

말썽 많았던 권정달 민정당 사무총장 후임에 권익현, 정책의장에 진우종 씨가 임용되었답니다. 10여 년 후 보석으로 풀려 나온 장영자는 또 다른 금융사건으로 재수감되어 지금도 옥살이에 있답니다.

5년 동안을 함께 살았던 김지미·나훈아가 헤어진다는 기자회견을 하여 많은 사람들을 웃기게 만들었어요. 지칠 대로 지친 사람들에게 큰 위안을 주었답니다.

이병훈, 정열, 정량 3인 시집 《어느 흉년》에가 나왔습니다. 이병훈은 〈아침발생〉 등 22편, 정열은 〈진눈깨비〉 등 22편 그리고 정량은 〈뱀딸기밭〉 등 22편을 엮었답니다.

지금은 저 세상에 계신 정열 선생님 이야기가 기억에 있습니다. 책 제목이 《어느 흉년》이고, 출판일이 4월 19일이며 출판사가 인동忍冬이다 하여 정보계통에서 내사하는 바람에 마음고생을 많이 했다고 이야기하셨습니다.

그 시절 충분히 있을 수 있는 일이었다고 지금도 생각을 한답니다. 내가 보관하고 있지만 시집 어느 흉년에는 양서로 내가 아끼는 책이랍니다. 존경하는 정열 시인이 생각납니다. 지조 있고 품격 있는 선배 시인이 생각나는 계절입니다.

보고 싶은 草羅! 지난주에는 군산의 원로 시인 고헌高憲 교수께서 저 세상으로 가셨습니다. 낙엽이 지는 이 계절에 한 선배 시인이 세상을 떠나는 모습을 지켜봅니다.

고헌 교수님은 78세를 일기로 이 세상을 하직하셨답니다. 해학과 재치로 일관하면서도 안경 속 그의 눈빛은 고독해 보인 분이었어요. 그의 시집 《철각기》는 지팡이를 짚고 사신 고독한 한 생을 노래하고 있답니다.

라운동 주공아파트 15평짜리 그 작은 공간에서 외롭게 사셨답니다. 3肢를 못쓰면서 투병했던 모습은 눈물겨웠답니다. 사방이 절벽인 공간에서 구멍 속으로 들어오는 바람, 밝음, 소식 조금으로 사셨답니다. 사모님 일찍 여의고 3일에 한 번씩 오는 파출부가 방을 청소해 줬습니다.

그가 지어준 전기솥 밥으로 연명하는 말년의 생을 지켜봤답니다. 살기 바쁜 젊은 세대를 탓하고 싶지 않답니다. 시대성을 탓하고 싶어요. 망가진 사회 교육을 탓하고 싶어요. 우리의 장래가 별 나을 것도 없지만 현대판 고려장을 생각합니다.

전화소리 한 번 들려오지 않는 침묵 속의 고독을 견디다 지쳐 가신 한 시인의 애달픔을 생각합니다. 늘 미루다 마음에 닫는 문병을 못한 부끄러움 속에 한 시인을 보낸답니다.

(2001. 11. 10)

184
주사보 진급

草羅! 한국유리 준공이 있었던 그때 우리들의 관심은 인사에 쏠려 있었습니다. 특히 나는 스스로의 인사에 많은 관심을 가졌습니다. 서기였던 나는 주사보 진급에 많은 관심과 기대를 가졌습니다. 내가 인사를 보는 우리 계장에게 펼 수 있는 논리는 이러했습니다. 남들이 그렇게 싫어하는 업무를 보면 상응하는 대우를 해 주어야 할 것 아니냐 하는 것이었습니다. 아무도 이 자리에 오지 않으려 하는 자리, 못 견디고 떠난 사람은 진급시키면서 나는 빼면 어떻게 되느냐, 였어요. 주무계의 위상도 필요하다 대충 그런 요지였습니다.

82년 5월 15일 인사가 단행되었습니다. 일단 인사명단에서 내가 빠졌습니다. 최영식, 이형덕이 계장 보직을 받았습니다. 총무과에서 김인택, 이종구가 진급을 해서 나갔습니다. 엄선용, 김연곤, 정진술, 변영식이 총무과로 들어왔습니다. 7급으로 공채 되어 동에서 근무했던 라연석, 옹동진이가 시로 전입되었습니다. 중학 나의 후배 옹동진이가 주택과로 전입이 되었답니다.

인사 발표 후 나는 7월에 있을 부시장 타코마 외유 관계로 상경을 하였습니다. 출장에서 돌아오니 선양동사무소로 진급 발령을 해 놓았습니다. 총무과에서 근무하되 발령만 동으로 하는 소위 기동배치였습니다. 송준길 계장의 배려였습니다. 신임 방영선 부시장이 챙겼다는 이야기를 송계장이 내게 했던 기억이 지금도 있습니다. 79년 5월 1일 서기 진급 이후 3년 만이었습니다.

신풍동에서 주택과로 온 옹동진은 순창 사람입니다. 신흥고를 졸업하고 외대를 다니다 세무서 시험에 합격을 하였습니다. 남원 세무서에 근무하다, 뒷돈 거래하는 세무공무원이 싫어서 7급 행정 공채에 합격하여 군산에 왔습니다. 그는 주택과 전입 이후 새마을과를 거쳐 85년 8월 14일 주사로 승진하여 개정동 사무장으로 나갔습니다. 그가 사무장으로 나갈 때 나는 인사를 보았습니다. 나의 후배 옹동진 씨는 사회적으로 후배였지만, 공직의 선배로 그가 진급하는 데 대하여 전연 마음에 두지 않았답니다. 그러나 그는 선배인 나보다 먼저 승진한 데 대하여 나에게 퍽 미안하게 생각을 하였습니다.

개정동 사무장에서 해망동 사무장으로 다시 위생처리사업소 사무장으로 들어왔습니다. 그는 시청의 쟁쟁한 경쟁자들을 물리치고 지방연수원 입교시험에 합격을 하였습니다. 1989년 5월 2일부터 10월 30일까지 연수원에서 공부를 하였습니다. 그 뒤 민방위계장, 법무계장, 기획계장, 국제협력계장, 농업진흥과장, 시민과장을 거쳐 옥도 면장으로 가면서 96년 5월 27일 사무관으로 승진을 하였습니다.

　동진이는 술을 좋아한답니다. 그는 늘 겸손하고 자기를 낮출 줄 아는 사람입니다. 그가 개정동 사무장일 때 총무를 보았던 직원이 늦게 출근을 하자 그와 내기를 했답니다. 출근을 제대로 하면 사무장이 술을 사고 늦으면 총무가 사기로 했습니다. 그리고 서로간에 술 약속은 꼭 지켜지면서 친구가 되고 지기가 되었어요. 두 살인가 많이 먹은 그와 친구가 되어 십수 년을 사귀는 모습을 그를 통해서 보았습니다.
　그가 기획계장일 때 시·군 통합이 되었습니다. 그는 그 자리에서 밀렸습니다. 그는 그 일에 대하여 전연 개의치 않는 듯했습니다. 허허 웃고 넘기는 처연한 모습에 목이 메였답니다. 그는 가정적으로 상당히 불완전한 시절을 보냈습니다. 봉급생활을 하면서도 부적정한 투자로 손해를 보아 곤경을 당할 때가 있었습니다. 그러나 그는 두 남매를 잘 키우고 있답니다. 김대중 정부수립과 함께 IMF 한파가 몰아쳤답니다. 공직사회는 구조 조정이란 거센 한파가 몰아치고 있었습니다. 그 구조 조정 인사에서 그는 직위가 해제되는 위기를 맞이하였답니다. 그 원인은 술이었습니다. 가정과 직장에서 그는 줄타기 같은 생을 살아오고 있습니다. 그는 늘 허허한 마음으로 일관하였습니다.

　옥도 면장일 때 그는 많은 섬사람을 상대하였습니다. 배를 타는 섬사람들은 술을 좋아한답니다. 그는 섬사람들과 어울려 많은 술을 마셨습니다. 술 좋아하는 사람들은 인간성 나쁜 사람이 거의 없답니다. 그러고도 그는 면장으로서 직무를 다하였습니다. 그의 술 마시는 것이 그를 부정적으로 보는 사람에게는 일 안 하는 사람으로 보인답니다.

그가 5개월 동안 보직을 못 받았을 때 내가 너무 가슴아파했습니다. 그는 보직 없음에 개의치 않고 사회 진출을 구상하고 있습니다. 그의 보직 없는 원인이 타향이라는 생각을 저버릴 수 없었습니다. 어느 날 술을 마시다 보직 없는 그가 너무 초연하려는 모습에 가슴이 아파 내가 대성통곡을 했고 오히려 그는 나를 열심히 달래었답니다. 그때 나는 옥구 읍장이었습니다. 나는 나의 실명으로 김길준 시장에게 탄원을 하였습니다. 사람은 장단점이 있지만 그는 장점이 많고 실력 있는 공무원이기 때문에 다시 기회를 주어야 한다고 간곡히 탄원을 하였답니다.

옹동진의 머리는 뛰어나답니다. 한때 그는 시청에서 사무관 시험 공부하는 사람들에게 많은 강의를 하였습니다. 옹동진의 강의는 참 편하답니다. 그는 모든 공부할 내용을 너무 환히 들여다본답니다. 그가 사물과 현안을 보는 눈을 사회 일에 적용하였다면 크게 출세하였을 것입니다. 그는 한문을 나보다 훨씬 많이 압니다. 그의 한문 글씨는 아름답고도 정갈하여 나를 부럽게 한답니다.

순창 사람 옹동진, 그의 실력으로 충분히 시청 과장 전입이 가능하지만 그는 이제 동장으로 만족한 듯합니다. 언제라도 자리에서 떠날 수 있을 듯합니다. 빈 마음에서 다른 웅비를 꿈꾸는 그가 부럽답니다. 군산에 온 지 30년이 다 되었지만 나는 역시 순창 사람입니다. 나머지 공직 생활을 나는 그를 믿고 의지하려 합니다. 내가 먼저 물러나고 그리고 동진이가 공직을 물러나는 그런 순리를 원한답니다.

草羅! 오늘 막내 송일이가 휴가를 온다 하여 기다려지는 날입니다. 2001년도 가을이 깊숙이 저물어가고 있습니다. 거리에는 어느덧 낙엽이 뒹굴고 있어요. 이 가을 앞에 그대는 한없는 보헤미안으로 존재하는군요.

(2001. 11. 15)

군산상고 야구 제37회 청룡기배 우승

185

草羅! 내가 주사보로 진급했던 82년 5월 15일 인사에서 총무과로 발령되었던 엄선용 씨가 서무계로 배치되어 인사업무를 보았습니다. 나에게는 최헌용, 최영식 씨에 이어 3번째 선배 차석이 되었습니다. 새로운 체제에서 일들을 챙기며 6월에 접어들었습니다.

그 6월에 지금도 잊을 수 없었던 일은 군산상고 야구였습니다. 지난해 5월 제15회 대통령배에서 우승을 했던 군산상고가 다시 1년 만에 제37회 청룡기배 우승을 하였습니다. 그해에는 8월에 제12회 봉황기대회 우승과 10월 전국체육대회에서 준우승을 하여 많은 시민들이 야구를 기다리고 즐기고 환호하면서 한 해를 보낼 수 있었답니다.

6월에 있었던 청룡기에 대하여 이야기하고, 그해에 있었던 다른 두 경기는 생략하려 한답니다. 청룡기 야구대회는 조계현이라는 스타를 탄생시켰습니다. 전년도 고교 1년생으로 대통령배를 우승으로 이끌었던 조계현의 야구가 물오를 때로 물이 올랐답니다.

제37회 청룡기쟁탈 고교 야구대회가 서울운동장에서 열렸습니다. 6월 5일부터 18일까지 13일 동안 치러진 야구대회에서 군산상고는 시민들에게 많은 감격을 안겨 주었습니다. 그때의 명승부전을 지금도 잊지 못한답니다.

6월 5일 첫날 강호 대구상을 2:1로 제압하고 2회전에 올랐습니다. 그때 많은 사람들은 우승을 예감했습니다. 전성기의 군상상고 야구 실력을 어느 정도 확신했기 때문이었습니다. 충암과의 환상의 명승부인 2회전을 이야기해야 하겠군요. 조계현의 신들린 방망이에 힘입어 꿈같은 역전 드라마를 펼친 감격을 지금도 잊을 수 없답니다.

6월 14일 서울 예선 우승팀인 충암고는 2회 말 김창식의 우월 3루타 등 타자 일순하며 5안타 2포볼로 대거 6점을 먼저 뽑았답니다.

4회 초 4볼로 먼저 나간 오석환을 1루에 둔 군산상은 5번 조계현이 3루를 넘기는 홈런을 때렸습니다. 그리고 5회에 들어 2번 한정수의 적시 2타점 등 4안타 2포볼로 3점을 더 만회하였답니다. 그리고 5, 6회에서 조계현이 한 점씩을 내주어 7회까지 6:8로 뒤졌습니다.

8회 초 선두 5번 조계현이 4볼 얻고, 6번 장호익, 8번 이동석의 연이은 4볼로 1사 만루를 맞자 충암 투수 김보선은 부담감 때문인지 폭투를 범해 1점을 허용하더니 9번 이승우를 삼진시켜 불을 끄는 듯했으나, 1번 고장량과 2번 한경수에게 잇달아 4볼을 내줘 8:8 동점을 만들었습니다.

일단 타이틀을 만든 군산상고는 9회 초 선두 2번 오석환의 승리를 기약하는 좌중 2루타와 5번 조계현의 적시 중월 2루타로 전세를 9:8로 뒤집었습니다. 리드를 빼앗긴 충암 마운드는 걷잡을 수 없이 무너져 내렸습니다. 6번 장호익, 7번 오인식이 연속 중전 안타와 8번 이동석의 희생 플레이로 2점을 가산한 군산상은, 충암 내야진의 실책 2개로 2점을 더 보태 안정권으로 달아나 버렸습니다. 13:8.

충암은 9회 말 5번 임명선의 내야 안타 등 1점만을 추가 13:9로 끝이 났답니다. 2만5천 관중을 4시간 20분 동안 열광시켰던 명승부였습니다. 군산의 여름밤은 홈인! 홈인! 함성! 함성! 그것이었습니다. 아! 다시 보고 싶은 추억의 명승부였답니다.

3회전은 대전고를 3:0으로 제압했답니다. 그리고 4강전에서 동향의 라이벌 광주일고를 1:0으로 누르고 대망의 결승전에 올랐습니다.

그러나 결승전에서 북일과의 경기는 연장 12회까지 3시간 20분 동안 숨가쁜 격전을 치르고도 1:1로 비겨 다음날 재경기를 하였답니다.

6월 18일 나이터로 열린 제37회 청룡기쟁탈 전국 고교야구대회 결승전에서 군산상고는 천안 북일과 재경기에 들어갔습니다. 이 경기에서 행운은 군산 쪽으로 다가왔습니다.

군산상고는 1회 말 선두타자 고장량이 메드볼로 나가자 2번 한

경수의 보내기 번트를 잡은 안성수가 1루에 악송구 무사 1, 2루가 되었습니다. 3번 백인호의 번트에 4번 오석환의 희생 플레이로 1점을 먼저 얻은 군산상고는 5번 조계현의 적시타로 추가점을 올려 2:0으로 앞서갔습니다.

2회 초 선두 6번 안성수가 4볼을 고른 후 7번 임학빈의 내야 안타와 1사후 9번 오효근의 좌월 2루타로 2:2 타이를 만든 북일은 1번 조량근이 다시 4볼을 얻었습니다. 이어 2번 김광윤은 내야 땅볼을 때렸고, 이를 잡은 군산상고의 유격수가 더블 플레이를 노려 성급하게 1루에 던지다 볼이 빠지는 통에 오가 홈인하고 이어서 3번 조용호의 센터 앞 안타로 1점을 또 보탰답니다. 2:4.

반격에 나선 군산상고는 2회 말 1사후 9번 이승우의 4볼, 1번 고장량의 우중월 2루타, 2번 한경수의 중전 안타로 4:4를 만든 뒤 2사후 오석환이 4볼을 골랐습니다. 그리고 5번 조계현이 평범한 땅볼을 날렸으나 이를 잡은 유격수가 빠트려 1점을 낚은 군산상고는 장호익의 중전 안타 등 2안타 1포볼 1적실로 3점을 추가하여 8:4로 달아나 버렸답니다.

북일은 8회초 8번 조광연이 우월 3루타 등으로 1점을 가산했지만 조계현의 다양한 볼에 눌려 더 이상 점수를 내지 못하였답니다. 9회 말 조계현이 마지막 볼을 뿌렸을 때 감격한 군산 시민들은 거리로 나왔습니다.

군산 시내는 완전히 축제 분위기에 쌓였답니다. 이 대회에서 군산상고의 조계현은 최우수상, 최우수 투수상을 받았습니다. 군산상고는 수훈상 장호익, 감독상 백기성, 지도상 송경섭 등 많은 상을 휩쓸었답니다.

경기 후 서울에서 내려온 선수들은 35사단 지프차에 실려 전주 시내를 가르고 도청 앞 광장에서 개최하는 도민환영대회에 참석하였답니다. 분에 넘치는 환영과 많은 상을 받았습니다.

도민환영대회를 마친 선수단을 실은 오픈카는 전주를 떠나 이리를 돌아 군산에 도착하였습니다. 팔마광장, 도선장, 서초교를 돌아 다시 내려가다가 째보선창께서 경찰서, 역전, 중앙도서관, 상고, 금광동으로 하여 시청 앞 광장에 도착하였습니다. 선수들이 지나는 거리는 꽃가루가 하늘에서 뿌려졌습니다. 시민들은 환호했고 선수들은 감격하였습니다. 환영장에는 김영배 시장, 고판남, 김길준 의원, 진다실, 박정숙 등 수많은 사람들이 기다리고 있었습니다. 박수와 감격의 함성을 가르고 선수들이 들어왔습니다.

草羅! 어제 토요일 오후 아버님 성묘를 위해 순창을 내려갔습니다. 휴가 중인 송일이를 데리고 고향에 내려갔습니다. 어느새 11월이 다 가는 가을 속의 산천은 노랗게 물들어 갔습니다. 노란 것들이 수없이 바람에 휘날렸습니다. 철새처럼 날고 있었습니다. 언젠가 낙엽지던 가을 속에 그대는 나에게 편지를 보냈습니다. 선홍으로 물든 낙엽을 보며 나에게 엽서를 보냈습니다. 그 엽서에 가을 내장산이라는 나의 시를 인용했습니다. 우리의 사랑이 낙엽의 함성처럼 어디론지 함몰하고 있나봅니다.

(2001. 11. 24)

186
시인 이시연

草羅! 군산상고가 제37회 청룡기야구에서 우승을 했던 82년 6월 장영자 사건에 대한 이반된 민심을 수습하는 개각을 단행했답니다. 유창순 총리 후임에 고창 출신 김상협 씨가 기용되었습니다. "우리 사회 막힌 곳은 뚫게 하겠다" 라는 취임소감을 밝힌 신임 총리에게 축하를 보내면서 한편으로는 걱정을 하였답니다. 학자로서 평생을 살아온 그가 총리를 하면서 쌓아온 덕을 한꺼번에 읽어버릴까 걱정을 하였답니다.

제8회 전주대사습대회 판소리 부분에서 조통달이 장원을 차지하였습니다. 전라미술관에서 불란서 유학을 앞둔 유휴열 서양화 개인전이 열렸습니다. 젊은 화가는 생놀이, 혼례식, 상여도 등 동양 전통의 연작 유화를 선보여 많은 관심을 끌었습니다.

《전북문학》 제78집이 나왔습니다. 《표현》 제5집이 나오고 정주환이 제3수필집 《꿈이 오는 길목에서》를 펴냈습니다. 김학 수필집 《철부지의 사랑연습》이 출간되어 나를 부럽게 하였답니다. 그리고 가장 마음에 남아 있는 일은 전고 교사 이시연이 시 전문지 《심상》으로 등단하였답니다. 그의 추천작 〈금시내 안 마을에 부는 바람〉, 〈바다 음악〉, 〈한계〉를 읽으며 좋은 시구나 생각하였습니다. 얼마 후 나는 《전북문학》을 통하여 그의 시 〈심고〉를 읽고 감명을 받았답니다. 지금도 정말 좋은 시라고 생각을 합니다. 그의 시를 읽으며 김현승을 생각하였어요.

몇 년 뒤 군산 수전의 허소라 교수가 군산대로 자리를 옮긴 자리로 이시연이 왔습니다. 한때 이시연과 참 많이 어울려 다녔답니다. 동이 다른 나운동 주공아파트에 살면서 술 많이도 마셨어요. 이시연은 나의 문학에 많은 도움을 준 사람입니다. 그는 해박한 시론을 갖고 있습니다. 그의 한문 실력은 대단합니다. 한때 나는 작품을 쓰면 철자법 등에 대하여 꼭 상의한 후에 잡지사에 원고를 보내곤 하였답니다. 그는 나의 시집에 발문을 써 준 사람입니다.

이원철, 주봉구와 군산의 4인방이라 명하여 얼렸답니다. 그는 군산에 살면서 박사가 되었습니다. 그리고 시험을 쳐서 전주교육대학 교수로 갔답니다. 이시연이 군산에 있을 때 교수 지망생인 임명진, 박환용, 양병호 등 젊은 대학 강사들과 많이도 얼렸어요. 참 가난하고 낭만이 있는 젊은 학자들이었습니다. 이제 그 사람들 모두 교수가 되고 박사가 되고 학장도 되고 하였습니다. 많은 세월 만나지 않고 살고 있어요. 세월의 무게에서 추억이 침전하는 것을 진맥한답니다. 나는 지금도 이시연의 우정에 감사하

며 산답니다. 이시연의 다른 이야기들은 84년도인가 채만식 문학
비 제막식 때 하기로 해요.

  군산상고 청룡기 야구가 우승했던 6월에 민원실 이종구가 원에
의하여 시청을 떠나갔습니다. 그리고 7월의 폭염 아래 크고 작은
일들을 비벼가고 있었어요. 몇 달 전에 결혼했던 선희와, 윤의
처가 임신을 했다는 소식을 아버님의 전화로 알게 되었어요.

  또 하나 생각나는 일은 7월 말경 여름 휴가를 이용해 울릉도를
갔던 일입니다. 82년 7월 31일은 일요일이었습니다. 하계 휴가를
낸 시청 공무원들이 울릉도를 향하였습니다. 김상백, 황긍택, 라
도광, 박영, 강태수, 손서안 등만 생각이 납니다.
  비오는 아침 여행사 차로 출발했는데 이리에서 많은 아줌마들
이 탔습니다. 실은 가기 전에 여자들이 동행한다기에 기대를 하
였으나 보니 노인형 뚱뚱이 아줌마로 가득하여 실망들 했던 생
각이 납니다.
  그날 오후 포항발 울릉도행 패리호를 탔습니다. 군대 가기 전
1965년 고등학교 친구 셋이서 40일 동안 전국 무전여행 중 다녀
온 지 20년 만에 다시 울릉도를 가는 감회는 대단한 것이었답니
다. 60년대엔 일주일에 한 번 떠나는 청룡호라는 배를 타고 하룻
밤을 세워야 울릉도에 도착했는데 4시간 정도 되어 도동항에 떨
어졌어요. 동해 바다 푸른 넓이에서 지구의 중간에 있다는 그런
생각 가득했답니다. 내 무전여행 시절 자식에 대한 안쓰러움이
가득했던 저 세상 어머님, 그리고 암 수술을 하고 투병 중인 아
버님의 외로움을 생각했답니다. 나이 37세 나의 사유는 바다처럼

푸르고 높고 멀었을 것입니다.

울릉도에 내려 하룻밤을 잤습니다. 다음날 성인봉행을 취소하고 배를 빌려 섬을 일주하였습니다. 태초 이래 바다에 하반신을 담그고 깎이고 할퀸 세월의 흔적이 아름다움으로 굳어버린 섬……. 그 섬의 신비를 완상하면서 많은 술들을 마셨습니다. 그때 나는 즉흥시 한 편을 써서 술김에 선상에서 일행에게 낭독했던 생각이 납니다. 초등학교 정년퇴직을 했던 이리 할머니 선생님이 시가 좋다고 몇 번을 이야기했던 생각이 납니다.

울릉도를 떠나 경상북도 청송에선가 일박을 하였습니다. 산성물이 난다는 그곳에서 다시 일박하고 월악산 산행 후에 관광버스가 군산을 향했습니다. 2박을 하는 동안에 별 신통치 않은 반응의 군산 남자들에게 분통이 난 이리 아줌마들 오기로 곤혹을 겪었어요. 기죽은 군산 남자들은 앞자리 다 빼앗기고 손뼉치라면 손뼉치고, 노래하라면 마지못해 노래하고 왔어요. "호박꽃도 꽃이다" 는 이리 아줌마들의 항변 속에 얼려 꽃의 한계가 애매할 때 헤어졌답니다. 요 며칠 전 자료를 뒤지다가 울릉도서 썻던 시를 보았습니다. 82년 8월 20일자 전북신문에 발표된 시를 보면서 많은 생각을 했습니다. 20년의 세월이 이리도 빠른 것인가를 생각했답니다. 참 세월이 빠르기도 하군요.

보고 싶은 草羅! 가을이 지나고 겨울이란 계절 앞에 섭니다. 12월은 정기 의회가 있는 달입니다. 금년 결산과 내년 업무보고를 의회에 합니다. 내년 예산안을 설명합니다. 체육시설 부지에 묶여 있는 땅 문제로 시련을 겪고 있습니다. 집행부와 의회 간의

이견이 있답니다. 양쪽 다 순수성과 논리가 상충하여 애를 먹고
있답니다. 최선을 다하고 기다리려는 생각으로 하루하루를 임하
고 있어요. 내가 의회 설명을 하면 몇 번을 더 하겠나 하는 그런
각오로 하루하루를 임합니다. 그리운 이여! 세월은 우리에게 늙
음이라는 서글픔과 추억이라는 회상의 아름다움을 줍니다. 그러
나 우리는 이별이라는 슬픔을 생각해야 한다는 예감으로 이 겨
울을 보내고 있답니다.

(2001. 12. 7)

187
노산 선생 가다

草羅! 울릉도에서 돌아온 후 순창에 갔었습니다. 어머님 없이 홀로 병고에 계시는 아버님을 위해 이리교육청 다니던 형이 순창으로 자리를 옮겼습니다. 큰조카만 전주에 두고 가족들 모두 순창 본가로 이사를 하였습니다.

제8회 아태지역 국제젬버리대회 및 제6회 한국젬버리대회가 무주 덕유산에서 개막되었습니다. 신임 김상협 국무총리가 참석했던 행사에 국내외에서 12,000여 명이 참가하였습니다. 산수 좋은 덕유산에서 각국에서 온 청소년들은 야영과 훈련 등을 통하여 심신을 단련하고 우의를 다졌습니다. 외국에서 온 청소년들은 한국의 추억을 일생 동안 가슴에 새기는 기회였을 것입니다.

82년 8월 20일 군산상고 야구팀이 봉황대기에서 우승을 하여 군산 시민들에게 감격을 안겨 주었습니다. 두 달 전 청룡기에 이은 우승은 흥분과 감격 그것이었습니다. 군산 사람들은 여름에서 가을까지 기다리고 흥분하고 기뻐하고 절망하면서 야구와 함께 세월을 보냈던 시절이 있었답니다.

8월 하순 전두환 대통령은 케냐, 나이지리아, 봉고, 세네갈, 캐나다 등 5개국을 14박 15일 동안 순방을 마치고 9월 초에 돌아왔습니다.

그 9월 초에 오태일 수도과장이 스위스 주리히에서 열린 제14차 국제수도회의에 참석을 하였습니다. 과장이 외국 가는 일이 경이로웠던 시절이었습니다. 오과장 외국 가는 일이 지방신문에 크게 게재되었던 생각이 납니다. 이리 이일여고 양영자 선수가 제12회 서울 오픈 국제탁구선수권대회에 참가하여 개인 단식, 복식, 단체전 등 3관 왕을 차지하여 전라도 사람들을 기쁘게 해 주었어요.

우리 현대사에서 가장 빛나는 시조시인 노산 이은상 선생이 돌아가셨습니다. 80세의 노산은 1982년 9월 18일 새벽 서울 용산구 한남동 자신의 자택에서 별세하였습니다. 그가 쓴 주옥같은 시들은 김동진이 곡을 부쳤습니다. 이은상은 한국의 가곡사에 영원히 빛날 것입니다. 가고파 시인은 그가 묘지 글을 손수 썼던 국립묘지에 안장되었답니다.

노산이 서거한 2일 후 1982년 9월 20일 김영배 시장이 6개월 코스 내무부 고급 공무원 정예교육반으로 파견되고 이리 시장 김병량 씨가 군산 시장으로 발령되었습니다.

전임 김영배 시장은 80년 8월 1일부터 2년 1개월 동안 근무했었습니다. 만사 불여튼튼형인 김영배 시장은 완벽주의자였습니다. 80년대 초 신군부가 권력을 잡는 와중에서 절묘한 줄타기로 행정을 잘 이끌었던 분이었습니다. 그의 행정 스타일은 돌다리를 한 번 건너보고 와서 다시 건너는 형이었습니다. 신중하고 섬세했습니다. 부하 직원들에게 완벽을 요구하였습니다. 대통령 신년사 일부를 발췌하고 이를 여산 선생에게 부탁하여 글씨를 받아서 지사 초도 순시 때 가장 잘 보이는 곳에 걸었습니다. 타코마 시장이 왔을 때 케이크 컷팅, 행운의 열쇠 증정, 관사 초청 등 자기 스타일로 일들을 밀고 나갔습니다. 이를 뒤따르지 못한 참모나 직원들은 너무 피곤했지만 시장의 열성은 그것을 녹이고도 남았답니다.

김영배 시장은 전고 출신 도청맨이었습니다. 도청 3총사는 유명했습니다. 젊은 시절 술을 마시고 3인 모두 아래옷을 완전히 벗고 사진을 찍어 우정의 징표로 삼았다 합니다. 그들의 남근 사진은 숨겨져서 보관되어지고 있다 합니다. 김영배 시장의 한문 실력은 대단하답니다. 그가 일반 직원이었을 때 도의회 속기록을 썼습니다. 많은 도의원들이 그의 초서를 읽지 못했다 합니다. 그러니 항의를 못할 수밖에 없었겠지요. 그러나 한문 실력이 있는 많은 사람들은 속기록 내용보다 그의 글씨를 사랑했다 합니다. 그가 도 총무과 차석이었을 때 전날 술을 마시고 출근하여 몇 시간 후에 사용할 지사 연설문을 쓰는데, 총무과장이 그의 양쪽 귀에 번갈아 가며 12번을 재촉했다 합니다. 도청 사람들은 총무과장을 '열두 방정' 이라 명명하였다 합니다. 정들었던 김영배 시장을 보냈습니다. 보직 없이 떠나가는 모습이 조금은 처연하다는 생각을 버리지 못했답니다.

　김병량 씨가 제27대 군산 시장으로 발령되자 시청 직원들은 모두 좋아했습니다. 그는 이미 전라북도 공직사회에서 잘 알려져 있었습니다. 할 일 다하면서 직원들 부담 없이 해 준다고요. 발령이 나자 남궁수 총무과장과 송준길 서무계장이 중요 자료를 들고 이리시청을 찾아갔습니다. 새 시장 면담 전에 이리시청 총무과장을 만났는데 과장 왈 "좋은 사람 데려간다"라고 탄식했다 합니다. 취임 전날은 일요일이었습니다. 공식 절차 없이 부인과 함께 군산에 온 시장은 국장급 이상 부부 동반하여 경산옥으로 초청하였습니다. 그는 직원들이 식당에 와서 별도로 수발을 드는 일이 없도록 당부하였습니다. 물론 당일 식비는 새로 올 시장이 결재를 하였습니다.

　1982년 9월 20일 오전에 이임식을 하고 오후에 취임식을 했습니다. 가신 분에 대한 이야기는 생략하려 합니다. 오후 2시 회의실에서 취임식을 가졌습니다. 새 시장은 스스로 써온 취임사에서 도시 행정은 '상하수도가 잘 나가고' '쓰레기와 변소를 잘 치우고' '교통을 원활히 해야 한다'는 쉽고도 핵심을 찌르는 취임사를 했답니다. 나는 그때 메모했던 취임사 요지를 지금도 가지고 있지만 너무나 정확한 도시 행정의 기본이랍니다.

　취임식을 했던 두 시간 후 국방대학원생들이 군산시청을 방문했답니다. 환영사를 준비했던 우리들에게 방문단장 인적 사항을 적어 오라 했습니다. 원고 없이 방문객을 맞은 새 시장은 여러분이 오시기 두 시간 전 군산 시장으로 취임했다. 첫 손님으로 여

러분을 맞이해서 영광이다는 요지의 간결한 인사를 했던 기억이
난답니다.

草羅! 2001년도 12월 중간에 있습니다. 예산 심의를 위한 정기
의회 기간입니다. 우리들은 내년 예산 확보에 혈안이 되어 있답
니다. 예술회관을 겸한 영빈관 부지 매입에 얽매여 있답니다.
시장께서는 좋은 자리로, 의회에서는 그 자리는 아닌데 하는
양극의 순수한 논리 사이에서 갈등을 합니다. 우리의 속성상 시
장 입장에서 예산 확보를 위한 노력을 하며 이 겨울을 보내고
있답니다. 우리의 만남을 생각합니다. 이제 우리의 헤어짐도 생각
해야 합니다. 슬픈 겨울 사이로 흰 눈이 쏟아져 내리고 있습니다.

(2001. 12. 14)

188
초라와 이별을

草羅! 2001년 한 해를 보내며 아! 나는 그대에게 이별을 말하고 싶습니다. 1993년 7월 1일 그대에게 처음 보낸 편지부터 시작하여 8년 6개월입니다. 나는 오늘 마지막 편지를 띄웁니다. 첫 편지부터 시작하여 188회입니다. 제1집 《은파에서 째보선창까지》를 펴낸 후 100회를 마감하며 빈 가슴속 아득히 그대는 멀어져 갑니다.

1973년 7월 1일부터 1982년 9월까지 '박정희 정권 중간에서부터 전두환 정권 중간까지의 9년 동안의 군산 이야기'를 그대에게 써 보냈습니다. 많은 세월 나의 사념의 날개는 그대를 향해 너무 많이 넘나들었습니다. 생각합니다. 그대가 내게 보낸 하나의 엽서가 단서가 되었던 일을 말입니다. 나는 그때 우울증을 앓은 이후 심신이 무척이나 쇠약해 있던 때였습니다. 온통 세상이 먼지처럼 생각되었던 시절이었습니다. 주검의 유혹에서 빠져 나오기가 무척 어려웠던 시절이었습니다. 그대를 향함은 모든 유혹으로부터 빠져 나올 수 있는 방법이었어요. 군산시청 공보계장 시절 싸늘한 창고 속 같은 사무실에서 그대에게 첫 편지를 보냈습니다.

군산·옥구가 통합되면서 시사에서 임명직 시장이 사라졌습니다. 우리 역사는 이를 지자제의 부활이라 이야기합니다. 내 공직 생활에 처음으로 민선 시장 선거를 지켜보았습니다. 당선된 시장이 시민과 역사 앞에 선서하는 모습을 보았습니다. 하늘을 향해 쳐든 시장의 손가락은 우리의 민주 역량을 한 단계 승화하는 상징으로 각인시켰습니다. 관선 시장 때 감사계장이나, 기획계장으로 내정된 일이 있었습니다. 인사 발표 직전에 바뀌는 경험을 두 번 하였어요. 그대는 아무것도 아니라 생각했을지 모르지만 당하는 나는 마음의 큰 상처를 받았습니다. 30년 이상을 살아온 군산이 객지구나 하는 생각을 지울 수가 없었답니다. 그래서 가 있던 곳이 사회계장이었습니다. 전 옥구군청 청사 삐걱거리는 철계단을 오르내리며 주무 계장 임무를 하기에 바빴습니다. 주무 계장은 아침에 저녁을 보아야 합니다. 월요일에 토요일을 예측할 수 있어야 합니다. 주무 계장은 1년에 두 번 하는 근평이라는 고지를 향해 잘 걸어가야 한답니다. 그것이 곧 옥구 읍장이나 나포 면장이나 삼학동장으로 가는 길이기 때문입니다.

사회계장 때 그대에게 띄운 편지 87회를 묶어서 제1집 《은파에서 째보선창까지》를 상재했음을 그대는 잘 아실 거예요. 역사의 흐름 속을 흔들리며 걸어갈 때 그대는 나에게 힘이 되었어요. 이 성당 앞이거나 월명공원 홍천사 돌계단을 오르는 작은 그대 모습은 신비로운 것이었답니다. 그대가 내게 주는 평온은 아름다운 것이었답니다. 봄 설림산 진달래 무리 속에 서 있는 그대를 보았습니다. 성산 가는 길 산비탈 철쭉들 모임……, 그 함성 속에 애타게 그대를 그리워했답니다.

나는 예산계장이 되었습니다. 의회는 예산 승인이라는 고유 권한을 갖고 있답니다. 적지 탈환을 위한 보병의 소대장처럼 예산을 가져오기 위해서 가장 앞장서야 할 그 자리에 있었습니다. 나는 그때 절감하였어요. 내가 얼마나 무기력하고 무능한가를 말입니다. 의회를 충분히 설득할 수 있는 지혜와 포용력이 부족하다는 것을 알았습니다. 겸양과 인격 그리고 임기응변이 부족하다는 것을 알았어요. 자유자재로 숫자를 요리할 능력과 암기력이 약하다는 것을 알았어요. 그때 내가 할 수 있는 일은 정직과 성실, 겸손 그리고 기다림뿐이 없었습니다. 추경과 본예산에 얽매이다 보니 진급에서 밀리는 현상이 왔어요. 그래도 절망하지 않았어요. 비록 진급을 못할망정 예산 짜는 큰 흐름에 흠이 없어야 된다고 스스로를 달랬던 생각이 납니다. 지금도 후회하지 않아요.

1928년에 지어져 70여 년 동안 군산의 애환을 간직한 구 시청사를 떠나 조촌동 초현대식 청사에 입주를 하였어요. 그리고 옥구 읍장으로 나갔습니다. 옥구 읍장일 때 그대는 이미 먼 사람이 되어 있었답니다. 그대가 떠난 요인은 내 영육의 왜소함 때문이랍니다.

옥구 읍장 때는 예산계장 시절 도선사업소 배 짓는 일이 문제가 되었습니다. IMF 이후 공기업 구조 조정과 맞물려 전에 안 만들어야 할 배를 만들었다 하여 시달림을 많이 받았답니다. 사장은 사직하고 실무 계장은 저 세상 사람이 되어 버린 상황에서 혼자 책임질 수뿐이 없었습니다. 연일 신문은 터지지 중앙 TV방송 9시 뉴스에서는 책임질 사람이 하나도 없다고 한술 더 때렸어요. 공무원 구조 조정이 극에 달했던 시절에 마음을 비우고 그만둘 생각을 했답니다. 가장 쓰라린 것은 그러지 말아야 할 사람들의 급변하는 모습이었습니다. 동냥은 못 줄 망정, 쪽박을 깨지는 말아야 할 사람들……, 그들이 주는 마음의 상처 죽도록 잊지 못할 것입니다. 그런 와중에서 다시 민선 시장 선거가 있었답니다.

배 만든 사건에 몸 안 다친 것은 한 가지 요인이랍니다. 털어도 먼지 나지 않았기 때문이었답니다. 문책인사로 간 곳이 개정동장이었습니다. 개정동장에서 2년여 후 본청 체육시설관리과장으로 와 있습니다. 과장 오기 전 인사 ― 또 다른 마음의 상처 언젠가 이야기하고 싶어요. 이 같은 삶의 와중에서 나를 이야기했고 그대를 그리워했던 세월이 그렇게 흘러갔답니다. 생각하면 그대를 향한 아름다운 시절이었습니다.

존경했었던 草羅! 세월은 서로를 서로이게 할 수 있는 일들을 생성시켰습니다. 우정이나 사랑이나 상대적입니다. 일방적인 향함은 한계일 뿐임을 알게 합니다. 정성을 다하지 못한 나의 사랑에 한을 남깁니다. 멀어져 간 그대 사이에서 다른 인연이 생성함을 고백한답니다. 아! 세월은 가면서 소멸하고 추억은 영원한 것인지 모르겠어요.

사랑했었던 草羅! 오늘이 2001년이 마지막 가는 날입니다. 은파 밤나무 밭에 눈비가 내리는 날입니다. 맨몸으로 선 겨울나무처럼 남은 생을 당당히 살고 싶다 생각합니다. 계절의 사색 속에 인생을 관조하며 살려 해요. 사랑했었던 그대가 서해의 낙조처럼 아름다운 영혼이기를 기원합니다. 지나간 것들이 아름다움으로 우리의 가슴에 오래도록 생성하길 빕니다. 아름다웠던 이여 안녕!

(2001. 12. 31)

은파에서 째보선창까지
제2권

초판 인쇄 · 2002년 4월 5일
초판 발행 · 2002년 4월 11일

지은이 · 최영
펴낸이 · 임종대
펴낸곳 · 미래문화사

등록 번호 · 제 3-44호
등록 일자 · 1976년 10월 19일
주소 · 서울시 용산구 효창동 5-421호 ㉾140-120
전화 · 715-4507, 713-6647
팩스 · 713-4805

E-mail · miraebooks@com.ne.kr
mirae715@hanmail.net
ISBN 89-7299-229-1
ⓒ 2002, 미래문화사

정가 · 10,000원